L'enfant de la pénombre

Du même auteur aux Éditions J'ai lu

Ma douce Audrina (1578)

FLEURS CAPTIVES :
Fleurs captives (1165), Pétales au vent (1237),
Bouquet d'épines (1350), Les racines du passé (1818),
Le jardin des ombres (2526)

LA SAGA DE HEAVEN :
Les enfants des collines (2727), L'ange de la nuit (2870),
Cœurs maudits (2971), Un visage du paradis (3119),
Le labyrinthe des songes (3234)

AURORE :
Aurore (3464), Les secrets de l'aube (3580),
L'enfant du crépuscule (3723), Les démons de la nuit (3772),
Avant l'aurore (3899)

LA FAMILLE LANDRY :
Ruby (4253), Perle (4332), D'or et de lumière (4542),
Tel un joyau caché (4627), D'or et de cendres (4808)

LES ORPHELINES :
Janet (5180), Crystal (5181), Brenda (5182),
Rebecca (5183), En fuite ! (5184)

LA FAMILLE LOGAN :
Melody (5516), Le chant du cœur (5616),
Symphonie inachevée (5772), Petite musique de nuit (5967),
Olivia (6053)

LA FAMILLE HUDSON :
Rain (6079), Au cœur de l'orage (6167),
L'œil du cylone (6286), Au-delà de l'arc-en-ciel (6371)

LES FLEURS SAUVAGES :
Misty (6466), Star (6524), Jade (6645), Cat (6716),
Au fond du jardin (6766)

LA FAMILLE DE BEERS :
Willow (6829), La forêt des maléfices (6922),
Les racines vénéneuses (7295), Au fond des bois (7374)

ÉTOILES FILANTES :
Cinnamon (7505), Ice (7585), Rose (6957),
Honey (7660), Pluie d'étoiles (7771)

LES AILES BRISÉES :
Les ailes brisées (7868), L'envol de minuit (7999)

LES JUMEAUX :
Céleste (7868), Le chat noir (8103)

VIRGINIA C.

ANDREWS

LES JUMEAUX – 3

L'enfant de la pénombre

J'AI LU

Titre original :
CHILD OF DARKNESS

An original publication of POCKET BOOKS

Prologue

Rapport du Dr Feinberg.
Psychiatre
Hôpital municipal, unité de psychiatrie.

Notes concernant la patiente Céleste Atwell, âgée de dix-sept ans et quatre mois.

Antécédents connus. (Fournis par l'officier inspecteur Steven Gary, Bureau de police du comté de Sullivan.)

Céleste Atwell vivait avec sa mère, Sarah Atwell, et une enfant que l'on croit être la fille de cette dernière, fruit de son second mariage avec David Fletcher, aujourd'hui décédé. La famille résidait dans une grande propriété en bordure d'Allen Road, à moins de deux kilomètres du village de Sandburg, État de New York. L'enfant porte également le prénom de Céleste ; mais à la maison, afin de la distinguer de la première Céleste, on l'appelait familièrement Bébé Céleste.

Toutefois, le fait de porter le même prénom ne causa jamais de problème entre les deux sœurs, et ceci pour la raison suivante. Presque immédiatement après la mort, apparemment accidentelle, de son frère jumeau Lionel, la vie de Céleste Atwell changea entièrement. Elle fut élevée comme l'aurait été celui-ci, et sous son nom. À la mort de Lionel, Sarah Atwell persuada les représentants de la loi que c'était sa fille qu'elle avait perdue. Selon sa version, l'enfant aurait été enlevée. Les raisons de ce subterfuge demeurent obscures. Une enquête est en cours pour déterminer les véritables causes de la mort de Lionel Atwell, la filiation de Bébé Céleste, et les événements qui ont pu conduire à la mort de Betsy Fletcher.

La fille de David Fletcher, Betsy, était récemment venue habiter à la propriété, avec un nourrisson mâle né hors des liens du mariage, un certain Panther Fletcher. Une altercation entre Céleste Atwell et Betsy amena la mort de celle-ci, juste avant le décès de Sarah Atwell, semble-t-il, ou juste après. D'après les informations les plus sûres que nous possédions actuellement, la mort aurait été causée par une chute de Betsy dans l'escalier, au cours de la lutte, et au terme de laquelle elle se serait brisé le cou. Après quoi, Céleste Atwell avait elle-même enterré le corps de Betsy, dans le jardin d'herbes médicinales de la famille.

L'enquête judiciaire a conclu, d'une part : que Sarah Atwell était morte d'une défaillance cardiaque et, d'autre part : que ses restes avaient séjourné au moins deux ou trois jours dans la maison, sinon plus.

Sur décision du juge Levine, la police du comté a placé la patiente en observation psychiatrique, la confiant à mes soins pour procéder à une analyse. Ceci afin de déterminer si, oui ou non, elle peut être tenue pour responsable de ses actes et si, oui ou non, elle peut apporter une aide quelconque à la résolution de ces problèmes supplémentaires.

Après une nuit passée sous sédatifs, elle fut conduite à mon bureau pour sa première consultation.

Première séance d'évaluation psychiatrique.

La patiente était remarquablement à l'aise et détendue, malgré les événements traumatisants qui motivaient cette analyse. Elle semblait comprendre où elle se trouvait, n'opposa aucune résistance et n'émit aucune plainte. Sa complaisance me laissa l'impression qu'elle avait une approche fataliste de tout ce qui la concernait et de son propre sort. Après avoir établi entre nous la confiance nécessaire, j'entamai et dirigeai un dialogue dont j'ai noté, ci-dessous, les points essentiels.

Entretien avec la patiente.

— Je vois dans le rapport de police que vous avez déclaré vouloir empêcher Betsy Fletcher, la défunte, de monter de l'eau bouillante à l'étage. Selon vous, elle voulait la jeter sur votre mère, qui était malade et alitée ?
Céleste Atwell : Oui.

— Pourquoi voulait-elle faire cela ?
Céleste Atwell : elle croyait que ma mère lui volait l'argent que son père lui avait laissé, et qu'elle ne voulait pas le lui donner.

— Et c'est au cours de votre lutte avec Betsy, pour l'empêcher de nuire à votre mère, qu'elle est tombée en bas de l'escalier et s'est brisé la nuque ?
Céleste Atwell : Oui.

— Si vous avez tué Betsy Fletcher par accident, Céleste, pourquoi n'avez-vous pas appelé la police pour qu'on vous envoie une ambulance ? Pourquoi avez-vous enterré Betsy Fletcher dans le jardin d'herbes médicinales ?
Céleste Atwell : C'est Bébé Céleste qui m'a dit de le faire.

— Pourquoi avoir écouté une enfant de six ans ? (La patiente m'adresse un sourire indulgent, comme si je n'étais qu'un ignorant.)
Céleste Atwell : Bébé Céleste n'est pas simplement une enfant de six ans. Elle a hérité la sagesse de notre famille. Ce sont les esprits de notre famille qui lui ont demandé de me dire ça.

— Comment savez-vous qu'ils lui ont parlé ainsi ?
Céleste Atwell : Je le sais. Je peux sentir quand ils sont autour d'elle et quand elle est avec eux.

— Pourquoi ne se sont-ils pas adressés à vous, tout simplement ?
Céleste Atwell : Bébé Céleste est une enfant exceptionnelle. Tout à fait spéciale.

— Et vous, n'êtes-vous pas exceptionnelle à leurs yeux ? (La patiente montre une certaine agitation et ne répond pas.) Y avait-il une autre raison, Céleste ? Une raison qui les empêchait de s'adresser directement à vous ?

Céleste Atwell : oui.

— Quelle raison ?

Céleste Atwell : Je les avais déçus. Ils étaient fâchés contre moi.

— Qui était déçu et fâché contre vous, exactement ?

Céleste Atwell : Ils l'étaient tous. Tous les esprits de la famille, toutes les âmes.

— En quoi les aviez-vous déçus ?

Céleste Atwell : J'ai...

— Qu'avez-vous fait pour les mettre en colère, Céleste ? (L'agitation de la patiente augmente. Je lui donne un verre d'eau et j'attends un moment.) À présent, pouvez-vous me dire pourquoi vous pensez les avoir déçus, Céleste ? J'aimerais vraiment le savoir.

Céleste Atwell : J'ai laissé Lionel mourir encore une fois.

— Comment avez-vous fait ? N'était-il pas déjà mort ? Comment a-t-il pu mourir à nouveau s'il était déjà mort ? (Dès cet instant, la patiente n'a plus répondu à aucune question. Elle a baissé les yeux et pincé les lèvres. Son corps s'est mis à trembler. J'ai décidé que j'étais allé aussi loin que possible pour une première séance.)

Conclusion du Dr Feinberg.

Céleste Atwell souffre énormément de la mort de son frère, Lionel, et en éprouve un sentiment de culpabilité intense. Nous n'en avons pas encore compris la raison. Mais j'estime qu'elle a besoin de soins psychiatriques prolongés, et je recommande son internement à l'hôpital psychiatrique de Middletown. Au moment des faits et actuellement, elle était et demeure incapable de comprendre les conséquences de ses actes, pas plus que de saisir la différence entre un acte légal et un acte illégal.

Docteur Clayton Feinberg

Extrait du journal de Bébé Céleste

Il y a longtemps de cela, quand j'étais en thérapie pédiatrique, mon médecin m'a demandé d'écrire tout ce que je pensais, tout ce que je voyais, et aussi tout ce que je croyais qu'il m'arrivait et m'était arrivé. C'est une chose que je n'ai jamais cessé de faire. C'était comme si j'avais peur que tout cela n'ait été qu'un rêve, et que le seul moyen de prouver le contraire était de le noter afin de le relire plus tard. Alors je pourrais me dire : « Tu vois, c'est vraiment arrivé. Tout cela est vraiment arrivé. »

[illegible]

[illegible]

Elle [illegible]

[illegible]

[illegible]

Un

Je suis de nouveau près de toi

Tant que je ne me serais pas brossé les cheveux, je n'irais pas. Maman passait toujours tellement de temps à s'occuper de mes cheveux, pendant que Lionel nous observait d'un air jaloux, comme s'il voulait me les brosser lui-même. Il m'arrivait de le laisser faire, mais il ne le faisait jamais devant maman, sachant combien elle en serait fâchée. Il procédait par longs mouvements du bras, une main suivant la brosse, parce qu'il avait besoin de toucher mes cheveux tout autant que de les voir. Fascinée, je suivais ses gestes dans le miroir, et maintenant ce souvenir me fascine encore.

— Mère Higgins a dit que tu viennes tout de suite, grogna Colleen Dorset, en tapant du pied pour m'arracher à ma rêverie.

Elle avait huit ans, et il y avait près d'un an que nous partagions la même chambre. Sa mère l'avait mise au monde dans une ruelle et abandonnée dans un carton, pour l'y laisser mourir, mais un passant l'avait entendue pleurer et avait appelé la police. Pendant deux ans elle avait vécu chez un couple qui lui avait donné un nom, mais les époux avaient divorcé et aucun des deux n'avait voulu la garder.

Elle avait les yeux trop grands, le nez trop long. Elle était vouée au même sort que moi, me dis-je avec cette assurance clairvoyante qui me caractérisait. Et en un éclair je vis défiler sa vie, destinée à finir dans une solitude sans espoir. Elle n'était pas assez forte pour survivre. Elle était comme un oisillon trop faible pour être capable de voler.

— Là où l'oisillon tombe du nid, me disait maman, il vivra et mourra.

Drôle de nid que le nôtre, ironisai-je à part moi.

— Céleste, tu ferais mieux de te dépêcher !

— Ça va, Colleen. S'ils n'attendent pas, tant pis, répliquai-je, avec une telle indifférence qu'elle faillit fondre en larmes.

Elle aurait tellement voulu qu'on vienne la demander ! Elle était comme une affamée devant un restaurant, qui regarderait les gens gaspiller la nourriture.

Je pris une profonde inspiration et quittai la chambre minuscule que je partageais avec elle. Il y avait tout juste la place pour deux lits et une commode, que surmontait un miroir. Les murs étaient nus, et nous n'avions qu'une petite fenêtre donnant sur un autre mur du bâtiment. Cela m'était bien égal. Personnellement, je contemplais la vue que gardait ma mémoire, image parmi d'autres que je faisais défiler comme on feuillette un album de famille.

Le trajet jusqu'au bureau de la directrice me parut plus long que jamais. Chaque pas que je faisais dans le couloir mal éclairé semblait multiplié par dix. J'avais l'impression de progresser dans un long tunnel obscur, en cherchant mon chemin vers la lumière. Tel Sisyphe dans le mythe grec que nous venions d'étudier en classe, j'étais destinée à ne jamais voir la fin de ma pénible ascension. Chaque fois que je me croyais au but, je retombais en bas de la pente et devais recommencer, comme si un mauvais sort me condamnait à rejouer sans cesse la même scène.

Malgré l'indifférence que j'affectais devant Colleen, dès que je devais rencontrer un couple susceptible de devenir ma famille d'accueil, ou même de m'adopter, mon cœur battait la chamade. Cette fois-ci, la proposition me prit totalement au dépourvu. Il y avait des années que personne ne s'était intéressé à moi, et je venais juste de fêter mon dix-septième anniversaire. Parmi les couples mariés qui venaient à l'orphelinat, la plupart recherchaient des enfants beaucoup plus jeunes, et surtout des nouveau-nés. De nos jours, qui voudrait d'une adolescente, et plus spécialement de moi ?

— Céleste, m'avait dit une fois le Dr Sackett, l'un de mes conseillers psychologiques, vous devez comprendre que vous êtes arrivée chez nous avec un bagage plus lourd que la plupart des autres orphelins.

Quand il disait « bagage », le Dr Sackett ne faisait pas allusion à des cartons pleins de vêtements ou de chaussures. Il parlait de mon passé, de la tare que représentaient ma singulière famille et notre histoire. La plupart des familles d'accueil potentielles n'accordaient que peu d'importance à votre personne. Il n'était pas difficile de lire dans les yeux des gens les questions qu'ils se posaient. De quelles mauvaises habitudes avait hérité cette enfant ? Quelle empreinte son passé avait-il laissée sur elle, et comment gérer cela ? Pourquoi nous exposer à de mauvaises surprises ?

C'était particulièrement vrai dans mon cas. J'avais été étiquetée comme « bizarre », « différente », « difficile », et parfois même « étrange ». Je savais ce qu'était le rejet. Une fois, j'avais été sur le point d'être adoptée, puis rendue comme une marchandise avariée. J'imaginais très bien les Prescott, le couple âgé qui m'avait accueillie, retourner à l'agence de Protection de l'Enfance comme dans un grand magasin et se plaindre à la réception. « Celle-ci ne nous convient pas. Veuillez nous rembourser. »

Aujourd'hui, à cause de cette nouvelle possibilité, sans doute, toute cette pénible expérience ressurgit du fond de ma mémoire où je l'avais si longtemps reléguée. Avec elle revint aussi une grande partie de mon passé, de sorte qu'en me dirigeant vers le bureau pour rencontrer ce nouveau couple, je vis se dérouler à nouveau devant moi les événements les plus dramatiques de ma vie. C'était comme si j'avais déjà vécu une autre vie et que j'étais déjà morte une fois.

À vrai dire, j'avais toujours eu le sentiment d'être née deux fois, mais pas comme on l'entend au sens religieux. Je n'avais pas connu ce nouvel éveil, après lequel j'aurais vu le monde sous un jour nouveau, découvert la vérité, les miracles et les merveilles que les autres, ceux qui n'étaient pas nés à nouveau, ne voyaient pas. Non. J'étais née dans un endroit où les miracles et les merveilles étaient naturels, évidents. Là-bas, les esprits se déplaçaient avec le souffle de la brise, et chaque jour des murmures et des rires étouffés jaillissaient de l'ombre. Rien de tout cela ne m'étonnait, et rien non plus ne m'effrayait. Je croyais que tous étaient là pour me protéger, m'envelopper dans le confortable cocon spirituel filé par ma mère sur son rouet magique.

Nous vivions dans le nord de l'État de New York, dans un domaine agricole que possédait ma famille depuis plusieurs générations, et qui légalement m'appartenait toujours. J'étais un cas hors normes, étant orpheline et héritière de biens que gérait l'avocat de ma mère, M. Nokleby-Cook. Je savais très peu de chose à ce sujet, mais bien des fois la directrice ou le conseiller psychologue m'avaient rappelé, en agitant l'index, que j'étais beaucoup mieux lotie que les autres orphelines.

Ce rappel n'avait pas pour but de me réconforter, oh non. C'était un encouragement à bien me conduire, à obéir aux ordres et au règlement ; et ce doigt tendu me faisait plutôt l'effet d'un avertissement, comme si on brandissait devant moi un fer à marquer le bétail. Après tout, la possession de biens d'une certaine valeur impliquait un surcroît de responsabilités, donc exigeait plus de maturité. Si mes éducateurs étaient parvenus à leurs fins, je serais passée à côté de mon enfance, bien qu'une enfance passée en orphelinat n'eût rien de bien exaltant. Je voudrais pouvoir oublier à jamais chacun des jours passés là-bas, chaque heure, chaque instant, et ne pas les voir remonter en moi inopinément, comme un renvoi de lait suri.

Même si j'avais à peine plus de six ans quand j'avais quitté la propriété, qu'on appelait parfois la ferme en mémoire du passé, j'en conservais un souvenir très vif. Était-ce parce que j'y avais connu des heures intenses et dramatiques ? Sans doute. Pendant une grande partie de ma petite enfance j'avais vécu en recluse, retenue sous surveillance à la maison, à l'abri de tous les regards. Même si ma mère accueillit ma naissance comme un miracle, ou peut-être à cause de cela, elle la cacha aux yeux de tous, comme le plus précieux des secrets de famille. J'appris à me sentir différente des autres, vraiment spéciale. Et à cause de cela, pendant les trois ou quatre premières années de ma vie la maison fut mon seul univers. J'en connaissais tous les recoins, je savais où je pouvais faire craquer le plancher, où me glisser en rampant pour me cacher ; et je connaissais tous les endroits où les plinthes portaient des entailles et des éraflures, traces évidentes des mystérieux habitants qui avaient vécu ici avant moi et y rôdaient encore, derrière les rideaux et même sous mon lit.

Pendant les toutes premières années que j'avais passées là-bas, je n'étais sortie qu'après la tombée de la nuit, et le jour, je n'avais vu le monde extérieur qu'à travers des vitres. Je pouvais rester assise des heures entières devant une fenêtre, à regarder avidement les oiseaux, les nuages, les arbres et les feuilles agitées par le vent. Tout cela me fascinait, comme la télévision fascinait les autres enfants de mon âge.

Je n'avais qu'un seul véritable compagnon, mon grand frère Lionel. Mon cousin Panther n'était qu'un bébé à l'époque, et j'aidais souvent les grands à s'occuper de lui. Et en même temps j'étais jalouse de l'attention qu'il obtenait de ma mère ou de mon frère, attention qui n'aurait dû être dirigée que sur moi. Dès le début, quand sa mère et lui vinrent s'installer chez nous, leur présence me fut insupportable.

Betsy avait déjà vécu chez nous, avant cela. Elle était partie aussitôt après le mariage de ma mère et de son père. Je n'eus jamais la certitude qu'il était également le mien, mais il me demanda tout de suite de l'appeler papa. Il mourut avant le retour de Betsy. Elle s'était enfuie avec un amoureux et ne savait même pas qu'il était mort. Pendant tout le temps que dura son absence elle n'avait jamais téléphoné, ni même écrit à son père pour lui faire savoir où elle se trouvait. Mais lorsqu'à son retour elle apprit sa mort, elle fut très en colère. Je me souviens qu'elle nous la reprocha, mais elle était encore plus en colère à cause des dispositions prises pour son héritage. L'atmosphère de la maison devint carrément électrique. Maman cessa de sourire. Partout où s'amassaient les ombres se firent entendre des murmures menaçants. Et ces ombres devinrent de plus en plus épaisses, de plus en plus sombres, de plus en plus envahissantes. Et cela jour après jour, jusqu'à ce que je me dise que nous allions désormais vivre dans les ténèbres et que personne ne pourrait plus me voir, pas même Lionel.

Avant que la mère de Panther, Betsy, n'ait fait intrusion chez nous et ne nous ait gâché la vie, j'avais Lionel pour moi toute seule. C'était lui qui me sortait le soir, et avec lui que je travaillais au jardin et me promenais dans la propriété, quand il me fut enfin permis de sortir le jour. Il lisait souvent avec moi au salon, me montait dans ma chambre pour me mettre au lit et attendait que je m'endorme. Il m'apprenait le nom des fleurs, des insectes, des oiseaux. Nous étions quasiment inséparables. Il m'aimait encore plus que ne le faisait maman, je le sentais. Un jour, j'en avais la certitude, je finirais par savoir pourquoi. Un jour, je comprendrais tout.

Et puis, un jour... il disparut. Je ne peux pas m'imaginer les choses autrement, ni penser à lui comme à quelqu'un d'autre, différent du frère que j'avais toujours connu. C'était comme si une méchante sorcière avait agité sa baguette au-dessus de lui, pour le transformer en cette jeune fille qu'on me dit être ma demi-sœur, Céleste, dont on m'avait donné le nom. J'avais souvent vu des photos d'elle dans nos albums de famille, entendu bien des histoires sur elle, son intelligence, sa beauté. Il allait me falloir des années pour comprendre, et encore. Même alors, je me demandai si c'était moi qui me trompais, ou quelqu'un d'autre. Et pourtant, je devais apprendre que ma mère croyait que c'était Céleste qui était morte dans un tragique accident, et non son jumeau Lionel.

Finalement, et non sans chagrin, je découvris que c'était bien Lionel qui s'était noyé. Mère avait refusé de l'admettre. Elle avait contraint Céleste à devenir Lionel. Et tout ce que je savais de Céleste, à présent, c'était qu'elle se trouvait dans une clinique psychiatrique, loin de chez nous. Comme je l'ai dit, je devais faire encore de nombreuses découvertes éprouvantes sur moi-même et mon passé, mais cela prendrait du temps. Ce serait un long et tortueux parcours qui finirait par me ramener chez moi, là où tout avait commencé et où tout devait finalement se résoudre, après ma véritable renaissance.

On m'avait dit que, lorsque l'on m'avait amenée dans le premier orphelinat, j'étais une enfant étrange, rêveuse et un peu inquiétante. Mon comportement, et aussi la façon dont je transperçais les gens du regard, compromettait toutes mes chances d'être adoptée ou d'entrer dans une famille d'accueil, malgré ma remarquable beauté. Même lorsqu'on me conseillait de sourire, et de paraître innocente et douce, j'arborais toujours l'air grave et sérieux d'une enfant bien plus âgée. Mes yeux s'assombrissaient, mes lèvres se serraient. Je me tenais toute raide, et donnais l'impression de détester qu'on me touche et qu'on m'embrasse.

Même si je répondais poliment aux questions des éventuels adoptants, mes propres questions les mettaient très mal à l'aise. Je m'exprimais sur un ton accusateur. Je me comportais, on me le dit souvent, comme si je connaissais leurs plus profonds secrets, leurs craintes et leurs faiblesses. Mes questions les piquaient comme des coups d'épingle, mais je ne pouvais pas m'empêcher de me demander pourquoi ils me voulaient. Pourquoi désiraient-ils un enfant maintenant, et pourquoi une petite fille ? Qui me voulait le plus, la femme ou le mari ? Même s'ils réagissaient en riant ou en plaisantant, je ne daignais pas sourire.

Cette façon de me comporter, en plus de mon singulier passé, m'ôtait toute possibilité d'être accueillie dans un foyer. Même avant la fin de l'entretien, mes parents éventuels échangeaient des regards où se lisait clairement le mot « non » et se retiraient en hâte, fuyant à la fois ma personne et l'orphelinat.

— Regarde ce que tu as fait ! me reprochait-on souvent. Tu les as fait fuir.

Tout était toujours de ma faute. Un enfant de mon âge ne devrait pas poser de pareilles questions, ne devrait pas savoir ce genre de choses. Pourquoi ne pouvais-je pas me contenter de me taire, et d'être la ravissante petite poupée que les gens voulaient voir en moi ? Après tout, j'avais des cheveux auburn qui brillaient au soleil, des yeux bleu-vert lumineux et un teint sans défaut. Tous les parents potentiels étaient attirés par moi... et bien vite repoussés, malheureusement.

Dans ce premier orphelinat, où je restai jusqu'à ce que j'aie presque dix ans, j'acquis rapidement une réputation de clairvoyance. Je savais toujours d'avance quelle fille aurait mal au ventre ou s'enrhumerait, laquelle serait adoptée et s'en irait. Je pouvais dire au premier regard si tels parents potentiels venaient vraiment pour une adoption, où s'ils n'avaient pas encore décidé de prendre un engagement aussi grave. Nombre d'entre eux venaient chez nous comme on fait du lèche-vitrines, nous donnant l'impression que nous étions des animaux de compagnie dans une animalerie. Nous avions pour consignes de nous tenir bien droites sur nos chaises et de répondre : « Oui, madame. Oui, monsieur. »

La phrase : « Ne parlez que si l'on vous adresse la parole » n'était pas seulement écrite au-dessus de chaque porte. Elle était gravée dans notre tête, mais cela ne m'intimidait pas. Il y avait tant de voix en moi, tant de voix qui ne voulaient pas se taire.

La gouvernante de mon premier orphelinat était une femme de cinquante ans au caractère sévère, qui exigeait d'être appelée Madame Annjill. À mon avis, ses parents l'avaient baptisée ainsi par plaisanterie, pour pouvoir dire : « Attention : ne pas confondre Annjill avec Angèle. Annjill n'a vraiment rien d'un ange. » Cela, je n'avais pas besoin qu'on me le dise. Elle ne fut jamais un ange pour moi, et n'avait aucune chance d'en devenir un.

Madame Annjill ne battit jamais aucune d'entre nous, mais elle adorait nous secouer avec vigueur, si rudement que nous sentions nos yeux rouler dans leurs orbites et nos os fragiles s'entrechoquer. L'une des filles, une grande perche nommée Tilly Mae, aux yeux bruns presque toujours emplis de panique, souffrit si longtemps de l'épaule après l'une de ces secousses que le mari de Mme Annjill, Homer Masterson, dut la conduire chez le médecin. Le praticien diagnostiqua une luxation de l'épaule. Tilly Mae n'osa pas lui dire comment cela lui était arrivé, elle avait bien trop peur. Elle souffrit pendant de longs jours, après cela. La voir et l'entendre pleurer, le soir dans son lit, faisait peur à toutes les autres pensionnaires. Toutes sauf moi, naturellement.

Je n'avais pas peur de Mme Annjill : je savais qu'elle ne me traiterait jamais aussi brutalement que les autres. Quand elle me secouait, j'étais capable de la regarder dans les yeux sans pleurer, tant que cela durait, et elle s'en trouvait encore plus incommodée que je ne l'étais moi-même.

Elle me lâchait comme si ses mains la brûlaient. Elle dit un jour à son mari que la température de mon corps était anormalement élevée. Elle était si affirmative qu'il me fit prendre ma température, et lui prouva ainsi qu'elle était tout à fait normale.

— En tout cas, elle peut la faire monter à volonté, marmonna-t-elle. J'en suis sûre et certaine.

Peut-être le pouvais-je, en effet. Peut-être y avait-il en moi quelque chose qui brûlait, des braises que je pouvais enflammer quand je le voulais et, tel un dragon, cracher du feu sur elle.

Je dois dire qu'elle se donna beaucoup de mal pour me trouver un foyer d'accueil, mais ce ne fut pas par compassion pour moi. À peine étais-je entrée à l'orphelinat qu'elle fit tout ce qu'elle pouvait pour que j'en sorte. Il m'arriva de surprendre ce qu'elle disait de moi aux parents potentiels, et les compliments qu'elle prodiguait sur moi me stupéfièrent. À l'entendre, j'étais l'enfant la plus intelligente, la plus charmante, la plus responsable de ses pensionnaires. Elle s'arrangeait toujours pour glisser une allusion à mon héritage, et mentionner l'importance de la maison et de ses terres.

— La plupart de mes infortunées fillettes viennent à vous sans rien d'autre que leurs espoirs et leurs rêves, aimait-elle à dire, mais les biens de Céleste ont vraiment de la valeur. C'est comme si les frais de ses études ou sa dot étaient inclus dans les formalités d'adoption, précisait-elle.

Mais rien de ce qu'elle pouvait dire ne suffisait à compenser ce qu'ils voyaient en moi de négatif et ce qu'ils en savaient. Invariablement, ils interrogeaient :

— Où sont ses autres parents ?

— Ils ne sont pas nombreux, et leurs liens ont toujours été très lâches. D'ailleurs, aucun d'entre eux ne veut assumer la responsabilité de se charger d'elle, expliquait Mme Annjill à contrecœur.

Elle savait quelles fâcheuses questions provoquait sa réponse, dans l'esprit de ceux qui envisageaient de m'adopter. Pourquoi sa famille ne voulait-elle pas d'elle ? Si un enfant possède une certaine fortune, un de ses parents devrait la réclamer. Qui voudrait d'une enfant dont la propre famille ne veut pas entendre parler, fortune et terres ou pas ?

Je me demandais combien pouvait valoir la propriété. Dans mon souvenir, bien sûr, la maison et les terres étaient immenses. N'avaient-elles pas été, autrefois, mon seul univers ? Pendant des années, depuis ce temps, j'avais cru que non seulement la maison et le domaine m'attendaient, mais que les esprits qui y demeuraient m'attendaient, eux aussi. Y revenir serait comme retrouver le ventre maternel, la protection, la chaleur, et tout l'amour que j'avais perdu. Pouvait-on estimer la valeur d'une telle chose ? J'aurais voulu grandir en l'espace d'une nuit et pouvoir y retourner. En me couchant, je fermais les yeux et faisais chaque soir le même vœu pour le lendemain : découvrir en m'éveillant que j'étais devenue grande. J'aurais dix-huit ans, et je pourrais quitter l'orphelinat dans une luxueuse limousine qui me ramènerait à la propriété, où rien n'aurait changé. Tout serait exactement comme jadis.

Qu'y trouverais-je, en réalité ? Je croyais ma mère morte et enterrée, et mon seul parent proche était dans un hôpital psychiatrique. Le notaire me donnerait les clés de la maison, mais ne serait-elle pas toujours déserte, abandonnée ? Ou les esprits sortiraient-ils des bois, des murs, pour danser autour de moi ? Seraient-ils tous là, y compris ma mère ? Ne seraient-ils pas une compagnie suffisante ? Elle l'était autrefois pour moi, maman et Lionel.

Pourquoi ne venaient-ils pas à moi maintenant ? Pourquoi ne se montraient-ils pas la nuit à l'orphelinat, pour me rassurer et me dire de ne pas m'inquiéter ?

Aussi fou que cela eût pu paraître aux autres filles, je mourais d'envie d'entendre chuchoter, de voir des ombres passer en flottant telles des volutes de fumée, de sentir une main dans la mienne et parfois, je me retournais… pour m'apercevoir qu'il n'y avait personne.

Finalement, cela arriva, un certain soir. Lionel était là, près de moi. Je me souviens de ce soir-là.

— Salut ! l'entendis-je murmurer.

J'ouvris les yeux… et je le vis. Il parla encore.

— Tu ne pensais pas que j'allais t'accompagner ici, m'en aller tranquillement et t'oublier, quand même ?

Je fis signe que non, même si je l'avais cru. Le revoir était trop merveilleux : j'étais incapable de parler.

— Je vais rester dans les parages, reprit-il. Je serai là tout le temps. Tu n'auras qu'à me chercher si quelque chose ne va pas, d'accord ?

Je hochai la tête.

Il s'approcha, borda ma couverture comme il le faisait toujours, se pencha et m'embrassa sur le front. Puis il s'éloigna dans l'ombre et disparut. Mais je savais qu'il était là, c'était ce qui comptait le plus.

Après cela, je le revis souvent.

— À qui parles-tu ? questionnait Mme Annjill quand elle m'entendait chuchoter. Arrête ça tout de suite ! m'ordonnait-elle.

Mais après cela elle croisait les bras, secouait la tête en bougonnant à propos des enfants du démon et se hâtait de s'en aller.

Je savais qu'elle me surveillait sans arrêt. Lionel le savait aussi et m'avertissait toujours.

— Attention, la voilà !

Le soir à table, si je cessais de manger et tournais les yeux vers le coin de la pièce d'où Lionel me souriait, elle demandait à chaque fois :

— Qu'est-ce que tu regardes si fixement, et qu'est-ce qui te fait sourire comme ça ?

Je ne répondais rien. Je me tournais vers elle avec une lenteur extrême, sans remuer les lèvres et sans un battement de cils. Vexée, elle se détournait avec un « pff ! » méprisant et grondait une autre fillette sans foyer qui, pour son malheur, était tombée sous sa coupe. Ici, on ne consolait pas. Personne, jamais, ne vous tendait les bras. Il n'y avait personne pour vous border le soir, vous embrasser sur la joue, vous souhaiter une bonne nuit. Personne pour vous faire des chatouilles, vous dévorer de baisers, vous serrer dans ses bras et vous inonder de sourires.

Non. Ici, les rires étaient toujours timides et brefs, aussitôt étouffés comme des bruits fâcheux, interdits. Où donc, ailleurs qu'ici, les enfants de notre âge savaient-ils qu'ils devaient réprimer leurs joies et cacher leurs larmes ? Où priaient-ils aussi ardemment pour obtenir un beau rêve, une pensée pleine de douceur, une caresse aimante ?

— Ah, quels fardeaux, quels fardeaux ! se plaignait Mme Annjill, en parlant de nous aux visiteurs ou à son mari. C'est nous qui portons le poids des erreurs des autres, et des responsabilités qu'ils ont rejetées.

Là-dessus Mme Annjill se retournait et attachait sur nous un regard faussement apitoyé, dégoulinant de larmes de crocodile.

— Oui, c'est bien ce que vous êtes, les enfants. On s'est débarrassé de vous, comme autant de propres à rien sans intérêt, se lamentait-elle en se tenant le front, telle une mauvaise actrice de mélodrame. J'essaierai de vous éduquer mais il faudra m'aider. Nettoyez toujours derrière vous. Ne soyez pas désordonnées. Ne cassez rien. Ne me désobéissez jamais. Ne volez pas, ne vous chamaillez pas et ne dites jamais de méchancetés.

Et toutes celles qu'elle nous disait, alors ? m'indignais-je en silence. Et d'abord, pourquoi dirigeait-elle un orphelinat ? Seulement pour l'argent, ou pour le plaisir de régenter de pauvres fillettes sans défense, de voir leurs yeux s'emplir de crainte ou de gratitude ?

Le soir, elle passait l'inspection dans les dortoirs en espérant surprendre une infraction aux règlements, fût-ce la plus insignifiante. Tout le monde, sauf moi, tournait la tête, fermait les yeux et retenait son souffle. Chacune priait le ciel pour que Mme Annjill ne la prenne pas en faute et ne la punisse pas, ou ne la secoue pas comme un prunier. J'étais la seule à l'attendre tranquillement, les yeux ouverts. Je n'avais pas peur. Lionel était près de moi et lui aussi, il attendait.

Elle s'arrêtait, même si je sentais qu'elle se forçait à le faire et qu'elle aurait préféré m'éviter. Mais après tout, il fallait bien qu'elle affirme son autorité, non ?

— Pourquoi ne dors-tu pas encore ? aboyait-elle.

Je ne répondais pas. Je regardais Lionel qui l'observait en secouant la tête, et m'adressait un sourire ironique. Mon silence était bien plus dérangeant pour Mme Annjill que les pleurnicheries des autres, ou leurs pauvres tentatives pour échapper aux reproches. Elle jetait un coup d'œil dans la direction de Lionel, bien qu'elle ne puisse pas le voir, puis ramenait le regard sur moi.

— Tu sais que l'on n'est pas tout à fait normal dans ta famille, n'est-ce pas ? Si tu ne te surveilles pas, la folie grandira en toi et tu finiras comme ta mère et ta sœur.

Sans prononcer un mot, je la regardais fixement jusqu'à ce qu'elle s'en aille, en marmonnant entre ses dents. C'est seulement quand elle était partie que je laissais voir ma détresse à Lionel.

— Pouvons-nous rentrer à la maison ? chuchotais-je.

Il répondait dans un souffle :

— Non, pas encore. Il faut que tu sois patiente, très patiente. Mais je te le promets, Céleste : un jour, tu y retourneras.

— Ramène-moi chez nous, maintenant, implorais-je. S'il te plaît, ramène-moi à la maison.

Il me caressait les cheveux, me répétait d'être patiente et se fondait dans l'obscurité.

En réalité, je ne savais plus où cette maison pouvait bien se trouver, ni ce que « chez nous » voulait dire. C'était seulement deux mots magiques, merveilleux, vibrants d'espoir.

Chez nous.

Lionel a sûrement raison, me disais-je avec conviction. Je retournerais chez nous, et tous ceux qui m'avaient aimée m'y attendraient, pour m'accueillir à bras ouverts. Je leur avais manqué, je le savais, tout autant qu'ils m'avaient manqué eux-mêmes.

J'entendais toujours leurs cris de douleur et leurs plaintes, quand la voiture de l'assistance publique m'avait emmenée, par cet après-midi terrible. Même à présent, presque dix ans après, le souvenir de cet arrachement à mon univers, à la seule vie que j'avais connue, restait cruellement vivace en moi. Je me rappelais ces jours de chagrin en termes de couleurs, des couleurs où dominait le rouge. J'étais si remplie de colère, alors. Mon visage était si renfrogné que j'avais l'air de porter un masque. Pourquoi Lionel avait-il disparu après l'apparition de Céleste ? Tout était de la faute de Betsy, décidai-je. D'une façon ou d'une autre, c'était à cause d'elle qu'on avait emmené Lionel. J'étais contente qu'elle soit morte, et je voulais qu'elle soit enterrée, hors de vue pour toujours.

Si j'essayais de me souvenir, dans toute leur intensité, des moments clés de ce dernier jour, je sentais quelque chose en moi durcir et se serrer, comme si tous mes organes se nouaient autour de mon cœur.

C'était bien plus horrible encore, juste après qu'on m'ait emmenée loin de chez nous. À cette époque-là, j'avais même du mal à respirer, ce que les médecins diagnostiquaient comme des crises d'angoisse, dues au choc émotionnel. En fait, durant les premiers mois qui suivirent ma séparation d'avec les seuls êtres que j'avais connus et aimés, et qui m'aimaient aussi, je tombais souvent dans un sommeil si lourd, si profond, et qui durait si longtemps qu'on me croyait en catatonie.

Le sommeil, après tout, était pour moi un moyen de fuir l'atroce réalité, mais même cela ne me permettait pas vraiment de m'évader. Des images de cauchemar déferlaient en moi en un flot incessant. Lionel rejeté dans sa tombe ; Betsy grimaçant un sourire mauvais, riant de moi après sa mort ; les yeux vitreux et froids de maman, et ses lèvres qui se tordaient comme des vers de terre. Je finissais par m'éveiller en hurlant. Et quoi que l'on puisse me dire, si gentiment qu'on me traitât, je continuais à sentir peser sur moi une lourde menace. Quelque chose me suivait comme une ombre, je le sentais, ou plutôt comme mon ombre dont cette chose avait pris la forme. Maintenant encore, à dix-sept ans, je ressentais sa présence. J'avais pris l'habitude, en marchant, de me retourner et de regarder dans tous les coins. Je savais qu'on le remarquait, mais c'était plus fort que moi. Quelque chose était là. Tout le temps. Et si les gens pensaient que j'étais toujours un peu dérangée, cela m'était bien égal.

La vérité m'oblige à dire que, presque aussitôt après avoir été emmenée loin de chez nous, ce fut dans une clinique psychiatrique pour enfants que l'on m'emmena. Je me souviens très bien d'une femme aux cheveux châtains et aux yeux verts pleins de douceur. Elle était vraiment très belle, grande et d'allure majestueuse, avec une expression d'autorité naturelle qui m'inspirait confiance. Avec elle, je me sentais en sécurité comme un bébé dans les bras de sa mère.

J'appris plus tard qu'elle était pédopsychiatre, bien qu'elle ne me demandât jamais de l'appeler « docteur », mais simplement Flora. D'autres praticiens devaient lui succéder. Mais au début, Flora passait des heures avec moi, essayant de me faire parler, de lui révéler pourquoi j'étais dans une telle colère. Elle connaissait déjà une grande partie de mon histoire, bien sûr. Elle avait appris comment ma mère était morte dans son sommeil et avait été laissée dans son lit ; comment ma sœur avait accidentellement tué la mère de Panther, Betsy, et l'avait ensuite enterrée dans le jardin d'herbes médicinales. Peu de temps après, on avait également ouvert la tombe de Lionel. Instantanément, le récit de nos turpitudes s'était répandu dans la communauté, aussi vite que le lait oublié sur le feu déborde de la casserole.

Je devais découvrir qu'on venait de très loin pour voir le domaine, et pour parler de nous avec les gens des environs. Les journaux s'emparèrent de l'histoire, puis les magazines, et quelqu'un écrivit même un livre sur le sujet. À l'époque, il fut même question d'en tirer un film, tellement notre réputation était sulfureuse.

Ironie du sort, ceux-là mêmes qui nous avaient traités en parias nous avaient subitement admis parmi eux. Chacun tenait à faire connaître ses rapports avec nous, et plus les langues allaient, plus on exagérait les choses, jusqu'à ce qu'elles n'aient plus rien à voir avec la vérité.

Flora travaillait énormément avec moi, et elle finit par me faire dire ce tout ce qu'elle voulait savoir, tout ce qu'elle avait besoin de savoir. Sans arrêt, elle me rassurait. À vrai dire, j'avais terriblement besoin de parler à quelqu'un. Lionel n'était pas venu avec moi dans cette clinique, j'étais complètement seule. Si bien que ce fut un grand soulagement pour moi de confier certains de mes secrets à Flora. Le poids qui m'oppressait s'allégea, mon front s'éclaircit, je retrouvai peu à peu le sourire. Je mourais d'envie de recommencer à apprendre, de lire, d'écouter de la musique et des histoires. L'appétit me revint, il ne fut pas nécessaire de me forcer à manger. J'émergeai des ténèbres comme si je sortais de prison.

C'est alors que Flora me fit vivre avec des enfants de mon âge et, peu à peu, le passé pesa de moins en moins sur moi. Je célébrai un anniversaire à la clinique. On avait préparé une jolie fête pour moi, et Flora m'offrit une ravissante robe rose, bordée de dentelle à l'ourlet et aux poignets. Mes crises d'angoisse s'espacèrent, s'atténuèrent et finirent par disparaître tout à fait.

D'une certaine manière, je regrettai ma guérison. Mon retour à la vie normale signifiait que j'allais quitter la clinique. J'en étais arrivée à vivre dans l'attente des visites de Flora et de nos entretiens: la perspective de ne plus jamais la revoir me consterna. Je faillis retomber en catatonie. J'étais passée, sans transition, des bras d'une femme à ceux d'une autre. Et maintenant, à qui me raccrocher? Qui prendrait soin de moi? Le monde extérieur m'était aussi étranger que l'espace, je ne pourrais qu'y flotter sans direction ni but, tel un ballon à la dérive.

Flora n'ignorait pas mes craintes.

— Il est temps de te remettre à vivre, Céleste, me dit-elle un matin dans son bureau. Tu ne dois avoir peur de rien, ni de personne. Tu es très, très intelligente, et je suis sûre que tu réussiras tout ce que tu entreprendras plus tard, quoi que ce soit.

— Alors je rentre à la maison?

— Non, pas encore. Pas avant longtemps.

Flora se leva et regarda par la fenêtre sans rien dire, si longtemps que je me mépris sur son silence. Je crus qu'elle se demandait si, oui ou non, elle allait m'emmener pour vivre avec elle. C'était mon souhait le plus cher, tenu secret tout au fond de mon cœur, avec mes rêves et mes espoirs les plus fervents. Combien ma vie aurait été différente, m'arrivait-il souvent de penser, si elle avait choisi de le faire.

Elle se retourna et me sourit, mais je lus la décevante réponse dans son regard attristé. C'était l'annonce d'un adieu sans lendemain, définitif. Un jour son visage s'effacerait de mes souvenirs, plongeant lentement dans la mer de l'oubli, de plus en plus profondément jusqu'à ce qu'il ne remonte plus à la surface.

— D'abord, dis-toi que là où tu vas tu seras avec des enfants de ton âge, expliqua-t-elle. C'est une pension tenue par des gens très gentils, M. et Mme Masterson. Et tu iras enfin dans une véritable école, et en car scolaire, par-dessus le marché. Mais tu es une enfant bien trop attachante pour y rester longtemps, poursuivit-elle. Je suis sûre qu'un couple charmant viendra très vite te chercher, et que ces gens te garderont dans leur cœur et dans leur foyer.

Je retenais mon souffle. J'avais vraiment envie de hurler, ou de fermer les yeux pour ne plus jamais les rouvrir.

— Je prendrai régulièrement de tes nouvelles pour savoir si tu vas bien, Céleste, dit encore Flora.

Je lui jetai un regard si perçant qu'elle se figea.

— Non, vous ne le ferez pas.

Elle affirma cela en souriant encore, mais je connaissais ce sourire. Elle avait le même avec les autres enfants, et certains d'entre eux étaient maintenant loin d'ici et oubliés.

Je détournai les yeux, et je me souviens que tout me parut gris, d'un gris acier qui noyait toutes choses autour de moi. J'étais trop jeune pour traduire avec exactitude mes sentiments en mots ; mais je me jurai de ne plus jamais m'attacher à quelqu'un, excepté mes esprits, mes chers esprits si aimants.

Les gens qui vinrent à la clinique pour me conduire à l'orphelinat, un homme et une femme aux cheveux grisonnants, me rappelèrent ceux qui étaient venus à la maison, ce jour terrible. Tous deux paraissaient mécontents d'avoir été chargés d'une telle corvée. Avant même de se présenter, la femme s'enquit avec humeur :

— Es-tu allée aux toilettes ? Nous avons un long trajet devant nous, et nous n'aurons pas le temps de chercher un endroit pour nous arrêter.

Je hochai la tête et l'homme empoigna ma petite valise. Flora n'était pas là. Je crus qu'elle n'allait même pas venir me dire au revoir et me répéter ses promesses avant mon départ, mais en arrivant devant la porte du hall, je l'entendis crier :

— Une minute, attendez !

Puis le tap-tap-tap saccadé de ses hauts talons résonna sur le dallage du couloir.

Vêtue de sa blouse de médecin, qu'elle portait rarement quand elle se trouvait avec moi, elle s'approcha rapidement, les pans de sa blouse voletant derrière elle. L'une de ses assistantes, une jeune femme blonde aux grands yeux bleus étonnés, courait pratiquement pour se maintenir à sa hauteur.

— Avez-vous tout ce qu'il vous faut ? demanda-t-elle à l'employée des services sociaux, qui s'était rapidement présentée comme Mme Stormfield. Il est très important de suivre rigoureusement les ordonnances.

Mme Stormfield tapota son porte-documents.

— Oui, oui. Tout est là.

— Parfait. Bonne chance à toi, Céleste. Je prendrai de tes nouvelles, je te le promets.

Je baissai la tête. Flora s'accroupit devant moi et, avec douceur, me releva le menton pour m'obliger à la regarder en face.

— Il faut que tu sois forte, me dit-elle à voix basse, tu dois y arriver. Tu ne seras pas seule, j'en suis certaine.

Ses paroles m'arrachèrent un sourire, mais ce sourire la mit mal à l'aise, je le vis bien. Il n'avait rien de chaleureux ni d'enfantin.

— Je sais que je ne serai jamais seule, c'est vrai.

Flora parut subitement très soucieuse. On aurait pu croire qu'elle envisageait de me garder. Juste à cet instant, Mme Stormfield tapa du pied avec impatience. Flora leva les yeux sur elle.

— La route va être longue, dit l'accompagnatrice. Nous ferions mieux de partir tout de suite.

Flora battit des cils, réfléchit un instant et secoua la tête comme à regret.

— Bien sûr, dit-elle en se levant.

Elle prit une profonde inspiration, jeta un coup d'œil à son assistante et, rompant la règle qu'elle s'était imposée, se pencha pour m'embrasser sur les deux joues. Puis elle se retourna et le claquement de ses talons s'éloigna dans le couloir. Pour moi ce fut comme un compte à rebours dont le bruit s'affaiblit sans cesse, pour laisser place à un silence assourdissant. Je posai les doigts sur mes joues, là où elle m'avait embrassée. J'aurais tant voulu pouvoir y garder ses lèvres pour toujours !

Mme Stormfield abattit lourdement la main sur mon épaule pour m'entraîner vers la sortie, puis vers la voiture. Ses doigts me serraient si fort que j'aurais voulu crier, mais je n'émis pas un son. Au lieu de quoi, je montai en voiture et m'assis de façon à être aussi loin d'elle que possible. Elle me suivit et ferma la portière. Puis elle poussa un profond soupir, comme si c'était elle qui venait de subir une pénible épreuve, et non pas moi. Le chauffeur déposa ma valise dans le coffre, monta, démarra... et voilà, nous étions partis. Je ne jetai pas un seul regard en arrière.

Ce fut seulement alors que je pensai à mon cousin Panther. Je me souviens d'avoir trouvé bizarre de ne pas avoir pensé à lui jusque-là. Était-ce parce qu'il m'était indifférent, ou avais-je tout simplement oublié son existence ? Où l'avait-on conduit ? Qu'allait-on faire de lui ? Était-il dans une clinique, dans un orphelinat, ou avait-il déjà trouvé une nouvelle famille ?

Après cela, je pensai à Lionel. Cela ne m'était pas arrivé depuis longtemps, et maintenant je ne pouvais plus m'en empêcher. Il était présent à ma mémoire. Il était toujours Lionel. Il n'avait pas changé. J'entendais son rire, sa voix quand il m'apprenait les voyelles ou m'expliquait une image dans un livre. Je fermais les yeux et, à nouveau, je sentais ses bras qui me serraient, me portaient à l'étage pour me mettre au lit. Il remontait ma couverture, me bordait et me souhaitait doucement bonne nuit. Je me rappelais ces longues heures passées ensemble dans la chambre de la tourelle, en nous tenant le plus tranquilles possible pour que les gens de passage, en bas, ne soupçonnent pas mon existence.

Mais surtout, surtout, je me souvenais du travail accompli avec lui au jardin, quand il me fut enfin permis de sortir en plein jour, et qu'il m'apprenait à soigner les plantes médicinales. Il me disait leur nom à toutes, et me parlait d'elles comme si elles étaient ses enfants. Chaque matin, j'attendais impatiemment le moment de sortir pour voir de combien elles avaient poussé, si leurs feuilles se portaient bien, et pour évaluer le temps qu'elles mettraient à tenir leurs promesses et dispenser leurs pouvoirs de guérison.

À la maison, maman cuisait, remuait, broyait et mélangeait les enfants de Lionel, les transformait en remèdes qu'elle versait dans des flacons ou emballait dans des sacs en plastique, pour les gens qui venaient régulièrement chez nous écouter ses conseils. Elle nous décrivait comment les esprits de notre famille, alignés le long de l'allée, souriaient de satisfaction et de fierté en voyant arriver chez nous ses patients, le visage illuminé de confiance et d'espoir.

Où étaient nos esprits familiers en ce moment précis, me demandais-je. Maintenant que j'étais sortie de la clinique, m'attendaient-ils en prévoyant mon retour ? Subitement, cette pensée déclencha en moi un sursaut de panique. Ils m'attendaient, bien sûr, et ils allaient être déçus si je ne revenais pas. Je me souviens d'avoir dit :

— Je dois rentrer à la maison.

Mme Stormfield tourna lentement la tête, abaissa ses lunettes sur l'arête de son nez osseux, et me transperça de son regard glacé, aussi gris que l'acier.

— Qu'est-ce que vous racontez ?

— Il faut que je rentre tout de suite à la maison, répétai-je. On m'attend.

— Qui vous attend ?

— Ma famille.

— Oh ! fit-elle en remontant ses lorgnons sur son nez.

Et elle se détourna pour regarder droit devant elle. J'insistai.

— Mais ils sont là, je vous assure. Ils sont vraiment là.

— Eh bien, pourquoi n'attendez-vous pas qu'ils vous appellent, alors ?

Le chauffeur pouffa de rire.

— Oui, approuvai-je. C'est une bonne idée.

Elle se retourna vers moi, le sourcil haussé de surprise, cette fois.

— C'est vraiment ce que vous pensez ?

— Oui. J'attendrai. Ils m'appelleront, affirmai-je en me renversant contre le coussin du dossier.

Je souriais, je m'en souviens. J'étais si heureuse que j'en rayonnais.

— Cette fille ment comme elle respire, grommela Mme Stormfield.

Le chauffeur haussa les épaules.

— Ni plus ni moins que les autres. Ils sont tous pareils.

Je ne leur adressai plus la parole, ni à l'un ni à l'autre. Il y avait bien longtemps de cela, j'avais appris à remplir les heures d'inaction. Je n'avais pas besoin qu'on me distraie ni qu'on m'amuse. Comme je l'avais fait si souvent, je parcourus en pensée un livre que j'avais déjà lu, et en tournai mentalement les pages. Je me rendais plus ou moins compte que Mme Stormfield observait le mouvement de mes yeux, qui allaient et venaient sans cesse. Elle s'écarta encore un peu plus de moi, comme si elle redoutait que je ne lui transmette une maladie contagieuse. Je souris.

Elle ne s'en doutait pas, mais j'étais très contente qu'elle s'éloigne ainsi de moi. Cela faisait de la place pour Lionel. J'avais tellement pensé à lui, et si intensément que je l'avais ramené à moi.

Il s'assit entre nous deux et prit ma main dans la sienne.

— Ne t'inquiète pas, je suis revenu près de toi.

— A qui souris-tu comme ça ? m'interpella Mme Stormfield.

Et comme je gardais le silence, elle s'impatienta.

— Je te parle, jeune fille !

Je persistai à ne pas répondre, et tout ce qu'elle put faire n'y changea rien. Je me contentai de me détourner d'elle et de regarder devant moi.

Lionel me tenait la main. Le seul fait de le savoir là, près de moi, me donnait la force et le courage d'affronter toutes les Mme Stormfield que je trouverais sur ma route au cours de tous les jours à venir, si sombres, si mornes ou si orageux qu'ils soient.

Deux

Une jeune femme soi-disant normale

Un orphelin ne sait rien de ce que demain lui réserve. C'est comme si nous voguions sur l'océan la nuit, sous un ciel toujours couvert, sans savoir où nous allons ni si nous allons quelque part. Nous nous demandons même si nous aurons jamais un vrai Noël ou une fête d'anniversaire. Qui s'en soucie, d'ailleurs ? L'État ? Les travailleurs sociaux de l'orphelinat ? Même si tous ces gens manifestent parfois de la bonne volonté, ce n'est jamais la même chose que d'être à la maison, en train de déballer des cadeaux de Noël ou d'anniversaire au salon, parmi ceux que nous aimons et qui nous aiment. Nous sommes très bien informées sur ces choses-là, par la télévision ou par les livres. Et bien sûr il y a celles qui ont connu pendant quelque temps la vie de famille. Les filles comme moi.

Dans les replis les plus secrets de ma mémoire, j'entends un piano jouer le jour de Noël. Je respire l'odeur de la tarte aux pommes toute chaude, je vois les flocons se coller aux fenêtres, scintillant à la lumière du salon comme des cristaux de diamant. Peu importe le froid du dehors : dans la maison, il fait toujours chaud. Ce serait certainement la même chose pour toutes les autres, bien sûr. Mais pour avoir tout cela, il fallait d'abord avoir une famille.

Pensez à ce que cela peut être de ne jamais célébrer la fête des mères, ni celle des pères, ni un seul anniversaire en famille. Pensez au mot lui-même : famille, et imaginez qu'il ne fasse pas partie de votre vocabulaire. Pensez à vous-même comme à un être différent des autres, un être d'une autre espèce. C'est ce que nous ressentions toutes.

Pour exprimer la force des liens familiaux, les gens citent volontiers le proverbe : « Le sang est plus épais que l'eau. » Quant à nous, c'était vraiment comme si nous n'avions que de l'eau dans les veines. Il ne fallait pas s'étonner si, malgré les efforts des thérapeutes, je me cramponnais aussi âprement au souvenir de ma famille spirituelle. Qui avais-je d'autre ? C'est une chose affreuse de dépendre entièrement de la gentillesse, de la bonté d'âme et de la charité d'étrangers. Peu importe la façon dont ils vous aident, et ce qu'ils disent quand ils le font, vous vous sentez toujours en dette envers eux. Je déteste cette obligation de me sentir perpétuellement reconnaissante. Personne ne remercie aussi souvent que nous. Les mots ont fini par nous coller à la langue.

Il est si important d'avoir une famille, d'avoir quelqu'un à qui nous sommes attachés par des liens d'appartenance mutuelle. Tout ce qu'on fait l'un pour l'autre vient de plus loin que nous-mêmes, d'un lieu que nous partageons pour toujours. Là, rien ne nous est imposé, tout est amour. Un amour toujours présent entre Lionel et moi. Comment aurais-je pu y renoncer jamais ?

Cependant, alors que j'étais encore dans mon premier orphelinat, je commençai à voir moins souvent Lionel. Non parce que je n'avais plus besoin de lui, j'aurais toujours besoin de lui. Il faisait trop intimement partie de moi, de ce que j'étais et de qui j'étais. Mais je fréquentais l'école, je me faisais des amies, ce qui intéressait les autres filles de mon âge commençait à m'intéresser aussi. Je voulais regarder la télévision plus souvent, lire des magazines, aller au cinéma, ce que Lionel ne faisait jamais et dont il ne parlait jamais non plus. Même si je n'avais pas d'ami attitré, je flirtais avec les garçons et fantasmais à leur sujet, comme le faisaient mes amies.

Un jour, je surpris une conversation entre M. Masterson et sa femme, qui se tracassait à propos de moi sans trop savoir pourquoi.

Quelques années plus tôt, j'avais découvert qu'en approchant l'oreille d'une bouche d'aération, située entre leur cuisine et notre salle de bains, je pouvais entendre distinctement ce qu'ils se disaient. Sans bien savoir comment, – sans doute parce que cela leur arrivait souvent – je devinais toujours quand ils allaient parler de moi.

— Rends-toi compte, disait ce jour-là M. Masterson à sa femme, tous les enfants de son âge s'inventent des amis imaginaires, Annjill, surtout nos petits orphelins. Céleste n'est pas différente d'eux, et maintenant, comme tu l'as dit toi-même, elle le fait de moins en moins.

Madame Annjill s'empressa de répliquer :

— Je continue à croire que quelque chose ne va pas chez cette enfant, mais alors pas du tout. Élevée dans une famille de désaxés, comment n'aurait-elle pas été profondément marquée elle-même, de façon indélébile ? Pourquoi avons-nous tellement de mal à trouver des gens qui aient envie de la prendre chez eux ? Au premier abord, elle est plutôt attirante, et elle est vraiment très intelligente, on ne peut pas lui enlever ça. Il n'y a qu'à voir ses résultats en classe.

— Quelqu'un finira par venir la demander, affirma M. Masterson.

— Non. Personne ne viendra. Elle a eu trop de chances perdues, trop d'occasions manquées. Il faudra que nous fassions la pêche aux adoptants, tu verras.

J'ai toujours soupçonné que c'est exactement ce qu'elle finit par faire, et que c'est de cette façon que, pour la première fois, des candidats à l'adoption m'accueillirent chez eux. Les Prescott, le couple en question, avaient déjà élevé des enfants. Ils avaient même des petits-enfants, mais leur progéniture vivait très loin de chez eux, ce pourquoi ils avaient souhaité devenir famille d'accueil malgré leur âge. Ils avaient besoin de remplir leur vie et de lui donner un sens. Mais ce désir, à mon avis, était davantage celui de Mme Prescott que celui de son mari.

Dès que nous fûmes en présence, Mme Prescott voulut que je les appelle Mamie et Papy, comme si, d'un simple claquement de doigts, ils pouvaient faire de moi leur petite fille. Elle dit que j'aurais l'ancienne chambre de leur fille Michèle, mon poste de télévision personnel et un bureau pour faire mes devoirs. Cela paraissait très généreux, mais je savais qu'ils recevraient de l'argent de l'État pour mes besoins et mes vêtements.

Contrairement aux autres couples que j'avais rencontrés, ils ne furent pas rebutés par ma conduite. Sans doute Mme Annjill les y avait-elle préparés, en leur donnant par avance quelques précisions sur mon comportement. Mme Prescott resta impassible, le visage figé comme un masque et le sourire soudé aux lèvres. Aucune de mes remarques ou de mes questions ne parut les ennuyer, même quand je demandai si ma présence dans cette chambre ne gênerait pas leurs enfants et petits-enfants quand ils viendraient les voir. Au coup d'œil que Mme Prescott jeta à son mari, je compris que ceux-ci ne venaient pas les voir souvent, ce qu'ils semblaient regretter beaucoup, elle en particulier.

M. Prescott était grand, il avait le teint pâle, les cheveux gris et rares, et des yeux bruns humides au regard morose. Pendant presque toute la visite il pianota sur le bras de son fauteuil, comme s'il battait la mesure pour un défilé de majorettes.

— Quand les enfants viendront, nous trouverons toujours le moyen de nous arranger, déclara Mme Prescott pour me rassurer. Ne t'inquiète pas. Oh ! Ce sera merveilleux d'avoir à nouveau une enfant dans notre vie ! J'ai même des vêtements au grenier qui devraient t'aller, des tas de jouets dans l'armoire et toutes sortes de poupées, acheva-t-elle.

Là-dessus, elle tapa dans ses mains et les frotta vigoureusement l'une contre l'autre. Elle était trapue, avec peu de poitrine et de larges hanches. Il devait y avoir longtemps qu'elle avait perdu sa ligne. Et la femme qu'elle avait été autrefois s'était fanée, comme une très vieille photographie.

— Vos petits-enfants ne seront pas fâchés que vous me preniez chez vous, et que vous me donniez tellement de choses qui leur ont appartenu ? questionnai-je. Surtout les poupées.

Si jeune que je sois, je pouvais fixer les gens droit dans les yeux comme un avocat général interrogeant un témoin. Mme Annjill avait beau me dire que c'était impoli, je le faisais quand même. Parmi les autres orphelines, bien peu auraient osé poser ce genre de question, de peur que leurs parents potentiels n'y voient une raison de les rejeter. Mais pour moi, cette question avait son importance. Je ne voulais à aucun prix être emmenée là où je ne serais pas acceptée.

J'avais déjà neuf ans, et je savais tout sur la jalousie. Elle accompagnait chacune de nous comme une ombre. Et nous pâlissions d'envie dès que l'une de nous recevait un cadeau ou avait une chance d'être adoptée. Pour moi, ce serait sûrement pire si je prenais la place de quelqu'un chez les Prescott, et que je faisais intrusion dans le domaine des petits-enfants.

— Oh non, non ! Non, vraiment pas, se récria Mme Prescott.

Pendant toute l'entrevue, M. Prescott regarda par la fenêtre. De toute évidence il aurait préféré être ailleurs, loin d'ici, de moi et de toutes ces histoires d'adoption. Plus tard, je devais découvrir qu'il ne vivait que pour le golf, et que tout ce qui dérangeait son emploi du temps quotidien lui était hautement désagréable.

Si Mme Prescott le savait, elle préférait l'ignorer ou ne s'en souciait guère. Elle parlait sans cesse, décrivait leur maison, une modeste bâtisse dans le goût du XVIIIe anglais, précisait-elle, avec une véranda en façade. Elle m'apprit qu'ils avaient une arrière-cour d'une surface appréciable, où j'aurais bien assez de place pour gambader à mon aise.

— Et Papy remettra en état la balançoire, n'est-ce pas, Papy ?

M. Prescott sursauta.

— Pardon ? Oh oui, bien sûr ! Elle n'a besoin que d'une bonne couche de peinture et d'un peu d'huile.

Le fait qu'on ait laissé cette balançoire se dégrader parlait de lui-même : les petits-enfants ne devaient vraiment pas venir souvent !

— Tu pourras aller à l'école à pied, mais nous ne te laisserons jamais y aller seule, pas vrai, Papy ?

— Oh non, jamais ! confirma-t-il fermement.

Ils vivaient dans un petit village, juste à la sortie de Kingston, dans l'État de New York. M. Prescott était un comptable à la retraite. Mme Prescott avait toujours été mère au foyer, et n'avait pas fait d'études supérieures. Ils me racontèrent qu'ils s'aimaient depuis le collège, et s'étaient mariés dès que M. Prescott avait eu son diplôme et trouvé un emploi dans un important cabinet de Kingston.

— Et Papy a fini par créer sa propre compagnie, expliqua Mme Prescott. Nous ne sommes pas ce qui s'appelle riches, mais nous avons toujours été très à l'aise.

Je crois qu'elle avait hâte de me faire partager leur histoire personnelle, pour que je me sente intégrée le plus tôt possible à la famille.

Je sus plus tard que Mme Annjill, qui mourait d'envie de se débarrasser de moi, avait dit aux Prescott que j'étais sa plus jolie pensionnaire et que j'avais les meilleures perspectives d'avenir.

— C'est une petite fille très indépendante. Vous serez très contents d'elle, et vous ferez quelque chose de magnifique en lui offrant un vrai foyer, et en lui montrant ce que la vie peut être dans une vraie famille.

— Et de plus, renchérit Mme Prescott, mon époux saura parfaitement s'occuper de ses biens quand le moment sera venu. Qui serait mieux placé que lui pour le faire ?

J'ignorais ce que les Prescott savaient au juste de mes antécédents. Mais j'avais le sentiment que Mme Annjill leur avait laissé entendre, assez habilement, que j'étais trop jeune pour avoir souffert des événements dramatiques arrivés dans ma famille. J'étais seulement une malheureuse petite fille qu'un sort injuste avait rendue orpheline et sans appui. À la façon dont ils parlaient de moi, je compris que Mme Annjill avait fait de longs travaux d'approche pour les amener à l'idée de m'adopter. Ils avaient fini par signer les papiers et m'avaient annoncé que j'allais vivre avec eux. Tout s'était passé si vite que j'en avais le vertige ; mais ils espéraient que je serais heureuse, et que j'avais souhaité cette adoption autant qu'eux-mêmes.

Quand les autres filles apprirent que j'allais vivre ailleurs, dans une vraie famille, elles me regardèrent comme si j'avais gagné à la loterie. Aucune d'entre elles ne fit de remarques déplaisantes. Certaines me dirent même que je leur manquerais. Mais elles avaient toutes ce regard lointain qui révélait ce qu'elles éprouvaient : elles se sentaient plus abandonnées que jamais. Après tout, n'étais-je pas la petite fille dont personne ne voulait ? Chacune d'elles était censée trouver une famille avant moi.

Le lendemain, Les Prescott vinrent nous chercher, moi et mes pauvres possessions. Comme il s'était mis à pleuvoir juste avant leur arrivée, ce n'était pas le moment de s'attarder sur le seuil. Mme Annjill avait préparé mon bagage la veille. Juste après le petit déjeuner, elle vint me chercher et me dit d'aller attendre dans le hall, comme pour s'assurer que, si jamais ils ne me voyaient pas, ils ne repartiraient pas sans moi. Sa joie d'être enfin débarrassée de moi était si manifeste que j'en souris. Elle me répétait sans cesse que j'avais une chance inouïe d'être adoptée par un couple aussi aimant.

— Tu devrais me remercier, dit-elle encore. Parfaitement, me remercier, me remercier.

Je lui jetai un regard si mauvais que ses sourcils s'arquèrent de stupeur. J'étais sûre de voir une ombre ténébreuse voleter autour de ses épaules, tout près, jusqu'à les effleurer.

— Qu'y a-t-il ? s'alarma-t-elle.

Je m'écartai d'elle, de crainte que l'ombre ne me touche, et je vis son visage refléter la peur.

— Je te conseille de bien te conduire, me menaça-t-elle en agitant l'index. Cela vaudrait mieux pour toi. Je ne te reprendrai pas.

J'eus un sourire d'une froideur insolente et laissai tomber :

— Je me demande bien qui aurait envie que vous la repreniez.

Elle faillit en perdre le souffle. Quand les Prescott arrivèrent, elle me poussa littéralement dehors et leur jeta brièvement :

— Je vous souhaite bonne chance avec elle !

Et sa main pétrit mon omoplate pour la dernière fois.

Comme il avait commencé à pleuvoir, M. Prescott tint son parapluie au-dessus de ma tête et me guida vers la voiture. Je me retournai, une seule fois, et aperçus Tilly Mae qui me regardait par une fenêtre, en se massant l'épaule que Mme Annjill lui avait déboîtée. Elle faisait toujours cela quand elle était triste ou effrayée. Derrière les vitres, son visage paraissait fait de cire, et on aurait dit que ses larmes brûlantes de chagrin le faisaient fondre. Un instant plus tard nous avions dépassé le tournant de l'allée, et roulions vers ce qui était censé être, pour moi, une vie toute neuve et riche d'espoir.

La pluie se fit plus drue, et devint bientôt une de ces giboulées de printemps qui, avant de tomber, venait juste de se décider entre l'averse et la neige. De lourdes gouttes frappaient le toit de la voiture, si rudement qu'on aurait dit des billes d'acier. Un coup de tonnerre claqua, et un éclair arracha un cri à Mme Prescott qui bondit sur son siège.

Assise à l'arrière, les mains croisées sur les genoux, je regardais droit devant moi. Mon silence rendait nerveuse Mme Prescott, qui jacassait sans arrêt. Elle me mitraillait de questions et, si je laissais l'une d'elles sans réponse, elle passait aussitôt à la suivante comme si elle avait oublié la première.

— Laisse à cette petite le temps de placer un mot, lui répétait son mari.

Je n'avais pas encore réussi à énoncer une phrase entière. Je ne répondais que par monosyllabes. J'en étais encore à m'étonner d'être passée si vite de l'orphelinat, qui avait été si longtemps ma maison, à ce nouveau foyer.

Pendant tout le temps où j'avais vécu sous la férule de Mme Annjill, elle ne m'avait jamais vraiment fait peur. Sa méchanceté me rendait plus forte, ses menaces plus rebelle. Je barbotais dans le même étang que les autres petits poissons sans défense, mais moi j'avais ma confiance, mes secrets; et mon frère Lionel, toujours à mes côtés quand j'avais besoin de lui. Tout cela me maintenait bien au-dessus des eaux agitées du malheur, à l'abri du danger.

Pourtant, ce que Mme Annjill avait dit de moi aux Prescott n'était pas entièrement faux. Elle n'avait pas tout exagéré. J'étais beaucoup plus indépendante que la plupart des autres orphelines, et j'avais de bons résultats scolaires. Je réussissais, j'avais de l'ordre, et aussi le sens de l'organisation.

Mais voilà qu'on m'arrachait à mon environnement, aussi vite et aussi brutalement que la première fois, et je me sentais replonger dans le cocon tissé à ma naissance autour de moi. Une fois de plus je me réfugiais dans le silence, comme si je m'enveloppais dans une couverture chaude et protectrice. Voilà pourquoi je n'avais pas très envie de parler.

Ce qui m'effrayait le plus, c'était l'idée que je ne rentrais pas à la maison. On m'en détournait, peut-être pour toujours, et j'allais perdre la seule famille que j'avais connue. Réussir ma vie, dans ce nouveau milieu, repousserait mon passé de plus en plus loin derrière moi, jusqu'à ce qu'il rejoigne mes ancêtres sous terre, dans le petit cimetière où le corps de Lionel avait reposé.

Une famille peut-elle en remplacer une autre ? Mamie et Papy Prescott pouvaient-ils réellement devenir mes grands-parents ? Hériterais-je de leurs ancêtres, de leur histoire, de leurs goûts et de leurs aversions ? Serait-ce une sorte de transfusion de sang ? Et pour moi, comme dans le proverbe, le sang deviendrait-il vraiment « plus épais que l'eau » ?

Et ma famille spirituelle, comment réagirait-elle à tout cela ? Mes propres ancêtres ne se sentiraient-ils pas trahis ? N'était-ce pas une trahison envers eux que de venir ici, et faire semblant de vouloir appartenir à la famille Prescott ?

— Je t'en prie, ma chérie, répétait inlassablement Mme Prescott. Appelle-nous Mamie et Papy.

Autant me demander de blasphémer. Qu'arriverait-il alors à mes vrais grands-parents ? M'en voudraient-ils ? Seraient-ils obligés de disparaître dans les ténèbres ? Et les autres membres de ma famille, qu'éprouveraient-ils, eux ? Ils me croiraient ingrate, penseraient sûrement que je les abandonnais, j'en perdrais mes visions, ma force et mon courage. Je ne pourrais plus jamais rentrer chez nous, héritage ou pas. Que fallait-il faire ?

— Enfin, la maison ! s'écria Mamie Prescott quand nous nous engageâmes dans l'allée, comme si elle avait craint que nous n'arrivions jamais.

La maison me fit meilleure impression que sa description ne me l'avait laissé supposer. Elle était modeste, sans doute, mais très jolie avec ses volets bleu faïence et son petit jardin. Il y avait un sentier de promenade bordé de buissons, un parterre de fleurs en façade, et aussi une petite fontaine avec, au centre, deux oiseaux. L'eau coulait de leurs becs, comme s'ils venaient juste de les plonger dans le bassin pour boire.

La porte métallique du garage remonta, découvrant un local où pouvaient se garer deux voitures, très bien tenu et organisé, avec des meubles de rangement et des étagères. Le sol lui-même rutilait de propreté. La seconde voiture était un véhicule d'allure à la fois pratique et très sport. Je pus voir, à l'arrière, des clubs de golf qui semblaient regarder par la fenêtre, comme s'ils attendaient impatiemment que Papy Prescott ait besoin d'eux. Celui-ci porta mon bagage dans la maison, et Mamie Prescott m'en fit les honneurs.

Tout était impeccable, comme si on ne touchait jamais à rien. On aurait dit une maison modèle. Les magazines étaient bien rangés dans les porte-revues, les meubles reluisants, chaque chose à sa place. Un poste de télévision grand écran trônait dans le séjour, que les Prescott nommaient leur salon familial. Je m'attendais plus ou moins à y voir un piano : pour moi, il ne pouvait pas ne pas y en avoir. Les mélodies que jouait maman chantaient souvent dans ma mémoire, tissant sur une trame musicale toute une imagerie de souvenirs.

Je sentais que quelque chose n'allait pas, dans cette maison, mais ce n'était pas seulement dû à l'ordre rigoureux qui y régnait. Alors qu'est-ce que c'est ? me demandai-je. Et soudain, je compris : c'était ce calme, ce silence presque anormal. Aucun chuchotement de voix, aucun bruit de pas ni de porte. Tout semblait figé. La poussière elle-même, prise au piège d'un rayon de lumière, y restait suspendue. Portes, fenêtres, murs, planchers, tout était comme laqué de silence. À cause de cela, les Prescott parlaient presque tout bas ; et ils avaient toujours l'air de marcher sur la pointe des pieds, comme si quelqu'un dormait à l'étage en dessous et qu'ils redoutaient de l'éveiller.

— Nous allons t'installer chez toi, annonça Mamie Prescott. Ensuite, Papy ira jouer au golf avec ses amis, et nous en profiterons pour faire plus ample connaissance, toutes les deux. Tu pourras m'aider à la cuisine. Tu aimes le rôti de porc ? J'ai pensé que c'était une bonne idée d'en faire pour cette occasion si spéciale.

— Je ne sais pas, répondis-je, et c'était vrai.

Je ne me souvenais pas d'en avoir jamais mangé.

— Eh bien, si tu n'aimes pas, je te préparerai tout de suite autre chose, me promit Mamie Prescott.

Ils me conduisirent à l'étage pour me montrer ma chambre, en espérant qu'elle me plairait. Si elle me plairait ? Comment pourrais-je, moi qui vivais en orphelinat depuis si longtemps, ne pas être contente d'avoir ma propre chambre ?

Mamie Prescott avait garni le grand lit d'une literie toute neuve, et Papy Prescott avait accroché de nouveaux rideaux blanc et rose. Ils avaient une femme de ménage qui venait deux fois par semaine, et de toute évidence elle s'était donné beaucoup de mal pour que tout soit éblouissant. Les vitres étincelaient. La moquette mauve était si propre qu'elle semblait fraîchement posée, et les meubles si bien cirés que mon image s'y reflétait. C'était une très jolie chambre, bien plus jolie que toutes celles où j'avais dormi… depuis mon départ de chez nous, bien sûr.

— Nous voulons que tu te sentes aussi bien ici qu'un oisillon dans son nid, dit Mamie Prescott.

J'articulai quelques remerciements, j'étais encore trop nerveuse et trop effrayée pour vraiment sourire. Mais, du seuil de la pièce, tous deux me souriaient avec fierté, une vraie fierté de grands-parents. Plus ils se montraient heureux et émus, plus ma nervosité grandissait, et plus le cocon se resserrait autour de moi. Je suis sûre que c'est cela, parmi quelques autres choses, qui finit par les décourager.

Dès que j'eus rangé mes affaires, je descendis à la cuisine avec Mamie Prescott. C'était elle la plus nerveuse, cette fois-ci, comme elle l'avait été dans la voiture. Elle jacassait sans arrêt, évoquait son enfance, sa vie à l'école, ses parents et grands-parents, passant abruptement du coq à l'âne. Elle me faisait penser à un vieux poste de télévision qui, sans prévenir, passe subitement d'une chaîne à l'autre. C'était un peu comme si on lui avait dit de déverser tout son passé dans ma mémoire avant d'aller se coucher. Je me montrai polie et lui parlai un peu plus de moi-même, essentiellement parce que je voulais en savoir plus sur toute sa famille. Je regardai toutes leurs photos et j'obtins une description détaillée de chacun d'eux.

— Ils vont tous t'adorer, affirma-t-elle. Tu verras.

Était-ce possible ? N'importe qui pouvait-il m'aimer comme ça, au premier regard, ou était-ce encore un mensonge d'adulte ?

J'aidai Mamie Prescott à mettre la table, puis je montai dans ma chambre et passai en revue les livres rangés sur les étagères. Des livres pour enfants ou pour jeunes adultes que la fille de la maison, Michèle, avait lus et conservés. J'en avais lu quelques-uns, moi aussi, mais les autres éveillèrent mon intérêt. Curieusement, chaque fois que je voyais quelque chose qui me plaisait, ou que je me réjouissais de recevoir, je me sentais coupable.

Au dîner, Mamie Prescott raconta fièrement à Papy Prescott combien je l'avais aidée. Je n'avais pas fait grand-chose, mais je compris son intention. Elle s'imaginait qu'en exagérant un peu, elle me ferait plaisir. J'aimai beaucoup le repas qu'elle avait préparé. Il était bien plus savoureux que la nourriture de l'orphelinat, et pour dessert elle avait fait une tarte aux myrtilles qu'elle servit avec de la glace. Papy Prescott parla longuement de sa partie de golf, bien qu'il fût évident que sa femme ne s'y trouvait aucun intérêt, et pensait qu'il aurait dû parler de ce qui m'intéressait moi-même. En fait, il semblait ne pas nous voir, elle et moi. Parfois, il donnait même l'impression de se parler à lui-même, ce qui me rendit perplexe.

Était-ce le sort commun des gens qui vieillissaient ensemble ? Commençaient-ils à s'éloigner l'un de l'autre, petit à petit et sans s'en rendre compte, jusqu'à ce qu'un jour ils se découvrent à nouveau seuls, chacun de son côté ? Ils n'avaient pas ce que j'avais moi-même, raisonnai-je. Ils ne possédaient pas ce trésor merveilleux qui nous unissait tous, cet univers de l'ombre peuplé de chuchotements. Oui, c'était ce qui me manquait le plus, à présent, et cette seule pensée suffit à m'attrister. Mamie Prescott dut s'en apercevoir et s'enquit avec gentillesse :

— Tout va bien, ma chérie ?

Je fis signe que oui.

— Elle est fatiguée, c'est tout, commenta Papy Prescott. La journée a été dure pour elle.

Pourquoi me désignait-il comme « elle » ? Pourquoi ne s'adressait-il pas à moi en disant : « La journée a été dure pour toi » ? Il me donnait l'impression que nous étions tous en train de parler de quelqu'un d'autre, ou bien que j'étais dans une cage de verre à travers laquelle ils m'observaient. Finalement, j'allai me coucher.

Cette première nuit dans ma nouvelle chambre, je menai un nouveau combat avec moi-même. Une part de moi souhaitait être encore à l'orphelinat, malgré l'autoritaire et terrifiante Mme Annjill, et me faisait craindre de trahir ma famille. L'autre part refusait de ressentir les choses ainsi. Ma chambre n'était pas luxueuse, c'est vrai. Mais après avoir dormi à deux dans la même pièce pendant des années, avec un minimum d'espace chacune pour caser nos effets personnels et nos livres, j'étais dans un état d'excitation compréhensible.

C'était la première nuit depuis quatre ans que je passais hors de l'orphelinat. Il m'était impossible de garder les yeux fermés, malgré toute ma fatigue. Au moindre petit bruit dans la maison, ils se rouvraient tout seuls. J'écoutais, guettant le moindre tintement, le moindre craquement. Était-ce la porte d'entrée qui venait de s'ouvrir ? Ou bien une fenêtre ? Ou alors des pas dans l'escalier ? N'avait-on pas ouvert la porte de ma chambre ?

Finalement, quelqu'un l'ouvrit. Mamie Prescott venait voir si tout allait bien pour moi. Je me hâtai de refermer les yeux et fis semblant de dormir. Elle referma tout doucement la porte.

Aussitôt après, j'entendis la voix de Lionel.

— Hé ho !

Je me retournai et le vis là, debout et l'air malheureux, alors que j'étais folle de joie de le revoir.

— J'avais peur que tu ne saches pas où j'étais partie, Lionel. Il y a si longtemps que je ne t'ai pas vu.

— Ce n'est pas ma faute. Tu as cessé de m'espérer. Tu ne pensais même plus à moi.

— Ce n'est pas vrai.

— Peu importe. Je sais toujours où tu es, me rassura-t-il. Et je te verrai toujours.

Je le regardai faire le tour de la pièce en examinant tout en détail.

— C'est une jolie chambre, tu ne trouves pas ?

— Non, rétorqua-t-il. Tu en as une plus belle qui t'attend à la maison. Celle-ci sent trop la lessive et les produits d'entretien. La personne qui fait le ménage emploie trop de nettoyant et de cire, on se croirait dans une chambre d'hôpital. Et qu'est-ce que tu as comme vue ? s'enquit-il en s'approchant de la fenêtre. Une autre maison et une rue passante. J'ai déjà été jeter un coup d'œil derrière la maison. Ils n'ont pas de jardin de ce côté-là. Ils n'en ont jamais eu, et cette balançoire est pitoyable à voir.

— Papy Prescott va la réparer et la remettre à neuf.

Lionel eut une grimace de dégoût.

— Papy Prescott ?

— C'est comme ça qu'ils m'ont demandé de l'appeler.

— Ah non, je t'en prie. Pas ça !

— Ils veulent que je sois heureuse, tu comprends.

Mon frère secoua énergiquement la tête.

— Tu ne seras jamais heureuse ici, Céleste. Ce n'est même pas la peine d'y penser.

Là-dessus il se retourna, s'éloigna vers un coin d'ombre et disparut.

— Lionel ! appelai-je. Lionel !

J'avais dû crier, car Mamie Prescott arriva en toute hâte à ma porte. Elle était en chemise de nuit, ses cheveux gris-bleuté tombant sur ses épaules. Découpée par la lumière du couloir, sa silhouette évoquait une créature difforme. Cette fois, je criai pour de bon.

Papy Prescott arriva juste derrière elle, en nouant hâtivement la ceinture de sa robe de chambre.

Que se passe-t-il ?

Sa femme pressa le commutateur de ma chambre.

— Je n'en sais rien. Qu'est-ce qui ne va pas, ma chérie ?

Assise toute droite dans mon lit, je fixais toujours le coin de la pièce où avait disparu Lionel. Mes joues ruisselaient de larmes.

— Tu as fait un cauchemar, ma petite Céleste ?

Mamie Prescott s'approcha du lit, espérant que je lui montrerais – ne fût-ce que par un signe –, que j'appréciais sa présence rassurante, mais je n'en fis rien : il m'était impossible de détourner mon regard de ce coin de la chambre. J'espérais toujours que Lionel allait revenir. Mamie s'arrêta tout près de mon lit.

— Qu'y a-t-il, Céleste ?

Je gardai le silence et elle se tourna vers Papy Prescott.

— À ton avis, qu'est-ce que je dois faire ?

— Céleste, dit-il d'une voix ferme, qu'est-ce qui ne va pas ? Quelque chose t'a fait peur ?

Je me retournai enfin et me frottai les joues pour en chasser mes larmes.

— Lionel est venu, et j'ai peur qu'il ne revienne pas.

— Qui ? s'effara Mamie Prescott. Il y avait quelqu'un, dis-tu ? Céleste ?

Sans répondre, je me laissai retomber sur l'oreiller et contemplai fixement le plafond.

— Elle a dû rêver, déclara Papy Prescott, et je crois bien qu'elle rêve encore.

Mamy Prescott se pencha sur moi et remonta mes couvertures.

— Oui, ce doit être ça. Pauvre petite ! soupira-t-elle en me bordant avec soin. Je n'ose pas imaginer ce qu'elle a dû endurer dans cet orphelinat. Là, là, c'est fini ma chérie. Nous sommes tout près de toi si tu as besoin de nous. Veux-tu que je laisse la porte ouverte ?

— Oui, c'est ça. Laissez-la ouverte, peut-être qu'il reviendra.

— Qui est-ce qui reviendra peut-être ?

— Lionel.

J'adorais prononcer son nom, et il y avait si longtemps, si longtemps que je n'avais pas parlé de lui à quelqu'un.

Ils échangèrent un regard.

— Elle ira mieux demain matin, conclut Mamie Prescott sans grande conviction.

— Oui, et nous aussi, répliqua Papy.

Ensemble, ils se dirigèrent vers la porte, et elle se retourna une fois pour jeter un dernier coup d'œil sur moi.

— Reviens, Lionel, appelai-je dans un chuchotement. Je ne serai jamais heureuse ici, je te le promets.

Mais malgré ma promesse, il ne revint pas cette nuit-là. Néanmoins, je savais qu'il boudait quelque part, dans l'obscurité. Je pouvais sentir sa présence. Et j'eus bientôt la certitude qu'il me suivrait partout. Il m'accompagna même à ma nouvelle école. Quand la maîtresse m'eut présentée à la classe et attribué une place, je me retournai et l'aperçus au fond de la salle. Il eut un sourire ambigu, recula vers le mur… et disparut.

Au cours des semaines suivantes, je ne cessai pas de le chercher. La maîtresse me reprocha ma distraction, puis s'en plaignit aux Prescott. Elle ne comprenait pas comment j'avais pu obtenir de si bons résultats jusqu'ici. Au début, j'échouais à tous mes contrôles et quand elle m'interrogeait, je me contentais de la regarder sans répondre.

Mamie Prescott me demandait à tout propos pourquoi je me montrais si mauvaise élève. Elle proposa de m'aider, mais je savais que cela irriterait encore davantage Lionel, puisque c'était toujours lui qui me faisait travailler. Je finis par dire à Mamie Prescott que je n'avais pas besoin de son aide.

— C'est Lionel qui m'aidera.

— Lionel ? Qui est-ce ?

— Mon frère.

La stupéfaction de Mamie Prescott fut presque comique.

— Ton frère ? Mais... quand est-ce que tu le vois ?

— Chaque fois qu'il le veut bien.

Décontenancée, elle secoua la tête et s'affaira à ses travaux de ménage. Un peu plus tard, quand je fus montée me coucher, Papy Prescott et elle eurent une conversation à mon sujet. Leurs voix assourdies me parvenaient de la salle de séjour. Sur le conseil de Lionel, je m'avançai sur la pointe des pieds jusqu'au palier, pour écouter.

— Je ne sais pas quoi en penser, disait Papy Prescott, mais je n'aime pas ça. Nous avons peut-être présumé de nos forces, Julia.

— Oh, je suis sûre qu'elle fera des progrès au bout d'un moment, Arnold. Il faut du temps pour s'habituer à un nouveau foyer. Les enfants s'inventent souvent des amis imaginaires.

— Ce n'est pas d'un ami imaginaire qu'il s'agit. C'est de son frère, qui est mort. Je ne te cache pas que ça me donne le frisson de l'entendre parler de lui comme ça. Et cette façon qu'elle a de regarder fixement dans le vide, comme si elle voyait quelqu'un. Franchement, j'en ai la chair de poule. C'est bizarre qu'Annjill Masterson ne nous ait rien dit là-dessus.

Il y eut un silence, et je repartis en direction de ma chambre. Lionel se tenait dans l'embrasure de la porte.

— Tu vois ce que je veux dire ? Tu n'es pas chez toi, ici. Ce n'est pas ta place, ajouta-t-il en se retournant pour entrer dans la pièce.

Mais quand j'y entrai à mon tour, il n'était pas là. Je me mis au lit et attendis, l'oreille aux aguets. Il ne revint pas et je finis par m'endormir.

Le lendemain à l'école, M. Fizer, le conseiller pédagogique, me fit appeler dans son cabinet de travail. C'était un blond aux yeux bleus chaleureux, sympathiques. Sur son bureau, je vis une photographie de sa femme et de ses deux enfants. Une fille d'environ quinze ans et un petit garçon de huit ans, que j'avais déjà vu dans les couloirs de l'école. Il était deux classes au-dessous de la mienne, et je m'étonnai de l'écart d'âge qui existait entre sa sœur et lui. Sur la photographie, la femme de M. Fizer semblait plus âgée que lui.

— C'est toujours difficile de s'adapter à une nouvelle école, commença-t-il dès que j'eus pris place en face de lui. Nous le comprenons tous, Céleste, mais Mlle Ritowsky estime que vous avez d'autres problèmes plus sérieux. Y a-t-il quelque chose qui vous tracasse, et si oui, pourrais-je vous être utile ? J'aimerais vraiment vous aider et vous voir réussir.

Je me contentai de le regarder, ou plutôt de regarder à travers lui.

— Vous vivez chez des gens vraiment très gentils, Céleste. Je connais les Prescott depuis déjà longtemps. En fait, j'allais à l'école avec leur fils, précisa M. Fizer en souriant.

Les fenêtres se trouvaient derrière son bureau, ce qui n'était pas une bonne idée, à mon avis. La personne qui était assise en face de lui pouvait facilement l'ignorer et regarder par les fenêtres, voir les oiseaux, et même les élèves qui faisaient de la gymnastique sur le terrain de sports.

— Vous n'aimez pas Mlle Ritowsky ? reprit-il avant que j'aie pu dire quoi que ce soit.

Je haussai les épaules, ce qui l'encouragea à poursuivre. Il tapota de l'index une chemise cartonnée ouverte devant lui.

— Le travail ne devrait pas vous sembler difficile, à en juger par votre dossier scolaire. Alors pourquoi n'obtenez-vous pas de meilleurs résultats, Céleste ? s'enquit-il en se penchant vers moi. Je ne peux pas croire que vous faites vraiment des efforts. Essayez-vous réellement de faire de votre mieux ?

J'étais sur le point de lui répondre quand je vis Lionel s'approcher, venant du terrain de sports. J'étais certaine que c'était lui, même s'il marchait la tête basse. Je me rappelais trop bien cette démarche un peu gauche, et cette façon qu'il avait de balancer la tête et les épaules à chaque pas.

— Vous m'écoutez, Céleste ?

— Mon frère n'est pas content que je sois ici, rétorquai-je d'une voix chargée de colère.

Le conseiller Fizer se redressa.

— Pardon ? Votre frère ?

Il réfléchit un moment, se pencha une fois de plus en avant et parcourut quelques pages de mon dossier.

— Quand avez-vous parlé à votre frère ?

— Je l'ai vu hier soir, en fait.

Ce fut au tour de M. Fizer de me fixer en silence.

— Ah ! finit-il par dire. Eh bien, dans ce cas, il nous faut découvrir pourquoi votre présence ici déplaît à votre frère. Comment puis-je le joindre pour lui parler ?

Lionel pivota brusquement vers la droite et disparut à ma vue.

— Vous ne pouvez pas lui parler.

— Et pourquoi cela ?

— Il ne parle pas aux étrangers, expliquai-je. Il n'a jamais aimé qu'il en vienne à la maison. Il faisait semblant de ne pas les voir, comme s'ils n'étaient pas là.

— Très bien. S'il ne veut pas me parler, peut-être pouvez-vous me dire pourquoi il n'aime pas vous savoir ici.

— Il pense que je devrais rentrer à la maison. Il a peur que j'oublie.

M. Fizer haussa un sourcil perplexe.

— Que vous oubliiez ? Que vous oubliiez quoi, Céleste ?

— Ma famille.

— Je vois. Je pense que vous n'oublierez jamais votre famille. Mais cela ne signifie pas que vous n'avez pas le droit de laisser d'autres gens vous aider, prendre soin de vous, et même vous aimer comme votre famille vous aimait.

— Personne ne peut m'aimer comme ça, lui répliquai-je, en attachant sur lui un regard si insistant qu'il en parut troublé. Ne dites jamais une chose pareille, ajoutai-je sur un ton de reproche, comme si j'étais l'adulte et lui l'enfant.

— Comme vous voudrez, je n'ai pas la moindre intention de vous froisser. Si vous avez besoin de me parler, je suis à votre disposition, Céleste. Je serai toujours là pour vous.

Je pinçai les lèvres et me détournai de lui, fermant brutalement la porte à tout ce qu'il pourrait me dire d'autre.

Il y eut d'autres discussions à mon sujet, mais sans moi. Les entretiens eurent lieu entre les Prescott et Mlle Ritowsky. Rien de ce qu'ils pouvaient dire ou faire ne changeait quoi que ce soit, et l'inquiétude grandit chez les Prescott. J'entendis Papy Prescott dire à Mamie que cela finissait par affecter sa façon de jouer au golf. Ils en vinrent à se disputer de plus en plus à mon sujet.

Quand je commençai à devenir somnambule, Papy Prescott devint encore plus inquiet. Mamy Prescott me trouva une fois dans le salon en train de parler à Lionel, et une autre fois à la cuisine. Je parlais encore avec lui en buvant un verre de lait. Chaque fois, je lui racontai ce que je faisais, et chaque fois elle me ramena dans mon lit.

Je savais qu'ils avaient d'interminables conversations avec leurs enfants aussi, toujours à propos de moi. Aucun d'eux n'était encore venu me voir. Mais Mamie Prescott prit conseil de quelqu'un, sans doute Mme Annjill, qui lui recommanda de m'intégrer davantage aux activités familiales. Ils essayèrent de m'emmener dans ce qu'ils appelaient des sorties amusantes. Ils m'achetèrent de nouveaux vêtements. Et Mamie m'offrit même une poupée, bien qu'il y en eût des douzaines dans les placards. Je ne pouvais pas jouer avec elles, de toute façon, car elles gardaient les traces tangibles des petits-enfants Prescott. Chaque fois que je touchais l'une d'elles, j'avais l'impression que ma main se posait sur une autre main.

Les Prescott m'emmenèrent dans des parcs de promenade et des parcs d'attractions. Ils tentèrent d'attirer chez eux d'autres filles de ma classe pour jouer avec moi, mais je ne m'étais jamais vraiment fait d'amies, à l'école. La plupart des autres filles gardaient leurs distances. Je les voyais souvent chuchoter entre elles, en me regardant à la dérobée.

Je ne fis pas le moindre progrès dans mon travail. Je dormais de plus en plus, et mangeais de moins en moins. J'entendis un jour Papy Prescott dire à sa femme « qu'il était temps de jeter l'éponge ». Mamie Prescott pleura, je l'entendis et je fus sincèrement désolée pour elle.

— C'est une femme très gentille, dis-je à Lionel ce soir-là.

— Le monde est plein de femmes très gentilles. Ce dont tu as besoin, c'est d'une vie de famille, insista-t-il encore.

Il ne voulait faire aucune concession.

Pour finir, les Prescott renoncèrent à me garder, mais ils découvrirent qu'ils ne pouvaient pas me ramener à l'orphelinat. L'établissement était fermé. À la suite d'une crise cardiaque sévère, Mme Annjill était morte, et tous les pensionnaires avaient été dispersés dans d'autres orphelinats, ce qui troubla davantage encore Mamie Prescott.

— Nous allons la renvoyer dans un endroit inconnu, se lamenta-t-elle. Ce sera terrible pour elle.

Papy Prescott était d'un autre avis.

— Ce ne sera pas plus terrible pour elle là-bas qu'ici, crois-moi. Nous sommes sans doute trop âgés pour ce genre de choses. Elle a besoin de parents plus jeunes, et peut être d'une maison où il y a déjà un enfant.

— Quel dommage, quelle tristesse ! gémit Mamy Prescott.

Tous deux soumirent le cas à l'agence de la Protection de l'Enfance, et un peu plus d'une semaine plus tard ils me communiquèrent la nouvelle.

— Je suis désolée, commença Mamie Prescott, mais nous sommes trop vieux pour élever une petite fille comme toi. Tu as besoin d'être avec des gens plus jeunes et bien plus dynamiques. Ce serait injuste envers toi de te garder avec nous, ajouta-t-elle pour se sentir moins coupable.

Je laissai sa déclaration sans réponse.

Je ne versai pas une larme, sachant qu'elle en serait encore plus angoissée. Mais Papy Prescott en fut soulagé, au contraire. Il se sentit justifié dans sa décision de se décharger de moi, je le lus dans ses yeux. Je représentais un bien trop gros problème pour eux.

On trouva un nouvel orphelinat pour moi, mais quand les Prescott me ramenèrent à la Protection de l'Enfance, ils mentionnèrent mes conversations avec Lionel. Et il fut convenu que je verrais un autre pédopsychiatre, qui consacrait son temps aux nécessiteux.

C'était le Dr Sackett, et plus je le voyais, plus je l'aimais. Il était très compréhensif en ce qui concernait Lionel.

— Il n'est pas inhabituel de rester si fortement attaché à quelqu'un qui vous aimait tant, Céleste. Mais vous devez vous en séparer, exactement comme tout enfant renonce à ses amis imaginaires. En acquérant de la force et de la confiance en vous-même, vous y parviendrez, affirma-t-il. Après tout, Lionel ne vient que lorsque vous vous sentez effrayée ou vulnérable, ou parfois même coupable, non ? suggéra-t-il avec douceur, m'incitant discrètement à le reconnaître.

Avec le temps, j'en arrivai à l'admettre. Et à mesure que je grandissais, que je devenais plus forte, je voyais et entendais de moins en moins Lionel, jusqu'à ce qu'il eût virtuellement disparu.

J'étais dans ce nouvel orphelinat depuis des années, près de six ans en fait, quand j'eus la surprise d'être appelée au bureau pour y rencontrer un jeune couple. Apparemment, ils désiraient accueillir chez eux une fille de mon âge. À vrai dire, c'était plutôt la jeune femme qui le souhaitait : elle semblait avoir encore plus besoin de moi que je n'avais besoin d'elle. Les raisons de tout cela ne furent d'abord pas très claires, pour moi. Et quand elles le devinrent, je me retrouvai dans la situation la plus effrayante que j'eusse jamais connue.

Peut-être aurais-je dû prêter plus d'attention aux ombres qui s'amassaient autour de moi. Peut-être. Mais je m'étais promis d'essayer, de toutes mes forces, de laisser tout cela de côté ; de devenir ce qu'on appelait une jeune fille « normale », du moins autant qu'il m'était possible de l'être.

Le Dr Sackett m'avait convaincue que mes visions et mes voix venaient de l'intérieur de moi-même, de mon propre sentiment d'insécurité. Si je voulais devenir quelqu'un d'indépendant et réussir ma vie, je devais fermer la porte à tout cela.

Restait une question essentielle : aurais-je tort ou raison d'agir ainsi ? La réponse ne tarda pas à venir.

Trois

Le rideau tombe sur mon passé.

— Bonjour, je suis Amy, dit une très jolie jeune femme en se levant à mon entrée dans le bureau.

Elle paraissait à peine plus âgée que moi, et mesurait environ un mètre soixante-cinq, la même taille que moi. De plus, nous avions la même silhouette, et je n'aurais pas été surprise que nous chaussions la même pointure. Mais ce qui me stupéfia fut la couleur de ses cheveux : ils étaient pratiquement de la même nuance que les miens.

Elle me tendit une main aux longs ongles vernis qui, de toute évidence, ignorait les dures besognes ménagères. Je la pris et la serrai, tout en jetant un regard bref à l'homme jeune et mince assis à côté d'elle. Il tourna vers elle ses yeux noisette, et un soupçon de sourire releva le coin droit de ses lèvres minces.

Sans me lâcher la main, Amy s'adressa à lui.

— Elle est absolument parfaite, Wade, tu ne trouves pas ? questionna-t-elle sans me quitter des yeux.

Puis elle se plaça juste à côté de moi, hanche contre hanche, en sorte que nous étions face à lui.

— Regarde-nous, on dirait deux sœurs.

Il haussa les sourcils et ses yeux s'agrandirent. Les doigts tendus, il plaqua les mains sur ses cheveux bruns, impeccablement coupés, comme pour s'assurer qu'aucune mèche n'était dérangée. Puis il émit un vague grognement qui pouvait passer pour un acquiescement.

— Vous êtes parfaite, me dit Amy, vraiment. Je veux tout savoir sur vous, jusqu'au plus petit détail. Rien n'est insignifiant. Nous allons devenir de grandes amies.

Je me retournai vers Mère Higgins, la directrice de l'orphelinat. Il était clair que l'exubérance de la jeune femme l'amusait. Mais au lieu d'en sourire, elle levait discrètement les yeux au plafond, comme elle le faisait à la table commune avant de dire le bénédicité.

Elle reprit aussitôt son expression la plus directoriale.

— Céleste, voici M. et Mme Emerson.

— Je vous en prie, ne nous appelez pas M. et Mme Emerson ! se récria la jeune femme. Je suis Amy et voici Wade.

Elle me tenait toujours la main et je ne savais pas comment la libérer. J'hésitais entre la lui retirer, ou laisser mes doigts s'amollir comme des nouilles cuites afin de faire passer le message.

— Pourquoi ne viens-tu pas t'asseoir, Amy ? suggéra son mari d'une voix monocorde.

Elle se retourna vivement vers lui.

— Afin que nous puissions mettre les choses au point, reprit-il sur un ton un peu plus animé. Il y a beaucoup à faire.

— Ah, oui ! C'est juste, approuva-t-elle en lâchant ma main.

Elle s'assit, croisa les siennes sur ses genoux et afficha un sourire aimable, telle une petite fille à qui l'on vient de dire que, si elle n'était pas sage, elle n'aurait pas de glace.

D'un hochement de tête, Mère Higgins me désigna une chaise, celle qui faisait face au canapé où était assis le jeune couple.

— Assieds-toi, Céleste.

J'obéis et rencontrai le regard des Emerson, qui me dévisageaient tous les deux. Il y avait quelque chose qui n'allait pas, chez eux, je le sentais. Quelque chose me mettait mal à l'aise, mais je ne voulais pas permettre à cette impression de m'effrayer. Au contraire, cela aiguisa ma curiosité à leur sujet.

Wade Emerson avait les jambes croisées, mais il se tenait aussi raide que s'il avait avalé un parapluie. Il fronçait les lèvres, ce qui avait pour effet de tendre sa peau sur sa mâchoire étroite et anguleuse. Les sourcils qu'il relevait souvent étaient longs et fournis, mais ses mains étaient à peine plus grandes que celles d'Amy et paraissaient presque aussi douces.

Je portais toujours l'uniforme de l'orphelinat, une jupe et un chemisier bleu marine, des chaussures bleu marine lacées à talons massifs, et des chaussettes blanches montant jusqu'aux genoux. La chemise avait un grand col d'aspect masculin, des boutons noirs et des poignets serrés. L'ensemble était plutôt flottant, et devait faire au moins une taille de plus que la mienne. Toutefois, il y avait longtemps que je ne me sentais plus gênée par mes vêtements ni par l'allure que j'avais. Comme nous le rappelait souvent Mère Higgins : « Ce n'est pas l'apparence qui compte, c'est ce que l'on est à l'intérieur ». Je ne crois pas qu'aucune des autres filles l'ait jamais crue, surtout quand elles se comparaient à celles qui n'étaient pas orphelines. Mais parfois, cela nous aidait à supporter une journée difficile, et nous empêchait de nous lamenter sur notre triste sort.

Il n'était pas nécessaire d'avoir des dons de voyance, je m'en aperçus au premier regard, pour deviner qu'Amy Emerson ne partageait pas les idées de Mère Higgins sur ce qui comptait ou pas. Tout, dans son apparence, était bien trop parfait, bien trop étudié.

— Les Emerson, commença Mère Higgins, sont très attirés par l'idée d'offrir un foyer et un environnement bénéfiques à une jeune fille de ton âge. Mme Emerson...

Elle s'arrêta net devant le regard douloureux que lui jeta la jeune femme.

— Je veux dire, Amy, rectifia-t-elle, ce qui lui valut un sourire. Amy et son mari sont pour ainsi dire de jeunes mariés, puisque leur union date d'environ quatre ans.

— Quatre ans et cinq mois, précisa Wade. Non que je compte les jours ! ajouta-t-il gentiment en regardant sa femme.

— J'espère bien que non ! Il n'y a que les prisonniers qui comptent les jours, repartit Amy en riant.

Mère Higgins approuva d'un hochement de tête et reprit à mon intention :

— Et comme Amy me l'a expliqué, Céleste, Wade et elle ont décidé de fonder leur propre famille d'ici environ deux ans. Mais en attendant, ils aimeraient ouvrir leur maison et faire partager leur vie à une jeune fille comme toi.

Comme si elle n'en pouvait plus d'impatience, Amy Emerson se lança dans sa propre version des choses.

— L'adolescence a été la période la plus dure de ma vie, du point de vue émotionnel, je veux dire. On est déjà femme, mais les gens continuent à vous traiter en petite fille. On n'est jamais sûre de savoir ce qui est bien et ce qui est mal, déclara-t-elle, en s'approuvant elle-même d'un signe de tête. Et si personne n'est là pour vous conseiller, on risque de commettre de graves erreurs. Je suis certaine que…

Amy adressa un sourire à Mère Higgins.

— … que vous êtes merveilleusement bien ici, mais vous ne pouvez pas recevoir toute l'attention dont vous avez besoin, à ce moment critique de la vie. Certaines expériences sont tout simplement… comment dire… hors du domaine de vos éducateurs, poursuivit-elle. Non que j'aie le moindre reproche à leur faire à ce sujet, s'empressa-t-elle d'ajouter. C'est juste que… cela ne concorde pas avec leur style de vie.

Wade haussa les sourcils et Amy s'en aperçut.

— Je ne voudrais pas avoir l'air de vous critiquer, Mère Higgins. Ni vous ni personne d'autre.

— Bien sûr que non, ma chère, répondit généreusement la directrice, avec un petit sourire en coin que je fus seule à surprendre.

— Quoi qu'il en soit, reprit Amy en s'adressant à moi, il m'est venu à l'esprit l'autre jour que…

Elle s'interrompit, parut chercher ses mots et poursuivit :

— … que si une jeune fille dans votre situation était placée chez nous en ce moment, ce serait une solution idéale pour elle comme pour nous, n'est-ce pas, Wade ?

Il inclina la tête et, pour la première fois, parut impressionné par elle.

— Alors j'ai dit à Wade : "Pourquoi ne ferions-nous pas quelque chose de généreux, de magnifique avec l'argent et le temps dont nous disposons ? Pourquoi ne prendrions-nous pas chez nous une jeune fille pour l'entourer d'affection et pourvoir à ses besoins ?"

» Vous comprenez, j'en suis sûre, pourquoi je préfère ne pas prendre d'abord une fille beaucoup plus jeune. Il est plus difficile de s'occuper d'un enfant en bas âge, et quand notre bébé naîtra, il ou elle exigera toute notre attention. Je trouverais odieux d'en priver la fillette que nous aurions accueillie chez nous... ou qu'elle se croie moins aimée que notre propre enfant, acheva la jeune femme d'un air éploré, comme si elle était sur le point de fondre en larmes.

Wade se racla bruyamment la gorge.

— C'est pourquoi vous convenez si parfaitement, reprit Amy. Quand mon enfant viendra au monde, vous aurez votre indépendance et peut-être irez-vous à l'université. Nous savons que vous avez, entre autres, une grande propriété. Vous aurez toujours votre place chez nous et dans nos cœurs, bien sûr. Mais ce ne sera pas du tout la même chose que d'y vivre toute l'année jusqu'à la fin de vos jours, ou jusqu'à votre mariage.

» Qu'en dites-vous ? s'enquit-elle.

Mais sans me laisser le temps de répondre, elle ajouta :

— Nous avons une très grande maison, vous savez. En fait, c'est un manoir.

— N'exagérons rien, Amy, la taquina Wade. Ce n'est pas un manoir.

— Ah non ? Eh bien, donne-nous les dimensions de la maison et celles de la propriété, lui ordonna-t-elle en croisant les bras, comme pour lui lancer un défi. Allez, décris-nous ça.

Wade soupira longuement.

— Six cents mètres carrés, dit-il comme à contrecœur.

— Là, qu'est-ce que je disais ? Quelle surface a l'orphelinat, Mère Higgins ?

— Ma foi, je ne sais pas au juste, mais sans doute à peu près la même chose, sinon moins.

— Justement, rétorqua Amy. Vous vivez dans un bâtiment pas plus grand que ma maison, ou peut-être même plus petit, avec une douzaine de jeunes femmes. Vous devez vous marcher sur les pieds. Et combien de terrain avez-vous ?

— Amy, je t'en prie, implora Wade.

Mais Amy insista :

— Alors, combien ?

— Deux ou trois hectares, je suppose.

— C'est ce que je pensais. Nous en avons douze, annonça

la jeune femme en se retournant vers moi. Comme vous voyez, Céleste, je n'exagérais pas. Notre maison vous semblera être un manoir. Tenez, je parierais que votre chambre, chez nous, sera plus grande que votre salle commune ici.

— Amy, lui reprocha Wade avec douceur, tu nous fais passer pour des snobs.

— Sûrement pas. J'ai horreur des snobs, je ne le suis pas moi-même et je ne l'ai jamais été. Ma mère m'a fait faire mes débuts dans le monde, mais j'ai détesté chaque seconde de cette soirée, tu le sais parfaitement.

— Très bien, Amy, très bien. N'en parlons plus.

Elle chercha mon regard et me prit à témoin.

— Wade est toujours gêné par notre grande fortune, mais je ne vois pas les choses de la même façon. Quand on a la chance d'être riche il faut en être fier, mais surtout, savoir être généreux et charitable, déclara-t-elle en m'adressant un sourire radieux.

Puis elle se tourna vers Mère Higgins.

— Donc, quand cette idée me vint, je sentis jaillir en moi un immense élan de bonté, presque comme... comme un électrochoc, expliqua-t-elle. Je me suis dit: « Pourquoi ne pas aider une personne dans le besoin? » Je suis sûre que vous comprenez ce que j'ai éprouvé. Ce fut comme un instant sacré.

Le petit sourire amusé de Mère Higgins ne l'avait pas quittée.

— Mais oui, mais oui, je comprends, acquiesça-t-elle. Les voies du Seigneur sont impénétrables.

Si elle l'avait pu, elle m'aurait fait un clin d'œil.

— Amen, conclut Wade avec sécheresse, en gardant les yeux baissés.

Amy fronça les sourcils et annonça, prenant à peine le temps de souffler:

— Je vous inscrirai immédiatement dans une école privée des environs, Céleste.

Elle agitait les mains en parlant, faisant scintiller le gros diamant de la bague qu'elle portait à l'annulaire gauche. Il captait les rayons de soleil entrant par la fenêtre, et jetait ses feux sur les murs, le visage de Mère Higgins et le mien.

— Le moment ne pourrait pas mieux convenir, fit observer Amy. Vous venez d'entrer en terminale, le transfert de votre dossier ne causera pas de problèmes. Vous rattraperez très vite ce petit retard, Céleste, j'en suis sûre.

» Au fait, ajouta-t-elle en baissant la voix, j'adore votre prénom. Céleste... votre mère avait de l'imagination. Mon prénom, à moi, n'est qu'un surnom. Il se prononce comme le mot français « ami » et mon père s'amusait à m'appeler "mon amie". Vous imaginez ? Quelle fille aurait envie d'être appelée ainsi par son père !

— Pourrions-nous en revenir au fait, Amy ? implora Wade d'une voix lasse.

— Oui, revenons à ce que je disais. Wade et moi avons déjà discuté de tout ça, et choisi l'école privée qui vous conviendrait le mieux, Céleste. Les professeurs vous accorderont toute l'attention dont vous pourriez avoir besoin pour la transition, si vous en avez besoin. Et soyez tranquille : là-bas, vous ne serez pas obligée de porter l'horrible uniforme qu'on vous impose ici. Ni les filles ni leurs mères ne le supporteraient, conclut Amy en riant.

Wade ne sourit même pas. Il regardait fixement devant lui comme s'il faisait des comptes dans sa tête. Mère Higgins paraissait un peu contrariée, à présent, mais faisait stoïquement bon visage. Mon sourire s'envola... Je n'aimais pas la voir mécontente, elle qui avait toujours été si bonne envers moi. Je n'osai pas le faire remarquer, mais ce n'était pas l'école qui nous imposait le port de l'uniforme. C'était l'orphelinat. C'était le moyen qu'employait Mère Higgins pour nous libérer de tout souci de toilette. Il nous était impossible de rivaliser dans ce domaine, et porter l'uniforme rendait cela sans importance. C'était du moins ce qu'espérait Mère Higgins. À vrai dire, si l'uniforme nous débarrassait de ce genre de problème, il servait à nous identifier comme orphelines. Combien de fois les autres élèves, surtout les filles, ne nous ont-elles pas demandé pourquoi nous étions obligées de porter « ces tenues ridicules ». Plutôt cent fois qu'une. Le souvenir de ce que nous éprouvions alors, mes compagnes et moi, me revint brusquement en mémoire.

Amy s'exclama :

— Oh, je vois que je vous ai froissée ! Vous vous tracassez pour votre minable garde-robe, j'en suis sûre.

Une fois de plus, elle ne m'avait pas laissé une chance de réfléchir à ses propos surexcités. En fait, je crois qu'elle ne prenait même pas le temps de respirer entre deux phrases.

— Eh bien, ne vous faites aucun souci. La première chose que je ferai avec vous sera la tournée des boutiques. Mes préférées, bien sûr. Wade et moi nous sommes déjà mis d'accord là-dessus, n'est-ce pas, Wade ?

— Oui, Amy, convint-il d'une voix presque excédée.

— L'argent n'est pas un problème pour nous, malgré la modestie de Wade. C'est un homme d'affaires important. Il dirige la grande entreprise de plomberie familiale, bien qu'il ne connaisse rien à la plomberie, n'est-ce pas, Wade ?

Un peu de couleur anima enfin le visage de Wade.

— Mais si, protesta-t-il. J'ai travaillé avec papa pour…

— Oh, Wade ! l'interrompit Amy, en agitant la main comme pour balayer les paroles de son mari. Franchement, est-ce qu'il a l'air d'avoir travaillé toute sa vie avec des clés anglaises et des tuyaux ?

La rougeur gagna le cou de Wade, qui grimaça. Puis il eut un sourire forcé pour Mère Higgins.

— Ma mère m'a toujours dit qu'on ne peut pas se hisser plus haut avec sa cervelle qu'avec ses muscles, allégua-t-il pour sa défense.

Mère Higgins inclina la tête.

— Je suis tout à fait de cet avis.

Les traits de Wade s'éclairèrent. Il tourna vers Amy un visage triomphant.

— Peu importe, lança-t-elle, déjà fatiguée du sujet. Quand Céleste peut-elle venir vivre chez nous ?

Mère Higgins me jeta un regard appuyé.

— Avant d'en arriver là, j'estime que Céleste devrait nous dire ce qu'elle pense de tout cela. Nous laissons nos filles prendre leurs décisions elles-mêmes, surtout quand elles ont l'âge de Céleste. Dans un an, elle sera indépendante… non que nous ayons l'intention de l'abandonner, précisa Mère Higgins en m'adressant un bon sourire.

— Ah oui, bien sûr. Désolée. Je me disais simplement…

Amy s'interrompit, quêta d'un regard le secours de Wade qui secoua la tête, puis elle s'adossa aux coussins et croisa les bras.

— Eh bien, Céleste ? Dites-nous ce que vous en pensez ?

Tous les regards convergeaient sur moi, maintenant. Wade lui-même montrait des signes d'intérêt. Je sentais flotter quelque chose d'impalpable autour des deux époux, telle une volute de fumée. Je n'avais jamais rien ressenti de pareil. Qu'est-ce qui avait conduit ces gens vers moi ? J'avais toujours gardé, ancrée au fond de moi, la certitude que rien ne m'arrivait sans raison. Que mon destin était clairement et totalement inscrit sur une sorte de carte des événements, conçue et tracée pour moi seule. Ces gens ne m'avaient pas trouvée comme ça, par hasard : cela devait arriver. Mais pourquoi ?

Amy semblait absolument terrifiée à l'idée que je puisse refuser leur offre. Je ne la laissai pas attendre.

— Je ne sais pas trop. Il est vrai que ce ne serait pas dramatique de changer d'école, puisque l'année scolaire vient à peine de commencer. Tout devrait me convenir. Dès que ce qui doit être fait sera fait, ajoutai-je en regardant Mère Higgins, qui me sourit.

Amy faillit sauter de son siège.

— Oh, c'est merveilleux ! Combien de temps cela prendra-t-il ? Nous faudra-t-il un avocat ? Nous en avons une bonne douzaine, n'est-ce pas, Wade ? De quoi avons-nous besoin ?

Elle posa la question d'un air dégoûté, comme si elle s'attendait à une interminable liste de préliminaires.

— Nous n'avons pas besoin d'avocat, déclara tranquillement Wade. Pourquoi n'irais-tu pas faire un tour avec Céleste, pour faire connaissance, pendant que Mère Higgins et moi réglerons les formalités ?

Les traits d'Amy s'éclairèrent et je vis rosir ses pommettes.

— Quelle bonne idée ! Merci, Wade. Vous venez, Céleste ? s'enquit-elle en se levant.

Je coulai un regard en direction de Mère Higgins. Elle ne souriait plus, à présent. Ses yeux rencontrèrent les miens, comme ils l'avaient fait si souvent. Elle avait une façon bien à elle de lire jusqu'au fond de moi, de sonder mes pensées et mes sentiments. Je l'aimais beaucoup. Mais la perspective de vivre loin de l'orphelinat, de toutes ces filles plus jeunes que moi, et d'aller dans une école totalement différente du lycée que je fréquentais – une véritable horreur –, tout cela me faisait jubiler. Je me levai.

— Je vais vous montrer nos jardins, proposai-je à Amy.

Elle ne fit qu'un bond à travers le bureau pour venir glisser son bras sous le mien.

— Parfait. J'ai horreur de toutes ces discussions ennuyeuses, de toute façon.

Elle allait me servir de mère, mais j'eus l'impression d'avoir pris le bras d'une de nos plus jeunes pensionnaires. Nous sortîmes dans la douceur d'un après-midi de septembre. L'été n'était pas fini, et tout annonçait qu'il se prolongerait longtemps. Il n'y avait pas un nuage au ciel. Le sillage d'un jet militaire rayait seul ce bleu profond, qui fonçait peu à peu, y laissant une fragile trace de mousse.

Amy avait raison. L'orphelinat n'était pas très grand, le terrain qui l'entourait pas davantage, et la partie située en façade était la plus étroite. Sur la droite se dressait un vieux mur de pierre aux joints comblés de terre, avec des mauvaises herbes qui poussaient dans tous les creux et crevasses. Entre ce mur et le bâtiment s'étendaient quelques modestes ébauches de jardins. Ils n'étaient cultivés que par des volontaires, et les plantes et les fleurs en étaient misérables, comparées à mes souvenirs de chez nous. Parfois, comme si cela pouvait me faire revivre ce temps-là, je travaillais aux jardinets d'ici. Et quand cela m'arrivait, il me semblait sentir la présence de Lionel derrière moi, même s'il y avait bien longtemps qu'il ne m'était pas apparu. « Ce n'est qu'un souvenir, me disais-je, rien qu'un souvenir et je n'en ai pas besoin. Je suis plus forte à présent. » C'était une litanie que mon thérapeute m'avait conseillé de répéter, chaque fois que j'étais tentée d'appeler Lionel.

— J'ai un aveu à vous faire, dit soudain Amy. Je vous ai déjà vue.

— Ah bon ?

Faisait-elle référence à mon passé ? À une photographie parue dans un journal ? Ou dans une revue ? Que savait-elle vraiment de tout cela ?

— J'ai pas mal prospecté dans les orphelinats et les centres d'accueil, révéla-t-elle. Et quand j'ai entendu parler de vous, je suis venue jusqu'ici un après midi, je me suis garée de l'autre côté de la rue et j'ai attendu que vous reveniez du lycée.

Autrement dit, elle m'avait espionnée. Pas vraiment certaine d'apprécier le procédé, je gardai le silence.

— J'ai su immédiatement qui vous étiez, bien sûr. Je peux apprendre beaucoup de choses sur quelqu'un rien qu'à sa façon de marcher ou de tenir la tête. J'ai vu d'emblée que vous n'étiez pas à votre place, ici. Je me suis dit: Amy, voilà une fille qui saura apprécier ce que tu peux lui offrir.

— Merci, dis-je poliment, bien qu'elle me parût plutôt contente d'elle que de moi.

— De toute façon, un peu de jeunesse et de gaieté seront les bienvenues dans la maison. Comme vous le savez, nous sommes mariés depuis quatre ans. Wade travaille avec son père, mais ils sont comme l'huile et l'eau, tous les deux. Vous savez ce que signifie l'expression?

Je souris malgré moi.

— Mais oui.

— Je suis sûre que vous êtes très intelligente. Je suis au courant de vos résultats scolaires, mais de bonnes notes ne prouvent pas forcément qu'on est intelligent. Au sens où l'on comprend la vie, je veux dire. J'étais une élève médiocre, mais j'avais l'expérience des choses. Et spécialement en ce qui concernait les hommes, précisa-t-elle, en se penchant tout contre mon oreille, à croire qu'elle voulait l'embrasser. Vous avez un petit ami?

— Non.

Cela parut lui plaire.

— En avez-vous eu un et rompu avec lui, ou quoi que ce soit de ce genre?

Je secouai la tête.

— Tant mieux. Vous êtes vierge? Vous pouvez tout me dire, enchaîna-t-elle aussitôt, sans attendre ma réaction. Je veux que nous soyons comme de vieilles amies, dès le début. Je sais qu'ici, vous n'avez personne à qui confier vos plus chers secrets, n'ai-je pas raison? Bien sûr que j'ai raison se répondit-elle à ma place.

Je fus obligée d'en rire, puis je lui dis ce qu'elle voulait savoir.

— Oui, je suis vierge.

— Magnifique ! Je l'étais aussi, à votre âge. Aujourd'hui, les filles perdent leur virginité de plus en plus tôt. Non que je sois vieux jeu, remarquez. Seulement, je pense que le sexe est une chose qui doit être prise très, très au sérieux. Si vous êtes intelligente, vous vous en servirez comme d'une arme. C'est ce que j'ai fait, et regardez où j'en suis. Nous parlerons de ces choses-là plus tard. Nous avons tout le temps.

J'aurais bien donné mon avis sur cette déclaration, ou posé quelques questions, mais une fois de plus elle me devança.

— Donc, nous commencerons par faire les boutiques pour vous acheter des vêtements. Lundi, j'irai vous inscrire à votre nouvelle école. Ne vous attendez pas à ce que Wade fasse grand-chose. Je ne veux pas dire qu'il n'était pas d'accord pour tout ça, s'empressa-t-elle d'ajouter. Il l'était. Simplement, il a des vues un peu... étriquées. Non que je ne l'aime pas, attention ! Je l'aime. Mais je pense qu'il faut savoir reconnaître les points forts et les faiblesses de son conjoint, et non se comporter comme certaines femmes que je connais, qui passent leur vie à prendre des bains de boue pour rester belles. Elles pourraient voir leur mari avec une femme ravissante au bras, et prétendre que c'est une simple relation d'affaires. Je n'ai rien vu, rien entendu, je ne verrai jamais de mal à ça... tant que tu me donneras mon argent du mois. Certaines femmes se conduisent vraiment comme des enfants, et perdent toute personnalité. C'est justement cela que je vous apprendrai. À garder ce qui vous appartient, avec tous les hommes que vous rencontrerez. Oh, nous allons avoir une vie merveilleuse, vous verrez !

Nous interrompîmes notre promenade. Le regard d'Amy dériva vers la rue, s'y attarda, puis elle inspira profondément.

— Et maintenant, dites-moi ce qu'il en est de toutes ces sottises, selon lesquelles vous viendriez d'une famille de... de déséquilibrés mentaux.

J'inclinai légèrement la tête sur l'épaule et fixai Amy, qui sourit.

— N'avez-vous pas été élevée par un garçon… qui s'est avéré être une fille ?

— Ce n'est pas lui qui m'a élevée, ripostai-je d'un ton sec.

— Ne vous en faites pas, je ne crois pas un mot de tous ces racontars. Quoi qu'il ait pu se passer, il est clair que cela ne vous a pas fait grand tort. J'ai parlé à vos professeurs, et j'ai lu les rapports favorables qui vous concernent. Wade n'a pas la moindre idée du temps que je vous ai déjà consacré.

J'étais profondément surprise.

— Vous avez parlé à mes professeurs ?

— Mais oui, fit-elle avec un geste désinvolte de la main, comme si c'était sans importance. D'ailleurs…

Sa voix baissa jusqu'au murmure.

— S'il y a une famille de fous, c'est bien la nôtre ! La mère de Wade est morte à quarante-huit ans, d'une crise cardiaque. Mais à présent je peux vous dire que ce n'était pas vraiment une crise cardiaque : elle avait le cœur brisé. Le père de Wade est un vrai coureur de jupons, et d'innombrables incartades ont ouvert les yeux à sa mère. Elle a dû accepter l'évidence. Elle en avait affreusement honte. Elle finit par avoir horreur de se montrer en public, persuadée que tout le monde se moquait d'elle.

» Certains jours elle ne s'habillait même pas, ne sortait même pas de son lit. Wade m'a tout raconté, mais il n'en parle jamais devant son père. Cet homme n'a pas changé, il continue à courir l'aventure. Je reconnais qu'il est beau et ne paraît pas son âge, mais on pouvait s'attendre à ce qu'il se soit assagi, surtout après la mort de sa femme.

» La sœur de Wade, Bethany, refuse toute relation avec lui depuis la mort de sa mère. Elle est mariée et vit à Washington. Son mari travaille pour un sénateur. Si quelqu'un est snob dans cette famille, c'est bien Bethany, mais Wade ne la critiquerait pour rien au monde. Il ne dit jamais de mal de personne et il a horreur des ragots. Je ne peux même pas parler des stars de cinéma devant lui ! Si je commence, il plaque les mains sur ses oreilles et crie : “Éteins ça !”, comme si j’avais mis un disque épouvantable.

Nous reprîmes notre promenade, mais Amy n’en avait pas fini. Elle se lança dans un autre monologue.

— Mais tout ça ne va pas durer, croyez-moi. Vous serez là, maintenant. Je veux dire... Wade aussi, bien sûr, mais je vous avertis : le travail, c’est sa drogue, et il est vraiment accro. Même son père, qui a monté leur entreprise, le lui reproche. A vrai dire...

Elle marqua une nouvelle pause, d’ailleurs très brève.

— Je suis souvent seule, voilà. Oh, j’aurais pu m’intéresser à l’entreprise, mais pour plaire à qui ? Et d’ailleurs je n’ai rien d’une carriériste. Je n’ai pas besoin d’argent ni de prestige social. Je viens moi-même d’une famille fortunée. Je suis fille unique, et bien sûr Wade me traite d’enfant gâtée.

» Soit, je suis gâtée, et après ? Toutes les femmes comme nous devraient l’être. Nous sommes faites pour ça, et les hommes pour nous chouchouter.

Amy se tourna vivement vers moi.

— Oh ! s’exclama-t-elle en me sautant au cou. Nous serons vraiment comme deux sœurs. J’y tiens, appuya-t-elle en s’écartant de moi pour me fixer longuement. Tu permets que je te tutoie ? (Comme toujours, elle n’attendit pas ma réponse.) Ne pense jamais à moi comme à une mère, Céleste, même si c’est ce que je prétends être. Je ne veux même pas y penser, je ne pourrais pas le supporter. Je veux dire... peut-on être la mère de quelqu’un qui a votre âge ? Les gens me trouveraient ridicule s’ils m’entendaient dire ça.

À mon tour, je la dévisageai. Je n’avais jamais rencontré quelqu’un comme elle, quelqu’un qui soit aussi plein d’énergie, d’enthousiasme. C’était comme si elle avait été enfermée pendant des années, sous bonne garde, et qu’il lui était enfin permis de sortir, de voir des gens et de leur parler. Je suis sûre que mon expression d’étonnement et de curiosité la troubla, car elle dit sur un ton d’excuse :

— Je parle trop, je suppose. Wade me le reproche toujours. Est-ce que je parle trop ? Tu n’as qu’à me le dire et je me tairai. Mais ne mets pas tes mains sur les oreilles, comme lui. Il n’imagine pas combien je déteste ça.

Ou peut-être que si, et que ça lui est bien égal. Ah, les hommes !

— Je ne trouve pas que vous parlez trop, la rassurai-je.

Elle s'illumina.

— Je le savais, j'en étais sûre ! Wade, lui ai-je fait observer, une fille comme ça, c'est comme une fleur qui aurait poussé dans un pot trop petit. Elle doit mourir d'envie d'avoir quelqu'un comme moi à qui parler. Allez, viens. Allons leur dire que nous sommes fatiguées d'attendre et impatientes de partir. Pourquoi cela prend-il tellement de temps, d'ailleurs ?

Elle fit quelques pas en direction de l'orphelinat et se retourna vers moi.

— Tu es impatiente de partir, n'est-ce pas ?

Mon regard se posa tour à tour sur elle, sur l'orphelinat, sur les pauvres jardins, puis je hochai la tête et souris.

— Oui, très.

Elle poussa un cri de ravissement, reprit ma main et me remorqua littéralement jusqu'à l'entrée. J'avais l'impression d'être happée par une tornade, mais cela m'était bien égal. En moins d'une heure, j'avais bouclé mes valises et fait mes adieux. Avant que j'aille rejoindre Amy et Wade, qui attendaient dans le couloir, Mère Higgins me prit à part.

— Tu es restée chez nous très longtemps, Céleste, commença-t-elle. J'ai toujours su que tu étais différente des autres. Tu as compris la valeur de l'expérience, appris à garder précieusement au fond de toi ce que tu voyais et entendais. C'est une preuve de sagesse. Je t'ai observée quand tu priais, je sais que tu as une certaine maturité, et que tu sais quelle voie tu veux suivre. Ces gens ne sont peut-être pas en mesure de t'y aider, mais tu dois te montrer généreuse. Tu comprends ce que je veux dire ?

— Oui, Mère Higgins.

Elle eut un signe approbateur.

— Je le crois, ma chère enfant. Je pense que tu possèdes vraiment une sagesse au-dessus de ton âge. Le plus souvent, c'est une bénédiction, mais cela peut aussi être un fardeau. C'est un fardeau si l'on est intolérant avec ceux qui n'ont pas votre intuition ni votre maturité.

— Je comprends, Mère Higgins.

Elle eut son bon sourire bienveillant.

— Je sais que tu comprends. Je suis très fière de la façon dont tu as grandi, surmonté tes difficultés. Ma seule prière est que ce qui t'arrive soit l'opportunité dont tu as besoin, et que tu mérites. Bonne chance, ma chère enfant, dit-elle en me serrant dans ses bras. Appelle-moi quand tu veux.

Wade m'aida à porter mes valises dehors. J'en avais deux grandes, maintenant, et je me souvins de l'époque où je ne possédais qu'un sac de voyage. Amy nous attendait à côté de leur grosse Mercedes noire. Elle me fit penser à la limousine dont je rêvais jadis et qui devait m'emporter ailleurs. Ailleurs, oui, mais pour me ramener vers les parfums qui flottaient dans ma mémoire, les saveurs qui s'attardaient sur ma langue et les voix qui chuchotaient à mes oreilles.

— Je monterai à l'arrière avec Céleste, dit Amy à Wade. Ce sera comme si nous avions un chauffeur, ajouta-t-elle à mon intention. Cela ne t'ennuie pas d'être notre chauffeur, Wade chéri ?

— Qu'est-ce que ça changera ? répliqua-t-il d'un ton railleur, ce qui la fit pouffer de rire.

Amy me poussa littéralement dans la voiture, y monta, s'assit près de moi et claqua la portière.

— Oh, tu vas nous aimer, dit-elle en se renversant en arrière pour reprendre haleine.

Elle remarqua la façon dont je regardais l'orphelinat et je vis que cela lui déplaisait.

Mais je ne pouvais pas m'en empêcher. La sévère façade en pierre m'était devenue si familière, si rassurante… j'avais l'impression de quitter une vieille amie. Pendant presque toute l'année précédente, j'avais été la plus âgée des pensionnaires, et je me surprenais souvent à me comporter en mère de famille, ce qui ne m'ennuyait pas du tout. En fait, j'essayais d'imaginer la tristesse des autres quand elles apprendraient que j'étais partie.

D'une voix où la frayeur surpassait le dégoût, Amy demanda :

— Tu n'es quand même pas malheureuse de quitter cet endroit, n'est-ce pas ?

— Cette maison a été bien longtemps mon foyer, me contentai-je de répondre.

C'était aussi le dernier endroit où j'avais vu Lionel, même si la vision se brouillait dans ma mémoire.

Amy répliqua d'un ton presque blessant :

— Oh, ce n'était pas un foyer. C'était juste... un endroit. C'est maintenant que tu vas avoir un vrai foyer. Du moins...

Sa voix s'adoucit quand elle acheva :

— J'espère de tout mon cœur que c'est ce que tu ressentiras, Céleste.

Moi aussi, soupirai-je intérieurement.

Et pourtant, malgré le passage du temps et la sagesse que j'avais acquise, la notion de foyer restait très vague pour moi. C'était plutôt comme un rêve en train de prendre forme, une remontée d'images éparses restant à rassembler, des sentiments restant à éprouver, des promesses pas encore tenues.

En route, Amy me parla de sa propre jeunesse, des lieux qu'elle avait visités avec ses parents, des écoles qu'elle avait fréquentées. Elle décrivit sa vie mondaine avec un grand souci du détail, et en particulier les grandes réceptions. Puis elle passa en revue tous ses amoureux, en commençant à l'âge de dix ans. J'étais stupéfaite qu'elle arrive à se souvenir de tous leurs noms, et de leur ordre d'apparition. Elle devait en être au vingtième quand elle marqua une pause dans sa liste.

— Je ne restais jamais longtemps avec le même garçon, se vanta-t-elle. Mon père disait toujours que notre maison était une vraie ruche, avec tous ces essaims de soupirants qui bourdonnaient autour de chez nous. Je les attirais comme un gâteau de miel.

— Les abeilles ne sont pas attirées par le miel, commenta Wade. Elles font du miel.

— Peu importe. Ne sois pas si pédant, lui reprocha-t-elle.

Puis elle se retourna vers moi.

— Wade et moi nous sommes rencontrés à ma première soirée dans le monde, mais je n'ai pas succombé sur-le-champ à ses charmes. Il a dû se donner du mal pour ça, mais il était persévérant, même si je ne lui facilitais pas les choses. Et je ne les lui facilitais pas, dit-elle en élevant la voix.

— Aimable ne figure pas parmi ses prénoms, railla Wade.

— Très drôle. Il a eu du mal à conquérir ma main, et même à conquérir le reste de ma personne, ajouta-t-elle en gloussant de rire.

Je vis la nuque de Wade virer au cramoisi.

— Arrête ça, Amy, gronda-t-il.

— Non, je n'arrêterai pas. Je vais commencer à transmettre à Céleste le fruit de mes expériences. Immédiatement, précisa-t-elle avec le plus grand sérieux. Céleste, ne laisse jamais croire à un homme que tu es une fille facile, si fort que soit ton désir pour lui. Une fois qu'il te sait à sa disposition, il oublie toutes ses promesses.

— Seigneur ! gémit Wade. Céleste, je ne sais pas ce que tu sais ou ne sais pas sur les hommes, mais tu ferais mieux de prendre un second avis sur tout ce qu'elle te dira. Dis-toi que c'est la même chose qu'un problème médical. L'opinion d'un second médecin est indispensable.

Amy eut un rire léger, puis se pencha vers moi pour murmurer :

— Il ne voudra jamais l'admettre, mais il n'a pas vraiment fréquenté d'autre fille que moi.

Sur quoi, très contente d'elle-même, elle s'appuya confortablement au dossier de la banquette.

Jusque-là, je n'avais pas fait attention à la direction que nous avions prise.

— Où allons-nous ? demandai-je, m'avisant tout à coup que j'ignorais notre destination. Où se trouve votre maison ?

Amy fronça les sourcils.

— Notre maison, Céleste. Dorénavant, tu l'appelleras notre maison et tu nous tutoieras, comme nous le faisons déjà nous-mêmes. Dès maintenant, décréta-t-elle. Notre maison, donc, se trouve à Peekskill, un peu en dehors de la ville, là où est située l'entreprise de Wade. Le lycée où tu iras est au sud, à environ... huit kilomètres, Wade ?

— Environ, confirma-t-il.

À l'orphelinat, j'allais au lycée à pied. Par quel moyen de transport ferais-je ces huit kilomètres ?

— Y a-t-il un bus scolaire ? questionnai-je.

Ce fut Wade qui me renseigna.

— Oui, il y en a un, mais c'est moi qui t'emmènerai le matin. Je te déposerai en partant au travail. Amy viendra te chercher ou fera le nécessaire pour que quelqu'un te ramène, si besoin est.

— Peut-être que nous t'achèterons une petite voiture, suggéra Amy. Nous pouvons très bien le faire, n'est-ce pas, Wade ?

— Nous verrons.

Amy me tapota le bras et me fit un clin d'œil.

Étais-je en train de rêver ? Après toutes ces années, se pouvait-il que ces gens surgissent tout à coup de nulle part, pour m'offrir des opportunités fabuleuses et tout ce luxe ? Il fallait qu'on les ait envoyés, j'en étais sûre, et mon avenir ne faisait que commencer.

Je dus réellement me pincer quand je vis leur maison. Amy n'avait pas exagéré, c'était un vrai manoir. L'allée carrossable paraissait ne devoir jamais finir. Nous arrivâmes d'abord à la grille ouvragée, aux piliers coiffés de cubes de verre qui, manifestement, servaient à l'éclairage. Wade pressa un bouton placé au-dessus du pare-soleil, et les grilles commencèrent à s'ouvrir lentement.

— C'est comme si on entrait au paradis, fit observer Amy. Cela me donne toujours le frisson d'entrer ici, même après quatre ans.

— Drôle de paradis ! marmonna Wade.

— Pour moi, c'en est un, repartit Amy. En fait, c'est au père de Wade qu'appartient la maison, même s'il n'y habite plus. Il ne tient pas à ce que nous soyons au courant de ses allées et venues. Il l'a achetée il y a des années et l'a fait rénover, poursuivit Amy quand la demeure et le parc devinrent plus visibles.

Les aménagements paysagers étaient très élaborés. Où que le regard se pose il y avait des fleurs, des buissons, des arbres, des fontaines et des bancs, espacés avec un remarquable sens de l'harmonie.

Sur la gauche, je vis une grande piscine, un pavillon de bain et un kiosque spacieux. Un peu plus loin s'étendait un court de tennis. J'avais l'impression d'être une petite fille dans un magasin de jouets. Je laissai mes yeux papillonner en tous sens… jusqu'à ce qu'ils se posent enfin sur la maison. Elle se dressa brusquement devant moi, telle une apparition. C'était la plus grande maison qu'il m'ait été donné de voir.

— C'est un parfait exemple de ce qu'on nomme le Victorien tardif, dit Amy, prenant le ton d'un guide touristique. Deux niveaux, un grand grenier, une coupole. C'est la seule maison des environs à en avoir une.

Au rez-de-chaussée, du côté gauche, je vis une longue galerie et, sur la droite, des bow-windows qu'Amy me désigna du doigt.

— Ici, c'est la salle à manger, ce qui nous permet de voir le jardin quand nous sommes à table. Ta chambre est au premier, juste en face de la nôtre et au-dessus des bow-windows. Les deux fenêtres, sur la droite, sont les tiennes. Il y a quatre chambres en haut et deux en bas, sur l'arrière. L'une d'elles est réservée au père de Wade, pour quand il passe la nuit ici, c'est-à-dire chaque fois qu'il a trop bu, conclut-elle.

Sur quoi, Wade crut bon de préciser :

— Autrement dit, à chacune de ses visites, ou presque.

Nous arrivions tout près de la demeure, dont l'entrée était aussi décorative que la grille. Cinq ou six marches de marbre y conduisaient, et la moitié supérieure de la double porte était vitrée.

— On ne bâtit plus de maisons comme celle-là, fit observer Amy. Les consoles, les coins de pierre, les arêtes de toit ornementées, c'est fini tout ça. Plus personne ne peut se le permettre. Nous devrions lui donner un nom, tu ne crois pas ? Toutes les maisons célèbres ont des noms, comme Tara, dans *Autant en emporte le vent*. Tu auras peut-être une bonne idée à suggérer. Wade n'essaie même pas, lui !

Wade nous sourit dans le rétroviseur.

— Et si nous l'appelions : Notre Maison ?

— Ha, ha ! fit Amy, sarcastique. Wade a autant d'imagination que toute sa tuyauterie, ou je ne sais comment on appelle ça.

— Installations sanitaires, Amy, tout simplement. Tu devrais au moins avoir une vague idée de ce qu'est l'entreprise qui nous permet tout ça.

— Tu as raison, rétorqua-t-elle. Je suivrai des cours spéciaux.

Nous contournâmes la maison jusqu'à ce qui, de toute évidence, était un rajout : un garage situé sur l'arrière. D'une pression sur sa clé magnétique Wade fit remonter le rideau métallique, mais laissa la voiture dehors. Il en descendit et vint nous ouvrir la portière.

— Je vous dépose toutes les deux, Amy, et je retourne à la compagnie.

— Tu ne pourrais pas te libérer, juste aujourd'hui ?

— Je rentrerai de bonne heure, c'est promis.

— Promis ? Les promesses de Wade sont comme les bulletins de la météo annonçant le beau temps, commenta Amy à mon intention. Il y a cinquante pour cent de chances pour qu'il pleuve.

— Très drôle. Je t'ai dit que je rentrerai tôt, insista Wade.

— Tu ferais mieux. C'est une soirée spéciale, pour nous trois.

La porte de derrière s'ouvrit et une femme d'allure massive, en uniforme de femme de chambre bleu clair orné de dentelle, apparut sur le seuil. Elle devait avoir la soixantaine, peut-être un peu plus. Des mèches grises striaient ses cheveux bruns coupés très court. Elle ne portait aucun maquillage, pas même de rouge à lèvres, ce qu'elle aurait vraiment pu se permettre. Ses lèvres étaient presque aussi pâles que son teint blafard. Je remarquai ses avant-bras musclés, ses mains presque trop grandes pour une femme. Elle s'avança rapidement jusqu'au coffre de la voiture, dont Wade avait déjà déclenché l'ouverture automatique.

Je descendis avec Amy qui s'acquitta des présentations.

— Céleste, voici notre gouvernante, Mme Cukor. Elle est au service de la famille Emerson depuis qu'elle a quitté la Hongrie, c'est-à-dire depuis de longues années.

Mme Cukor posa la valise qu'elle venait d'extraire du coffre et se tourna vers nous. Amy poursuivit :

— Madame Cukor, voici Céleste. Comme vous le savez déjà, elle vient vivre avec nous.

— Bonjour, dit brièvement la gouvernante en retournant à mes valises.

Elle ne m'avait pratiquement pas regardée.

— Wade l'appelait toujours Mme Cookie, n'est-ce pas, Wade ?

— Quand j'avais quatre ans, oui.

— Le père de Wade continue à l'appeler Cookie, me dit encore Amy, ce qui lui valut un nouveau grognement de Wade.

— Mon père se conduit souvent comme s'il avait toujours quatre ans.

— Je ne t'ai jamais entendu le lui dire, fit observer Amy pour le taquiner.

— Je n'ai pas besoin de le lui dire. Il le sait très bien.

Je vis que Mme Cukor descendait ma deuxième valise.

— Je peux la porter, je vous en prie, protestai-je.

Elle s'accrocha fermement aux poignées, plissa les yeux et me jeta un regard noir, comme si elle redoutait que je lui prenne sa place et me menaçait de représailles. Puis, sans un mot, elle se détourna et s'éloigna vers la maison.

— Mme Cukor n'aime pas laisser croire qu'elle ne peut pas tout faire, m'expliqua Amy. Elle travaille depuis si longtemps chez les Emerson, tu comprends. Les Emerson sont parfaits, corps et âmes, n'est-ce pas Wade ?

— C'est vrai. À plus tard, Amy, dit-il en se penchant pour l'embrasser.

Dès que ses lèvres eurent touché sa joue, elle y porta vivement la main comme pour en chasser une mouche importune. Il se retourna vers moi.

— Bienvenue dans notre maison sans nom, Céleste. J'espère que tu t'y plairas.

— Merci, lui répondis-je avec chaleur, et il remonta aussitôt dans la voiture.

Amy me prit par la main.

— Viens, Céleste. Je vais te faire faire le tour du propriétaire, te montrer ta chambre, puis nous discuterons de ta nouvelle garde-robe ou de tout ce que tu voudras.

Elle parlait encore quand Wade nous adressa un signe de la main et démarra. La porte du garage s'abaissa lentement.

Ce fut comme si un rideau tombait sur mon passé. Pendant une fraction de seconde je crus entendre Lionel m'appeler, mais le roulement de la porte couvrait sa voix. Amy me rappela à l'ordre.

— Allons, viens ! Nous avons des tas de choses à faire.

D'un petit coup sec, elle me tira par la manche et je la suivis dans ce qui me semblait être un univers féerique. Je ne me retournai qu'une fois, mais non sans peur, comme si je craignais d'être changée en statue de sel.

Quatre

Les degrés de la tentation

Bien que je n'aie jamais vécu dans un manoir, j'estimai qu'Amy n'avait pas exagéré. Pour moi, le seul endroit comparable à cette maison était un musée que nous avions visité au cours d'une sortie scolaire. Je n'avais jamais vu de portes aussi grandes ni de plafonds aussi hauts dans une maison d'habitation. La première pensée qu'elle m'inspira, c'est que deux personnes pouvaient y vivre et passer la journée entière sans se rencontrer.

Du garage, nous débouchâmes dans un vestibule et passâmes devant un cellier débordant de provisions. Toutes les étagères étaient chargées de bocaux, de boîtes de conserve et de toutes sortes de réserves. Elles montaient si haut qu'un escabeau roulant était nécessaire pour en atteindre le sommet. Comment deux personnes pouvaient-elles avoir besoin d'autant de victuailles ? Le congélateur, installé au fond, était si volumineux que je l'aurais trouvé plus à sa place dans l'office d'un grand restaurant.

— Il y a suffisamment de provisions pour nourrir un hôtel, observai-je. À l'orphelinat, nous n'en avons pas autant pour toutes les religieuses et toutes les filles.

Amy eut un petit rire amusé, auquel succéda bientôt une grimace.

— Wade aime acheter les choses en gros pour les payer moins cher. C'est notre cuisinière, Mme McAlister, qui se charge des commandes. Elle s'y entend très bien et c'est un vrai cordon-bleu, mais Mme Cukor la surveille de si près qu'elle menace de nous quitter. Menace que je l'entends répéter chaque mois depuis que je suis là, bien sûr. Ces deux-là sont toujours en train de se plaindre l'une de l'autre, bien que personne n'accorde une grande attention à leurs histoires.

Comme si nous l'avions appelée, Mme McAlister sortit de la cuisine et s'avança dans le hall pour nous accueillir. Enveloppée d'un grand tablier blanc qui lui arrivait aux chevilles, elle s'essuyait les mains à un torchon. Derrière elle, j'entrevis ce qui me parut être une cuisine très moderne, pour une maison aussi ancienne. Tout l'équipement électroménager semblait neuf, et on aurait dit que le sol dallé de pierre blonde venait juste d'être refait.

La seule pensée qui me vint, à la vue de Mme McAlister, fut qu'elle était trop maigre pour être cuisinière… ou qu'elle n'aimait pas sa propre cuisine. Mme Putman, la cuisinière de notre orphelinat, pesait quatre-vingt-dix kilos et dépassait de peu le mètre cinquante.

Plus grande qu'Amy et moi de huit bons centimètres, Mme McAlister était très mince, avec de longs bras, un long cou, sur lequel sa tête était posée comme une girouette et virait brusquement d'un côté à l'autre, d'Amy à moi et de moi à Amy.

Un filet enserrait ses cheveux gris fer, si étroitement plaqués contre son crâne qu'on aurait dit un casque. Elle avait le front haut et parsemé de taches brunes, les sourcils broussailleux, un nez arqué en lame d'ouvre-boîtes et les lèvres minces. Son visage émacié, tout en longueur, donnait une impression de dureté bien peu féminine.

— Madame McAlister, voici Céleste qui sera notre…

Amy s'interrompit et se tourna vers moi.

— Au fait, comment devrais-je t'appeler ?

— Votre invitée ? suggérai-je en haussant les épaules.

Je plaisantais presque en disant cela, mais Amy saisit la balle au bond.

— C'est cela, notre invitée. Magnifique ! Céleste restera parmi nous jusqu'à ses dix-huit ans. J'étais certaine que Wade vous l'avait expliqué, d'ailleurs.

— Il l'a fait, madame. J'ai déjà mis la table pour quatre. Mr. Emerson lui-même vient dîner, sachant que vous allez avoir quelqu'un en permanence dans sa maison, renvoya sèchement la cuisinière. Il m'a appelée directement, précisa-t-elle pour bien faire valoir son importance. Pour ce soir, je fais un filet de bœuf avec mes petites pommes de terre sautées, celles que M. Emerson lui-même apprécie tant, ajouta-t-elle.

— Et quelque chose de fabuleux pour le dessert, je suppose.

La tête de Mme McAlister pivota vers moi, puis vers Amy.

— J'avais pensé à ma tarte sablée aux fraises, madame.

— Ce sera merveilleux, tu ne crois pas, Céleste ?

— En effet, approuvai-je.

— Mme Cukor soutenait que vous préféreriez la tarte aux pommes à la cannelle, mais je crois que c'est surtout elle qui préfère ça.

Amy haussa les épaules, me jeta un regard de conspirateur et m'entraîna plus loin.

— Tu as remarqué la façon dont elle parle du père de Wade ? M. Emerson « lui-même ». Comme si Wade n'était pas M. Emerson, lui aussi ! Imagine ça : Mme Cukor et elle se disputant à propos du dessert. Oh ! Il y a des jours où je souhaiterais qu'une seule bonne suffise à entretenir la maison. Une qui saurait faire la cuisine, bien sûr.

Une seule bonne, avec ce hall et ces pièces immenses, ces innombrables fenêtres à petits carreaux ? Il fallait un temps fou pour les nettoyer, j'en savais quelque chose. Nous avions les mêmes à l'orphelinat de Mme Annjill, et c'était nous qui les lavions. Si nous avions le malheur d'oublier la moindre petite tache, elle nous faisait tout recommencer pour nous servir de leçon.

— En tout cas, elle possède l'art de mettre la table, reconnut Amy du bout des lèvres, quand nous fîmes halte à l'entrée de la salle à manger.

Une pièce somptueuse qui n'aurait pas déparé un château royal. La table n'était pas plus longue que celle de l'orphelinat, mais nettement plus large. De forme ovale, ses pieds ornés de filets d'or lui conféraient une élégance recherchée. Les lignes du buffet et d'une grande armoire, de même style, étaient également soulignées d'or. Les chaises à haut dossier étaient habillées d'une étoffe soyeuse, de couleur paille, qui devait être un taffetas de soie. Un grand lustre de cristal dominait la table, sur laquelle trônaient deux candélabres de cuivre.

Amy attira mon attention sur le tapis ovale, aux dessins assortis au décor de la pièce, sur lequel était placée la table.

— Basil, le père de Wade, préfère les planchers et déteste la moquette. Il n'a accepté le carrelage que dans la cuisine. Wade a fait poser de la moquette dans notre chambre, et pendant des semaines son père et lui n'ont pas cessé de se chamailler à cause de ça. Tant d'histoires pour de la moquette, tu te rends compte ! Personnellement, ça m'est égal. Ce n'est pas moi qui passe l'aspirateur.

Ce sujet épuisé, Amy en revint à la salle à manger.

— J'adore manger dans cette pièce, en tout cas. Cela me donne l'impression de ne pas être comme tout le monde... comme si je dînais à la Maison Blanche, ou dans un château. C'est l'effet que ça vous fait, tu verras. Je veux que tu apprécies la bonne vie, Céleste, comme moi. Oui, j'adore ça.

Il y avait deux couverts côte à côte, un autre en face d'eux et un quatrième en bout de table. Les deux qui voisinaient faisaient face aux grandes baies qui, en effet, donnaient sur le jardin. La personne qui s'assiérait de l'autre côté de la table lui tournerait le dos, bien sûr. Je supposai que ce serait ma place.

— Vous venez de faire refaire le parquet ? demandai-je. Il a l'air tout neuf.

Ma question fit sourire Amy.

— Oh non ! Une fois par mois nous faisons venir une équipe de nettoyeurs spéciaux, ils ont des machines pour ça. Ce serait trop fatigant pour Mme Cukor, surtout à son âge.

— Ah bon ? Quel âge a-t-elle ?

— Nous ne le savons pas exactement, mais nous pensons qu'elle a au moins soixante-quinze ans, même si elle ne les paraît pas. On ne peut pas se fier à ses papiers, mais ce doit être à peu près ça.

Amy reprit sa progression dans le couloir et j'accordai mon pas au sien.

— Pourquoi ne prend-elle pas sa retraite, alors ?

— Pour quoi faire ? Elle n'a pas de famille en Amérique et ne retournera jamais en Hongrie. L'idée d'entrer en maison de repos lui fait horreur. Quand on le lui suggère, sa réponse est toujours la même. « Les salles d'attente du Bon Dieu ? Non, merci. Je prendrai ma retraite quand je serai dans la tombe. Enfin... peut-être. » J'ai l'impression qu'elle vivra toujours. Pour être franche, elle me fait un peu peur, quelquefois. À mon avis, elle a dû être élevée par des bohémiens, c'est pour ça qu'elle n'a pas de famille. C'est une femme très superstitieuse, toujours en train de marmonner ou de psalmodier je ne sais quoi, de jeter du sel par-dessus son épaule ou de se signer. Une des choses les plus amusantes qu'elle fait...

Amy fit une petite grimace moqueuse.

— ... C'est de s'arrêter subitement de marcher et de repartir de l'autre pied. Un bon conseil : ignore-la. Tu sais quoi ? Je crois que Wade et son père ont un peu peur d'elle, eux aussi.

Je haussai un sourcil sceptique. Comment deux adultes, riches, sûrs d'eux-mêmes et peu faciles à influencer, pouvaient-ils avoir peur d'une vieille femme ?

— Notre living-room, annonça pompeusement Amy, ou plutôt notre grand salon.

La pièce était très vaste, en effet. Je balayai du regard les rideaux cramoisis liserés d'or, les deux grands canapés qui se faisaient face, la table ovale couleur ivoire placée entre eux. Il y avait des lampes un peu partout, un piano à queue sur la droite et deux murs entiers tapissés de livres, tous reliés en cuir. Mon attention fut attirée par une vitrine emplie de figurines en céramique, sans doute très précieuses.

Amy s'aperçut que je les regardais.

— Elles viennent d'Espagne, m'expliqua-t-elle, et il y en a bien pour vingt mille dollars. La mère de Wade les collectionnait, et c'est à peu près la seule chose coûteuse qu'il consent à acheter. Pour lui, c'est une façon d'entretenir la mémoire de sa mère, mais personnellement j'aimerais mieux dépenser cet argent en vêtements. Je ne les aime pas, en fait. Mais quand il en achète une il prétend que c'est pour me faire plaisir, et par égard pour lui je fais semblant de le croire. C'est ça le mariage, vois-tu ? De petits compromis, des concessions, des sacrifices... L'astuce, c'est de veiller à ce que ce soit le mari qui en fasse le plus, ajouta-t-elle en riant. Et maintenant, continuons la visite du salon.

Comme elle l'avait décrit, de somptueux tapis persans étaient dispersés dans la pièce, chacun délimitant une zone différente, personnalisée par son usage. Le coin lecture, le coin détente, le coin musique... Celui-là me rendit rêveuse.

— Tu ne joues pas du piano, par hasard ? s'enquit Amy.

— Non, mais j'ai toujours désiré en jouer.

Le son du piano de ma petite enfance, là-bas, chez nous, était toujours si présent à ma mémoire...

— Eh bien, je vais m'occuper de te faire donner des leçons.

— C'est vrai ?

— Mais oui. Ce serait agréable d'habiter vraiment cette pièce, au lieu de l'entretenir comme une châsse. Wade n'y vient pratiquement jamais, sauf pour en passer l'inspection, et mieux vaut qu'il n'y trouve pas la moindre tache ni trace de désordre. C'est ainsi que sa mère entretenait cette pièce. Même ces vieux magazines, dans le porte-revues, sont ceux qu'elle lisait à l'époque de sa mort. Peut-être croit-il que s'il entretient tout dans cet état, elle reviendra.

— Peut-être. À moins qu'elle ne soit déjà revenue, murmurai-je dans un souffle.

Le contact avec les morts n'était pas une chose que je pouvais bannir aisément loin de moi.

Amy eut un petit rire insouciant.

— Si c'est ce que tu penses, tu seras dans les bonnes grâces de Mme Cukor. Elle prend très au sérieux sa responsabilité d'entretenir cette pièce à la perfection.

— C'est une pièce magnifique, vraiment.

Je venais de découvrir l'immense cheminée, avec ses deux petits canapés en vis-à-vis, et le tableau accroché au-dessus du manteau. Un paysage, traversé par une rivière courant sur les cailloux. Les couleurs en étaient si vibrantes qu'on s'attendait presque à voir l'eau déborder hors du cadre. Cela fit remonter à ma mémoire l'image de la rivière qui traversait les bois, là-bas, près de chez nous.

— Oui, approuva Amy, vraiment. Toute la maison est magnifique. Et ces moulures, tu as remarqué ?

J'avais surtout remarqué leur complication. Nous en avions aussi chez nous, mais en moins tarabiscoté.

— Un vrai travail d'artisan, fit valoir Amy, comme on n'en trouve plus de nos jours, du moins d'après Basil.

Essaie d'aborder le sujet avec lui et tu verras : tu en auras pour des heures. J'aime mieux te prévenir, ajouta-t-elle en me faisant un clin d'œil.

Ce qui ne l'empêcha pas de continuer son inventaire.

— Chaque meuble, chaque objet de cette pièce est une œuvre d'art importée d'Espagne, de France ou d'Italie, même ce jeu de jacquet auquel personne ne sait jouer. Tu sais, toi ?

— Absolument pas.

— Aucun de nous non plus. La mère de Wade y jouait, bien sûr. Le jeu est resté dans l'état précis où il se trouvait quand elle est morte. Tout ce que tu vois ici a été acheté par son père. Sauf en ce qui concerne les figurines de céramique, Wade n'est pas collectionneur d'art. Mais Basil, oui, je dois le reconnaître.

« Mais il achète moins les œuvres d'art pour leur beauté que pour leur valeur financière. Pour lui, tout est un investissement. Il ne s'en cache pas, d'ailleurs. Il n'a pas honte d'aimer l'argent. Je crois qu'il considérait ses enfants eux-mêmes comme un investissement. Sous ce rapport, Wade ne l'a pas déçu, mais Bethany, c'est autre chose. Il lui a offert un mariage très coûteux, bien sûr, mais tout ce qu'il a obtenu en retour, c'est le mépris de sa fille et de son gendre. Il n'est pas du tout attaché à ses petits-enfants, et ne connaît même pas la date de leurs anniversaires. C'est Mme Cukor qui la lui rappelle, sans quoi il ne leur offrirait même pas de cadeau. Au fait, quelle est la date du tien, déjà ? Je l'ai oubliée.

Je la lui rappelai, en me mordant la lèvre pour ne pas sourire, surtout quand elle ajouta :

— Je le signalerai à Mme Cukor, et nous donnerons une grande soirée. Elle n'oublie jamais rien, si insignifiant que ce soit, dit-elle encore, en s'éloignant de la salle à manger.

Un instant plus tard, elle fit halte devant une autre double porte.

— Et voici le cabinet de travail de Wade, bien que Basil s'en serve à sa guise. Wade se plaint toujours de la puanteur de son cigare. Quand Wade s'entretient ici avec le directeur commercial de l'entreprise, aucun des deux ne fume. Wade n'a aucun vice, excepté un.

— Lequel ? demandai-je étourdiment.

Amy répliqua en riant :

— Moi ! Je plaisante, bien sûr. Nous avons chacun nos vices et nous les partageons.

Elle rit encore, mais cette fois sans aucune gaieté me sembla-t-il. Et je trouvai cette réflexion plutôt bizarre. Elle ouvrit la porte à deux battants et nous pénétrâmes dans la pièce. De grandes fenêtres, avec des stores à la place de rideaux, ouvraient sur le côté nord. D'où j'étais, je pouvais voir la piscine, le pavillon de bains, le kiosque et le court de tennis. Deux jardiniers taillaient les buissons et tondaient les pelouses.

Amy me désigna un grand coffre-fort, qu'on se serait plutôt attendu à voir dans une banque.

— Les objets personnels de Basil sont toujours enfermés là-dedans, tu sais ? Bijoux, pistolets, argent et Dieu sait quoi encore. Wade ne connaît même pas la combinaison.

Le mobilier de la pièce n'était pas moins impressionnant que celui de la salle à manger. On remarquait d'abord le grand bureau d'acajou et, derrière lui, le fauteuil de cuir. Tout ce qui se trouvait sur le bureau était disposé dans un ordre impeccable. Il y avait des étagères chargées de livres, ici aussi, plus un équipement informatique sur des tables séparées. Sur la droite, une autre table était réservée au fax. Non loin d'elle s'alignaient de hauts classeurs en bois, et je remarquai, là aussi, deux beaux tapis persans. Derrière le bureau était accroché le portrait d'une ravissante et très élégante jeune femme. Vêtue d'une robe noire sans épaulettes, un rang de perles au cou, elle se tenait devant ce qui devait être la porte de cette maison, arborant un sourire énigmatique à la Mona Lisa. Un sourire qui faisait lever en vous une foule de questions, dont la première s'imposait d'elle-même.

— Qui est-ce ?

— La mère de Wade quand elle avait un peu plus de vingt ans. La tension nerveuse et les soucis n'avaient pas encore marqué son visage, en ce temps-là.

— Elle était très jolie.

— Oui, mais pour ce qu'on appelle un homme à femmes, la beauté ne fait presque aucune différence. Certains hommes ne sont pas faits pour la monogamie, voilà tout. Bien sûr, Basil a ses arguments personnels. Quand on a tant de choses à offrir à une femme, aime-t-il à dire, ce serait du gâchis que de les garder pour une seule. C'est typiquement macho, cette remarque. Parfois, je me dis que certains hommes ne se remettent jamais du traumatisme de la naissance. Ils se sentent tellement peu sûrs d'eux-mêmes et vulnérables, depuis la coupure du cordon ombilical, qu'ils passent leur vie à se prouver qu'ils sont plus intelligents, plus forts et meilleurs que les autres.

Amy contempla longuement le bureau et le fauteuil, comme si quelqu'un se trouvait là, puis elle se retourna et tapa dans ses mains.

— Mais pourquoi passer tant de temps à parler de tout ça ? Allons dans ta chambre, je meurs d'envie de te la montrer.

En quittant le bureau nous nous dirigeâmes vers le grand escalier, sur la gauche. Gracieusement incurvé, il était en bois sombre avec une superbe rampe à fins balustres, toute en acajou. Comme nous arrivions au bas des marches, Mme Cukor apparut sur celles d'en haut. Elle se tenait légèrement penchée vers nous, parfaitement immobile. En la voyant apparaître ainsi, comme surgie de nulle part, Amy s'arrêta instantanément.

— Oh ! Madame Cukor… est-ce que tout est prêt ?

— Toutes ses affaires ont été rangées et son lit est fait, madame.

— Elle a défait mes valises ? m'étonnai-je.

— Bien sûr. Je t'avais dit que tu serais dorlotée, ici.

Amy commença à monter, mais Mme Cukor l'arrêta d'un geste impératif, comme un agent de la circulation.

— Qu'y a-t-il, madame Cukor ?

— Laissez la jeune fille monter seule. Pour elle, c'est la première fois.

— Oh, madame Cukor…

Amy soupira et se tourna vers moi.

— Cette femme et ses superstitions… Vas-y. Fais-lui plaisir ou elle jettera je ne sais quelle poudre sur le plancher de ta chambre, et nous n'aurons pas fini d'en entendre parler.

Perplexe et troublée, je m'engageai dans l'escalier, sous le regard insistant de la gouvernante qui m'observait avec acuité. J'avais le sentiment que, si elle avait voulu me voir monter la première, c'était pour pouvoir concentrer toute son attention sur moi. Je ne me détournai pas, bien au contraire. Je soutins fermement son regard. Soudain, je vis ses yeux s'agrandir et ses sourcils se hausser lentement, à mesure que j'approchais. Quand je fus tout près d'elle, elle recula précipitamment pour que je ne risque pas de l'effleurer en passant. Je l'entendis murmurer quelque chose dans sa langue natale.

— Satisfaite ? s'enquit Amy en me suivant d'un pas rapide.

Mme Cukor ne répondit rien. Elle se signa et descendit précipitamment l'escalier.

— Il faudra que je parle d'elle à Wade, dit Amy en la suivant des yeux. Elle devient très bizarre en vieillissant, vraiment très bizarre. Elle n'arrête pas de parler toute seule.

Peut-être n'était-elle pas si bizarre qu'elle en avait l'air, méditai-je. Peut-être avait-elle entraperçu, dans mes yeux, les souvenirs du monde surnaturel que je gardais au fond de moi.

— Vite à ta chambre ! s'écria Amy en s'élançant au pas de charge, comme si nous donnions l'assaut. Elle est juste en face de la nôtre, tu sais ?

Je me hâtai de la suivre dans le corridor qu'éclairaient, faute de fenêtres, des lustres plus petits que ceux d'en bas, régulièrement espacés. Toutes les chambres avaient des portes doubles, aussi grandes que celles du rez-de-chaussée, couleur coquille d'œuf et ornées de moulures dorées. Amy fit halte devant l'une d'elles et se retourna, les mains derrière elle sur la poignée de la porte.

— Prête ?

— Oui, acquiesçai-je en souriant.

Avec un « ta-da ! » triomphant, Amy ouvrit la double porte.

Quelle princesse avait jamais dormi dans une chambre aussi vaste, aussi belle, me demandai-je, émerveillée. Le lit à colonnes était immense, et sa décoration très recherchée. Il était entièrement garni en rose et blanc, déjà prêt pour la nuit avec sa couverture impeccablement repliée. Deux anges sculptés ornaient le haut du chevet en arceau, devant lequel étaient entassés plus d'oreillers que je n'en avais jamais vu sur un lit. Du baldaquin descendaient des rideaux de tulle blanc, dont les plis tombaient avec grâce sur un moelleux tapis mauve. C'est là que je découvris une élégante paire de mules bordées de fourrure.

J'en restai bouche bée. Je n'osais pas faire un pas, de peur de rompre le charme et de voir disparaître ces splendeurs.

— Eh bien ? s'enquit Amy.

— C'est... c'est merveilleux. Je n'ai jamais vu de chambre aussi belle, de toute ma vie.

Amy sourit jusqu'aux oreilles.

— Si tu voyais ton expression ! Rien ne pouvait me faire plus grand plaisir. Je ne t'ai pas encore acheté de produits de beauté, dit-elle en désignant la coiffeuse, nous ferons cela ensemble. Parfum, talc, laits pour le corps... tu auras tout cela et d'autres choses encore, que tu n'as sans doute jamais eues.

J'étais sans voix, emportée par un tourbillon de promesses et de délices.

— Je veux que tu aies tout ce que j'ai moi-même, poursuivit Amy. Comme ça, nous aurons encore plus l'air d'être sœurs.

Sœurs ? Elle avait déjà prononcé ce mot dans le bureau de Mère Higgins, mais la façon dont elle le fit cette fois-ci retint mon attention. Que voulait-elle au juste ? Était-ce la raison de tout ce qu'elle faisait pour moi ? Où étaient les amies intimes qui auraient pu tenir ce rôle auprès d'elle ? Elle n'en avait mentionné aucune, pas plus que ses activités avec d'autres jeunes femmes.

— Tes vêtements font un effet pathétique là-dedans, dit-elle en ouvrant la porte d'une immense penderie de plain-pied.

C'était vrai, car ils laissaient tellement de place vide, tellement de cintres inoccupés ! Elle ajouta aussitôt :

— Nous allons arranger cela tout de suite. Je compte t'emmener dans les meilleurs restaurants, et peut-être aux grands galas de bienfaisance auxquels je suis toujours invitée.

Je m'efforçai de paraître ravie par ses suggestions. En ce moment précis, j'aurais fait n'importe quoi pour lui plaire.

— Et voici ton téléphone personnel, dit-elle en soulevant le récepteur rose de l'appareil, sur la table de nuit. Il y en a un autre sur ta coiffeuse, je les ai fait installer hier. Ton numéro est sur liste rouge, c'est le cinq cent cinquante-cinq, quarante-deux, quarante-deux. Choisis bien les personnes à qui tu le communiqueras, surtout les garçons que tu rencontreras au lycée. Il y a beaucoup de vipères dans le jardin, comme on dit.

Je ne pus m'empêcher de hausser les sourcils.

— Tu te demandes comment j'ai pu faire tout ça, comment j'ai su que tu accepterais, que tout se passerait bien ? Je ne m'en inquiétais pas, révéla-t-elle, répondant elle-même à sa propre question. J'étais déterminée à réussir, et quand je suis déterminée j'obtiens généralement ce que je veux. Bien sûr, Wade pense que c'est parce que je suis une enfant gâtée, et bien sûr il a raison.

Elle rit et ouvrit un meuble de rangement, contre le mur qui faisait face au lit.

— Votre poste de télévision, Majesté. J'adore regarder la télévision au lit. Pas toi ?

Je haussai les épaules : je ne l'avais jamais fait. Même chez les Prescott, je n'avais pas la télévision dans ma chambre. Qu'aurais-je pu répondre ? Amy comprit.

— Oh, je vois. Tu n'as jamais eu la télévision près de ton lit. Eh bien, tu vas avoir un tas de choses que tu n'avais jamais eues, conclut-elle, presque comme une mise en garde.

Sur quoi, elle alla ouvrir la porte de la salle de bains et recula, un sourire béat aux lèvres. Je m'approchai lentement de la porte ouverte.

Près de la baignoire en marbre, je vis une cabine de douche carrelée. Il y avait des miroirs partout, des toilettes, un bidet, un lavabo et même une autre coiffeuse. Le sol était dallé de marbre. Au mur, près de la coiffeuse, était accroché un peignoir de bain, sous lequel je vis une seconde paire de mules.

— J'ai fait refaire cette salle de bains il y a tout juste un mois, m'apprit Amy. Elle te plaît ?

Si elle me plaisait ? Pendant des années j'avais partagé une salle de bains avec une demi-douzaine d'autres filles. Nous étions même obligées d'établir un programme horaire pour prendre notre bain et notre douche. Les mots me manquaient.

— C'est...
— Fantastique ?
— Oui.
— Tant mieux. Tâche d'en parler avec enthousiasme ce soir, à table. Wade est tellement radin ! Rien n'est jamais nécessaire, avec lui. À l'entendre, on pourrait se passer de tout. Il fait tout un plat pour un malheureux dollar et me répète sans arrêt le même refrain : ce n'est pas parce qu'on est riche qu'on doit dépenser stupidement son argent. Eh bien justement, c'est comme ça que j'aime le dépenser, moi. Il n'a jamais eu d'importance pour moi, et je n'ai jamais fait de comptes. Si tu voyais comment Wade tient les nôtres ! Il doit savoir ce que consomme la moindre ampoule électrique. Il fait tout le temps des rondes dans la maison pour éteindre les lampes. Mais qu'il ne se mêle pas de venir faire ça ici et d'envahir ton intimité, surtout. Ici, tu es chez toi.

» Ah, autre chose, reprit-elle après une brève pause. Ne te crois pas obligée de manger ce qu'on te sert à table jusqu'à la dernière miette. Je sais combien on était rigoureux pour le gâchis, à ton orphelinat, mais ici ce n'en est pas un. Ce temps-là est fini, pour toi. Et ne te laisse pas intimider par Mme McAlister quand elle fait les gros yeux. Si quelque chose ne te plaît pas, recrache-le dans ton assiette. Je le fais parfois, avoua-t-elle. Je le fais même quand je me régale, rien que pour la remettre à sa place ou pour ennuyer Wade.

Je dus montrer mon étonnement car Amy reprit aussitôt :

— Comprends-moi bien. Je l'aime, mais ça ne m'empêche pas d'adorer le taquiner ou le choquer. Il est tellement... chocable. Ça existe, ce mot-là ?
— Je ne crois pas, non.
— Peu importe. Ici nous pouvons inventer nos propres mots, si ça nous plaît. En fait, il n'y a rien que nous ne puissions pas faire, si nous en avons envie. Ne sois pas timide. Demande tout ce que tu veux ou dont tu as besoin. C'est ce que je fais, et comme je te l'ai promis, nous allons être comme deux sœurs, insista-t-elle. Ose toujours demander. As-tu besoin d'aller aux toilettes ou de quoi que ce soit ?

— Je crois que oui, avouai-je.

— Bien, vas-y et viens me rejoindre immédiatement dans ma chambre. Nous n'avons pas le temps d'aller faire des courses avant le dîner, mais j'ai certaines choses qui devraient t'aller très bien. Je vais commencer à choisir ce qui pourrait te convenir. Bienvenue dans ton nouveau foyer, dit Amy en me serrant dans ses bras.

Et sur cette brève accolade, elle sortit précipitamment.

Je la suivis un instant des yeux, osant à peine croire à tout ce qui m'arrivait, puis je me rendis à la salle de bains. Un moment plus tard, je rejoignis Amy dans sa chambre.

Deux fois plus spacieuse que la mienne, elle possédait un coin salon séparé, avec un poste de télévision grand écran. Le lit à baldaquin me parut immense. Il était tendu de drap d'or avec une garniture en soie cramoisie. Juste en face pendait un grand lustre, vraiment très décoratif. Les murs, peints selon une technique qu'Amy appelait patine, donnaient l'impression d'être en cuir teinté de rose.

Sa coiffeuse, surmontée d'un miroir sur toute sa longueur, occupait tout l'espace libre à droite du lit. Il y avait deux salles de bains, une pour chacun des deux époux. Amy me dit en riant que celle de Wade était beaucoup mieux tenue que la sienne.

— Il est tellement maniaque avec ses affaires, dit-elle en ouvrant la penderie de Wade.

Tous ses vêtements étaient impeccablement alignés, triés par style et par couleur. Amy me désigna la rangée de chaussures.

— Regarde comme elles brillent, me fit-elle remarquer. Il aime mieux les faire ressemeler que d'en acheter des neuves. Je dois lui faire honte pour le pousser à le faire. Je me moque du style de ses vêtements, et je lui dis que cela fera mauvaise impression sur ses relations d'affaires. C'est l'argument qui marche le mieux. Tu l'entendras sûrement s'en plaindre, et dire qu'il est bien forcé d'être économe puisque je le suis si peu. N'en crois pas un mot. Nous sommes très, très riches, précisa-t-elle comme une simple constatation.

» Notre lit, par exemple. Je l'ai fait faire tout spécialement. Il n'en existe pas de semblable, et il a coûté cinq fois plus cher qu'un autre de mêmes dimensions coûterait dans un magasin. Wade a même calculé combien nous dépensons pour dormir. Il peut être tellement ridicule quand il s'agit d'argent ! Mais je l'aime, insista-t-elle, comme si elle avait promis de ne jamais dire quoi que ce soit de négatif à son propos sans ajouter ces mots ensuite.

Puis elle ouvrit sa penderie devant moi. Elle était bien plus vaste que celle de Wade, mais on avait l'impression qu'une simple jupe de plus l'aurait fait exploser. Elle me tendit deux robes, une noire et une vert pomme.

— Tiens, essaie ces deux-là. Ça ne te gêne pas de te changer devant moi, au moins ? Sinon je peux très bien sortir.

— Non, répondis-je. Là où j'étais, celles qui étaient pudibondes ne le restaient pas longtemps.

— Oh, bien sûr. Ma pauvre petite chérie. Je suis si heureuse que nous puissions faire ça pour toi ! Personne ne devrait avoir à supporter ce que tu as supporté, commenta-t-elle d'une voix navrée.

Elle se rapprocha de moi et se mit à jouer avec mes cheveux.

— Dès demain, nous irons à mon salon de beauté, décida-t-elle. Tu as besoin d'un traitement et d'une légère coupe. Tu as le front plutôt étroit et ton visage s'élargit au niveau de la mâchoire, exactement comme le mien. Il faut créer l'illusion d'un front plus large. Une frange un peu plus irrégulière, peut-être, ce qui l'animerait ? Ou alors, une coupe au carré. Que penses-tu de ma coiffure ? demanda-t-elle en tournant sur elle-même pour que je la voie sous tous les angles.

— Je la trouve très réussie.

— Oui, elle l'est. Nous aurons ma coiffeuse attitrée, Dawn. Je choisis toujours le meilleur personnel, où que j'aille, et tu en feras autant. Maintenant, essaie ces robes. J'ai les chaussures qui vont avec, rassure-toi.

Elle recula légèrement et je commençai à me déshabiller. Je ne mentais pas en disant que la pudeur était un luxe, dans les orphelinats. L'intimité y était rare. Tout ce qui concernait la toilette et les soins du corps, nous le faisions les unes devant les autres. Et pourtant, quelque chose dans la façon dont Amy m'observait, pendant que j'ôtais mes vêtements, me mettait mal à l'aise. Ses yeux passaient littéralement mon corps au scanner.

— On ne met pas de soutien-gorge avec ce genre de robes, me lança-t-elle d'un ton désinvolte.

Puis, devant mon hésitation, elle ajouta :

— C'est tout à fait normal, tu sais. Je n'ai pas porté de soutien-gorge sous mes robes depuis des années.

Je passai les bras derrière le dos pour me dégrafer, mais elle s'avança immédiatement pour m'aider.

Toujours un peu hésitante, je fis lentement glisser mon soutien-gorge.

— Tu as une poitrine ravissante et très provocante, admira-t-elle. Comme la mienne. Tous les hommes en auront les yeux exorbités. J'adore ça, cette sensation de pouvoir sur le soi-disant sexe fort.

Je tins la robe à bout de bras et, d'un coup d'œil, en notai tous les détails. Le haut sans bretelles, lacé sur le devant, la jupe longue, moulante et fendue des deux côtés. Je n'avais jamais rien porté qui ressemblât le moins du monde à cela.

— Allez, essaie, m'encouragea Amy.

La robe m'allait parfaitement, mais j'avais l'impression que ma poitrine était beaucoup trop découverte. Était-ce correct, cette tenue qu'elle voulait me faire porter pour mon premier dîner ici, avec son mari et son beau-père ?

— Tu es sensationnelle, s'extasia-t-elle.

— Mais est-ce que cela convient pour un dîner de famille ?

— Bien sûr que oui. Basil, le père de Wade, adore voir des femmes habillées sexy. Mais si tu n'es pas à l'aise dans cette robe, en voici une autre.

Amy brandit un fourreau vert semé de strass, aussi révélateur que la robe noire. Quelle différence voyait-elle entre les deux ?

— Allez, mets ça, insista-t-elle encore.

Je me dépouillai de la robe noire et m'introduisis dans le fourreau. J'y étais encore plus à l'étroit. Sans soutien-gorge, mes seins semblaient jaillir d'eux-mêmes sous l'étoffe moulante. J'en éprouvai un vif malaise qu'Amy perçut immédiatement.

— Tu as une silhouette ravissante, Céleste. N'aie pas peur de la montrer. « Ce que tu as la chance d'avoir, affiche-le ! », comme on dit. C'est ce que je fais.

» Alors, laquelle choisis-tu ? s'enquit-elle gravement, comme si mon avenir tout entier dépendait de la décision que j'allais prendre.

Je parcourus les cintres du regard. N'y avait-il rien d'autre qui soit… moins provocant ? Amy suivait la direction de mon regard. Ne voulant ni la blesser ni la décevoir, je me décidai pour la robe noire. Elle m'en félicita.

— Bravo, j'aurais fait le même choix. Maintenant tu peux aller te reposer un moment, prendre une douche et te coiffer du mieux que tu pourras. Nous dînons à sept heures, ce soir. Je vais m'offrir une petite sieste et je me ferai un masque facial. Je te montrerai tout ça plus tard, mais tu connais le proverbe. « Il faut marcher avant de courir », cita-t-elle en m'entraînant vers le corridor. Si tu as besoin de quoi que ce soit, compose le dix et le téléphone de Mme Cukor sonnera.

Appeler si j'avais besoin de quoi que ce soit ? Avoir des domestiques aux petits soins pour moi ? Ce luxe était plutôt celui d'un grand hôtel que d'une maison, et en comparaison avec ce que j'avais quitté… tout cela ressemblait plus que jamais à un rêve.

— Merci, murmurai-je.

Amy me serra dans ses bras, se retira dans sa chambre et ferma la porte. Pendant un long moment je restai immobile, sans rien faire d'autre que contempler les lustres, les tableaux accrochés aux murs, le plancher miroitant. Comment ne pas être médusée devant toute l'opulence qui, tout à coup, me tombait du ciel ? J'étais transportée, enthousiasmée, heureuse, mais le souvenir de mon premier foyer d'accueil était toujours là. J'avais eu si peur alors, peur de perdre mon identité, ma famille… et moi-même. Je me sentais coupable à la moindre gâterie qui me faisait plaisir. À chaque fois, cela me semblait être une petite trahison. Je n'étais pourtant qu'une enfant, alors, et les Prescott étaient pauvres comparés aux Emerson.

Je savais ce qu'aurait dit Lionel. Je croyais l'entendre.

— Céleste, le diable a décidé de te tenter de plus en plus fort, jusqu'à ce que tu deviennes ce qu'il veut que tu sois.

Cette culpabilité, je la sentais toujours présente, tel un aiguillon harcelant ma conscience pour m'amener à me détourner de tout cela, et à le rejeter.

Et en moi, une voix répliquait comme un défi :

— Tant pis. Je mérite d'avoir tout ça. J'ai assez souffert et je veux l'avoir. Pourquoi devrais-je m'en priver ? D'ailleurs, cela ne peut être que mon destin. C'est quelque chose qui devait m'arriver.

Mais je savais que, quoi que je dise ou veuille croire, si Lionel avait été là il n'aurait pas été d'accord. Il redoutait tout ce qui pouvait me faire oublier mon passé, oublier le domaine et tout ce qui m'attendait là-bas. Et pourtant…

Pourtant j'étais certaine que s'il tentait de venir me faire la leçon, il trouverait sûrement cela plus difficile que jamais. Les lumières étaient trop brillantes, dans cette maison. Les ombres ne pouvaient rien dissimuler.

En tout cas, c'était ce que j'espérais.

Cinq

Petits mensonges

Près du poste de télévision, dans le même ensemble de rangement, des casiers renfermaient une collection de CD et une autre de DVD. Je n'avais vu aucun des films, pas même à la télévision. Mais d'après les couvertures et les textes de présentation, il était facile de voir que tous avaient pour sujet une histoire d'amour.

Je choisis un CD musical et l'écoutai en poursuivant l'exploration de ma chambre, sans oublier la vue qu'on avait des fenêtres. Disposer d'un tel espace me procurait un plaisir immense, aussi voluptueux qu'un bain bouillonnant bien chaud. Je n'arrêtais pas de parcourir ma chambre, de la salle de bains à la penderie, de la penderie à la télévision, puis à mon lit. Je m'y jetais sur le dos et m'étalais sur les oreillers moelleux, comme si je tombais d'un avion et que je me laissais flotter dans les nuages.

J'étais en train de me prélasser, le regard au plafond, quand on frappa légèrement à la porte. Avant que j'aie eu le temps de me lever pour aller ouvrir, Amy fit irruption dans la pièce. Elle portait une robe de chambre en soie rose et une serviette enturbannait sa tête. Elle avait encore le sang au visage, à la suite de son traitement facial, et elle portait un petit sac rouge sous le bras.

— J'ai décidé que tu devais être la plus belle possible, pour ce premier dîner, commença-t-elle. C'est une grande occasion. Voilà déjà quelques-uns de mes cosmétiques préférés.

Elle posa le sac sur la coiffeuse et l'ouvrit. Je m'avançai jusqu'à elle.

— Nous avons le même teint, affirma-t-elle, et je suis toujours en beauté avec ces produits. (Je n'étais pas certaine qu'elle eût raison, mais ce n'était pas le moment de la contredire.) Que sais-tu du maquillage ? J'ai vu tout de suite que tu ne t'en servais jamais.

— En effet, acquiesçai-je en riant. À l'orphelinat, nous n'étions même pas autorisées à mettre du rouge à lèvres. Mère Higgins désapprouvait cet usage.

— Même pas de rouge à lèvres ? Mais c'est ridicule ! Que craignait-elle qu'il vous arrive, si vous en mettiez ? Que vous tombiez dans le péché ?

Amy secoua la tête, comme pour chasser loin d'elle une pensée trop douloureuse.

— Oublie toutes ces sornettes ! Oublie tout ça. Fais comme si ton passé était inscrit sur une de ces ardoises magiques pour enfants. On soulève le feuillet transparent et tout disparaît d'un coup, afin que l'on puisse tout recommencer.

» Fais comme si tu avais toujours vécu ici, comme si nous avions toujours été ensemble. Hier n'existe plus, il n'y a que demain. Et demain est toujours plus important qu'aujourd'hui.

Amy consulta brièvement sa montre et retrouva son ton léger.

— Bien, nous avons juste le temps pour une petite leçon. Aujourd'hui, nous nous occuperons des yeux. Assieds-toi, ordonna-t-elle en tirant pour moi la chaise de la coiffeuse.

J'obéis et elle se plaça derrière moi, puis m'examina dans le miroir. Elle parut réfléchir et hocha la tête, plusieurs fois, comme pour approuver une décision qu'elle venait de prendre.

— Il faut que nous fassions paraître tes yeux plus grands, comme je le fais pour les miens. Fermes-en un et garde l'autre ouvert, pour voir comment il faut s'y prendre et pouvoir le refaire toute seule ensuite. D'accord ?

— Bien sûr.

À mon avis, la forme et la grandeur de nos yeux différaient, tout comme mon teint et le sien, mais la seule idée de me voir fardée m'intriguait. Non seulement nous n'avions pas le droit de mettre du rouge à lèvres, à l'orphelinat, mais je n'en avais jamais possédé un seul tube, ni emprunté un pour me rosir les lèvres en sortant du lycée.

Je suivis donc attentivement chacun des mouvements d'Amy.

Elle fouilla dans la trousse, en tira une petite boîte d'ombre à paupières et prit un pinceau sur la coiffeuse. Puis elle le plongea dans la boîte et l'approcha de mes yeux.

— Toujours des cils vers les sourcils, indiqua-t-elle en joignant le geste à la parole.

Puis elle ouvrit une autre boîte et prit un autre pinceau.

— Pour ce creux, là, sous les sourcils, nous adoucirons la nuance, expliqua-t-elle en mélangeant les deux tons. Il faut qu'elles se fondent l'une dans l'autre. Et maintenant...

Elle prit dans sa pochette une sorte de crayon de couleur à capuchon doré.

— L'eye-liner sert à souligner la paupière, il peut être employé liquide ou en crayon gras. Toujours partir du bord externe de l'œil vers l'intérieur, en restant très près des cils. Ensuite, la paupière inférieure. On part également de son coin extérieur, mais on ne farde qu'un tiers de sa longueur. Tu vois ? s'enquit-elle en procédant à la démonstration.

— Je vois.

— Parfait, approuva-t-elle en reprenant le second pinceau pour ombre à paupières. Une dernière couche très légère, pour estomper le tout, entre la ligne des cils et l'os des sourcils. Assure-toi que tu n'as pas mis trop de poudre et brosse délicatement le superflu. J'ai horreur de ces vieilles dames dont le maquillage dégouline sur les joues. On dirait qu'elles vont muer comme des serpents.

« Et maintenant, le mascara. Essaie toute seule, ce n'est pas difficile. Tu tiens ta brosse bien droite en allant vers le haut, puis tu repasses légèrement sur les racines. C'est ça ! s'écria-t-elle quand j'eus appliqué ses consignes. Maintenant, compare tes deux yeux.

J'étais vraiment impressionnée. Amy se pencha, m'étreignit les épaules et, la joue pressée contre la mienne, me parla dans le miroir.

— Je t'apprendrai des tas d'autres petites astuces, Céleste. Ce sera comme si je les essayais pour la première fois moi-même. Ton visage sera le mien, et réciproquement. Allons, ajouta-t-elle en se redressant. Farde ton autre œil, je te surveillerai.

Je m'exécutai, en suivant pas à pas ses conseils, et quand j'eus terminé elle battit des mains.

— C'est parfait, et du premier coup, en plus. Tu apprends vite.

Ce n'est tout de même pas de la neurochirurgie, pensai-je avec un brin d'ironie. Toutefois, je gardai mon opinion pour moi.

— La prochaine fois, je t'apprendrai comment faire paraître tes lèvres plus pleines, et ton visage plus sexy. Les filles sages aussi peuvent faire tourner les têtes, non ? Tiens, essaie ce rouge à lèvres.

Cette leçon-là me parut aussi facile que la première, sinon plus. Quand j'eus terminé, guidée pas à pas par Amy, elle m'essuya le coin des lèvres avec un mouchoir jetable et recula d'un pas.

— Tu vas embellir à vue d'œil, déclara-t-elle, ce qui me fit hausser les sourcils. Tout le monde peut s'améliorer, Céleste... même moi ! Ah, encore une chose, dit-elle en fouillant dans sa pochette. Sers-toi de cette eau de toilette. Basil l'adore, sur moi. Et maintenant, habille-toi. Nous descendrons avec au moins dix minutes de retard. Il ne faut jamais, jamais être à l'heure avec les hommes, Céleste, retiens bien ça. La pire chose que tu puisses faire, c'est de laisser croire à un homme que tu es à sa disposition. Et voici un secret que m'a transmis ma mère...

Amy se pencha sur moi pour me parler à l'oreille, comme si la pièce était farcie de micros, et je me préparai à entendre une importante révélation.

— Ne laisse jamais passer le moindre manque d'égards de la part d'un homme, au contraire : fais-en toute une histoire. Si ton amoureux oublie de t'ouvrir la portière en descendant de voiture, de tirer ta chaise à table, ou s'il marche devant toi, fais-lui une scène comme s'il avait commis un meurtre. Et alors...

Amy fit un pas en arrière et se sourit dans le miroir.

— Il se dira que si tu fais une telle histoire pour une vétille, il n'a pas intérêt à te mécontenter sérieusement. C'est toujours une bonne chose, s'ils franchissent les limites, de les obliger à battre en retraite.

— Cela ressemble plus à la guerre qu'à l'amour ! m'écriai-je étourdiment.

Elle se rembrunit, réfléchit un instant, puis retrouva le sourire. Un sourire de jubilation triomphante.

— Et c'est exactement ce que c'est, ma petite Céleste : une guerre. En amour comme à la guerre, tous les coups sont permis. Tu connais sûrement le dicton ?

— Oui.

Je ne pouvais pas le nier, mais je n'en pensais pas moins. Si la vie entre époux n'était qu'une série d'escarmouches, qu'est-ce qui en faisait une famille ? Qu'est-ce qui la rendait chaleureuse, merveilleuse ? Comment l'amour pouvait-il y fleurir et s'affirmer ? Dans l'univers que décrivait Amy, les enfants grandissaient dans le désordre le plus total.

Amy remarqua mon trouble.

— N'aie pas l'air si pensive et si grave, Céleste. Les hommes détestent ça, et sais-tu pourquoi ? Ils ont peur que tu voies clair en eux, que tu sois plus intelligente qu'eux. Je te l'ai déjà dit, ils manquent de confiance en eux et tu t'en apercevras très vite, j'en suis sûre. Tu découvriras toi-même que le père de Wade n'est pas aussi sûr de lui qu'il veut le paraître. Égoïste, oui, mais sûr de lui, certainement pas.

» Je te l'ai déjà dit, répéta-t-elle comme si elle me livrait le grand secret de la vie, c'est ce qui fait de lui un pareil coureur de jupons. Il faut qu'il se prouve sans arrêt sa supériorité. Ah, les hommes ! soupira-t-elle d'un air apitoyé. Ils ne deviennent jamais adultes.

» Non qu'il faille nous conduire sans arrêt comme des femmes de tête, matures et responsables, Dieu nous en préserve ! se reprit-elle en hâte.

Puis elle consulta brièvement sa montre.

— Bon, je vais commencer à m'habiller. Ne te presse pas, mais si tu te sens nerveuse, viens dans ma chambre. Wade est déjà prêt, il est en bas. Son père et lui discutent de choses fastidieuses dans le bureau. Tu ne trouveras pas une grande différence avec ce qu'il porte d'habitude, d'ailleurs.

Son regard fit le tour de la pièce puis s'arrêta sur moi.

— Oh, c'est tellement merveilleux ! s'extasia-t-elle. J'ai quelqu'un avec qui échanger mes secrets à l'oreille, et dans ma maison ! Rien de plus navrant qu'un secret qui dépérit, parce qu'on ne l'a pas confié à quelqu'un d'autre. J'ai lu ça dans un livre et je ne l'ai jamais oublié.

Elle marqua une pause, plaqua les mains sur son cœur et leva les yeux au ciel comme si elle était en scène.

— « Elle débordait de secrets jamais dits, morts à présent, tourbillonnant telles des cendres dans son cœur solitaire », déclama-t-elle.

Puis elle s'échappa dans un éclat de rire.

Ce fut comme si j'avais refermé une fenêtre, arrêtant d'un coup les remous du vent qui balayait la pièce. Moins d'une minute plus tard, cependant, Amy était de retour.

— Je me suis rendu compte qu'il te fallait absolument quelques bijoux, Céleste. Mets ce collier, je pourrai te prêter la montre bijou qui va avec.

Avant que j'aie pu réagir, elle avait passé le collier à mon cou et me l'attachait. Elle garda un moment les mains posées sur les perles et libéra un long soupir.

— Nous allons faire notre petit effet, déclara-t-elle en s'en allant.

Je gardai un moment les yeux fixés sur la porte, en me demandant si Amy avait encore oublié quelque chose, mais cette fois-ci elle ne revint pas. J'enfilai la robe, mis les chaussures assorties, me coiffai et attachai la petite montre à mon poignet. Quand je m'examinai dans le grand miroir en pied, il me sembla que je n'étais plus moi.

Et brusquement, je crus voir Lionel debout derrière moi. Il paraissait anéanti et sur le point de fondre en larmes. Il n'avait changé en rien, n'avait pas vieilli, mais apparemment je n'étais plus la même à ses yeux.

— Lionel ?

Je pivotai sur moi-même... mais il avait déjà disparu. Était-il réellement venu ou l'avais-je imaginé ? Je savais ce qu'aurait dit le Dr Sackett. « Vous n'avez pas confiance en vous, et vous êtes simplement nerveuse et effrayée. Fortifiez-vous. Fermez les yeux et rassemblez vos forces. »

— Oui, m'entendis-je murmurer. Je vais le faire.

Mais je n'eus pas le temps de me concentrer. Ma porte s'ouvrit et, une fois de plus, Amy entra en coup de vent dans ma chambre. Elle portait une robe bouton-d'or et des chaussures en matière translucide. Elle tourna sur elle-même pour me montrer son dos, dénudé par la coupe audacieuse du corsage.

— Je viens juste de m'acheter ça, c'est de la pure charmeuse. Et regarde, je porte les pantoufles de verre de Cendrillon. Plutôt sexy, non? Qu'en penses-tu?

— C'est ravissant, Amy. Mais qu'est-ce que la... comment déjà... charmeuse?

— Un tissu soyeux et quasi transparent. J'ai des tas de choses à t'apprendre, mais ce sera tellement amusant! Tu es ravissante, toi aussi. Viens, nous sommes juste assez en retard, maintenant, conclut-elle en passant le bras sous le mien.

Sur le palier, elle fit halte et prit une pose à la fois coquette et hautaine. Puis, tenant toujours mon bras, elle s'engagea dans l'escalier. Le son d'un rire masculin monta jusqu'à nous.

— Basil a encore dû servir à Wade une de ses vieilles plaisanteries, crut devoir m'expliquer Amy. Elles sont usées jusqu'à la corde et ne font pas rire Wade, alors c'est Basil qui rit pour deux.

Nous étions presque au bas des marches quand Wade et son père apparurent dans le hall, sortant tous les deux du bureau. Basil mesurait cinq bons centimètres de plus que son fils, me sembla-t-il, et il devait se teindre les cheveux. Aucune mèche ne grisonnait dans leur brun sombre et, selon moi, leur coupe aurait mieux convenu à un jeune homme. Les traits réguliers, des yeux noisette, une bouche ferme, il était beau mais sans la moindre mièvrerie: je trouvai qu'il avait du caractère. Il me fit penser à un acteur vieillissant.

Ses épaules étaient beaucoup plus larges que celles de Wade, et son cou nettement plus fort. Son complet sport, qu'il portait avec une cravate du même bleu marine, semblait avoir été coupé sur son corps athlétique. Il leva les yeux sur nous avec un petit sourire empreint d'ironie.

— Tiens, tiens... qui est cette rose en bouton au côté de notre princesse?

Amy s'empressa de faire les présentations.

— Voici Céleste, annonça-t-elle avec un plaisir manifeste. Céleste, je te présente Basil Emerson, mon beau-père.

Je me contentai de répondre :
— Bonsoir.
Le sourire de Basil Emerson s'élargit et il s'avança, prit ma main et m'aida à descendre les dernières marches. Puis il se retourna vers son fils.
— Et tu disais que c'était une pauvre orpheline à la mine affligée !
Wade rougit jusqu'à la racine des cheveux.
— Je n'ai jamais dit ça !
Basil Emerson ignora la protestation de son fils pour s'adresser à sa belle fille.
— Amy, vous êtes délicieuse, comme toujours. Vous êtes deux vraies beautés, bien trop charmantes pour que Wade s'occupe de vous tout seul. Si vous étiez ma femme, Amy, vous auriez déjà deux bambins qui trottineraient dans toute la maison.
Le regard de Basil effleura son fils avant de s'attarder sur nous.
— Je devrais revenir habiter ici, pour m'assurer que ces deux femmes ont droit aux égards qu'elles méritent, ajouta-t-il en riant.
Wade baissa promptement les yeux pour cacher son embarras, mais Amy s'écria :
— Oh, Basil ! Quel dragueur vous faites !
— J'espère que je suis plus que cela. Ce sont les adolescents qui draguent. Les vrais hommes sont des séducteurs.
Cette fois, Wade se détourna.
— Mesdames, reprit Basil en arrondissant les bras, puis-je vous escorter jusqu'à la table du dîner ?
Amy lui prit le bras gauche, moi le droit, puis il lança à Wade par-dessus son épaule :
— Couvre nos arrières et regarde comment on s'y prend.
Amy rayonnait.
— C'est fou ce que vous sentez bon ! s'exclama Basil en se penchant sur ma joue jusqu'à la frôler. J'ai l'impression de me noyer dans un lac de parfums de femmes. Qui va me secourir ?
— Pas nous, riposta Amy en riant, comme nous entrions dans la salle à manger.
La chaise qui tournait le dos à la fenêtre n'était pas pour moi, finalement. Ce fut Wade qui y prit place. Amy et moi

nous assîmes en face de lui et Basil Emerson au bout de la table. Mme Cukor fit le service, et Mme McAlister vint jeter un coup d'œil de temps en temps. Ce qu'elle ne faisait, je le compris vite, que lorsque M. Emerson venait dîner. Je remarquai aussi que, chaque fois qu'elle apportait un plat, Mme Cukor évitait soigneusement de me regarder.

Basil Emerson, au contraire, ne me quittait pratiquement pas des yeux.

— Eh bien, commença-t-il, parlez-nous un peu de vous, Céleste. Combien de temps avez-vous vécu en orphelinat ?

— À peu près onze ans, avec une brève interruption quand on m'a placée en famille d'accueil, chez un vieux couple.

— Onze ans ! Je parie que si l'on vous avait habillée comme Amy l'a fait, vous auriez été adoptée beaucoup plus vite. Je vous aurais adoptée, moi. Qu'est-ce que tu disais, déjà, Wade ? Une pauvre petite fille à la mine affligée ?

— Je n'ai jamais rien dit de pareil, se rebiffa Wade. Arrête de répéter ça.

— Eh bien, qu'as-tu dit, alors ?

Basil buvait rapidement son vin, et apparemment il avait déjà pris quelques verres en parlant avec Wade, dans son bureau.

— J'ai dit qu'elle n'était pas heureuse, c'est tout.

— Pas heureuse, répéta Basil en se tournant vers Amy.

Elle hocha la tête en souriant.

— C'est vrai, Basil. Elle était malheureuse, mais elle ne l'est plus.

Basil Emerson leva son verre.

— Je bois à son bonheur.

— À quoi ne boirais-tu pas ! grommela Wade.

Basil fit la grimace et se tourna vers moi.

— Servons un peu de vin à cette jeunesse, elle est assez âgée pour ça.

— Nous sommes censés lui donner le bon exemple ! protesta Wade.

Son père eut un petit rire persifleur.

— Eh bien, c'est ce que nous faisons. Nous lui apprenons ce qu'est un vrai dîner, n'est-ce pas, Amy ?

— Tout à fait.

— Madame Cookie, un autre verre à vin, je vous prie, ordonna Basil Emerson.

La gouvernante alla droit au buffet, y prit un verre et le posa devant moi, si brutalement que je craignis de le voir se briser.

— Vous buviez du vin à son âge, n'est-ce pas, madame Cookie ?

— Je buvais bien plus que du vin ! répliqua la gouvernante.

Basil et Amy rugirent de rire. Mme Cukor resta un instant sans réaction, les yeux ronds, puis elle regagna la cuisine.

Wade secoua la tête, baissa les yeux et se concentra sur sa salade, sans un mot.

Une sorte de guerre permanente avait lieu dans cette maison, découvrais-je. Une guerre de mots, où l'orgueil seul était blessé, mais la tension était omniprésente autour de moi. Elle régnait entre la gouvernante et la cuisinière, entre Wade et son père, et même – à un degré moindre –, entre Wade et Amy. Et maintenant, quelque chose du même ordre se passait entre Mme Cukor et moi, quelque chose que j'étais sans doute la seule à percevoir. Et au milieu de tout cela, Amy badinait comme si rien d'autre ne comptait que son bonheur, et que rien ne pouvait le troubler ni le détruire. Fallait-il la plaindre ou l'admirer ? J'étais bien incapable d'en décider.

Basil, pour sa part, continuait à dominer la conversation. À cause de moi, sans doute, il raconta toutes sortes d'anecdotes relatives à sa propre adolescence.

— Je n'ai jamais été un élève modèle, loin de là. En fait, je n'ai jamais décroché le bac, se vanta-t-il comme si c'était un exploit. La véritable école, c'est celle de la vie, déclara-t-il pompeusement.

Il avait bu à lui seul une bouteille de vin et entamait la deuxième. Amy avait le sang aux joues, après en avoir bu deux verres. Pour ma part je n'en avais bu qu'un demi, et Wade avait à peine touché au sien.

— Papa, s'il te plaît, implora-t-il à mi-voix.

— Comment ça, s'il te plaît ? Je ne dis que la vérité. Je t'ai payé des études universitaires, une voiture et ce que tu portais sur le dos. Pas si mal pour quelqu'un qui n'est pas bachelier, non ? Ne t'avise pas de l'oublier, menaça-t-il, le pouce et l'index droits tendus à angle droit vers Wade, comme s'il tenait un pistolet.

— Personne ne te reproche rien, mais les choses ont changé. Il est plus difficile, pour les jeunes d'aujourd'hui, de se faire une place au soleil sans une bonne éducation.

— Oh, pauvres jeunes gens d'aujourd'hui, railla Basil. Pauvres petits malheureux.

Il grommela quelque chose entre ses dents et reporta son attention sur son assiette.

Wade m'adressa un regard d'excuse. Je lui souris mais il détourna aussitôt les yeux, de crainte que son père ne surprenne cet échange muet.

Au même moment, Mme Cukor revint avec la tarte aux fraises comme si elle apportait du poison, et la déposa sur la table aussi rudement qu'elle l'avait fait avec mon verre de vin. Puis elle servit le café. Je trouvai la tarte sablée délicieuse, ce qui me sembla être aussi l'avis de Wade et de son père. Amy, elle, n'en mangea pas.

En fait, elle n'avait fait que chipoter sa nourriture, et en avait laissé beaucoup sur son assiette. Je me demandai si c'était voulu, comme elle m'avait dit qu'elle le faisait parfois. Personnellement, je mangeai tout ce qu'on me servit. C'était savoureux, et finalement je vidai mon verre et en bus même un second. Est-ce que je devenais goinfre, par hasard ?

— Tu n'es pas obligée de manger tout ce qu'on te sert, me chuchota discrètement Amy un peu plus tard, même dans un grand restaurant. Seuls les hommes terminent tout, parce qu'ils l'ont payé. Ils mangeraient même de la sciure si c'étaient eux qui payaient l'addition.

Le dîner s'acheva et nous passâmes dans le grand salon, où Basil prit un digestif, puis un second. Il se lança dans de grand discours sur les affaires, la politique, les difficultés de la vie, en insistant sur la facilité de la nôtre comparée à ce qu'avait été la sienne. Wade l'écoutait tranquillement, Amy ne tenait plus en place. Il était clair que Basil s'écoutait parler, sans se préoccuper de savoir si nous l'écoutions nous-mêmes. Amy finit par demander la permission de se retirer avec moi. Après une journée aussi mouvementée, prétexta-t-elle, je devais être recrue de fatigue.

Poliment, je dis à Basil que j'étais heureuse d'avoir fait sa connaissance. Il parut d'abord un peu dérouté, puis me sourit et m'embrassa sur la joue... un peu trop près de mes lèvres, estimai-je. Il embrassa également Amy, puis se retourna vers Wade pour continuer son discours. En quittant la pièce, j'eus un regard désolé pour Wade, obligé de servir d'auditoire.

— Je déteste que Basil se comporte comme ça, se plaignit Amy. Je mourais d'impatience de sortir de là.

Je me dirigeais vers l'escalier lorsqu'elle saisit mon bras.

— Mais non, grosse bête ! Nous n'allons pas nous coucher si tôt. C'était juste une excuse. Allez, viens ! Après l'effort que nous venons de faire, en ayant l'air d'apprécier ce dîner familial, nous avons bien mérité une récompense.

— Comment ça ?

Je n'y comprenais rien, mais je me laissai entraîner jusqu'à la porte du garage. Amy l'ouvrit et me dit de monter dans sa voiture de sport, une Jaguar rouge.

— Où allons-nous, Amy ?

— Brûler la chandelle par les deux bouts, répliqua-t-elle en riant. Ou en tout cas, un petit morceau de cette chandelle.

Je montai à son côté, elle sortit en marche arrière et s'éloigna rapidement de la maison.

— Et Wade, que va-t-il faire ?

— Wade ? Il devra aider son père à se coucher, comme d'habitude, puis il descendra travailler dans son bureau jusqu'à je ne sais quelle heure du matin.

— Et il ne sera pas fâché que nous soyons sorties ?

Amy se tourna vers moi, sans mot dire, puis reporta son attention sur la route.

— Non, il ne sera pas fâché, dit-elle enfin. Pas le moins du monde.

Je me gardai bien de demander pourquoi. Pouvais-je me mêler à ce point de leur vie personnelle, le jour même de mon arrivée chez eux ? Je préférai changer de sujet.

— Où allons-nous, au fait ?

— Il y a un hôtel vraiment bien, à environ huit kilomètres d'ici. Ils ont un grand salon et un très bon pianiste. Ne t'inquiète pas. Tu parais plus que ton âge et je connais le directeur, de toute façon. Nous entrerons sans problème. Combien de fois t'es-tu servie d'une carte d'identité trafiquée ?

— Jamais.

— Jamais ? Allons, Céleste ! Nous allons être comme deux sœurs. Tu peux tout me dire, tu te souviens ?

— C'est la vérité. Je suis allée à une soirée, une fois, où il y avait de l'alcool et de la bière mais je n'en ai pas bu.

Amy haussa les sourcils.

— Je croyais que dans les orphelinats, les filles étaient un peu plus libres que ça.

— Il y a toutes sortes de règlements, et je ne voulais pas décevoir Mère Higgins. Elle a toujours été très bonne pour moi.

Une fois de plus, Amy parut déconcertée, puis elle me sourit.

— Tu n'as encore jamais eu l'occasion de t'amuser, alors. Maintenant, tu l'auras, je te le promets.

Curieusement, cette promesse me fit presque l'effet d'une menace. Nous roulâmes quelque temps sans parler, puis Amy ouvrit la radio et éclata de rire.

— Oui, ma petite Céleste, tu vas avoir l'occasion de t'amuser !

L'hôtel où elle nous conduisit, le Stone House, devait son nom à ses propriétaires, les Stone. Il n'était pas très grand et me fit plutôt penser à un motel, à cause de la façon dont les chambres étaient alignées, des deux côtés du corps de logis central. Ce bâtiment avait une façade en pierre, – avec un vaste auvent sous lequel Amy alla se garer –, et une double porte en verre ouvrant sur un hall carrelé. Le mur qui faisait face à la porte aussi était en pierre, et les autres lambrissés de bois sombre. Derrière le comptoir de la réception, situé sur la droite, se dressait un grand aquarium où évoluaient des poissons aux couleurs somptueuses. Au comptoir se tenait une fausse blonde d'environ cinquante ans, aux cheveux mal teints qui tiraient sur l'orange, qu'Amy salua aussitôt.

— Bonsoir, madame Stone.

Mme Stone la dévisagea longuement et finit par sourire.

— Oh, madame Emerson. Je ne vous avais pas reconnue. Vous avez changé la couleur de vos cheveux, c'est ça ?

— À peine, répliqua vivement Amy. Juste un soupçon.

Je la regardai, intriguée. Qu'avait-elle pu changer à sa chevelure ? L'avait-elle voulue plus proche de l'auburn, ma propre couleur ?

Adroitement, elle éluda d'éventuelles questions.

— Madame Stone, je vous présente Céleste, qui va séjourner un certain temps chez nous.

— Soyez la bienvenue, mademoiselle. Venez-vous de l'étranger, pour un échange entre étudiants ?

Amy ne me laissa pas le temps d'ouvrir la bouche.

— Elle ne vient pas de l'étranger, non. Mais avec la façon dont elle a vécu jusqu'ici, on pourrait s'y tromper.

Mme Stone parut un peu embarrassée. Je la saluai à mon tour, puis Amy me fit pivoter en direction du restaurant et du bar. Nous pouvions entendre clairement la musique. Le pianiste chantait ce que je reconnus pour une chanson d'Elton John. Contrairement à Mme Stone, le maître d'hôtel reconnut Amy, mais lui aussi fit une remarque sur sa chevelure.

— J'espère que cela me va bien, répliqua-t-elle, ce qu'il se hâta de lui affirmer.

— Ce soir nous nous contenterons d'aller au bar, Ray, déclara-t-elle.

Il me jeta un regard soupçonneux, mais elle le rassura.

— Ne vous inquiétez pas, tout va bien de ce côté-là.

Il inclina la tête, mais son sourire indiquait qu'il ne la croyait pas.

— Je dépense bien trop d'argent ici pour que personne n'ose me faire des ennuis, me chuchota-t-elle.

Au bar elle commanda un cocktail qu'elle appelait un cosmopolitan, et la même chose pour moi.

— Tu vas aimer ça, tu verras. C'est à peine si on s'aperçoit que c'est fort. J'ai horreur de ces alcools qui vous montent à la tête instantanément. N'aie pas l'air si nerveuse, voyons !

— Je ne peux pas m'en empêcher. Je ne me suis jamais assise à un comptoir de bar.

— Tu as vraiment tout de la vierge effarouchée, me taquina-t-elle, comme si elle n'avait rien cru de tout ce que je lui avais confié. La première fois que je me suis assise sur un tabouret de bar, je devais avoir quatorze ans. C'était dans un boui-boui, bien sûr, mais nous étions tous très excités. Nous avons bu du gin de mauvaise qualité qui nous a tous rendus malades, mais on s'est bien amusés.

Qu'avait-elle pu trouver d'amusant à cela ? me demandai-je.

Mais je ne formulai pas la question tout haut.

Il n'y avait pas trop de monde au bar, mais depuis notre arrivée, deux hommes assis à l'une de ses extrémités n'avaient pas cessé de nous observer. Amy s'en aperçut aussi et, à ma grande surprise, elle leur sourit : autant leur faire signe qu'elle n'attendait qu'eux. En un clin d'œil, ils glissèrent de leurs tabourets et nous rejoignirent. Aucun des deux n'était vraiment beau, à mon goût. L'un d'eux semblait avoir coupé lui-même ses cheveux blonds, qui s'ébouriffaient en mèches inégales. Ils portaient tous deux des vestes de sport, mais ils avaient l'air d'avoir dormi avec.

— Salut, lança le brun, le plus grand des deux. Vous venez d'arriver, les gars ?

Instantanément, Amy entra dans le jeu.

— Nous avons l'air de garçons, d'après vous ?

Avec un petit rire nasal, le blond donna un coup de coude à son camarade.

— Pas vraiment, non.

Le barman apporta nos verres, et le plus petit fit observer :

— Plutôt cher, ce que vous buvez là.

Amy porta son verre à ses lèvres sans quitter le jeune homme des yeux, et il en fut tout émoustillé.

— En effet, mais nous sommes habituées au luxe. Nous venons juste d'arriver, vous savez. Nous sommes en route pour la maison de Mère Grand. J'espère que vous n'êtes pas des loups, gloussa-t-elle. Vous vous souvenez du Petit Chaperon rouge ?

Tous deux s'esclaffèrent bruyamment.

— Nan, fit le plus grand. Nous, on serait plutôt des tigres. Comment vous vous appelez ?

— Je suis Laurie, et voici ma sœur Virginia. Vous êtes du coin, on dirait ?

— Oh non ! Nous aussi, on est de passage.

— Et pour aller où ? voulut savoir Amy.

Je baissai les yeux et tripotai nerveusement mon verre.

— À Paterson, dans le New Jersey. Nous venons de décrocher un emploi là-bas, dans une usine de mécanique automobile.

— Comme c'est passionnant ! s'exclama Amy en me décochant un clin d'œil. J'adore entendre parler de mécanique. Pas toi, Virginia ?

Je gardai le silence et le plus grand des deux s'adressa à Amy.

— Ça vous plairait de danser ?

Elle jeta un regard au pianiste, qui jouait mais ne chantait pas. Il ne nous quittait pas des yeux.

— Le rythme est un peu trop lent pour moi.

— Ah, je vois. Vous êtes du genre rapide.

— Je ne suis d'aucun genre, se récria-t-elle. Je suis unique.

Les deux hommes rirent en même temps.

— On peut vous payer un autre verre ? proposa le blondin.

— Nous n'avons pas encore fini celui-là.

— Bon, alors... après celui-là ?

— Nous n'en prenons qu'un par soirée, figurez-vous. Nous tenons à garder la tête sur les épaules.

Ils rirent encore, mais d'un rire un peu forcé, me sembla-t-il. Pourquoi les provoquait-elle ainsi ? Pourquoi flirtait-elle avec eux ? Le plus grand des deux tenta sa chance.

— Ça ne vous dérange pas si on s'assied près de vous ? Je m'appelle Steve Toomer, et mon copain Gerry Bracken.

Amy me décocha un regard bref avant de répondre :

— Non, ça ne nous dérange pas.

Le dénommé Steve se hissait déjà sur un tabouret quand elle ajouta :

— Mais cela pourrait déranger nos époux. Ils ne vont pas tarder à arriver, et vous savez combien les hommes sont jaloux.

— Ah, vous êtes mariée, fit Steve d'une voix dépitée.

Amy exhiba sa bague de fiançailles et son alliance. Je me demandai comment ils avaient pu ne pas les remarquer, puis je compris. Elle s'était arrangée pour qu'ils ne les voient pas, afin de pouvoir les aguicher.

— Mariée et heureuse, précisa-t-elle.

— Et vous, Virginia ? s'enquit Gerry. Où est votre alliance ?

Amy se hâta de répondre à ma place.

— Elle est allergique à l'or. Cela lui fait enfler le doigt.

Les deux hommes échangèrent un regard. Steve se renfrogna et ses yeux se durcirent.

— Vous aurez des ennuis, un de ces jours, si vous continuez ce genre d'idioties. Mariées ou pas.

— Il faut vivre dangereusement, repartit Amy. C'est bien plus excitant.

Steve émit un vague grognement, jeta un coup d'œil à son camarade et, d'un mouvement de la tête, lui désigna l'extrémité du bar. Nous les regardâmes battre en retraite. Steve avait remonté les épaules comme pour se protéger d'un vent glacial qui lui soufflait dans le dos. Je comprenais leur humeur.

— Pourquoi avoir fait ça, Amy ? Maintenant ils sont furieux.

— J'aime bien éprouver mon pouvoir sur les gens, m'expliqua-t-elle. Et en plus, je voulais te montrer combien ce genre d'hommes est facile à manipuler. Comme je te l'ai promis, je vais t'apprendre des tas de choses, Céleste, et cela va beaucoup m'amuser.

Dix minutes plus tard, Steve et Gerry s'en allèrent, mais en passant ils s'arrêtèrent près de nous.

— Vos maris doivent être de sacrés idiots pour vous laisser seules si longtemps ici, grommela Steve.

Amy répliqua d'un air candide :

— Oh, mais ils ont tellement confiance en nous ! Ce sont des femmes comme nous qu'il vous faudrait.

— Je n'ai pas besoin de femme ! grogna-t-il en s'éloignant.

Amy rit encore.

— Tu vois ? Les hommes sont de vrais gamins. Ils sont plus naïfs que les femmes, et tellement plus vulnérables ! Aussi longtemps que la femme sait ce qu'elle fait, bien sûr.

Nous restâmes encore deux heures avant qu'Amy décide qu'il était temps de rentrer. Elle avait repris un cocktail, mais je n'avais même pas fini le mien. Ce que j'avais bu m'avait fait tourner la tête et j'étais très fatiguée. Amy s'en aperçut.

— La journée a été longue et bien remplie, pour toi, mais tu en as apprécié chaque moment, j'espère ?

— Oui, acquiesçai-je, même si je me serais bien passée du numéro de flirt au bar.

Je ne pouvais pas m'empêcher de me demander ce qu'aurait ressenti Wade, s'il y avait assisté.

— Tu n'es pas fâchée de ce que j'ai fait là-bas, au moins ?

Je fis signe que non, mais pas aussi fermement qu'elle l'eût souhaité. Elle parut soudain sérieusement inquiète.

— Tout cela est si nouveau pour toi ! Tu n'es pas devenue bigote, au moins, dans cet orphelinat ?

— J'ai mes propres convictions, me bornai-je à répondre.

— Tant mieux. Je veux dire… j'espère que tu n'es pas pudibonde comme une vieille fille.

Je gardai le silence. Qui étais-je vraiment ? Je n'en savais rien moi-même, m'avouai-je. Amy eut un petit rire nerveux.

— Allons, nous allons prendre du bon temps, tu verras. Ce sera le meilleur moment de ta vie. Lundi, c'est moi qui te conduirai au lycée. Ensuite tu pourras y aller avec Wade, et je l'amènerai à t'acheter une petite voiture. Je lui prouverai que ce sera une dépense utile, comme il dit lui-même. Je le mène par le bout du nez, acheva-t-elle en riant, de bon cœur cette fois-ci.

La maternité parviendrait-elle à la faire changer ? J'eus la curiosité de lui demander :

— Quand comptes-tu avoir ton bébé ?

Elle me dévisagea comme si j'avais posé une question idiote.

— Je veux dire… tu seras enceinte avant mon départ, non ?

Devant son sourire énigmatique, ma curiosité redoubla.

— Eh bien ? Réponds-moi.

— Franchement, Céleste, je pensais que tu aurais compris, maintenant. Je n'ai absolument pas l'intention d'être enceinte.

— Mais tu avais dit… Mère Higgins pensait que…

— Des petits mensonges sans conséquence, tout ça ! Une simple trace de poussière sur une vitre. On souffle dessus et personne ne s'en souvient, ou ne prend pas la peine de s'en soucier.

Sur ce, Amy alluma la radio en riant.

— Steve et Gerry, tu as vu ça ? Ils étaient comme des marionnettes entre mes mains. Bientôt, tu seras capable de faire la même chose à tous les hommes que tu voudras. Je t'apprendrai.

Nous roulions depuis un moment sans mot dire, quand une voix chuchota à mon oreille. On aurait dit celle de Lionel.

— Si tu fais ça, tu t'en repentiras.

Je me retournai, mais il n'y avait personne.

Enfin… pas encore.

Six

Un oiseau mort

Amy ne parut pas du tout s'inquiéter d'être surprise à rentrer si tard, quand nous arrivâmes à la maison. Elle n'étouffa pas le bruit de son pas en traversant le hall, ni sa voix. Peut-être les cocktails l'avaient-ils rendue plus exubérante qu'elle ne l'aurait voulu ? En fait, il me sembla qu'elle parlait particulièrement fort.

— Veux-tu prendre quelque chose avant d'aller te coucher ? me demanda-t-elle à la porte de la cuisine. À supposer que je sache où ça se trouve ! pouffa-t-elle. En fait, à part mes propres affaires, je suis incapable de trouver quoi que ce soit, dans cette maison.

On avait baissé l'éclairage, et il n'y avait pas la moindre lampe allumée dans la cuisine ou dans le hall, en fait. Je ne savais même pas où dormaient Mme Cukor et Mme McAlister, mais je supposai que la porte qui faisait suite à celle de l'office, au fond de la maison, devait mener à leurs appartements. J'étais curieuse de savoir comment elles s'accommodaient de dormir si près l'une de l'autre, et si elles avaient un local à partager. Une salle de bains, probablement. Ayant passé presque toute ma vie en orphelinat, je savais ce qu'il en était de ne pas s'entendre avec quelqu'un qu'on côtoyait à tout instant. D'après les propos d'Amy et de Mme McAlister, la cuisinière et la gouvernante se haïssaient mutuellement.

— Mme McAlister doit être couchée depuis longtemps, fit observer Amy. Mais si tu veux un verre de lait ou une boisson fraîche, nous devrions pouvoir trouver le réfrigérateur.

— Non merci, je n'ai besoin de rien, refusai-je.

J'étais bien trop fatiguée pour boire quoi que ce soit, ne fût-ce qu'un verre d'eau.

— Tu ne risques pas de voir ou d'entendre Mme Cukor se promener dans les parages, en tout cas. Une fois qu'elle s'est enfermée chez elle, la maison pourrait brûler qu'elle ne s'éveillerait pas. Je ne sais pas ce qu'elle fabrique, là-dedans. Elle n'a pas la télévision et je n'ai jamais entendu de radio. En fait, je n'ai jamais mis les pieds dans leurs chambres. Ce qui d'ailleurs ne me tente pas du tout, précisa-t-elle alors que nous nous dirigions vers l'escalier.

Juste comme nous y arrivions, la grande horloge de parquet sonna une heure du matin. Je m'aperçus qu'un rai de lumière filtrait sous la porte du bureau et m'en étonnai.

— Wade travaille encore dans son bureau ?

— Probablement, répondit Amy avec une totale indifférence.

Puis elle bâilla longuement.

— Pour moi aussi, la journée a été lourde. Je dors jusqu'à midi, tu auras donc ta matinée à toi. Le dimanche est mortel ici, de toute façon. Basil cuvera son vin et traînera dans la maison avant de partir, si toutefois il se montre. Et Wade se réfugiera dans le bureau après son petit déjeuner, pour regarder les infos et les nouvelles de la Bourse. Et comme il est membre d'un club de spéculateurs en Bourse, c'est là qu'il ira déjeuner. Quant à nous...

» Quand je serai sur pied, nous irons faire du shopping. Les boutiques où je veux t'emmener n'ouvrent pas de bonne heure, de toute façon.

— Et Wade ? Est-ce qu'il va toujours à l'église ? À l'orphelinat, nous devions y aller tous les dimanches.

— À l'église ? Non. Et personnellement, je n'y vais que pour les mariages et les enterrements. Moins souvent aux enterrements, d'ailleurs. Je n'aime pas les événements tristes. Pourquoi me demandes-tu ça ? Tu voudrais aller à l'église ? Je croyais que tu avais tes propres croyances. Mais si tu tiens à y aller, je trouverai quelqu'un pour t'y conduire, conclut Amy d'un air désappointé.

— Non, c'est très bien comme ça. Je me posais surtout la question à propos de Wade.

— Nous nous posons tous des questions à propos de Wade, grommela-t-elle, comme nous arrivions devant sa porte et la mienne.

Elle jeta un regard sur celle d'une des deux autres chambres et baissa la voix.

— Basil est ivre mort, j'imagine. Eh bien, je te souhaite une bonne première nuit dans ton nouveau foyer, Céleste.

— Merci.

— Bienvenue chez nous, dit-elle encore en me serrant dans ses bras. Nous allons passer de bons moments, toutes les deux.

Elle déposa un baiser sur ma joue, puis entra dans sa chambre en tirant la porte derrière elle.

Je rentrai dans la mienne et me déshabillai, très lentement tellement j'avais les membres lourds. La journée avait vraiment été longue, et si chargée en émotions diverses ! J'ôtai rapidement toute trace de maquillage et me glissai dans le lit somptueux, sombrant avec délices dans sa douceur moelleuse. Soudain, je crus entendre une porte s'ouvrir et se fermer, puis des pas dans le couloir. Je tendis l'oreille, m'attendant à voir Amy entrer pour me dire quelque chose qu'elle avait oublié. Il y eut d'autres pas, un autre bruit de porte, mais plus fort, cette fois-ci. Comme si on l'avait claquée.

J'écoutai encore. Malgré ma fatigue, ma curiosité était trop vive pour être ignorée. Je me levai, gagnai la porte à pas feutrés, l'ouvris sans bruit et scrutai le couloir faiblement éclairé. Je ne vis personne et j'allais me retirer, quand je repérai quelque chose par terre, sur ma droite. On aurait dit un vêtement. Je sortis dans le couloir et m'en approchai avec lenteur. Qu'est-ce que cela pouvait bien être ?

Je m'accroupis et ramassai le tissu. C'était un pantalon de pyjama… un pyjama d'homme. Comment pouvait-il se trouver là ? Ne sachant trop qu'en faire, je le laissai retomber où je l'avais trouvé et revins vers ma chambre. J'entendis des voix étouffées derrière la porte d'Amy, puis un gémissement qui ne pouvait venir que d'elle. Je me figeai sur place et n'en écoutai que mieux. C'était bien Amy que j'entendais gémir.

Un bruit de pas qui montaient l'escalier me fit regagner ma chambre en courant presque. Le cœur battant, je fermai doucement la porte et restai là, l'oreille aux aguets. Je n'entendis plus rien. Si quelqu'un était venu par l'escalier, il ou elle avait dû flotter au-dessus du sol. J'attendis encore un peu et retournai me coucher.

Tout était silencieux à présent, et mes paupières étaient lourdes comme du plomb. Il me fut impossible de garder les yeux ouverts, même quand je crus voir Lionel au pied de mon lit.

Je l'appelai, mais je ne l'entendis pas me parler comme il le faisait toujours. Je crus discerner le son d'un piano, mais lointain et très vague. Je suis si fatiguée, je dois déjà être en train de rêver, pensai-je. Et une fois de plus, je murmurai le nom de Lionel. Ce nom demeura sur mes lèvres jusqu'à ce que mes yeux s'ouvrent au soleil du matin, qui m'annonçait un nouveau jour. Mes premières pensées furent pour Lionel. Pouvais-je le revoir, à présent ? Le reverrais-je encore ? Je regardai autour de moi mais il n'était pas là.

Puis je me souvins du pantalon de pyjama. Qu'est-ce que cela voulait dire ? À qui appartenait-il ? Comment pouvait-il se trouver dans un couloir ?

Non sans effort, je m'assis dans mon lit et me frottai vigoureusement les joues. J'avais la gorge affreusement sèche. Ce devait être un effet de l'alcool, je n'étais pas habituée à en boire. Comment Amy pouvait-elle en consommer autant et rester si radieuse et si fraîche ? À moins que cette fraîcheur ne soit due qu'à la magie du maquillage ?

Mon regard se posa sur la pendulette de la table de nuit. Elle indiquait neuf heures. Était-ce possible ? Je ne me souvenais pas de m'être jamais levée si tard. À l'orphelinat, dormir jusqu'à sept heures était un luxe.

Je me levai, allai sans bruit ouvrir ma porte et cherchai le pyjama des yeux. Il n'était plus là. Vraiment bizarre, me dis-je, en me demandant si je devais en parler. Peut-être était-ce Mme Cukor qui l'avait laissé tomber, en ramenant de la buanderie du linge fraîchement lavé pour le ranger ? Mais je ne l'avais pas vu en rentrant du night-club avec Amy. Pourquoi Mme Cukor aurait-elle lavé du linge à une heure pareille ? Je haussai les épaules. Cette femme était assez étrange pour faire n'importe quoi, décidai-je. Ou peut-être avais-je rêvé ? J'étais toute prête à le croire. Des pans entiers de la soirée me semblaient si brumeux et si flous, à présent.

J'allai me doucher, puis je m'habillai, en choisissant la plus acceptable de mes robes. Mes seules chaussures étaient celles que j'appelais mes godillots, avec leurs larges talons plats. Elles étaient hideuses et pas très confortables. Peut-être avaient-elles été conçues par les puritains pour torturer les pécheurs.

Devant la porte fermée d'Amy, je me souvins des gémissements que j'avais surpris et me demandai s'ils ne faisaient pas partie d'un rêve, eux aussi. Après tout, ce soir-là, j'avais bu plus d'alcool que dans toute ma vie jusque-là.

Le silence régnait dans la maison. Je descendis sans bruit et passai dans la salle à manger, où je trouvai Wade à table, en complet cravate et plongé dans le Wall Street Journal. Il ne m'entendit pas entrer, et n'abaissa son journal qu'en entendant Mme McAlister entrer à son tour, et s'exclamer en me voyant :

— Je me demandais quand vous alliez vous réveiller et venir déjeuner. J'espère que vous ne prenez pas cette maison pour un hôtel, et que vous ne comptez pas sur le service d'étage.

— Je suis désolée de m'être levée si tard, m'excusai-je.

Wade leva les yeux sur moi, une expression vaguement amusée dans le regard. Était-il obligé de s'habiller toujours de façon aussi stricte, même le dimanche ? me demandai-je. Et à lui aussi je présentai mes excuses.

— Je ne dors jamais aussi tard, d'habitude. À l'orphelinat...

— Je m'en doute ! coupa aigrement Mme McAlister. Alors, qu'est-ce que vous voulez ? Des œufs, du porridge ou quoi ?

— Je n'ai pas si faim que ça, madame, et je peux très bien aller me servir moi-même.

— Pas dans ma cuisine ! répliqua-t-elle en plantant les poings sur ses hanches, bloquant la porte comme si elle était prête à livrer combat pour m'empêcher de passer.

— Bonjour, se décida enfin à dire Wade. Mme McAlister a une façon d'agir très personnelle, commenta-t-il. Dis-lui simplement ce que tu désires pour le petit déjeuner.

— Du jus d'orange et des céréales, si vous en avez.

— Seulement du porridge, bougonna-t-elle.

— Cela m'ira très bien. Avec du café, s'il vous plaît.

— Le café est sur la table, aboya-t-elle en pointant le menton vers la cafetière.

Sur quoi, elle réintégra sa cuisine. Je m'assis devant l'un des couverts et tendis la main vers la cafetière.

— Ne fais pas attention à elle, me réconforta Wade. Elle a été trop longtemps malheureuse.

— Pour quelle raison ?

— Quand son mari est mort, il l'a laissée pratiquement sans le sou. Il n'avait payé ni les primes de son assurance-vie, ni ses hypothèques sur la maison, et la banque l'a saisie. Son mari travaillait pour mon père. Quand il a appris dans quelle situation elle se trouvait, il lui a offert un emploi chez nous. Depuis, elle ne nous a plus quittés.

— Elle n'a pas d'enfants ?

— Non. Mais parle-moi plutôt de ta première nuit à la maison. Bien dormi ?

Je faillis mentionner ce que j'avais vu et entendu, mais je jugeai préférable de me taire.

— Très bien, merci, dis-je en me versant une tasse de café.

Wade allait-il me demander où nous étions allées, Amy et moi ? Il devait savoir que nous étions sorties. Je n'avais pas du tout envie qu'il me cuisine à ce sujet, mais il n'eut pas le temps d'ouvrir la bouche. Mme McAlister entra brusquement avec mon jus d'orange et annonça :

— Le porridge arrive.

— Merci, madame McAlister.

Je commençais à siroter mon jus d'orange quand le ronflement de l'aspirateur se fit entendre dans le hall.

— Le dimanche n'est donc pas un jour de repos, ici ? m'étonnai-je.

Wade eut un de ses rares sourires.

— Seulement pour Amy. En fait, elles peuvent choisir le jour de repos qui leur convient. Le dimanche, Mme Cukor va quelquefois rendre visite à une de ses vieilles amies, à Peekskill, mais je crois que celle-ci vient d'être malade. Il se peut même qu'elle soit encore à l'hôpital. Et qu'avez-vous projeté de faire aujourd'hui, Amy et toi ? Une fois que la princesse sera levée, bien entendu.

— Elle voulait faire un peu de shopping, je crois.

Wade donna une brève secousse à son journal.

— Pas possible ? Encore une journée de courses ! Dommage qu'on ne crée pas un prix spécial pour bons clients, Amy le gagnerait haut la main, ironisa-t-il.

Puis il réfléchit un instant et, comme s'il ne voulait pas donner une mauvaise impression de sa femme, il ajouta :

— Elle sait s'y prendre, en tout cas. Elle déniche toujours quelque chose de spécial. Et si elle ne me rappelait pas sans cesse à l'ordre, j'aurais sans doute l'air d'un réfugié du tiers-monde. Je dois être trop distrait, ou trop indifférent à ces questions-là.

» Ma mère me disait toujours que, sans elle, j'aurais pu porter les mêmes vêtements pendant toute une semaine. Et toi ? Tu es une fan de la mode, toi aussi ?

Je haussai les épaules.

— Je n'ai jamais eu l'occasion de le découvrir.

Wade eut un hochement de tête compréhensif. Il posa son journal et me dévisagea avec un peu plus d'attention.

— Te souviens-tu de ton enfance dans ta maison de famille ?

— Un peu, répondis-je évasivement, en me demandant ce qu'il cherchait à savoir.

Allait-il m'interroger sur ce qui s'était passé, et sur ce que les gens disaient de nous ? Retournerait-il mes révélations contre moi ?

— Je n'avais que six ans quand je suis partie, précisai-je.

— Hmm ! (Il réfléchit quelques instants.) Je chargerai mon service financier de s'occuper de la propriété pour toi, si tu veux. Juste pour m'assurer qu'elle est bien gérée. Tu ne voudrais pas hériter d'un arriéré de dettes, n'est-ce pas ?

— Merci. Tout ce que je sais, c'est qu'elle est louée pour payer l'entretien et les impôts. J'ai vu les papiers pour la première fois cette année.

— Bien, mon avocat s'occupera de tout ça. Tout se passera bien pour toi, j'en suis sûr. Amy a dit qu'elle t'inscrirait au lycée dès demain, mais si elle n'était pas levée à temps, je m'arrangerais pour le faire moi-même. Ne t'inquiète pas.

— Merci, répétai-je.

Mme McAlister réapparut, avec mon porridge et un plateau de toasts.

— Il y a du miel et du sirop d'érable sur la table, déclara-t-elle, comme si j'étais incapable de les voir toute seule.

Je la remerciai et goûtai le porridge, que je trouvai très bon.

— Il n'y a rien à y ajouter, la félicitai-je.

Une lueur d'approbation et de plaisir traversa son regard, mais le reste de son visage demeura figé, surtout ses lèvres minces. Elle fit un petit mouvement sec de la tête, à l'adresse de Wade, comme pour dire : « Voilà, c'est fait ». Puis elle se retira dans la cuisine.

— C'est le maximum de satisfaction dont elle soit capable, ou presque, fit observer Wade en riant.

Je ris en même temps que lui, puis je vis son sourire s'effacer à l'entrée de Mme Cukor. Elle resta un long moment immobile, à nous observer, surtout moi me sembla-t-il. Wade finit par lui demander :

— Il y a quelque chose qui ne va pas, madame Cukor ?

— Oui. Un oiseau.

— Je vous demande pardon ?

— Un oiseau est mort sur la galerie du devant, ce matin.

Wade manifesta un intérêt poli.

— Vraiment ? Que lui est-il arrivé ?

— Apparemment, il est mort de peur. Quelque chose a dû l'effrayer. Je vais aller l'enterrer avec de l'ail, ajouta-t-elle en me jetant un regard soupçonneux.

Puis elle se hâta de sortir. Wade, pour sa part, s'efforçait de garder le sourire.

— Ça te dit quelque chose, à toi ? Enterrer un oiseau avec de l'ail ?

Oui, cela me disait quelque chose. Cela réveillait en moi toutes sortes de souvenirs d'enfance. Le seul fait de mentionner la plante m'en rappelait jusqu'à l'odeur. Cela m'évoquait l'usage qu'on en faisait en médecine et aussi pour se protéger, en l'accrochant un peu partout, des influences malfaisantes.

— Oui, acquiesçai-je d'une voix sourde. Cela veut dire quelque chose, pour moi.

Wade haussa les sourcils. Son regard s'attarda un instant sur la porte, puis revint à moi.

— Vraiment ? Peut-être que vous allez bien vous entendre, Mme Cukor et toi.

Non, je ne crois vraiment pas, me dis-je avec conviction. Mais cette pensée-là aussi, je la gardai pour moi.

— Faire tant d'embarras pour un oiseau mort, je te jure ! Amy a sans doute raison de vouloir se séparer de cette femme, après tout. Mais mon père la gardera jusqu'à ce qu'elle ne tienne plus debout. Ce que j'aimerais savoir, c'est...

— Qu'est-ce que tu aimerais savoir, Wade ?

Amy venait d'entrer. En robe de chambre et chaussée de mules, elle n'avait pas l'air tout à fait réveillée, mais elle s'était quand même légèrement fardée. Je regardai Wade en fronçant les sourcils. Avait-il eu l'intention de m'interroger sur la nuit dernière ? Pour l'instant, il dévisageait toujours Amy, qui insista.

— Eh bien, que voulais-tu savoir ?

— Rien, dit-il en reprenant son journal.

Amy fit la moue en regardant mon assiette.

— Qu'est-ce que tu manges ? Du porridge ? Beurk !

— C'est très bon, affirmai-je.

Elle se versa une tasse de café. Wade abaissa son journal pour lui demander :

— Mal aux cheveux ?

— Mal partout, je dirais.

— J'en déduis que tu as donné à Céleste un petit aperçu de notre vie nocturne ?

Il n'avait pas l'air fâché le moins du monde, mais Amy ne parut pas pressée de lui fournir des détails.

— Quelque chose comme ça, oui. Basil est parti ? s'informa-t-elle, avec un rien de nervosité dans la voix.

— Oui, mais il a menacé de revenir dans quelques jours. Je suis sûr qu'il n'en fera rien. Bon, j'ai deux ou trois choses à mettre en ordre à l'usine, observa Wade en consultant sa montre, puis j'irai déjeuner au club. Nous pourrions dîner en ville, ce soir ?

Amy poussa un cri de joie.

— Oh, quelle bonne idée ! Je m'étonne de ne pas l'avoir eue la première, Wade.

Il lui décocha un sourire plutôt froid.

— À moins que vous ne soyez trop fatiguées par votre soirée, bien sûr. Je ne vous ai pas entendues rentrer. J'étais plongé dans mes registres, ajouta-t-il, probablement à mon intention.

Amy se récria.

— Trop fatiguées pour dîner dehors ? Jamais de la vie ! C'est une excellente idée. Allons chez Hunter.

Wade fit la grimace.

— Tu n'aimerais pas mieux quelque chose comme le Repaire de Billy ? Ce n'est pas cher, on y mange très bien et...

— Non, décréta fermement Amy. Hunter.

Wade acquiesça.

— D'accord. Je réserverai pour sept heures, dit-il en se levant. Bonne tournée des boutiques !

— Compte sur nous ! lui promit Amy, sur un ton rien moins que rassurant.

Il replia son journal, me salua d'un signe de tête et quitta la pièce.

Comme si elle était constamment aux aguets, Mme McAlister apparut instantanément et entreprit de débarrasser la table.

— Apportez-moi une tranche de pain de régime, lui demanda Amy. Celui qui est aux raisins.

Mme McAlister hocha la tête et retourna dans la cuisine.

— Tu vois pourquoi j'ai besoin de ton aide pour animer cet endroit sinistre, se plaignit Amy. Le Repaire de Billy ! Si jamais tu y vas, tu comprendras d'où lui vient ce nom. Tout ce qui compte pour Wade, c'est l'addition.

Je faillis lui demander des explications sur le pantalon de pyjama et sur ses plaintes, mais j'y renonçai. Si quelque chose l'avait rendue triste, elle n'aurait pas envie d'en parler. À l'orphelinat, déjà, quand les sœurs insistaient pour connaître la raison de ma tristesse, je préférais me taire. Je présumai que c'était la même chose pour Amy.

Elle buvait son café à petites gorgées, en silence. Et brusquement, aussi vite qu'elle était apparue, la note morose que j'avais discernée dans sa voix disparut. Elle retrouva tout son entrain.

— Pour commencer, nous irons dans mon salon de beauté nous occuper de tes cheveux. J'ai déjà tout arrangé. Puis nous ferons les magasins – les miens, bien sûr –, et nous te dénicherons quelques robes dernier cri. Et nous déjeunerons dans un restaurant chic et cher, naturellement.

Elle reposa sa tasse sur la table, si brusquement que je m'attendis à la voir se briser.

— Madame McAlister! vociféra-t-elle.

La cuisinière apparut sur-le-champ.

— Oubliez ce toast, je n'ai pas le temps. Allons, me dit-elle en se levant, va te préparer. Nous avons trop de choses à faire pour perdre notre temps ici.

Avec un cri aigu d'enfant ravi, elle quitta la pièce en courant presque. Je me sentis gênée de laisser la table chargée de vaisselle sale. Toute ma vie, me semblait-il, j'avais aidé les autres à débarrasser, surtout derrière moi. Je me retournai pour jeter un dernier regard à Mme McAlister. Elle secouait la tête de cette façon bien à elle, à petits mouvements saccadés qui me faisaient tellement penser à une girouette.

Dès quelle fut prête, Amy entra dans ma chambre en brandissant des lunettes de soleil.

— Prends-les, j'en ai deux paires. Mais attention, ne les perds pas: elles coûtent cinq cents dollars.

Ma main déjà tendue se figea à mi-parcours.

— Cinq cents dollars!

— Je plaisante, dit Amy en me fourrant les lunettes dans la main. Si tu les perds, nous les remplacerons immédiatement. Allons, mets-les!

J'obéis, et elle chaussa aussitôt les siennes. Les deux paires étaient identiques.

— Nous sommes de vraies prédatrices, gloussa-t-elle. En chasse!

Je dus pratiquement courir pour la suivre au-dehors et jusqu'à sa voiture. En sortant du garage, j'aperçus Mme Cukor plantée au milieu de la pelouse, la main crispée sur le manche d'une bêche. On aurait dit un porte-drapeau sur un champ de bataille. Elle nous regarda partir avant de se remettre à creuser. Amy ne l'avait pas vue. Elle parlait à jet continu, décrivait les magasins qu'elle fréquentait, et les excellentes relations qu'elle entretenait avec les vendeuses. Avec l'argent qu'elle dépensait dans chacun d'eux, cela ne me surprit pas vraiment.

Toute la journée Amy m'entraîna d'un endroit à l'autre, d'une boutique à l'autre, comme si elle ne voulait pas me laisser le temps de penser. Si c'était là son intention, elle y réussit. Je fus emportée dans un tourbillon d'excitation. Il m'arrivait de me dire que mon apparence avait plus d'importance pour elle que pour moi. Pour commencer, nous allâmes à son salon de beauté.

— Je vois d'où vous est venue l'idée de cette couleur, observa Dawn, sa coiffeuse et visagiste, dès qu'elle eut posé les yeux sur moi.

Amy le confirma d'un simple signe de tête et se lança dans une description de ce qu'elle souhaitait pour moi. Dawn était d'un tout autre avis que le sien, mais devant sa détermination elle finit par capituler. Quand elle eut terminé ma coupe, ma coiffure était une copie conforme de celle d'Amy. Celle-ci vérifia dans le miroir, mèche par mèche me sembla-t-il, que nos coupes étaient absolument identiques.

— Je ne peux pas t'emmener déjeuner chez Mario dans cette tenue, déclara-t-elle, ni avec ces horribles chaussures.

Et sans perdre une seconde, elle me conduisit chez Oh-La-La, une boutique du centre commercial.

Ce qui m'étonna, c'est que la vendeuse – une dénommée Deirdre -, tenait une robe toute prête pour moi. Apparemment, Amy était déjà passée la choisir. De coupe empire, retenue par de minces bretelles à peine visibles, elle était en mousseline de soie grège et m'arrivait au genou. Des lacets de soie fronçaient le corsage à hauteur des seins, et le bas s'évasait en ondulations gracieuses. Quand je la passai, j'eus l'impression de sentir sur mon corps la caresse d'un souffle.

Les chaussures assorties, à semelles compensées en liège blond, ne tenaient au pied que par une large bride à boucle.

Amy déclara qu'il me fallait un sac et m'en acheta un, en cuir vieilli avec art et aux coutures apparentes. Je me sentais affreusement ridicule. Je ne savais strictement rien de l'élégance, et encore moins de la dernière mode.

— Elle lui va aussi bien qu'à vous, affirma la vendeuse.

Et je m'aperçus tout à coup, non sans surprise, que j'étais habillée exactement comme Amy, sac et chaussures compris. Est-ce qu'elle allait dupliquer toute sa garde-robe pour moi ?

— Je meurs de faim ! s'exclama-t-elle subitement, ce qui ne m'étonna pas, étant donné la frugalité de son petit déjeuner. Nous avons besoin de carburant pour pouvoir continuer. Savoir acheter est un travail, beaucoup de gens l'ignorent, et Wade en particulier. Ce qui me fait penser… Mettez tout cela sur ma note, Deirdre ! cria-t-elle en agitant la main, tout en m'entraînant vers la porte.

Une fois dehors, je m'écriai avec consternation :

— J'ai oublié mes vêtements et mes chaussures dans la cabine !

— Tant mieux, et bon débarras, répliqua gaiement Amy. Qui voudrait ramener ces horreurs à la maison, d'ailleurs ?

Elle rit, et nous reprîmes la voiture pour nous rendre à son restaurant favori. L'un des plus onéreux de la ville, bien entendu. J'ouvris des yeux ronds en consultant le menu. Tout était si cher ! Elle nous commanda une salade au poulet, mais pour quelqu'un qui prétendait avoir si faim, elle ne mangea pas grand-chose. Et moi non plus, à vrai dire. J'étais bien trop nerveuse. Ma robe sexy me mettait très mal à l'aise. J'étais sûre que tous les regards convergeaient sur moi, surtout ceux des hommes. Beaucoup connaissaient Amy, et quelques-uns s'arrêtèrent en passant pour lui dire bonjour. Et tous, tant qu'ils étaient là, gardaient les yeux fixés sur mes seins. Amy me présenta comme « sa jeune amie » et, comme elle l'avait fait avec Mme Stone, à l'hôtel, laissa entendre que j'étais une étudiante en séjour culturel.

Je n'avais pas l'expérience des femmes plus âgées que moi, jolies et mariées de surcroît. Mais je ne pouvais pas ne pas remarquer la façon dont Amy flirtait avec chacun d'entre eux, quel que soit son physique. Elle retenait leur main, leur jetait des œillades provocantes, prêtait aux propos les plus innocents une connotation sexuelle qui les mettait au comble de l'embarras. Lorsque l'un d'eux, sur une allusion un peu trop directe, rougit et nous quitta brusquement, elle m'adressa un clin d'œil.

— Tu vois comme les hommes sont faciles à manipuler ? De la vraie pâte à modeler !

Sa conduite me stupéfiait. Pourquoi prenait-elle tant de plaisir à ces provocations ? Et si tout cela revenait aux oreilles de Wade, n'en serait-il pas très fâché ? Pourquoi cela ne l'inquiétait-il pas ? J'étais sur le point de lui poser la question lorsque Basil apparut, en compagnie d'une femme qui devait avoir la moitié de son âge, au bas mot. Amy arqua le sourcil.

— Quelle coïncidence, susurra-t-elle, en décochant un grand sourire à Basil.

Il la salua d'un signe de tête mais s'éloigna vers une autre table, tout au fond de la salle. Amy se pencha en avant pour me parler à voix basse.

— Tu crois qu'il est gêné ? Absolument pas. Ce n'est pas pour ça qu'il nous a évitées. C'est pour que sa conquête ne voie pas qu'il a une belle-fille plus âgée qu'elle.

Les yeux brusquement étrécis, Amy lui jeta un regard noir. Je m'en étonnai.

— Pourquoi es-tu si furieuse contre lui ? Ne m'as-tu pas dit que tu connaissais tous ses travers ?

Elle me dévisagea longuement, pensivement, puis se détendit.

— Oh, je ne suis pas fâchée. Enfin... si, un petit peu. Il est de la famille, et ce qu'il fait peut devenir embarrassant pour nous tous, expliqua-t-elle.

Et ce qu'elle faisait, elle ? me demandai-je. Ne l'était-ce pas tout autant ? Non, il y avait autre chose, je le sentais. C'était comme si un message m'était transmis, de plus en plus insistant. Je balayai la salle du regard. N'était-ce pas Lionel, là-bas, près de la porte des cuisines ?

Il se retourna... et je vis que c'était tout simplement l'un des serveurs.

— Sortons d'ici, décida subitement Amy. Nous avons encore une foule de courses devant nous, et je veux être rentrée à temps à la maison pour me faire un massage facial. Nous sortons ce soir, tu te souviens ? Wade va faire des frais pour nous offrir un dîner chic, que cela lui plaise ou non, conclut-elle.

Sur quoi, elle fit signe au garçon d'apporter l'addition. Ce qu'elle laissait dans son assiette aurait servi de repas à deux orphelins, estimai-je.

C'était plus fort que moi, je ne pouvais pas m'empêcher de penser à ce genre de choses. Après tant d'années passées à compter les centimes, mettre de côté les papiers cadeaux et les rubans, repriser des chaussettes et lessiver des vêtements jusqu'à ce qu'ils n'aient plus de couleur, je supportais mal de voir quelqu'un jeter l'argent par les fenêtres. Je crois que je ne m'y habituerai jamais.

Dans chaque boutique de modes, à chaque rayon de grand magasin, les vendeuses savaient instantanément ce qu'Amy voulait pour moi. Robes, chemisiers, jupes, chaussures, elles apportaient directement tout cela. Et à chaque fois, ce que nous achetions pour moi ressemblait de très près à quelque chose qu'Amy avait déjà, quand ce n'était pas identique. Avant de quitter le dernier des grands magasins, elle m'emmena au rayon bijouterie, où elle choisit ce qu'elle appelait « une montre de soirée ».

— Tu m'en as déjà donné une, lui rappelai-je.

— Ah oui ? Aucune importance. Il t'en faudra plus d'une, Céleste.

Je m'avisai que celle qu'elle avait choisie, de forme ovale avec des petits diamants pour marquer le douze, le trois, le six et le neuf, ressemblait étrangement à celle qu'elle portait elle-même.

Après cela, elle m'entraîna vers une autre vitrine où elle choisit trois paires de boucles d'oreilles et les colliers assortis, chaque ensemble étant étudié pour aller avec une des toilettes qu'elle venait de m'offrir.

— Tu dépenses beaucoup trop pour moi, protestai-je. Wade va être furieux.

— Et alors ? J'ai déjà été furieuse contre lui, moi aussi ! rétorqua-t-elle avec colère.

Puis elle se radoucit.

— C'est sans importance, je te l'ai déjà dit. Nous sommes riches. Pour nous, l'argent ne compte pas. Je ne peux tout de même pas t'envoyer au lycée sans rien à te mettre ! Je ne veux pas qu'on puisse te traiter d'enfant trouvée, ce que ces pimbêches feraient sûrement si tu n'avais pas de vêtements chic ni de bijoux.

— Si elles sont si snobs, peut-être vaudrait-il mieux que j'aille au lycée municipal ?

— Sûrement pas. Je sais qu'elles sont snobs, mais elles ont les meilleurs professeurs et les meilleurs équipements qui soient. Pourquoi n'y aurais-tu pas droit, toi aussi ? Tu vis avec moi, et je ne veux pas entendre parler d'un établissement de seconde zone. Tu n'es pas obligée d'aimer ces snobinettes, mais tu peux apprendre beaucoup de choses à leur contact. Un jour, comme moi, tu attireras l'attention d'un homme riche et tu voudras lui montrer que tu as de la classe, que tu es une femme élégante et sophistiquée. N'est-ce pas vrai ?

Je haussai les épaules.

— Je ne pense pas tellement à me marier, à vrai dire.

— Mais si, tu y penses. Tu es comme moi. La nuit, tu rêves de princes charmants, de châteaux, de bals merveilleux, d'une pluie de joyaux qui n'en finit jamais. Nous sommes de race royale, mais pas par la naissance. Nous le sommes par notre beauté, dit-elle en riant et en m'attirant tout contre elle.

Puis elle reprit son sérieux et m'éloigna d'elle à bout de bras.

— Profite de tout ceci à chaque instant, Céleste, tu le mérites et tu as attendu trop longtemps. Tu ne crois pas que cela t'est dû, après tout ce que tu as enduré ?

Je ne voyais pas en quoi je méritais davantage que n'importe quel orphelin, dans tous les orphelinats de la terre, mais je hochai la tête pour lui faire plaisir.

— Bien sûr que tu le mérites, voyons. Ah, une dernière chose, dit-elle en consultant sa montre. Je t'emmène chez mon conseiller en cosmétique. Je ne suis pas si experte que je prétends l'être, et en ce qui te concerne je ne veux faire aucune erreur. Tant pis pour mon massage, c'est moins urgent.

Je n'eus pas le temps d'approuver ou de refuser. Elle me saisit la main, ordonna que tout ce qu'elle venait d'acheter lui soit livré immédiatement et m'entraîna dehors. Son esthéticien conseil, un certain Richard Dunn, exerçait ses talents dans un autre grand magasin. Amy m'apprit qu'il avait travaillé pour la télévision et pour des modèles en vogue. Une fois de plus, j'eus le sentiment qu'il était prévenu de notre visite.

Il s'attaqua immédiatement à mes sourcils, puis essaya différentes nuances de rouge à joues, avant de conclure que celui dont se servait Amy conviendrait parfaitement à mon teint. Il en alla de même pour le rouge à lèvres, l'ombre à paupières, l'eye-liner... et Amy m'acheta tout cela, c'est-à-dire un double de tout ce qu'elle possédait elle-même. Quand nous quittâmes le magasin, j'avais l'impression d'être un clone. Nous avions les mêmes vêtements, la même coiffure, le même maquillage et les mêmes bijoux.

J'ignorais combien elle avait dépensé pour moi, mais c'était forcément une somme considérable. Comment aurais-je pu me plaindre de quoi que ce soit ? Elle était si contente d'elle !

— J'étais sûre que tu étais une vraie beauté, Céleste. À l'instant où j'ai posé les yeux sur toi, ce jour-là, où je t'ai vue marcher dans la rue, je l'ai su. Et je me suis dit : voilà une jeune femme défavorisée par le sort, qui pourrait aller très loin si on lui en donnait la chance ; et c'est ce que j'ai l'intention de faire : t'offrir cette chance.

» Et ne te crois pas obligée de me remercier sans arrêt. Cela me fait tellement de bien d'agir ainsi ! J'adore triompher du mauvais sort, et c'est ce que je fais avec toi. Le mauvais sort fait de vous une victime, et ce n'est pas Mme Cukor qui dira le contraire. Je n'accorde pas beaucoup d'importance à ces choses, d'habitude, mais j'aime avoir une influence bienfaisante sur l'avenir de quelqu'un. Enfin... l'aider, je veux dire. Tu comprends ça, n'est-ce pas ?

— Je crois, oui.

— Tant mieux. Si tu n'étais pas heureuse de tout ce que je fais pour toi, ce serait vraiment terrible pour moi, Céleste, et je serais profondément déçue. Tu es heureuse, n'est-ce pas ?

— Oui.

— À la bonne heure !

Elle paraissait soulagée, mais je restais perplexe. Étais-je heureuse ? Je voulais le croire. Comment aurais-je pu ne pas l'être ?

Pourtant, j'avais toujours cette sensation si familière de n'être pas seule, ce pressentiment inquiétant que quelque chose d'effrayant me suivait, me guettait.

Sur le trajet du retour, j'aperçus un jeune homme adossé à une voiture à l'arrêt. Il leva la tête à notre passage, la secoua lentement, et j'eus la certitude que c'était Lionel. Je me retournai vivement pour regarder derrière moi, ce qui surprit Amy.

— Qu'y a-t-il ? me demanda-t-elle.
— Rien. J'ai cru voir quelqu'un que je connaissais, c'est tout.
— Vraiment ? Comment pourrais-tu connaître quelqu'un par ici ?
— En effet, lui renvoyai-je. Comment pourrais-je ?
Un instant désarçonnée, elle eut un sourire incertain.
— Ne commence pas à me raconter les mêmes sornettes que Mme Cukor, Céleste. Pas maintenant, quand tout a si bien commencé entre nous.
— Les sornettes de Mme Cukor ? Qu'est-ce que tu…
— Ce n'est rien, laissons ça, coupa-t-elle.
Et aussitôt, elle lança la conversation sur ce que nous allions porter pour notre première sortie avec Wade. Elle voulait que je mette le fourreau rouge vif qu'elle m'avait acheté dans l'une de « ses » boutiques. La jupe était fendue sur les côtés et le bustier bordé de strass.
De retour à la maison, nous apprîmes que Wade n'était pas encore rentré. Amy en fut contrariée.
— J'espère qu'il ne va pas nous annoncer, l'air innocent, qu'il a oublié nos réservations chez Hunter, observa-t-elle, sur un ton qui ne présageait rien de bon. Ce ne serait pas dramatique, d'ailleurs. Je connais très bien le patron, il se mettrait en quatre pour me trouver une autre table. Allons nous habiller ! claironna-t-elle comme un cri de guerre, en s'élançant dans l'escalier.
Mme Cukor monta tous les paquets et boîtes que je ne pouvais pas porter moi-même. Sans un mot ni un regard pour moi, elle entreprit de tout ranger. Je protestai :
— Je peux le faire moi-même, madame Cukor.
Elle m'ignora, continua d'accrocher robes, jupes et chemisiers, et plutôt que de discuter avec elle je passai dans la salle de bains.
Je pris un bain très court, en prenant bien garde à ne pas mouiller mes cheveux ni mon visage. Quand j'en sortis, Mme Cukor était partie. Mes produits de beauté eux-mêmes étaient soigneusement alignés sur la coiffeuse. Je haussai les épaules et me souvins du vieil adage : « À cheval donné on ne regarde point la bouche ». Il disait vrai : on ne boude pas ce qui vous est offert. Je n'allais pas critiquer cette femme parce qu'elle se conduisait de façon bizarre.

Je me contenterais de l'ignorer à mon tour. Après tout, ma vie ne dépendait pas de ses sentiments pour moi, ni des miens pour elle. Je décidai de m'accorder un bref moment de repos et m'allongeai sur mon lit.

Très vite, je remarquai une odeur inhabituelle et qui me rappelait vaguement quelque chose. Je me redressai en position assise, et l'odeur s'affaiblit. Plus intriguée que jamais, je me penchai vers l'oreiller pour le flairer. Puis je le soulevai, pour découvrir des feuilles que j'identifiai aussitôt : de l'aneth, du basilic et de la girofle. C'était le parfum de girofle qui dominait. Je saisis les feuilles entre mes paumes et les contemplai.

Leur vue et leur senteur faisaient remonter en moi de très anciens souvenirs. J'avais déjà vu ces plantes, qu'on nommait des simples, accrochées aux portes et aux fenêtres, et je me rappelais pourquoi ma mère les plaçait là. Les trouver sous mon oreiller me fit frémir de colère. Il était facile de comprendre comment elles étaient arrivées là. Je les serrai dans ma main et allai ouvrir la porte.

En sortant dans le couloir, je vis Mme Cukor en refermer une autre, celle de la chambre où dormait Basil Emerson. Elle venait juste de terminer d'y faire le ménage. J'attendis qu'elle se retourne de mon côté pour demander, les mains tendues vers elle :

— Est-ce vous qui avez mis cela sous mon oreiller ?

Elle jeta un coup d'œil aux feuilles mais ne dit rien, et se dirigea vers l'escalier. Je courus derrière elle.

— Je sais ce que cela est censé signifier, madame Cukor. Pourquoi l'avoir mis sous mon oreiller ? Pourquoi ? insistai-je en haussant la voix.

Parvenue en haut de l'escalier, elle se retourna, plissa les yeux et scruta mon visage, le regard assombri.

— Je l'ai su en voyant l'oiseau mort. C'était un signe, un avertissement. Vous avez apporté le mauvais œil dans cette maison. Je dois le chasser avant qu'il ne fasse plus de mal, lança-t-elle en me tournant le dos, posant déjà le pied sur la première marche.

— J'ai apporté… quoi ? Mais de quoi parlez-vous ? Quel mauvais œil ai-je apporté dans cette maison ?

Elle fit halte, se retourna et leva les yeux sur moi, un sourire teinté d'ironie sur ses lèvres blêmes.

— Vous le savez, dit-elle en hochant la tête. Vous le savez.

Sur quoi elle se retourna et, sans daigner m'accorder un regard de plus, reprit sa descente. Parvenue au bas des marches elle se retourna une dernière fois, leva les yeux sur moi, fit le signe de la croix et s'éloigna. Mon cœur s'accéléra et se mit à cogner follement sous mes côtes. Je restai un moment songeuse, pivotai sur moi-même… et il était là.

Lionel.

Il était revenu et il était plus qu'un simple souvenir, cette fois-ci. Plus que ce que le Dr Sackett m'avait décrit. Plus qu'une simple projection de culpabilité ou de crainte.

Il était là.

Ce qui m'effraya le plus, toutefois, ce fut son sourire. Il jubilait.

SEPT

L'habit fait le moine

— À qui parles-tu ?

En peignoir de bain et le visage enduit de crème, Amy se tenait à la porte de sa chambre. Je me retournai vers l'endroit où je croyais avoir vu Lionel, mais il n'était plus là.

— Je… c'est Mme Cukor, dis-je sans réfléchir en tendant les mains. Elle a mis ça sous mon oreiller.

Amy fit la grimace et recula d'un pas, comme si je tenais une poignée d'insectes.

— Mais qu'est-ce que c'est que ça ?

— De l'aneth, du basilic et de la girofle. Des herbes.

— Quoi ! Pour quelle raison irait-elle mettre ça sous l'oreiller de quelqu'un ?

— Ces herbes ont certains pouvoirs magiques, expliquai-je. Elle les a mises là pour chasser le mauvais œil.

— Le mauvais œil ? C'est ça qu'elle t'a dit ? Cette femme est impossible, il va falloir faire quelque chose. Je suis désolée, Céleste. J'en parlerai à Wade. Cela ne peut plus durer.

— Je ne voudrais pas qu'elle perde son travail à cause de moi, quand même.

— À ta place, je ne m'inquiéterais pas pour elle. Je doute qu'elle perde son emploi. Jette cette saleté et prépare-toi. Nous devons être éblouissantes, ce soir. De la dynamite sur talons aiguilles !

Là-dessus, elle rentra dans sa chambre et ferma la porte.

Elle doutait que la gouvernante perde son emploi ? Quelle sorte d'emprise avait-elle donc sur cette famille ? Perplexe, je rentrai dans ma chambre, froissai les feuilles et allai les jeter dans les toilettes, puis je tirai la chasse. Aussitôt, je me sentis coupable. Peut-être le geste de Mme Cukor avait-il son importance, après tout. Peut-être essayait-elle de m'aider en éloignant le mauvais œil. Peut-être n'aurais-je pas dû me mettre en colère. Peut-être…

Des images défilaient devant moi, des souvenirs de maman, des ombres sur la pelouse, un hibou perché sur une tombe… Je frissonnai.

— Lionel ? appelai-je à voix basse. Je sais que tu es là. Où es-tu ? Il faut que je te parle. J'ai besoin de tes conseils.

Cela me fit une impression étrange de l'appeler, de lui parler. Il y avait si longtemps…

Les rideaux s'agitèrent, bien que la fenêtre soit fermée. J'attendis, mais il ne se montra pas. Il me punit, pensai-je. Il me punit de l'avoir ignoré si longtemps.

De longues secondes s'écoulèrent, mon cœur battit moins vite et mon souffle s'apaisa. Domine-toi, Céleste, m'admonestai-je. N'effraie pas Amy. Ne risque pas de perdre tout ceci, maintenant.

Je passai la robe écarlate et m'examinai dans le miroir. Étais-je vraiment jolie et sexy, ou simplement sexy ? Je me posais la question. Avais-je eu raison de laisser Amy me transformer ainsi ? Était-ce un bien, ou allais-je le regretter ?

Élevée dans une telle austérité à l'orphelinat, je n'avais jamais pensé à moi sous le jour où Amy nous voyait maintenant, elle et moi. De la dynamite, prête à exploser dans les yeux de tout homme qui regarderait de notre côté. Je n'étais pas habituée à ce genre de vêtements, de coiffure, et encore moins au maquillage. Je n'étais plus moi. J'étais devenue celle dont mon miroir me renvoyait l'image, celle que les autres verraient en moi.

Comme tout était différent à présent ! Dans l'univers d'Amy je pouvais, tout comme elle, endosser différents rôles, agir comme si nous étions dans un film dont nous aurions nous-mêmes écrit le scénario. Les vêtements devenaient pour nous des costumes et nous écoutions notre propre musique dans nos têtes.

Je n'avais pas encore la confiance d'Amy et ne l'aurais jamais, peut-être, mais je voyais bien qu'elle anticipait l'effet qu'elle produisait et attendait le succès, l'admiration et l'attention. Et moi qui venais tout juste d'arriver chez elle, je marchais déjà sur ses traces.

Était-ce vraiment ce que je désirais ? Avais-je un tel besoin d'amour, de famille, que j'étais prête à les payer de ma propre identité ? Où était-ce ma véritable identité, jusque-là cachée et en attente, qui émergeait enfin à cette occasion ? Étais-je davantage la sœur d'Amy que je ne le croyais, ou croyais pouvoir l'être ?

Moi qui devinais si bien la personnalité véritable des autres, celle qu'ils ignoraient encore, pourquoi étais-je incapable de le faire pour moi-même ?

J'entendis frapper à ma porte et courus ouvrir, happant au passage le petit sac, assorti à ma robe, que m'avait offert Amy. Tout d'abord je ne la vis pas. Puis elle s'avança, venant de ma droite, et ma surprise fut telle que j'en restai bouche bée. Je m'attendais à ce qu'elle porte une robe du même genre que la mienne, que j'avais mise à sa demande, afin que nous ayons toutes deux cette allure explosive dont elle avait parlé. Au lieu de quoi, elle semblait bien plus âgée que moi et bien plus conventionnelle dans son ensemble violet, dont la jupe lui arrivait à la cheville. La veste avait des manches trois quarts, et la robe un col très strict. C'était bien loin d'une tenue osée. Ce qui me choqua le plus, pourtant, ce fut la perruque qu'elle portait. Nous n'avions plus du tout le même style de coiffure. Ses cheveux d'emprunt, légèrement bouclés, lui tombaient sur les épaules, et une frange bien droite cachait en partie son front.

— Oh, tu regardes mes cheveux, observa-t-elle en souriant. Je n'ai pas réussi à les coiffer comme je voulais, en si peu de temps. C'est pour ça que j'ai une collection de perruques, d'ailleurs. Quelquefois, j'ai envie d'être brune. C'est plus mystérieux, tu ne trouves pas ? Wade ne dira pas un mot, tu verras. Il ne dit jamais rien. Il ne me demande jamais pourquoi je porte telle robe et non telle autre.

» Mais toi, alors ! s'écria-t-elle en me prenant les deux mains, qu'elle éleva pour me faire pivoter. Une vraie femme fatale ! Je voudrais déjà voir la tête que feront les hommes qui t'approcheront.

— Je me sens presque nue, à côté de toi.

— Qu'est-ce que tu racontes ? Je m'habille selon mon humeur, et il se trouve que ce soir je suis de cette humeurlà. Plus secrète, plus cachottière, même en ce qui concerne mon corps. Tandis que toi, s'empressa-t-elle d'ajouter avant que j'aie pu dire un mot, tu n'es restée cachée que trop longtemps.

» Et nous allons mettre fin à tout cela ! s'écria-t-elle en m'entraînant vers l'escalier.

Je regardai en bas, espérant voir Wade. Pourquoi était-il toujours prêt à partir avant nous ? Avant d'être arrivée au rez-de-chaussée, j'avais la réponse.

— Wade nous retrouvera au restaurant, il a été retenu au bureau, m'apprit Amy. Et si jamais il est en retard, nous commencerons sans lui.

Une fois en bas, je me sentis observée et me retournai pour fouiller le hall du regard. Mme Cukor ? Elle était bien là, le dos plaqué au mur à côté de la porte du bureau, comme pour laisser passer quelqu'un qui allait en sortir. Elle me foudroya du regard.

Qu'y a-t-il ? avais-je envie de lui crier. Que me voulez-vous ? Qu'attendez-vous de me voir faire ?

— Allez, remue-toi, me gronda gentiment Amy en se dirigeant vers le garage.

Nous montâmes dans sa voiture et, tournée vers moi, elle m'effleura le visage du bout des doigts. Elle souriait.

— Tu es ravissante, Céleste. Et même beaucoup plus belle que ce à quoi je m'attendais.

Elle parlait d'un ton pénétré, les yeux soudain voilés comme si elle était sur le point de pleurer. La profondeur de son émotion me prit par surprise. J'adorai le compliment, mais en moi un signal d'alarme résonna, que je ne m'expliquai pas. Devant ma mine perplexe, Amy retrouva subitement le sourire.

— Désolée, j'ai été un peu théâtrale, s'excusa-t-elle en déclenchant l'ouverture de la porte du garage.

Elle sortit en marche arrière, s'orienta vers le portail et le franchit en trombe, faisant crier les pneus quand elle s'élança dans la rue.

— Tu ne sais pas encore conduire ? s'enquit-elle en allumant la radio.

— Pourquoi aurais-je appris ? Qui m'aurait donné des leçons ? Et qu'est-ce que j'aurais conduit ?

— Tu as raison, c'était juste une idée qui me passait par la tête. Il faudra que tu nous prennes des leçons de conduite, en plus des leçons de piano que je t'ai promises. Quand tu arriveras au lycée au volant de ta belle voiture, tu deviendras subitement très populaire. Tu te retrouveras avec une foule d'amies.

— Si elles deviennent mes amies uniquement parce que j'ai une voiture, ce ne sera pas vraiment des amies, répliquai-je.

— Arrête avec ça ! Ce n'est pas toi qui parles. C'est une des nonnes de l'orphelinat, ou la sainte-nitouche que tu as été pendant toutes ces années. Comme toutes les princesses, tu vas avoir besoin d'une cour.

» Au lycée, j'avais toujours une demi-douzaine de filles autour de moi, prêtes à faire ce que je voulais faire et guettant mes moindres paroles. Ce sera pareil pour toi, tu verras.

— Comment peux-tu savoir ce que je veux ? lui demandai-je.

Je ne voulais pas la blesser, ni la contredire. J'étais simplement curieuse de savoir ce qu'elle avait vu, ou cru voir en moi, qui lui avait donné de telles idées.

— Parce que sous cette apparence morose, cette coquille terne que la vie t'a imposée, je sais que bat le cœur d'une vraie femme, pareille à moi. Je l'ai vu dans ta façon de te mouvoir, de tenir la tête haute, de regarder les gens. Et surtout dans la façon dont les hommes te regardaient.

— Mais… combien de temps m'as-tu observée avant de venir à l'orphelinat ?

— Ça, c'est mon affaire, dit-elle en riant, mais elle reprit vite son sérieux. Pendant assez longtemps, je l'avoue. Je ne pouvais pas faire entrer comme ça, sans savoir, n'importe quelle jeune femme dans ma vie, non ? Tu comprends ça ?

— Oui, acquiesçai-je, même si je ne comprenais pas tout à fait.

Cela m'avait déjà tracassée qu'elle m'ait épiée ainsi, et se soit renseignée sur moi auprès de mes professeurs. Mais maintenant qu'elle avouait l'avoir fait depuis un certain temps, c'était encore plus dérangeant. Pourquoi n'avais-je pas senti qu'elle m'observait ? Pourquoi rien ne m'en avait-il avertie ?

L'idée m'effleura que c'était l'œuvre de Lionel. Il avait engourdi mes perceptions pour me punir de l'avoir abandonné.

Il y avait bien eu tous ces infimes petits signaux d'alarme, c'est vrai, mais je les avais attribués à toutes ces choses qui m'arrivaient, que je faisais, si radicalement nouvelles pour moi. Peut-être Amy avait-elle raison. Peut-être avais-je vécu tout ce temps-là dans une sorte de coquille. Peut-être mon développement émotionnel et social en avait-il été retardé. Tu mérites de prendre du bon temps et de t'amuser, me dis-je comme pour m'en persuader. Calme-toi, mon cœur inquiet. Et toi, ma fille, cesse de répéter ces sornettes qui conviennent mieux à des femmes comme Mère Higgins.

Qu'y aurait-il de si terrible à être populaire parmi mes pareilles, à ce que des garçons rivalisent d'efforts pour attirer mon attention, et que les filles veuillent être mes amies ? Quand avais-je fait l'expérience de ce genre de choses ? Quand en avais-je seulement rêvé ? Amy ne cherchait pas à m'attirer vers un désastre. Elle m'offrait la chance de devenir exactement ce qu'elle m'avait décrit : une femme séduisante, vibrante et sûre d'elle-même. Et n'était-ce pas ce que toutes les jeunes filles rêvaient d'être, qu'elles l'admettent ou pas ?

Arrière, ma conscience, mes peurs, mes visions de lieux ténébreux. Retournez d'où vous êtes venus, laissez-moi vivre. Je ne vais pas appeler Lionel à grands cris, ni le chercher dans tous les coins. Je n'ai plus besoin de lui, me dis-je avec conviction. Je sais vraiment ce que je veux, à présent.

— Tu veux une cigarette ? me proposa soudain Amy.

— Une cigarette ?

— Ne me dis pas que tu n'as jamais fumé ?

Je ne dis rien du tout, ce qui la fit sourire.

— J'en conclus que l'herbe, tu ne connais pas non plus.

— Non.

— Eh bien, ma chère, tu vas vraiment avoir l'impression de renaître !

Une fois de plus, des voix s'efforcèrent de se faire entendre en moi, mais je les étouffai dans l'œuf. À quoi bon être en vie si on ne peut pas de temps en temps courir un risque, faire une expérience, franchir une limite ?

— Ne dis pas à Wade que je t'ai parlé de tout ça, me recommanda Amy. Sur ces questions-là, il est irréprochable, mais il n'a pas besoin de savoir ce que nous faisons ensemble, toi et moi. Tu sais ce qui nous rend si proches et si unies, toutes les deux ?

— Quoi ?

— Les secrets. Parfaitement, les secrets. Les révélations. Le fait de nous dévoiler nos pensées, nos idées, nos souvenirs. Et tu sais quoi, Céleste ? Cela n'est possible que si l'on se fait confiance. Avant tout, il faut que nous ayons totalement confiance l'une en l'autre.

— Oui, approuvai-je.

— J'étais sûre que tu comprendrais. Tu vois ? Je te connais par cœur.

Elle éclata d'un petit rire léger, mais ses paroles s'attardèrent longtemps dans l'air, tel un relent de fumée ou une odeur de brûlé.

Quelques minutes plus tard, nous nous arrêtions devant le restaurant Hunter, et un groom accourut pour nous ouvrir les portes et garer la voiture. Le restaurant lui-même semblait avoir été jadis une résidence privée, ce qu'il avait d'ailleurs été comme je devais l'apprendre ensuite. Les propriétaires avaient restructuré l'espace, créant une vaste salle à manger et deux autres plus petites, réservées aux dîners en privé. Le décor était rustique, les murs couverts de vieux outils agricoles, de superbes miroirs, et tous les lambris étaient en chêne bruni. Sur la droite je vis un bar de grand style, aux installations de cuivre rutilantes, de hauts tabourets d'allure confortable, des tables et une piste de danse. Trois musiciens se tenaient sur l'estrade, et le bar lui-même était très animé. Deux barmen s'affairaient à servir toutes les commandes.

La salle de restaurant, elle, était presque pleine. Serveurs et serveuses, en tenue vert foncé, circulaient avec aisance entre les tables. Tous les dîneurs étaient vêtus avec recherche. J'aperçus des jeunes femmes qui devaient avoir à peu près mon âge, mais aucune d'entre elles n'était habillée comme je l'étais. Robes, tailleurs, ensembles pantalons, tous leurs vêtements étaient d'une élégance bien plus conventionnelle, et aucune ne portait une robe aussi révélatrice que la mienne.

Tous ces gens tournèrent la tête à notre entrée. Les uns nous regardèrent avec stupéfaction, certains soupirèrent, d'autres sourirent. Le maître d'hôtel, un homme d'un certain âge qui portait le smoking avec distinction, s'avança pour nous accueillir.

— Bonsoir, madame Emerson.

— Bonsoir, Aubrey. Laissez-moi vous présenter notre invitée, Céleste Atwell.

— Ravi de vous connaître, mademoiselle.

Le maître d'hôtel m'effleura d'un regard aussi discret que possible, mais dans lequel je surpris une trace de désapprobation. Puis il reprit à l'intention d'Amy :

— Madame Emerson, votre mari a téléphoné et laissé un message pour vous. Il dit qu'il sera en retard mais que vous ne devez pas l'attendre.

— Parce qu'il sait très bien que nous n'attendrons pas, ironisa Amy.

Aubrey eut un sourire poli.

— Par ici, je vous prie, dit-il en nous pilotant vers une table bien en vue, en face des fenêtres.

J'eus l'impression de me frayer un chemin à travers des toiles d'araignées. Tout le monde nous regardait, moi en particulier, ce qui me donna vraiment la sensation d'être nue. J'essayai d'ignorer ces regards, mais je ne pus m'empêcher de surprendre les sourires narquois de certains hommes, et l'expression de reproche des femmes les plus âgées. Parmi les plus jeunes, certaines semblaient envieuses, sinon vexées, de voir que j'attirais l'attention de toute la gent masculine de la salle.

Aubrey tira deux chaises pour nous, attendit que nous soyons assises et nous présenta le menu. Dès qu'il se fut éloigné, le garçon – un beau brun à la peau bistre, dont le badge portait le prénom d'Anthony – accourut à notre table.

— Bonsoir, madame Emerson. Heureux de vous revoir.

C'était à Amy qu'il s'adressait, mais ce fut sur moi que s'arrêta son regard.

— Bonsoir, Tony. Voici notre invitée, Céleste. Elle adore le cosmopolitan, servez-nous-en deux, je vous prie.

Anthony me dévisagea en se mordillant le coin de la lèvre.

— Mademoiselle a-t-elle l'âge requis pour boire de l'alcool ?

— Cela se voit, non ? rétorqua sèchement Amy.

— Si vous le dites, madame. Je reviens tout de suite, promit le serveur en s'éclipsant.

— Mais je n'ai pas l'âge, protestai-je alors.

— Ce n'est pas ce que tu es qui est important, c'est ce que tu parais être. Ce sont les apparences qui comptent. Regarde tous ces gens qui nous dévorent des yeux. Nous leur avons fourni un sujet de conversation, me dit Amy, en saluant d'un signe de tête une vieille dame aux cheveux blancs qui nous foudroyait du regard. Son mari, un chauve au visage étriqué, semblait littéralement hypnotisé. Il restait immobile, la fourchette en l'air, comme s'il avait été changé en pierre. La vieille dame répondit au salut d'Amy et chuchota quelque chose à son mari, qui détourna immédiatement les yeux de nous.

Avec un sourire amusé, Amy se pencha sur le menu.

— Nous prendrons d'abord une salade pour deux, décida-t-elle. Et ensuite... que dirais-tu d'un homard Thermidor ?

— Je n'ai jamais mangé de homard.

Elle leva ostensiblement les yeux au ciel.

— Très bien, alors c'est ce que tu prendras. Ce ne sera pas de tout repos de te faire rattraper le temps perdu, soupira-t-elle. J'ai donc décidé de te consacrer tout mon temps.

Tout son temps ? Et ses amies, alors ? Et ses autres activités ? J'aurais dû me sentir pleine de gratitude, mais non. Les accès de frayeur que j'éprouvais parfois revinrent à nouveau me serrer le cœur.

Le serveur revenait avec nos deux verres, et une fois de plus les regards convergèrent sur nous. Amy se délectait de cette attention générale, à croire qu'elle s'en nourrissait.

— Dois-je prendre votre commande, ou attendez-vous quelqu'un ? s'enquit notre serveur.

— Vraiment, Tony, m'avez-vous jamais vue attendre qui que ce soit ?

Il sourit et, cette fois encore, son regard s'attacha sur moi. Amy se concentrait sur le menu.

— Nous partagerons d'abord une salade maison. En entrée, Céleste prendra un homard Thermidor et moi votre cocktail de crevettes. Et commandez-nous déjà un soufflé au chocolat, s'il vous plaît.

— Parfaitement, acquiesça Tony en tendant la main pour reprendre les menus. Vous permettez, mademoiselle ?

— Je vous en prie.

Il me dévisagea pendant quelques secondes encore, puis s'éloigna précipitamment.

— Il bave d'admiration devant toi, dit Amy. Tu as vu ça ?

Je ne pus m'empêcher de rougir et de baisser les yeux, ce qui me valut aussitôt un sermon d'Amy.

— Débarrasse-toi au plus vite de cette pudeur, Céleste, ou apprends à la dominer. Il y a des moments où il convient d'avoir l'air modeste et innocent, et d'autres où c'est un désavantage. Par exemple, dans un endroit comme celui-ci, bourré de gens snobs et prétentieux, tu dois leur retourner leurs grands airs condescendants, le plus fermement et le plus vite possible. Dis-toi que personne ici ne vaut mieux que toi, et montre-le leur par ta façon de te tenir, de les regarder, et même de leur parler. Ne donne jamais, à qui que ce soit, la satisfaction de croire qu'il ou elle vaut mieux que toi, Céleste.

» Je sais que, pour une fille qui n'a vécu que de la charité des autres, et n'a jamais porté que des vêtements de seconde main, au début ce n'est pas facile. Mais tu es ma sœur spirituelle, à présent, et tu vis dans ma maison. Il est bon de montrer ne fût-ce qu'un peu d'arrogance. "Ce que tu as la chance d'avoir, affiche-le", me rappela-t-elle. Et tu as de précieux atouts, Céleste.

Sa verve me fit du bien. Je relevai la tête et affrontai tour à tour, et bien en face, tous les regards fixés sur moi. Comme l'avait prédit Amy, tous les dîneurs détournèrent les yeux.

Amy leva son verre et me fit signe d'en faire autant.

— À nous ! dit-elle, en trinquant avec moi.

Je bus quelques gorgées d'alcool et respirai un grand coup. Quand cesserais-je de me sentir couler de plus en plus profondément dans le péché ? Le moindre changement qu'Amy me poussait à faire, sur ma personne ou dans mes habitudes, me donnait l'impression d'une souillure. Et cela qu'il s'agît de maquillage, de coiffure, de vêtements, de boissons, et maintenant de leçons de morale et de maintien. Était-elle en train de me transformer en une jeune femme meilleure et plus sûre d'elle-même, ou de m'entraîner vers un désastre imminent ?

Je ne savais plus que croire ni que penser.

Wade ne se montra que lorsque nous venions de finir la salade. En se dirigeant vers notre table, il serra quelques mains et échangea quelques mots avec certains des autres clients du restaurant. À le voir regarder de notre côté, puis se remettre à parler, il était évident pour moi que j'étais le sujet de la conversation. Amy grommela en baissant la voix :

— J'espère qu'il n'est pas en train de te décrire comme une pauvre orpheline, au moins !

— Désolé d'être en retard, s'excusa-t-il en rejoignant notre table. Nous avons eu un problème à l'usine. Un arrivage de pièces détachées non conforme à notre commande, et nous avons une livraison à faire demain.

Amy le regarda s'asseoir en secouant la tête.

— Tu as un directeur commercial, Wade, à qui tu paies un bon salaire, n'est-ce pas ? Pourquoi ne le laisses-tu pas assumer lui-même ses responsabilités ?

— L'usine porte le nom de ma famille, pas de la sienne, répliqua-t-il d'une voix brève, tout en consultant le menu qu'Anthony s'était empressé de lui remettre.

Amy bougonna entre haut et bas :

— Le nom de la famille, sur de la tuyauterie !

— Je sauterai la salade, dit Wade à Anthony. Apportez-moi simplement le filet mignon, cuit à point.

— Très bien, monsieur, acquiesça Anthony en lui reprenant le menu, en même temps qu'il me décochait un sourire.

À l'expression de Wade quand il me regarda, je compris qu'il n'approuvait pas la façon dont j'étais habillée, ni mon maquillage. Il remarqua enfin le verre posé devant moi.

— Tu lui as commandé une boisson alcoolisée, Amy ?

— C'est sa première sortie avec nous, Wade. Où est le mal ?

— Où est le mal ? Amy, elle n'a pas l'âge légal, voyons ! tu fais courir des risques au patron du restaurant aussi. Donne-moi ce verre, s'il te plaît, Céleste.

J'obéis, et Amy prit immédiatement une mine boudeuse.

— Je suis désolée, Céleste, s'excusa-t-il, avant de s'adresser de nouveau à sa femme. Amy, tu sais que Mme Brentwood, la directrice de l'externat Dickinson, est assise près de la cheminée avec son mari ?

Amy regarda dans la direction indiquée, et moi aussi. Une femme d'un certain âge, aux cheveux châtain clair et d'allure séduisante, nous faisait face, et son mari nous tournait le dos. Non seulement elle avait l'air aimable mais, contrairement aux autres clients, elle ne semblait pas s'intéresser à nous.

— Et alors ? riposta Amy.

— Et alors ? Alors elle saura que Céleste n'a pas l'âge de se faire servir de l'alcool et que tu l'as commandé pour elle. Quelle sorte de mère adoptive es-tu ? Pas très brillante, en tout cas. Et qu'est-ce que c'est que cette mixture ?

Wade but quelques gorgées de mon cocktail et fit la grimace.

— Trop sucré. Comment peux-tu boire une chose pareille ? C'est carrément douceâtre.

— La douceur convient aux gens aimables, railla Amy.

Wade secoua la tête, mais il se calma et me sourit.

— Impatiente d'être à demain ?

— Oui, acquiesçai-je, bien que le mot « nerveuse » m'eût paru plus approprié.

— Tout ira bien, tu verras. Je suis sûr que tu es bien meilleure élève que ceux de Dickinson, à qui leurs parents n'ont jamais rien refusé. Qu'est-ce qui t'intéresse le plus, dans tes études ?

— Les garçons, renvoya Amy à ma place.

Wade lui jeta un regard bref, puis se retourna vers moi, attendant ma réponse.

— L'anglais, je crois.

Wade inclina la tête d'un air approbateur.

— C'était aussi ma matière favorite, la littérature anglaise en particulier.

— Ah oui ? Tu as tellement d'occasions de t'en servir dans une usine de plomberie ! riposta aigrement Amy, comme si elle détestait toute forme d'instruction, quel qu'en soit le sujet.

Wade prit la chose avec ironie.

— Tu ne crois pas si bien dire. Les tuyaux doivent être grammaticalement corrects pour bien s'ajuster ; un lavabo, une baignoire et des accessoires élégants doivent être décrits de façon poétique, figure-toi.

J'éclatai de rire avec lui, et ce fut au tour d'Amy de faire la grimace, mais elle n'eut pas le temps de répliquer : on apportait notre commande. Wade eut l'air surpris par la mienne et Amy réagit aussitôt.

— Elle n'a jamais mangé de homard, Wade, alors ne commence pas à faire des remarques sur le prix.

— Mais je n'en fais pas. Cela me paraît très bon, en fait. J'aurais dû en commander pour moi.

— C'est délicieux, dis-je après avoir goûté mon homard.

Wade sourit et me demanda :

— Quel est ton auteur préféré ?

— Je ne sais pas si je n'ai qu'un favori, à vrai dire. Je ne m'attendais pas à prendre un tel plaisir à lire Mark Twain, cette année, mais j'adore *Huckleberry Finn*.

— Moi aussi.

Amy bougonna :

— Franchement, Wade, tu finiras par lui faire lire le *Wall Street Journal*.

Il haussa les épaules, sans me quitter des yeux.

— C'est bien possible, commenta-t-il. Pourquoi ne comprendrait-elle pas le monde de la finance ?

— Elle aura des choses plus importantes à faire.

— Plus importantes, Amy ? Comme quoi, par exemple ?

— Oh, je t'en prie !

Amy, qui n'avait presque rien mangé, repoussa son assiette.

— Je reviens tout de suite, il faut que j'aille me poudrer le nez, annonça-t-elle en se levant.

Puis, en se penchant vers Wade, elle ajouta :

— En fait, j'ai envie de faire pipi.

Elle gloussa de rire et s'éloigna, en s'arrêtant délibérément à la table d'un homme qui lui avait souri, au grand déplaisir de la femme qui l'accompagnait. Wade la suivit un instant du regard et se retourna vers moi.

— Je t'appellerai demain matin pour te réveiller, dit-il en reprenant sa fourchette. Amy te dira de ne pas t'inquiéter et qu'elle s'en occupera, mais elle ne le fera pas.

— Merci.

— Je reconnais que l'idée de t'accueillir chez nous vient d'elle, mais une fois que j'accepte quelque chose, je le fais bien, poursuivit-il.

Puis il se pencha en avant pour chuchoter :

— La cuisine est bonne, mais elle est tout aussi bonne au Repaire de Billy et pour moitié prix. Tu verras. Tu apprendras à connaître ce qui est vraiment important, me promit-il.

Sa promesse me laissa pensive. Tout le monde voulait m'apprendre quelque chose, décidément. Tout le monde voulait avoir raison sur ce qui est important dans la vie. Pour ma part, j'espérais ne pas être un sujet de discorde entre Wade et Amy, ni causer de nouveaux problèmes. Dans ce cas, j'aurais donné raison à Mme Cukor, finalement. J'aurais apporté le mauvais œil dans la famille Emerson. Ce serait la preuve qu'une malédiction pesait sur moi, qu'elle était en moi.

Quand Amy revint et que notre soufflé fut servi, elle voulut que nous allions au bar écouter le trio, mais Wade s'y opposa. Il insista pour qu'elle me ramène à la maison afin que j'aie une bonne nuit de repos.

— Elle débute dans une nouvelle école, Amy. Ce n'est pas facile.

— Ce n'est pas difficile non plus. Une heure de retard ne fera pas grande différence.

— Le bar n'est pas un endroit pour elle, insista Wade.

Elle leva les yeux au ciel et se leva brusquement.

— Allez viens, Cendrillon. Wade croit que ma voiture va se changer en citrouille d'une seconde à l'autre.

Elle s'éloigna, la mine boudeuse, et je vis Wade baisser les yeux et regarder fixement la table.

Qu'est-ce qui avait bien pu rapprocher ces deux-là ? me demandai-je. Qu'est-ce que chacun d'eux pouvait aimer chez l'autre ? Apparemment, pour Wade, la beauté ne suffisait pas et quant à Amy, elle ne s'intéressait pas à lui. En avait-il jamais été autrement ? Quelque chose les avait-il changés ? Peut-être était-ce normal, chez tous les couples mariés, de se conduire ainsi au bout d'un certain temps. Que savais-je des rapports entre mari et femme ou de la vie de famille ?

— Je rentre tout de suite, moi aussi, me dit Wade comme je contournais la table.

Amy attendait déjà à l'entrée du restaurant, et je hâtai le pas pour la rattraper. La plupart des clients étaient partis, mais le bar était plein et la musique était assez forte. Des gens riaient et buvaient. Amy contemplait la scène avec convoitise. J'étais sur le point de demander à Wade de me ramener, afin qu'elle puisse rester, mais elle sortit rapidement et demanda sa voiture.

— J'ai vraiment apprécié cette soirée, Amy. Merci beaucoup, dis-je dans l'espoir de la réconforter.

Elle pivota sur ses talons pour me faire face.

— Qu'est-ce que je t'avais dit ? Il n'a pas fait le moindre commentaire sur mes cheveux.

En effet, m'étonnai-je. C'était plutôt bizarre. Pourquoi ne l'avait-il pas fait ?

— Peut-être t'avait-il déjà vue avec cette perruque, Amy ?

— Bien sûr qu'il m'avait déjà vue avec, et même souvent, mais la question n'est pas là. Ah, les hommes ! marmonna-t-elle, en se dirigeant vers sa voiture qu'on venait d'amener.

Elle glissa un pourboire au groom, nous montâmes à bord et elle démarra.

Subitement, elle se mit à rire.

— Tout va bien, rassure-toi. Je ne suis pas du tout fâchée. Je voulais simplement lui faire croire que je l'étais.

— Mais pourquoi ?

— Parce qu'il sera plus gentil avec moi. Il faut toujours leur laisser croire que tu es furieuse contre eux, même si tu n'as aucune raison de l'être. Cela les met sur leurs gardes, c'est très bien comme ça. Au fait, ceci vaut aussi bien pour les adolescents que pour les adultes, ajouta-t-elle d'un ton doctoral. Comme je te l'ai dit, tous les hommes sont des gamins. Tous, d'une façon ou d'une autre.

Quand nous arrivâmes à la maison, elle insista pour que nous allions au salon boire ce qu'elle appelait un digestif.

— Il faut que tu sois au courant de ces choses, Céleste. Maintenant tu seras invitée chez des gens riches. Leurs enfants ont été élevés dans le luxe, ils ont voyagé dans des pays exotiques et toutes sortes de beaux endroits. Il faut que tu connaisses la bonne vie, que tu saches apprécier ce que tu peux avoir, et que tu auras.

Elle versa une liqueur noire dans ce qu'elle appelait des verres à cognac et poursuivit son sermon.

— Aucun d'entre eux ne doit savoir que tu es orpheline, ni que tu as passé presque toute ta vie dans un orphelinat.

— Comment puis-je les empêcher de l'apprendre ?

— C'est très simple, affirma-t-elle. Nous leur raconterons une histoire tout à fait différente.

Elle me tendit mon verre et s'assit en face de moi.

— Allez, goûte ça.

Je goûtai, et trouvai à la liqueur un goût de réglisse. En fait, j'aimai plutôt ça.

— C'est de la sambuca, m'apprit Amy. Bon, allons-y. Qui es-tu et pourquoi es-tu ici ?

Je bus quelques gorgées de plus et, devant mon silence, elle reprit la parole.

— Bien, tu es ma nièce, d'accord ? Tes parents ont eu un divorce très déplaisant. La plupart de ces snobs comprendront et apprécieront, affirma-t-elle. La moitié d'entre eux ont des parents divorcés. J'ai proposé de t'accueillir chez nous jusqu'à la fin de l'année, pour que tu bénéficies d'un environnement plus stable. Et maintenant, d'où viens-tu ?

Elle sirota sa sambuca, tout en tapotant du bout des doigts l'accoudoir de son fauteuil.

— Tu ne peux pas venir du Sud, tu n'as aucun accent. Il faut faire très attention, ces gamins ont des relations dans tout le pays. Où es-tu déjà allée ?

— Nulle part.

— Où était cette propriété où tu es née ?

— Dans les Catskills.

— Très bien. La profession de ton père ?

— Pharmacien ? suggérai-je.

Peut-être était-ce dû à l'alcool, à la nourriture, à l'excitation de toute cette soirée, mais je commençais à me prendre au jeu.

— Pharmacien ? Non, ça ne fait pas assez riche, à moins qu'il n'ait possédé une chaîne de pharmacies, bien sûr. Laissons cela dans le vague. C'est un investisseur international, il est très souvent absent et c'est ce qui a fait capoter le mariage. Ta mère pourrait avoir un amant…

Amy réfléchit un court instant et décida :

— Oui, c'est ça, elle a un amant et tu le savais. C'était très pénible pour toi, car même si ton père est souvent à l'étranger, tu l'adores et tu es désolée pour lui. Pourtant il pourrait avoir des maîtresses, lui aussi. En Europe. Parfait. Si quelqu'un te demande des précisions sur un détail quelconque, prends un air malheureux et dis que tu ne peux pas en parler, que c'est encore trop récent et trop pénible. Oh, c'est super génial ! s'enthousiasma-t-elle.

Je souris et terminai ma sambuca.

— Tu as aimé ça ?

— Oui.

— Je t'apprendrai tout sur les bons vins et le bon whisky. Tu auras fréquenté des restaurants haut de gamme, aussi nous parlerons gastronomie. Et nous irons souvent dans de grands restaurants nous-mêmes, pour que tu saches de quoi il s'agit. Ce sera tellement amusant ! s'écria-t-elle.

Un bruit de pas se fit entendre dans le hall et Wade se montra sur le seuil de la pièce. Je reposai aussitôt mon verre.

— Mais qu'est-ce que tu fais, Amy ? Tu étais censée la ramener pour qu'elle puisse avoir une bonne nuit de repos.

— Nous avions besoin de nous détendre, Wade. Les femmes comme nous ne sautent pas dans leur lit pour fermer les yeux et partir aussitôt pour le pays des rêves.

Amy me sourit et ajouta :

— Il ne faut que quelques secondes à Wade pour s'endormir.

— Pas toujours, répliqua-t-il d'un ton morose.

Le sourire d'Amy s'évapora. Elle se leva et posa son verre.

— Très bien. Nous allons nous coucher, papa.

Je me levai à mon tour, suivis Amy jusqu'à la porte et Wade s'effaça devant nous. Je lui jetai un bref regard au passage. Il leva la main droite jusqu'à son oreille, pour me rappeler qu'il me réveillerait par téléphone le lendemain matin, puis Amy et moi nous dirigeâmes vers l'escalier.

— Il a raison, admit-elle. Il faut que tu dormes. Qu'est-ce que tu comptes mettre, demain ?

— Je ne sais pas. Je n'y ai pas réfléchi.

— Mets la jupe bleue et le chemisier que nous avons achetés à la boutique Femme Fatale, avec ton cardigan bleu. Il est très chic. Au fait, n'oublie pas ta montre. Tiens, dit-elle encore en ôtant de sa main gauche un anneau d'or incrusté de diamants. Mets ça aussi. Tu dois avoir l'allure qui convient à ton rôle.

J'hésitai, mais elle saisit ma main et y passa la bague. Elle s'ajusta parfaitement à mon doigt.

— Demain, nous partons à la conquête de nouveaux mondes, déclara-t-elle en m'attirant contre elle.

Puis elle m'embrassa et rentra dans sa chambre.

Je me souviens d'avoir pensé que je devais plutôt ressembler à Wade. À peine avais-je posé la tête sur l'oreiller que je sombrai dans le sommeil. Vers le milieu de la nuit, je m'éveillai, mais je crus que je rêvais encore. J'entendis ce qui me sembla être les sanglots étouffés d'Amy. J'écoutai, mais cela s'arrêta. J'étais bien trop fatiguée pour me lever et aller voir s'il y avait quelqu'un dehors. En quelques secondes, je me rendormis, pour ne me réveiller que lorsque le téléphone sonna et que j'entendis la voix de Wade.

— Je savais qu'elle dormirait tard et ne t'appellerait pas. Il est temps de te lever et de t'habiller, Céleste. Je t'accompagnerai à l'externat et me chargerai des formalités d'inscription.

— Merci, Wade.

Je restai encore un moment au lit, essayant de trouver un sens à mes souvenirs de la nuit et à mes rêves... si c'étaient bien des rêves. Puis je me levai.

Quand j'ouvris la porte de ma chambre, pour descendre prendre mon petit déjeuner, je trouvai une gousse d'ail accrochée à la poignée.

Cette fois-ci, je l'y laissai.

HUIT

Un nouveau départ

Amy se confondra en excuses, me dit Wade en démarrant pour me conduire à l'externat Dickinson. Et bien sûr, elle te dira aussi que cela n'avait pas d'importance de manquer cette première journée. Que tu aurais pu t'inscrire quelques heures plus tard ou même demain. Horaires, règlements, rendez-vous, tout cela n'a pas grande importance pour elle. J'ai peur que ses parents n'aient été du genre permissif, pour employer l'euphémisme à la mode. J'ai peur qu'on ne lui ait laissé faire tout ce qu'elle voulait, ou presque, dès qu'elle a su marcher et parler.

» Elle n'a pas l'intention de blesser les gens, pourtant. Et j'essaie de la changer, de la rendre plus responsable. Je ne l'admettrais jamais devant elle, me dit-il avec un sourire, mais j'admire sa façon de traiter certaines de nos connaissances un peu trop snobs et arrogantes. Pour ce genre de choses, elle a plus de courage que moi.

» En tout cas, je suis certain que tu aimeras tes professeurs. Crois-moi, une élève comme toi sera une vraie bouffée de fraîcheur, pour eux. Essaie simplement de ne pas contracter les mauvaises habitudes qui ont cours dans les couloirs, les vestiaires et les toilettes des filles. Tout le monde a de mauvaises habitudes, sauf que les riches ont plus d'argent à y consacrer.

— Avez-vous… (Wade fronça les sourcils. Je devais toujours faire un effort pour le tutoyer, et il m'arrivait encore de l'oublier.) As-tu étudié dans un lycée privé ? questionnai-je, présumant qu'il parlait par expérience.

— Moi ? Oh non ! Pour mon père, une école était une école et toutes se valaient. “Deux et deux font quatre dans toutes les écoles du pays," aimait-il à me répéter. Ma famille aurait pu facilement m'inscrire dans un établissement privé, pourtant, ajouta Wade avec un soupçon d'amertume. Pour mes études, cela n'aurait pas changé grand-chose : j'ai toujours été bon élève. Mais au moins, j'aurais reçu une meilleure éducation.

» Mes professeurs étaient trop accaparés par leurs problèmes de discipline. Le seul côté positif, dans le privé, c'est qu'on peut renvoyer bien plus facilement les indésirables. Et quand il s'agit d'argent, même les parents les plus permissifs deviennent subitement attentifs à la conduite de leurs enfants.

Wade s'interrompit, soupira et reprit aussitôt :

— J'avais été accepté à Harvard, dans la branche commerce, mais mon père a trouvé une institution beaucoup moins chère à Albany. « De toute façon tu finiras par travailler pour moi, allégua-t-il. Alors qu'importe ce qui sera écrit sur ton diplôme ? » Ma mère était de mon côté, mais elle est tombée malade. Je n'ai pas voulu créer de problèmes qui l'auraient bouleversée.

Après un court silence, Wade me sourit.

— Je sais, je suis là à te raconter mes petites misères, alors que tu aurais sans doute aimé qu'on t'offre autant de chances de réussir.

Que lui répondre ? Non, je ne l'enviais pas. Je l'aurais sans doute blessé en le lui disant, aussi me contentai-je de lui rendre son sourire.

— Ainsi, tu te souviens de beaucoup de choses concernant ta petite enfance dans les Catskills ?

— Remarquablement bien, oui.

— J'aimerais bien que tu m'en parles, un de ces jours. J'ai lu des rapports, bien sûr. Et pour être franc, je m'attendais à ce que tu sois très différente, avec ce passé bourré de mysticisme et de superstition. De ce côté-là, je dois rendre justice à Amy. Elle n'a jamais eu la moindre réserve envers toi, Céleste. Il faut croire qu'elle est plus subtile que moi.

— C'est très gentil de me dire ça, Wade. Merci.

J'hésitai un instant, mais puisqu'il avait parlé de mysticisme et de superstition, je le questionnai au sujet de Mme Cukor.

— D'autres que vous ne l'auraient sans doute pas gardée avec ses soi-disant « particularités », observai-je.

— Sans doute pas, non, mais elle est très protectrice envers la famille Emerson. En certaines circonstances, elle a vraiment été une seconde mère pour moi, et mon père croit qu'elle lui porte bonheur. D'après lui, elle éloigne tout ce qui est maléfique. Il croit beaucoup plus à ce genre de choses qu'on ne l'imagine, et Mme Cukor a su le convaincre qu'elle nous protégeait tous.

— Je vois très bien ce que tu veux dire.

— Oui. Amy m'a parlé de ce qu'elle avait mis sous ton oreiller.

— Aujourd'hui, j'ai trouvé une gousse d'ail accrochée à ma porte, révélai-je, sans préciser que je l'y avais laissée.

— Je lui parlerai, mais c'est le genre de choses qu'elle fait de temps en temps. Si tu peux, ignore-la... sauf si tu retrouves de l'ail dans ton fond de teint, dit-il en riant, et je ris avec lui. Et voilà, m'annonça-t-il en pointant le menton vers sa droite. Nous y sommes.

L'externat Dickinson se dressait devant nous, sur le côté droit de la route. Le bâtiment de briques brun clair, sans étage, avec une ravissante fontaine devant le perron, se dressait sur un magnifique terrain gazonné de plusieurs hectares. Trois longues marches de couleur café, encadrées de piliers imposants, menaient à l'entrée principale. Au sommet d'un haut mât, un drapeau claquait au souffle de la brise. Sur le parking, situé sur la droite, s'alignaient de nombreuses voitures dernier modèle. Certaines venaient tout juste de se garer. Des étudiants en sortirent, pour se diriger sans enthousiasme vers l'entrée latérale.

— Il n'y a qu'une centaine d'élèves à Dickinson, fit remarquer Wade, et peut-être moins. C'est juste une école secondaire, qui va de la troisième à la terminale.

— Vraiment ? Dans mon lycée, nous étions environ quatre-vingts par classe.

— Ici, c'est très différent. Je crois que la moyenne y est d'une dizaine au plus. Mon père n'a jamais compris que ces normes permettaient d'accorder plus d'attention à chacun. Il y a du pour et du contre, je suppose. Si on rote, tout le monde l'entend et sait que c'est vous, conclut-il en riant.

Nous nous garâmes sur un emplacement libre et descendîmes.

— Malgré ses dimensions modestes, ou peut-être grâce à elles, Dickinson obtient des résultats impressionnants, reprit Wade. Ils n'ont qu'une équipe de basket, pas assez de place pour un terrain de football, mais pour le golf et le tennis, ils sont excellents.

— Je n'ai jamais joué ni à l'un ni à l'autre.

— Ah non ? Bon, nous avons un court de tennis, je pourrai t'apprendre les rudiments, bien que je ne sois pas un champion. Mon père est très bon joueur, même encore maintenant. Il adore jouer contre moi pour se prouver qu'il n'a rien perdu de la vigueur de sa jeunesse, dit Wade, comme nous approchions de l'escalier central.

» Et ce n'est pas tout. Ils ont un très bon club de théâtre, à Dickinson. J'ai assisté à une pièce, il y a environ deux ans. C'est la fille d'un ami qui dirigeait la troupe. À présent, elle est à Vassar. Leurs élèves ont très souvent accès aux meilleures des grandes écoles, conclut-il en ouvrant la porte principale.

Je pris une profonde inspiration et pénétrai dans le hall, petit, sans doute, mais somptueux. Le dallage aux tons mordorés étincelait, tout comme les colonnes de marbre noir. Des vitrines aux structures de bois brun exposaient de nombreux trophées. Et sur les murs, lambrissés de chêne sombre, étaient accrochés des tableaux, représentant de magnifiques paysages campagnards. Gravée sur le mur du fond se détachait l'inscription : Institution Dickinson. Et au-dessous, sur une colonne de marbre noir, trônait un buste de bronze. Wade s'empressa de me dire qu'il s'agissait de Zachary Dickinson, le fondateur de l'école et son premier bienfaiteur.

Du fond de ce hall partaient deux couloirs, l'un à droite et l'autre à gauche. Près de celui de gauche, une plaque indiquait qu'il menait aux bureaux de l'administration. Ce qui me frappa surtout, c'était le silence. Contrairement aux établissements que j'avais fréquentés, celui-ci paraissait désert. Dans mon dernier lycée, même pendant les cours des élèves circulaient partout, faisaient du bruit, s'interpellaient, allaient aux toilettes où, tout simplement, se promenaient sans permission.

Dans ce couloir, à côté de la première porte à gauche, une plaque dorée portait cette inscription gravée : Bureau Central. Je parcourus du regard le reste du couloir, aussi désert et silencieux que le hall. Comme la première, toutes les autres portes de bureaux étaient fermées, de même que celles des classes. Les murs étaient propres et nets, sans affiches ni graffiti, et le sol semblait fraîchement lavé et ciré. Des globes éclairés au néon, alignés sur toute la longueur du plafond, diffusaient sur les murs et sur le sol une lumière jaune d'or.

Avant que Wade ait posé la main sur la poignée de la porte, une autre s'ouvrit tout au fond du couloir et des bruits de voix nous parvinrent. Deux garçons entrèrent, venant du parking. Je pus voir que l'un d'eux avait des cheveux presque de la même couleur que les miens, même si l'éclairage les faisait paraître plus roux. En fait, pendant un instant j'eus même l'impression que sa tête était en feu. L'autre avait les cheveux bruns, et il était légèrement plus petit que le premier. Ils échangèrent quelques mots en riant et pénétrèrent dans une classe.

Dès que Wade eut ouvert la porte j'entrai dans le bureau d'accueil, et la différence entre celui-ci et ceux que j'avais connus ailleurs me frappa. On se serait cru dans une bibliothèque. Deux femmes travaillaient derrière le comptoir, chacune à sa table, et se parlaient à voix basse. Un ordre parfait régnait partout, même les annonces du tableau d'affichage étaient impeccablement alignées. Rien de commun avec l'activité frénétique et le brouhaha dont j'avais l'habitude.

L'une des deux femmes devait avoir la soixantaine, et l'autre la moitié de son âge. Elles levèrent les yeux à notre entrée. La plus âgée resta assise, mais la plus jeune se leva et s'approcha de nous.

— Puis-je vous aider ? demanda-t-elle à Wade avec un sourire aimable.

— Je suis Wade Emerson. Ma femme et moi avons eu un entretien avec Mme Brentwood, au sujet de l'inscription de Céleste ce matin.

Ce fut seulement à ce moment que je me souvins des intentions d'Amy. Elle désirait que je prétende être sa cousine. Après tout, l'invention de cette fable ne datait que de la veille au soir, et le personnel pouvait très bien être déjà au courant de la réalité.

— Un instant, s'il vous plaît, dit la jeune femme en retournant à son bureau pour téléphoner.

Elle n'éleva pas plus la voix qu'elle ne l'avait fait pour parler avec sa collègue. Presque instantanément, la porte du bureau principal s'ouvrit et Mme Brentwood se montra dans l'embrasure. Vêtue d'une jupe anthracite et d'un chemisier blanc, elle était aussi élégante et aussi jolie que la veille au restaurant.

— Monsieur Emerson, quel plaisir de vous rencontrer. Entrez, je vous en prie.

Elle s'effaça devant lui, mais il s'écarta pour me céder le passage. Mme Brentwood m'accueillit en souriant.

— Bonjour. Vous devez être Céleste, dit-elle en me tendant la main.

— Bonjour, dis-je à mon tour, et nous nous avançâmes dans son bureau.

Si elle nous avait aperçus la veille au restaurant, Amy, Wade et moi, elle n'y fit pas allusion. Mais elle s'étonna de l'absence d'Amy.

— J'avais cru comprendre que c'était votre femme qui accompagnerait Céleste, monsieur Emerson.

— Moi aussi, dit Wade avec sécheresse. En fait, cela ne me détourne pas de mon trajet quotidien.

La directrice haussa les sourcils, élargit son sourire et passa derrière son bureau. De la main, elle nous indiqua deux chaises placées en face d'elle.

— Prenez place, je vous en prie.

Je m'assis, et Wade en fit autant. Ce fut à moi qu'elle s'adressa d'abord.

— Laissez-moi vous souhaiter la bienvenue, Céleste, à la fois officiellement et sans cérémonie. Je suis impressionnée par vos résultats scolaires. C'est agréable d'inscrire une excellente élève, et je vois que vous avez eu un premier prix de dissertation l'année dernière.

— Vous avez déjà reçu mon dossier ?

— Mais oui. Mme Emerson a fait le nécessaire pour cela dès la semaine dernière.

— La semaine dernière ? Mais comment...

Je me tus brusquement et regardai Wade, qui me jeta un bref coup d'œil et se retourna vers Mme Brentwood.

— J'espère seulement que vous ne serez pas trop en avance sur les autres élèves et ne vous ennuierez pas en classe. À propos, vos professeurs sont au courant de votre arrivée, ils sont tous très impatients de vous connaître. Voici votre emploi du temps, dit la directrice en me tendant un carton. Je vous ferai faire le tour de l'établissement, ce qui vous permettra de vous familiariser avec les lieux. Dix minutes devraient nous suffire, ajouta-t-elle avec une étincelle dans le regard. Notre établissement est sans doute trois fois plus petit que votre ancien lycée, mais nous apprécions l'intimité.

— Vous avez tous les numéros de téléphone et toutes les informations nécessaires ? s'enquit Wade.

— Oui, nous les avons, y compris les dates de ses vaccinations. Tout est là, précisa Mme Brentwood en baissant les yeux sur un dossier ouvert devant elle.

Puis elle me tendit une brochure à la couverture bleu et or.

— Céleste, voici pour vous. Ce livret est aux couleurs de notre école. Vous y trouverez son histoire, ses principes et son règlement. Et aussi une liste des matières à options pour nos terminales. C'est le seul choix qui vous appartienne concernant votre emploi du temps. Pour vous, la cinquième heure est libre et vous pouvez choisir entre art dramatique, histoire de l'art, ou création littéraire et journalisme. C'est ce dernier atelier qui rédige le journal de l'école. Y a-t-il quelque chose qui vous intéresse particulièrement ?

— Création littéraire et journalisme, je pense.

— Parfait. Vous avez remporté ce prix de dissertation, l'année dernière. C'est remarquable. M. Feldman sera enchanté, il a besoin d'étoffer ses effectifs. Bien, maintenant…

Mme Brentwood tendit un autre livret à Wade.

— Ceci est destiné à nos parents d'élèves, monsieur Emerson. Vous y trouverez la liste de nos activités scolaires, des journées « porte ouverte », des événements particuliers auxquels nous souhaitons voir nos parents assister. Nous sommes assez fiers du soutien que nos parents apportent à notre institution.

Wade prit la brochure et y jeta un coup d'œil.

— Mais bien entendu. Nous ferons de notre mieux.

— Très bien. À présent… (Mme Brentwood consulta rapidement sa montre) il nous reste environ dix minutes avant le premier cours. En ce moment, tous nos élèves sont dans leur classe principale. La vôtre est la douze, Céleste. La classe de terminale. Nous allons immédiatement commencer notre visite. Vous plairait-il de nous accompagner, monsieur Emerson ?

Wade se leva promptement.

— Je crois qu'il est temps que j'aille travailler. Il me semble que je laisse Céleste en bonnes mains.

— Soyez-en sûr, monsieur Emerson. Si vous avez des questions à nous poser, Mme Emerson ou vous-même, n'hésitez pas à nous téléphoner.

— Nous n'y manquerons pas, merci. Bonne chance, Céleste, même si quelque chose me dit que tu n'en as pas besoin. Merci à vous, madame, ajouta-t-il en tournant les talons.

Pendant un court moment, je me sentis abandonnée. Ce fut vraiment très bref, mais j'eus la sensation qu'une lame aiguisée me traversait le cœur. J'eus la sensation d'être suspendue à un fil. Non seulement comme un poisson hors de l'eau, mais comme un poisson qui ne savait pas où il se trouvait, ni s'il existait une place pour lui. Dans quel univers venais-je de pénétrer ? Comment pourrais-je m'y adapter et m'y sentir à l'aise ?

— À nous, Céleste, dit Mme Brentwood.

Sa voix s'était faite soudain plus sévère, plus dure. Je me retournai, légèrement surprise.

— C'est le moment d'avoir une petite conversation, toutes les deux. Nous avons largement le temps. Reprenez votre place, ordonna-t-elle, le regard subitement changé.

Ses yeux avaient perdu leur nuance bleu tendre. Ils paraissaient gris.

Je m'assis et attendis pendant qu'elle allait à la fenêtre, baissait le store et se retournait enfin.

— Je suis ravie de voir que vous avez obtenu de si bons résultats dans votre lycée… public, commença-t-elle, en crachant ce dernier mot comme s'il lui salissait la langue. Mais je suis aussi consciente du fait que les bonnes notes peuvent être attribuées par charité, ou par facilité. Je sais quelle tension et quelle pression subissent les professeurs dans nos écoles publiques, et comment ils essaient, dans la mesure du possible, d'éviter les conflits.

— J'ai obtenu mes notes en travaillant dur, madame. Personne ne m'a jamais donné une mention que je n'aie pas méritée. Pendant la plus grande partie de ma vie, je n'ai eu personne à mes côtés pour me soutenir ou me défendre si j'étais traitée injustement. Et mes professeurs n'avaient pas peur des conflits.

Les yeux de Mme Brentwood s'étrécirent, son regard s'aiguisa.

— C'est fort possible, mais j'ai également conscience de la façon dont les enfants qui n'ont ni parents ni foyer peuvent contaminer ceux qui possèdent les deux, déclara-t-elle.

Ce fut comme si elle m'avait giflée à la volée. Je tressaillis et me rejetai en arrière.

— J'ai été traitée de toutes sortes de noms, madame Brentwood, mais jamais de maladie.

— Je ne vous accuse de rien et ne dis pas cela pour vous en particulier. Je ne juge pas les gens sur l'apparence. J'attends qu'ils me montrent, par leur conduite, qui ils sont et ce qu'ils sont. Je veux simplement vous faire prendre conscience des responsabilités qui sont les miennes ici. Le bien-être de mes élèves, pris dans leur ensemble, est primordial. Je l'ai promis aux parents, qui me font confiance, et qui paient très cher pour assurer à leurs enfants ce surcroît de protection, d'affection et d'attentions.

À l'entendre parler, j'imaginais mal que ses attentions aient quoi que ce soit de protecteur ou d'affectueux.

— Et aucun élève ne sera mieux traité que les autres, si riches que soient ses parents ou son bienfaiteur, souligna-t-elle avec emphase.

Puis elle s'éclaircit la gorge et son attitude se fit un peu moins rigide.

— Vous allez donc entrer chez nous sous le couvert d'une supercherie, à laquelle j'ai consenti pour calmer l'angoisse de votre mère adoptive, si soucieuse de vous assurer une bonne adaptation à Dickinson. Je lui ai affirmé qu'elle n'avait aucune raison de craindre le contraire, mais elle était vraiment inquiète et m'a suppliée d'accepter cette histoire.

— Cette histoire ?

— Chacun a sa vie privée, qui ne regarde que lui ; et notre école n'est pas de celles où les affaires de chacun filtrent hors du bureau directorial, et se répandent par les cancans. Nous évitons les commérages, et si un membre de mon personnel s'y laissait aller, il ou elle serait immédiatement révoqué.

» En bref, ce que vous raconterez à vos camarades d'études vous regarde, tant que cela ne fait de tort à personne. Je ne vois aucune objection à ce que vous passiez pour la cousine de Mme Emerson, si cela peut la rassurer. Je lui ai promis le secret et je vous fais la même promesse, mais j'y ajoute une condition, Céleste. Ne faites rien qui puisse créer des ennuis à Dickinson ou ternir sa réputation. Me suis-je bien fait comprendre ?

— Oui, madame, dis-je en soutenant son regard, comme je le faisais avec les adultes quand j'étais enfant, même si j'étais secouée par ses révélations.

Comment Amy avait-elle pu mettre tout cela au point avant la soirée d'hier ? De toute évidence, ses « trouvailles » spontanées au sujet de mon histoire avaient été soigneusement préparées.

Mme Brentwood se sentit aussitôt mal à l'aise sous la fixité de mon regard. Elle se leva, contourna le bureau et marcha vers la porte, qu'elle ouvrit.

— Suivez-moi, m'ordonna-t-elle en sortant.

Les deux femmes nous jetèrent un coup d'œil, mais se hâtèrent de reprendre leur travail quand nous traversâmes leur bureau pour passer dans le couloir.

— Nos effectifs sont assez réduits pour que je puisse assumer les fonctions que les conseillers pédagogiques, les directeurs et les doyens se partagent dans les établissements publics, me dit Mme Brentwood pendant que nous avancions dans le couloir. Si vous avez le moindre problème, ou des questions à poser, vous pouvez solliciter un rendez-vous avec moi, quelle que soit la raison.

» Et voici notre laboratoire de sciences, annonça-t-elle, en s'arrêtant pour ouvrir une porte.

Au bureau, surélevé par une estrade, était assis un homme au crâne chauve, – à part quelques mèches grises au-dessus des oreilles –, vêtu d'une blouse de laborantin. Il remonta ses lunettes sur son nez et baissa la flamme d'un bec Bunsen.

— Bonjour, monsieur Samuel, le salua Mme Brentwood. Voici Céleste Atwell, dont le dossier scolaire vous a été remis à la fin de la semaine dernière. Vous vous souvenez qu'elle suivra votre cours de chimie en troisième heure.

— Naturellement. J'ai vu que vous étudiiez déjà la chimie dans votre ancien lycée, Céleste. J'espère que notre niveau concordera avec le vôtre.

Je sentis Mme Brentwood se hérisser.

— Je n'en doute pas, monsieur Samuel. Nous étions si nombreux dans ma classe que nous devions prendre notre tour pour utiliser les manuels.

— Je vois. Bienvenue à Dickinson, Céleste, dit M. Samuel avec un bon sourire, qui fit saillir ses joues rondes.

— Merci, monsieur.

Mme Brentwood regagna la porte et s'adressa au professeur.

— Je lui fais faire un petit tour d'horizon, monsieur Samuel. Nous vous laissons, conclut-elle en sortant.

Dans le couloir, elle me désigna de la tête la salle numéro neuf.

— La classe principale de troisième, annonça-t-elle. Ensuite la dix pour la seconde, la onze pour la première et enfin la douze. La vôtre, précisa-t-elle, mais sans s'arrêter pour autant.

Nous suivîmes le couloir jusqu'à la cafétéria, qui était bien deux fois plus petite que celle de mon ancien lycée, mais bien plus propre et meublée avec goût. Deux femmes d'un certain âge et une autre, nettement plus jeune, étaient plongées dans la composition du menu.

— Vous ne voyez pas de caisse parce qu'il n'y a rien à payer, m'expliqua Mme Brentwood. Le prix des repas est inclus dans vos frais. Tout ce que nous vous demandons, c'est de nettoyer soigneusement derrière vous et de ne pas gâcher la nourriture.

Nous poursuivîmes jusqu'au gymnase qui, lui aussi, était plus petit que celui de mon lycée, mais plus propre et mieux équipé. Les gradins eux-mêmes paraissaient plus confortables.

Le professeur d'éducation physique des filles était en train de tendre le filet de volley-ball.

— Bonjour, madame Grossbard, l'interpella Mme Brentwood.

Mme Grossbard, une petite femme trapue aux cheveux châtain clair, vêtue d'une jupe et d'un chemisier aux couleurs de l'école, se retourna. Mme Brentwood fit quelques pas vers elle.

— Voici Céleste Atwell, madame Grossbard.

— Ah, oui… quel niveau avez-vous au golf ? s'enquit aussitôt le professeur. Je n'ai pas assez de monde dans l'équipe.

— Je n'y ai jamais joué, madame.

Devant son ahurissement, Mme Brentwood intervint.

— Peut-être est-elle naturellement douée, vous pouvez lui faire faire un essai.

— Oui, bien sûr, acquiesça Mme Grossbard sans grande chaleur.

Elle reprit la mise en place du filet et nous poursuivîmes la visite. Je regardai par les portes du fond, qui donnaient sur les terrains d'entraînement, les courts de tennis et les greens. Rien de tout cela n'était visible du côté façade, et je fus surprise de voir une si vaste étendue de pelouse, et si parfaitement entretenue.

Après avoir décrit un coude, le couloir nous mena vers d'autres salles de classe et vers la bibliothèque. Un homme aux cheveux bruns, grand et mince, était en train de ranger des fiches dans un classeur. Il s'interrompit quand la directrice fit les présentations.

— Monsieur Monk, notre bibliothécaire. Notre nouvelle élève, Céleste Atwell.

— Soyez la bienvenue, me salua-t-il, je vous ferai visiter les lieux pendant votre heure d'étude. Nous avons une demi-douzaine d'ordinateurs et vingt mille volumes, m'annonça-t-il fièrement. Les élèves du lycée local viennent souvent ici pour faire des recherches. Avec une permission écrite, bien sûr, ajouta-t-il en désignant Mme Brentwood du regard.

Elle inclina la tête sans mot dire et il reprit son classement, comme si ce travail était de la plus haute importance et ne pouvait attendre. Je le remerciai et nous regagnâmes le bureau, devant lequel la directrice s'arrêta.

— Je crois qu'il vous sera facile de vous y reconnaître, Céleste. Vous pouvez vous rendre dans votre classe. Il vous reste encore trois minutes et le professeur principal, M. Hersh, qui est également votre professeur de mathématiques, vous inscrira sur son registre. Bienvenue et bonne chance, dit-elle, son sourire et son regard affable soudain retrouvés.

Elle me fit penser au caméléon, qui change si aisément de couleur pour se fondre dans le décor. Mais chez elle, c'était l'apparence et l'humeur qui changeaient, pour s'accorder à la situation du moment. Peut-être était-ce un don particulier aux administrateurs, ou aux politiciens. Elle pouvait offrir n'importe quelle apparence ou personnalité, selon les gens et les circonstances. Tout sourires quand on lui donnait satisfaction, elle pouvait, si l'on provoquait sa colère, se transformer en bourreau.

— Merci, madame, répondis-je en prenant le chemin de ma classe.

Même si elle m'avait donné un aperçu des lieux, fait un sermon plein de menaces voilées, et présentée à quelques professeurs, je me sentais projetée dans l'inconnu. Dans mon lycée, les anciens parrainaient les nouveaux qui les appelaient Grand Frère ou Grande Sœur, et les accompagnaient dans leurs débuts. Ils leur faisaient visiter les locaux, leur expliquaient les règles, les présentaient à d'autres élèves. Les nouveaux avaient quelqu'un à qui parler, ils ne se sentaient pas seuls ni complètement perdus. Ici, supposai-je, tout le monde était censé être assez indépendant et assez évolué pour ne pas se soucier de ces détails. Mais quel choix avais-je, de toute façon ?

Même si j'étais avertie que les élèves n'étaient pas nombreux, je m'étonnai de voir que toute la classe de terminale n'en comptait qu'environ dix-huit, certainement pas plus. Dès mon entrée dans la salle, tous les regards convergèrent sur moi. Le rouquin que j'avais aperçu dans le couloir était assis au premier rang, ou plutôt affalé sur sa chaise, ses longues jambes étendues devant lui, si nonchalamment que ses pieds dépassaient de dessous son bureau. Il avait des taches de son sur les pommettes, une fossette lui creusait la joue gauche, et ses yeux bleus fixés sur moi pétillaient de malice comme s'il connaissait tout de moi.

Son voisin, en revanche, un grand garçon brun aux yeux d'ébène où se lisaient intelligence et sensibilité, me parut beaucoup plus intéressant. Il se tenait très droit mais sans arrogance, et paraissait plus athlétique et plus sûr de lui. Pendant un instant il me dévisagea fixement, puis reporta son attention sur le professeur. D'un regard, je balayai le reste de la classe.

Les filles montraient plus d'intérêt et de curiosité à mon endroit, me sembla-t-il. L'une d'elles en particulier, une jolie brunette aux yeux noisette, ne paraissait pas enchantée de ma venue. J'eus l'impression d'avoir interrompu quelque chose qu'elle disait, ou qu'elle faisait. Elle jeta un regard furibond au grand brun, puis un autre à moi-même lorsque je m'approchai du bureau.

M. Hersh, un homme qui frisait la soixantaine, aux cheveux noirs et bouclés déjà grisonnants et aux yeux d'un bleu presque gris, se tenait penché en avant, les mains aux hanches et la veste déboutonnée. J'eus l'impression qu'à mon arrivée il était en train de sermonner ses élèves. Il se redressa vivement et se tourna vers moi.

— Soyez la bienvenue, m'accueillit-il, avant de s'adresser à la classe. Voici votre nouvelle camarade, Céleste Atwell, qui est des nôtres depuis ce matin.

Il nota quelque chose dans son registre, releva la tête et me sourit.

— Si vous alliez vous asseoir à la place libre, au bout de la rangée, Céleste ? Je venais juste de donner les consignes de la journée, et nous n'avons plus qu'une minute avant la sonnerie.

— Merci, monsieur.

— Quelle politesse, railla le rouquin.

Quelques-uns des garçons pouffèrent, mais pas son voisin. Il se contenta de secouer la tête. Je m'avançai dans la classe et remontai l'allée, souriant au passage à la jolie brune. Elle m'intéressait, à cause de sa façon insistante de me regarder, mais elle ne me rendit pas mon sourire. Dès que j'eus gagné ma place, M. Hersh en revint à son discours interrompu.

— Donc, comme je vous le disais, Mme Brentwood a tenu à ce que j'insiste sur ce point. Quelqu'un a été assez négligent pour jeter des serviettes en papier sur le sol, dans les lavabos des filles de ce couloir. Si l'une d'elles en trouve encore une par terre, qu'elle veuille bien la jeter à la poubelle.

— Beurk ! fit une élève assez petite et aux cheveux châtains. Qui a envie de ramasser les saletés des autres ?

Ses voisines les plus proches l'approuvèrent en hochant la tête, et une fois de plus le rouquin mit son grain de sel.

— Pourquoi ne pouvez-vous pas être aussi propres que nous, vous, les filles ?

Les autres garçons l'acclamèrent bruyamment.

— Tu ne t'essuies pas les mains avec une serviette, Waverly, riposta la petite brune. Tu les essuies à ton pantalon.

Des vivats et des sifflements fusèrent de tous côtés.

— Bon, maintenant ça suffit, dit M. Hersh d'une voix ferme, et aussitôt le bruit cessa. Vous passez la plus grande partie de la journée dans ces locaux. Vous pourriez les traiter comme vous traitez vos propres maisons.

— C'est justement ça, le problème ! lança un autre garçon, déclenchant une explosion de rires.

M. Hersh, lui, ne riait pas du tout.

— Si cela continue, menaça-t-il, vous pourriez ne plus trouver de serviettes aux lavabos. Vous seriez obligés de vous essuyer les mains sur vos vêtements, et compte tenu du prix de vos toilettes, mesdemoiselles, vous feriez bien d'y réfléchir.

Si c'est ça leur plus grand problème, pensai-je avec stupéfaction, ce sera réellement une nouvelle expérience. Dans mon lycée, les lavabos sentaient toujours la fumée, des serviettes en papier froissées traînaient partout, les murs et même les miroirs étaient couverts de graffiti, et les toilettes débordaient souvent, bouchées par des mégots, des enveloppes de chewing-gum ou même des tampons.

Quand la sonnerie retentit, tout le monde se leva. Le garçon brun se retourna sur moi et se dirigea vers la porte. La jolie brunette s'approcha de moi et me lança tout à trac :

— Je suis Germaine Osterhout, déléguée de classe. Bienvenue à Dickinson.

— Merci de... commençai-je, mais je n'achevai pas.

Elle était déjà loin et sur le point de sortir.

— C'est plus que je n'en ai eu en arrivant ici, me dit une grande fille aux cheveux bruns, raides comme des baguettes de tambour. Il s'est passé des semaines avant que quelqu'un me dise bonjour, ou daigne remarquer mon existence.

Je la regardai avec effarement et elle éclata de rire.

— Allez viens, idiote ! Je plaisantais, dit-elle en me prenant la main pour m'entraîner vers la porte. Je suis Lynette Firestone. Ma mère et ta cousine sont de grandes amies.

— Ah bon ?

Amy n'avait jamais parlé d'elle, mais elle n'avait jamais mentionné le nom d'une seule amie, en fait. Et le plus surprenant, c'est qu'elle n'avait pas mentionné non plus le fait qu'elle avait déjà raconté notre histoire fictive à quelqu'un d'autre.

Dans le couloir Lynette s'arrêta, et j'en fis autant ; ce qui me permit de remarquer qu'en passant près de nous, tout le monde me regardait avec un certain intérêt.

— Désolée pour tes parents. C'est une chance que tu n'aies pas été beaucoup plus jeune quand c'est arrivé. C'est gentil de la part de ta cousine de te prendre chez elle, débita Lynette, même si tu as un peu l'impression d'être une réfugiée.

— Pardon ? Une réfugiée ?

— Je plaisantais. C'est sympa de sa part de s'occuper de toi, et de la mienne de me porter volontaire pour t'aider à t'adapter.

Je la dévisageai en silence. Elle avait la bouche tombante, ses yeux noirs étaient un peu trop grands pour son visage étroit, et son nez de ligne arrogante semblait fraîchement remanié par la chirurgie esthétique. Elle avait une silhouette harmonieuse, mais n'était pas assez jolie pour pouvoir être mannequin. Sa taille, qui frisait le mètre quatre-vingts, était à mon avis un désavantage par rapport au reste de sa personne.

— Tu pourrais dire merci ! ajouta-t-elle avec sécheresse, en voyant que je me taisais toujours.

— Quoi ?

Il ne me manquait plus que ça, pensai-je avec ironie. Quelqu'un qui me rappelle quand je dois remercier.

— Rien, répliqua-t-elle en souriant. Je plaisantais. Personne ne remercie personne, entre nous. Et personne ne s'excuse non plus, pour quoi que ce soit, alors n'y compte pas.

— Certainement pas. Je n'attends rien de personne. Comme ça, si quelque chose d'agréable arrive, c'est une merveilleuse surprise.

J'eus droit à un nouveau sourire.

— En fait, ma mère m'a fait promettre sur la Bible de devenir ton amie. Elle l'a promis elle-même à ta cousine.

— Oh, ne t'inquiète pas pour ça, dis-je en jetant un coup d'œil à mon emploi du temps. Je ne m'attends pas à me faire d'amis dans cette école.

Elle en resta bouche bée.

— Hein ?

— Je plaisantais, lançai-je en poursuivant mon chemin.

— Bien joué !

Je me retournai sur ma droite pour voir qui avait parlé. Le garçon aux cheveux noirs me sourit et se dirigea vers la même classe que moi. Je ne m'étais pas aperçue qu'il était resté près de nous et avait écouté notre conversation. Comme par hasard, il s'assit à hauteur de ma table, de l'autre côté de l'allée. Nous avions un cours d'économie, donné par M. Franks, un petit homme alerte d'une quarantaine d'années, aux cheveux prématurément gris. Son énergie débordante et son entrain ne pouvaient qu'éveiller l'intérêt de ses élèves, et leur insuffler l'enthousiasme. Parfois, il s'adressait à la classe comme s'il n'avait devant lui que des auditeurs studieux. Je trouvai amusante sa façon de poser une question et, n'espérant aucune réaction, d'y répondre lui-même comme s'il répétait la réponse d'un élève. Et je voyais bien que le garçon aux boucles brunes s'en amusait autant que moi.

— Salut, dit-il quand la sonnerie retentit à la fin du cours et que nous nous levâmes. Je ne suis pas délégué de classe, mais bienvenue à Dickinson.

— Merci, répondis-je spontanément, pour plaquer aussitôt la main sur ma bouche. Désolée, je ne l'ai pas fait exprès.

Une lueur de gaieté pétilla dans ses yeux.

— Je me présente : Trevor Foley. Ne crois rien de ce que raconte Lynette, surtout. C'est une menteuse pathologique, et la fille la moins populaire de la boîte. En fait, si quelqu'un voulait que tes relations avec les autres élèves commencent mal, il te recommanderait de te lier avec Lynette.

» Prends ton temps pour choisir tes amis. Fais ce que tout le monde commence par faire ici : du lèche-vitrines.

— C'est ce que tu fais ?

— Bien sûr. Et ce que je vois me plaît bien, conclut-il avec un grand sourire, en s'éloignant déjà.

Quelque chose en lui me rappelait Lionel, mais quoi ? Sa façon de regarder les gens ? Son sourire ? Son regard impénétrable, plein de mystère ? Ou bien prenais-je mes désirs pour des réalités, tout simplement ?

Après tout, ma plus grande crainte était de me retrouver seule. Et une voix intérieure me soufflait que cela pourrait bien m'arriver ici, autant que n'importe où ailleurs.

Neuf

La fille de ma mère

Amy m'attendait à la sortie, mais en dépit des prévisions de Wade elle ne se répandit pas en excuses. Au contraire, elle était furieuse. Debout près de sa voiture de sport, elle me fit de grands signes de la main quand je franchis l'entrée principale, Trevor à mon côté. Nous ne nous étions presque pas quittés de la journée. Au déjeuner il s'était assis à ma table, m'avait présentée à quelques autres élèves, et donné son avis sur certains d'entre eux, tout comme sur certains professeurs.

Waverly, de toute évidence le clown de la classe, l'avait taquiné sans merci à mon sujet.

— Tu as enfin trouvé une fille à ta dévotion, pas vrai, Trevor ? Attends qu'elle découvre que tu sors à peine d'une maladie sexuellement transmissible.

— Boucle-la, idiot ! avait répliqué Trevor, en s'efforçant de ne pas lui faire le plaisir de paraître fâché.

Je vis bien que Lynette était froissée que je n'aie pas saisi l'occasion de devenir son amie. Au déjeuner, elle essaya de m'attirer à sa table, et fut aussi surprise que déçue de voir que nous passions déjà tellement de temps ensemble, Trevor et moi.

— J'essaie simplement d'être gentille ! s'indigna-t-elle.

Mais elle semblait au bord des larmes, et je l'invitai à se joindre à nous. Elle réfléchit quelques instants. Puis elle choisit d'aller s'asseoir aux côtés de deux autres filles, qui accusaient chacune huit bons kilos de trop et partageaient son dédain pour la plupart des garçons. Ensemble, elles formaient un parfait trio de mal-aimées.

— Céleste, appela Amy, bien qu'elle sût que je l'avais vue. Dépêche-toi ! Nous avons certaines choses à faire et nous sommes déjà en retard.

Je me tournai vers Trevor.

— Merci de m'avoir consacré tout ce temps.

— Encore un merci ? Désolé, mais sur ce point je ne peux rien faire de plus pour l'instant. Je ne pourrai pas m'occuper de toi avant demain matin.

Je le quittai en riant, mais il saisit mon bras et me fit pivoter vers lui.

— Sérieusement, si tu as d'autres questions sur le travail de ce soir, voici mon numéro, dit-il en me tendant une carte. Nous avons tous des cartes de visite, à Dickinson, reprit-il en constatant ma surprise. Ici, c'est le grand chic. Ça nous donne du prestige.

— Merci... oh pardon ! m'interrompis-je en glissant sa carte dans mon sac.

— Hé là, ce n'est pas juste. Je n'ai pas ton numéro, moi.

— Je n'ai pas de carte de visite, Trevor.

— Mais tu as bien un numéro, non ?

Je souris et le lui donnai.

— À bientôt, dit-il, déjà prêt à s'élancer vers le parking.

Je le suivis des yeux un moment, puis je me hâtai d'aller rejoindre Amy. Instantanément, elle demanda :

— C'était Trevor Foley qui t'accompagnait ?

— En effet.

— Tu t'es déjà liée avec lui ?

Elle paraissait moins impressionnée que déçue.

— Ce serait plutôt le contraire, je dirais. Pourquoi ? Comment le connais-tu ?

— Je sais qui sont les Foley. Son père possède une douzaine de concessions automobiles entre ici et New York.

Elle parut un moment songeuse, puis se détendit.

— Je savais que tout se passerait bien pour toi, ici. Monte. J'ai une surprise pour toi à la maison.

— Une surprise ?

— Mais oui. Un peu de patience. Au fait, Wade a appelé, m'apprit-elle, sa colère croissant de seconde en seconde alors qu'elle s'installait au volant et démarrait. Il m'a fait une scène parce que je ne me suis pas levée assez tôt pour aller t'inscrire moi-même. La belle affaire ! Nous aurions aussi bien pu t'inscrire demain.

Je souris pour moi-même. Comment Wade pouvait-il si bien la connaître, et en même temps si mal ?

— Allez, ne reste pas figée sur ton siège comme une peluche ! Raconte-moi tout sur cette première journée. Dickinson te plaît ? Et les professeurs ? As-tu rencontré d'autres garçons, à part Trevor ?

Ses questions pleuvaient dru comme grêle, mais je n'eus qu'une seule réponse pour toutes : oui.

— Et les autres filles ? enchaîna-t-elle. Oh, je sais qu'elles peuvent être de vraies pimbêches, au début, avant d'accorder leur amitié, mais nous nous occuperons de ça dès que possible. À propos, as-tu fait la connaissance de Lynette Firestone ?

Je souris de l'effet que lui causait mon premier jour de classe. Elle était encore plus excitée que moi.

— Oui, je l'ai vue. Elle s'est présentée elle-même, et tout de suite. Au fait, comment pouvait-elle être au courant de notre petite histoire, alors que nous ne l'avons inventée qu'hier soir ? Mme Brentwood aussi savait ce que tu avais l'intention de dire aux gens.

Elle agita la main d'un geste désinvolte, comme si la question était sans importance.

— Oh, ça ? J'avais déjà semé quelques idées par-ci, par-là, et nous leur avons donné corps hier soir. En fait, j'ai testé ma version sur la mère de Lynette, pour voir si elle tenait la route. Il nous arrive de déjeuner ensemble, elle et moi. Lynette sera pour toi une amie charmante, tu verras. Je suis si heureuse que tu aies pris un bon départ ! s'écria-t-elle.

Puis elle me parla des galas de bienfaisance à venir, des tournées de courses qu'elle avait prévues pour nous à New York, et de quelques projets de vacances envisageables.

— Si j'arrive à obtenir que Wade prenne un congé, précisa-t-elle. Maintenant que tu es là, peut-être s'y décidera-t-il.

À l'entrée du parc, elle s'arrêta et dit soudain :

— Ferme les yeux.

Amusée, je fis ce qu'elle me demandait et nous franchîmes le portail.

— Ne les ouvre pas encore, Céleste. Pas encore, pas encore… maintenant ! s'exclama-t-elle en s'arrêtant.

J'ouvris les yeux. Une voiture était garée devant le perron. Un homme était assis au volant, et sur les portières une inscription proclamait en grands caractères : AUTO-ÉCOLE.

— Ta première leçon, s'écria Amy d'une voix surexcitée. Ton moniteur viendra chaque jour pendant deux semaines, ou au moins jusqu'à ce qu'il te sente prête à passer le test préparatoire pour le permis. Tu vois, je tiens toujours mes promesses. Vas-y, voyons. Il t'attend.

Je restai pétrifiée sur mon siège, les yeux ronds.

— Maintenant ?

— Bien sûr, maintenant. Toutes les adolescentes savent conduire, voyons. Vas-y, insista-t-elle, en me poussant pratiquement hors de la voiture. Ne le fais pas attendre. Il est payé à l'heure et tu sais combien Wade est grippe-sous.

Des vêtements, des bijoux, un coiffeur, des produits de beauté, une école privée, des leçons de conduite… et tout cela en quelques jours ! Oui, j'avais vraiment de la chance, en fin de compte.

Ma première leçon de conduite se passa bien. Mon moniteur était aimable mais il fonctionnait un peu comme un robot, répétant fréquemment ses instructions, critiques et conseils d'une voix mécanique et monotone. Je croyais qu'il m'avait jugée comme une handicapée motrice, mais non. Sur le chemin du retour, il me déclara que je m'en étais très bien tirée, pour une débutante.

— Et contrairement à mes autres élèves adolescents, vous écoutez ce qu'on vous dit et vous ne prenez pas ma voiture pour un jouet, ajouta-t-il en me quittant.

Je le remerciai et entrai dans la maison par le garage, puisque la porte était encore ouverte. Dans la cuisine, Mme McAlister s'activait fébrilement à la préparation du repas du soir. C'est à peine si elle me jeta un coup d'œil quand je passai devant elle. Je ne vis pas Mme Cukor dans les parages, mais je n'en fus pas déçue. Je me dépêchai de monter, dans l'intention de commencer tout de suite mes devoirs. Rien ne pressait, mais je m'étais rendu compte que dans toutes les matières, j'avais un certain retard. J'avais toujours en tête les réflexions de Mme Brentwood à propos de mes bons résultats au lycée public. Si je n'obtenais pas de bonnes notes à Dickinson, elle triompherait et je le lirais sur son visage chaque fois que je la verrais.

En rentrant dans ma chambre, je vis tout de suite que l'ail n'était plus accroché à la poignée de porte. Wade s'était peut-être décidé à parler à Mme Cukor, finalement. Je me changeai, m'assis à ma table et me mis au travail aussitôt. Je m'y absorbais depuis dix minutes à peine quand on frappa à ma porte, et Amy entra.

— Désolée, j'étais au téléphone. Comment s'est passée cette première leçon de conduite ?

— Bien, il me semble. Le moniteur avait l'air content.

— Tant mieux. À propos, dit-elle après une brève hésitation, quelqu'un t'a appelée. Ton téléphone n'arrêtait pas de sonner, alors j'ai répondu pour toi.

— Quelqu'un m'a appelée ?

Le visage d'Amy se ferma.

— Trevor Foley. Tu as donné ton numéro un peu vite, non ? Je t'avais demandé d'être très sélective à cet égard. Je veux dire... tu connais à peine ce garçon, et ce numéro est sur liste rouge pour que tu ne sois pas importunée par n'importe qui.

— Oh ! fis-je pour toute réponse.

L'idée ne m'était pas venue que ma ligne était si précieuse et si restrictive. À vrai dire, je n'avais jamais eu de téléphone personnel, et c'était plutôt excitant de pouvoir donner mon numéro à quelqu'un. Amy dut deviner ma déception car elle se radoucit.

— Je regrette de devoir me montrer si critique, Céleste, et surtout si tôt. Mais je suis responsable de toi, et je tiens à te faire profiter de mon expérience, surtout en ce qui concerne les hommes. Enfin, les garçons, rectifia-t-elle.

— Je sais. Je suis désolée.

— Ce qui se passe, c'est que tu donnes ton numéro à un garçon, qui le donne à un autre qui le donne à un autre, et ainsi de suite ; et avant que tu comprennes ce qui t'arrive, tu reçois des tas d'appels de garçons qui te racontent toutes sortes d'inepties, dans le but de t'attirer dans leur lit. Leur unique raison de te parler, te fréquenter, te traiter en amie, est de t'amener à coucher avec eux. C'est dans leur nature. Ils ne peuvent pas s'en empêcher.

Jusque-là, Amy était restée à la porte de ma chambre. Elle la traversa et s'assit sur mon lit.

— Peut-être devrais-je te donner une première leçon concernant les garçons. Je sais à quel point tu as été coupée de la réalité. Ces nonnes construisent des murailles de bibles entre vous et l'autre sexe.

— En fait... pas vraiment, commençai-je. Le mur n'était pas si haut que ça. Nous...

— Il l'était bien assez, me coupa aigrement Amy. Chez les garçons, dès que les hormones entrent en activité ils en deviennent esclaves. Tu peux le voir à leur façon de te dévorer des yeux, si tu es observatrice. Ils te déshabillent du regard, essaient d'imaginer tes seins, ton ventre, tes jambes... et le reste. En pensée, ils font l'amour avec toi, encore et encore jusqu'à ce que la langue leur sorte de la bouche.

Je sentis une note d'amertume dans la voix d'Amy, et elle s'en aperçut. Elle me sourit.

— Je ne cherche pas à en faire des monstres à tes yeux, je veux simplement te mettre en garde. Tu connais le dicton : « Les fous se précipitent là où les anges n'osent pas aller ». Ma mère le citait souvent, et elle avait de bonnes raisons pour ça. Il y a tant de filles qui ruinent leur vie entière pour quelques instants de plaisir physique. Elles perdent leur réputation, et finalement le respect d'elles-mêmes. Elles deviennent cyniques, blasées, et finissent par se haïr, ou par haïr tous ceux qui les entourent. Elles peuvent même avoir des troubles mentaux. C'est vrai, Céleste, et tu as dû te remettre d'une enfance très difficile. Regarde jusqu'où tu es parvenue ! Je m'en voudrais à mort si je te mettais en danger. Tu peux le comprendre, non ?

— Oui, bien sûr, acquiesçai-je.

— Tant mieux.

Amy baissa la tête comme pour contempler ses mains, puis la releva et me regarda, les yeux brillants de larmes contenues.

— Je ne veux pas te donner l'impression de te gronder, Céleste. Je n'aimais pas être grondée par ma mère, et encore moins par mon père. Je sais qu'on se sent tout petit et tout vide à l'intérieur.

Elle s'interrompit, le temps d'un sourire, et poursuivit:

— Comme moi, tu crois fermement pouvoir prendre soin de toi-même. Je le sais. C'est l'arrogance de la jeunesse. Tu es persuadée que rien de mal ne peut t'arriver, ce qui te rend imprudente. Je l'étais aussi, crois-moi, mais j'ai eu beaucoup de chance d'avoir des parents aussi fermes et aussi forts.

Je l'écoutais, mais malgré moi je haussai les sourcils. Wade m'avait dit que ses parents étaient trop permissifs, qu'ils négligeaient leurs obligations. Pourquoi voyaient-ils les choses de façon si radicalement différente?

— Viens près de moi un moment, dit Amy avec gentillesse, en tapotant le couvre-lit à côté d'elle.

Je m'approchai et pris la main qu'elle me tendait. Elle me fit asseoir auprès d'elle mais ne lâcha pas ma main.

— Tu ignores à quel point tu es belle, Céleste. L'endroit où tu vivais et ta façon de vivre ne te permettaient pas d'en prendre conscience, je le sais. Les sœurs t'ont probablement dit que c'est un péché d'accorder trop d'attention à son physique, et surtout d'admirer sa beauté.

— Plus ou moins, dus-je admettre.

— Bien sûr qu'elles te l'ont dit. Elles sont si malheureuses d'avoir un physique ingrat. C'est un vrai club de mal-aimées, dit Amy, comme si elle avait entendu mes pensées dans la journée, et tenait à prouver que nous pensions la même chose.

— Je ne crois pas que c'était à cause de cela, mais...

— Bien sûr que c'était pour ça! Crois-moi, insista-t-elle, presque sur un ton de commandement.

Puis son expression s'adoucit.

— C'est sans importance. L'important, c'est la vérité, et il est vrai que tu es belle. Quand une fille est prête à aller dans le monde – le monde normal –, qu'elle a grandi dans le milieu qui est le sien et vu sa beauté s'affirmer, elle a été préparée à cela et sait plus ou moins à quoi s'attendre.

» Mais toi... on t'a gardée sous cloche, enfermée dans cet endroit, et avant cela dans un autre quasiment semblable. Et voilà que je viens te délivrer et t'affranchir, comme Lincoln a affranchi les esclaves.

Cette tirade m'arracha un sourire.

— Ne ris pas, Céleste. Ce ne sont pas des propos en l'air. C'est comme ça. Maintenant tu es libre de faire ce que tu veux. Et ce qui te rend encore plus libre, c'est que tu bénéficies de toutes sortes d'avantages que tu n'avais pas. Des vêtements luxueux, une maison magnifique, et bientôt…

Des étincelles dansèrent dans le regard d'Amy.

— … bientôt tu auras ta propre voiture. Tu l'auras.

Elle accentua la pression de sa main sur la mienne.

— Cependant, avec la liberté vient la responsabilité. Tu dois me promettre, sur ton âme et sur ta vie, que tu ne donneras pas ton plus précieux trésor à la légère, ni trop tôt. Tu dois te contrôler. Tu dois…

— Je ne ferais jamais cela, ne serait-ce que par respect pour moi-même, protestai-je avec fermeté.

Elle me dévisagea un moment, puis se détendit.

— Non, tu ne le ferais pas. Je l'ai su dès l'instant où mon regard s'est posé sur toi. Tu es quelqu'un de très spécial, Céleste. Tu as quelque chose que les autres filles n'ont pas, et j'en suis si heureuse !

Amy libéra un long soupir de soulagement et lâcha ma main.

— Faisons un pacte, veux-tu ? Jusqu'à ce que tu te sois parfaitement adaptée à ta nouvelle vie et que tu aies, comment dirais-je ?… tâté le terrain, tu ne sortiras et ne resteras jamais seule avec aucun des garçons que tu rencontreras. Tu peux leur parler au téléphone, bien sûr, mais pour le moment, tiens-les à distance. Non que je craigne ta faiblesse ou n'aie pas confiance en toi, se hâta d'ajouter Amy, mais je me sentirais plus tranquille. Je n'ose pas imaginer ce que j'éprouverais si je t'avais mise en danger, au lieu d'améliorer ta vie.

Je la regardai pensivement. N'était-elle pas en train d'élever des remparts autour de moi, plus hauts et plus épais que toutes les Mère Higgins du monde ne l'avaient jamais fait ? N'était-elle pas en train de m'emprisonner, au sens propre du terme ? J'étais profondément déçue.

— Quand tu dis « pour un moment », tu veux dire combien de temps, au juste ?

— Oh, pas très longtemps, mais assez longtemps pour être certaine que tu avances en terrain solide. D'ailleurs, si je ne veillais pas correctement sur toi, Wade s'en chargerait lui-même, conclut-elle, en laissant percer une note de menace dans les derniers mots.

Je me sentis rougir. Le message était clair: conduis-toi bien et obéis, ou nous te renvoyons d'où tu viens.

C'était décidément la journée des menaces, méditai-je, en me rappelant les paroles de Mme Brentwood après le départ de Wade. Y avait-il un signe sur mon front, quelque chose me concernant et que je ne pouvais pas voir, mais que les autres voyaient ? Le noir nuage de mon passé planait-il encore au-dessus de ma tête ? N'avais-je pas toujours été une fille bien sage, de bonne conduite, obéissante, responsable et digne de confiance ? Mère Higgins m'appréciait, mais était-ce pour les raisons qu'Amy suggérait ? Parce que j'étais totalement soumise aux règles de l'orphelinat, enchaînée par les interdits de la religion ? Si quelqu'un est emprisonné à vie, en est-il pour autant préservé de tout péché ?

— Prouve-moi que tu peux gérer ta liberté, finit par dire Amy. C'est tout ce que je te demande. D'accord ?

— D'accord.

— À la bonne heure. Que ce soit la dernière conversation sérieuse et pénible entre nous.

Elle plaqua les paumes l'une contre l'autre comme si elle m'adressait une prière, puis me serra contre elle et se leva.

— Au fait, ajouta-t-elle avant de s'en aller, Basil vient de nouveau dîner ce soir. Mme McAlister prépare un ragoût irlandais, un de ses plats préférés, surtout quand c'est elle qui le fait. Mets ta robe de chez Oh-La-La, et n'oublie pas l'eau de Cologne qu'il aime. Après tout, commenta-t-elle avec un petit rire, c'est plus ou moins lui qui paie tout ça.

Sur ce, elle s'en alla en refermant la porte derrière elle. Ce fut seulement alors que je pris conscience du rythme affolé de mon cœur. Pourquoi était-il si important que j'aie toujours l'air sexy pour Basil ? On le traitait carrément en roi de la demeure.

Je retournai à ma table de travail, mais je pensais sans cesse à Trevor, curieuse de savoir pourquoi il m'avait appelée si tôt. Malgré toutes les mises en garde d'Amy au sujet des garçons, je trouvais tout simplement grossier d'ignorer son appel. Amy n'avait pas noté son numéro de téléphone pour me le transmettre. Peut-être savait-il qu'il n'avait pas besoin de le lui communiquer. Je fouillai dans mon sac et en tirai sa carte. Tout en composant le numéro, je ne pouvais pas m'empêcher de penser que je faisais quelque chose d'interdit. Trevor décrocha à la première sonnerie.

— Trevor Foley, dit-il. Que puis-je pour vous ?

— Bonjour. Céleste Atwell à l'appareil.

— Salut ! Comment ça va ? Tu récupères de ton premier jour en enfer ?

— L'externat Dickinson n'a vraiment rien d'un enfer, répliquai-je en riant. Tu n'as jamais fréquenté un lycée public ?

— Non. Je suis passé directement de l'école primaire à un collège privé. Je passais tous mes étés dans un camp, où on nous préparait à devenir de braves jeunes gens BCBG. Tu trouves que j'ai l'air BCBG ?

— Je ne sais pas ce que ça veut dire.

— Ah bon ? Eh bien tant mieux pour toi. Au fait, j'appelais pour t'inviter à une boum avec moi, ce week-end. Ce sera une bonne occasion pour toi de connaître d'autres élèves. Waverly organise lui-même une soirée pour son anniversaire.

— Une soirée pour lui tout seul ?

— Ses parents ne seront pas là. Ils estiment que les fêtes d'anniversaire n'ont plus de sens après l'âge de cinq ans. Heureusement pour nous, et malheureusement pour eux, ils emmènent sa petite sœur de dix ans passer une audition à New York, pour une émission de télévision enfantine. Waverly n'a pas voulu y aller. Comme c'est son anniversaire, les parents ont cédé.

— Ils le laissent seul pour son anniversaire ?

— Comme je te le disais, ils ne sont pas très chauds pour les anniversaires mais nous, si. Tu vas adorer. Puis-je venir te chercher vers huit heures ?

— J'aimerais bien y aller. J'aurais vraiment voulu mais je ne peux pas. Ma… ma cousine m'a demandé de ne pas sortir ni fréquenter personne, jusqu'à ce que je sois bien adaptée ici.

— Et combien de temps te faudra-t-il, pour ça ?

— Pas trop longtemps. J'espère.

— Quelle poisse ! Alors jusque-là, il faudra que tu restes chez toi avec ta cousine à regarder la télévision, ou un truc comme ça ?

— Je suis sûre qu'elle a prévu des activités pour moi.

— Des activités ? Tu es dans un camp de vacances ou quoi ? railla-t-il, sans chercher à cacher son désappointement.

— Je suis désolée. Je suis mal placée pour protester.

— Je vois, grogna Trevor. Tu as sans doute raison. Je serais idiot d'en faire toute une histoire.

— Ils sont très généreux, tu sais. Ma cousine a fait le nécessaire pour que je prenne des leçons de conduite. J'ai eu ma première aujourd'hui.

— Tu veux dire... que tu n'as jamais conduit ?

Je me mordis la lèvre. Je commençais déjà à me couper. Un mensonge en entraîne un autre, c'est comme si on tissait une toile d'araignée autour de soi. Et subitement, on se retrouve piégé dans les tromperies qu'on a fabriquées soi-même.

J'improvisai rapidement un moyen de m'en sortir.

— Non. Ma mère s'inquiète tout le temps, c'est quelqu'un de très nerveux.

— Je veux bien le croire. Peut-être es-tu mieux ici, chez ta cousine.

— Espérons-le. Je veux dire... ils sont très gentils et tellement riches, aussi.

— Oui, je connais l'usine... En fait, les Emerson achètent toutes leurs voitures chez les concessionnaires de mon père. Si tu as besoin de leçons supplémentaires, je serai ravi de te les donner, ajouta Trevor.

— Pour l'instant, mieux vaut m'en tenir à celles de l'auto-école.

— C'est juste. Bon, alors on se voit demain.

— C'est ça. Et, Trevor...

— Oui ?

— Au risque d'avoir l'air de m'accrocher, merci d'avoir pensé à moi.

— Tu peux laisser tomber le passé composé. Je pense à toi. À bientôt.

Je gardai un moment le récepteur collé à l'oreille, comme quelqu'un qui voudrait savourer le plus longtemps possible le goût d'un mets délicieux. Je manquais de points de comparaison, bien sûr. Amy avait raison en parlant de mon inexpérience. Mais mon intuition me disait de ne pas avoir peur de Trevor, qu'il avait un bon fond, et qu'il ne me considérait pas seulement comme une conquête de plus à son tableau de chasse.

C'était en de tels moments que Lionel me manquait le plus. Que j'avais le plus besoin du son de sa voix dans ma tête, de la présence visible de son être spirituel. Avais-je dérivé trop loin de lui, trop loin de tous, de mon passé, de ma famille ? Pourrais-je à nouveau les percevoir, les entendre ?

« Tous les enfants, m'avait dit le Dr Sackett, mon thérapeute, ont leur monde imaginaire, innocent, qu'ils abandonnent en grandissant. Chacun de nous, je suppose, porte le deuil de ses croyances enfantines, de cet empressement à croire davantage encore ; mais tout se passe comme s'il recevait l'ordre d'entrer dans le monde des adultes et d'en devenir un. »

Pour moi c'était un trop grand sacrifice, une trop grande perte. Et en même temps, j'avais peur que ce soit trop difficile d'essayer de retrouver ce monde. J'avais peur qu'on me croie folle, ainsi que ma mère et ma famille. J'avais peur d'être stigmatisée, considérée comme « bizarre », une fois pour toutes. Où irais-je alors ? Qui aimerais-je et qui m'aimerait ? Comment pourrais-je trouver un compromis, garder l'émerveillement qui m'avait été si cher, tout en vivant parmi ceux qui ne l'avaient jamais connu et ne le connaîtraient jamais ?

Je suis fatiguée d'être seule, raisonnai-je. Fatiguée d'être enfermée dans un monde ou dans un autre. En considérant tout ce que j'avais à présent et tout ce que j'allais avoir encore, je me demandai si j'avais envie d'attendre. Les yeux noirs de Trevor et la douceur de son regard m'appelaient.

Et je désirais tellement répondre à cet appel…

Mais pour l'instant il fallait que je fasse taire mes voix intérieures, que j'empêche mon cœur de battre si vite et si fort, et que je paraisse totalement indifférente à tout cela.

Avec toute cette agitation en tête, il me fut difficile de me remettre au travail, mais j'y parvins. En fait, je m'y absorbai si bien que je perdis toute notion du temps. Ce fut un choc pour Amy de me trouver devant mes livres.

— Mais qu'est-ce que tu fais, Céleste ? Tu devrais être habillée ! Ce n'est pas une chose qu'une femme peut faire en cinq minutes.

— Désolée, Amy. J'étais plongée dans mes leçons. Il ne me faudra pas beaucoup de temps pour me préparer.

Pour Amy, cette réponse n'eut rien de rassurant.

— Je ne te demande pas de t'habiller rapidement, mais impeccablement. Et ne sois pas si assidue au travail, me gourmanda-t-elle, sinon tu manqueras tout ce qui compte le plus dans la vie. Je reviens dans une demi-heure, ajouta-t-elle en consultant rapidement sa montre. Au fond, ce ne sera pas plus mal si nous arrivons encore un peu plus en retard que d'habitude. J'en veux toujours à Wade pour m'avoir fait la leçon, tout ça parce que je ne t'ai pas accompagnée à Dickinson ce matin, acheva-t-elle en s'en allant.

Je commençai aussitôt à m'habiller, en me posant toujours la même question. Pourquoi était-il si important que je paraisse séduisante au père de Wade ? Quand je rejoignis Amy dans sa chambre, elle s'étonna que je me sois préparée si vite. J'attendais qu'elle trouve quelque chose à critiquer dans ma toilette, au lieu de quoi elle me sourit.

— Parfait. Tu es sensationnelle, Céleste. Je suis fière de la façon dont tu as tout assimilé si vite. Tes yeux et tes lèvres sont une réussite. Mais dis-moi... Tu n'avais pas appris toutes ces choses avant d'arriver chez nous, au moins ?

Cette seule idée me fit sourire à mon tour.

— Oh non ! Aucun risque.

— Bien. Et peu importe, dit-elle en sautant sur ses pieds. Une fois de plus, nous sommes éblouissantes toutes les deux, c'est ça l'important. Wade a déjà appelé pour savoir où nous en sommes. Il dit que son père boit trop et trop vite. Il a besoin de moi, tu vois. La prochaine fois, il ne sautera pas sur le téléphone pour me sermonner. Prends-en note. Ces petites leçons te seront précieuses quand tu t'installeras avec ton propre Wade, conclut-elle en passant le bras sous le mien.

Mon propre Wade ? Quel que soit celui dont je tombe amoureuse et que j'épouse, il fallait espérer que nos relations seraient bien meilleures. Était-ce un rêve un peu simpliste ? Tous les mariages étaient-ils semblables ? Les deux partenaires finissaient-ils par devoir apprendre à se supporter, au lieu de partager quelque chose de spécial et de merveilleux ?

— Vous vous moquez de moi, accusa Basil Emerson à notre entrée dans la pièce.

Il pointa l'index sur Amy et son expression de colère me cloua au sol. Ses yeux étincelaient.

Wade baissait la tête et crispait les mains devant lui, tel un coupable repentant implorant la pitié. Je vis que le verre de Basil était plein.

— Moi ? fit Amy d'un air innocent. Comment cela, Basil ?

— Nous faire attendre de cette façon ! Vous savez comment on appelle les femmes qui font ça, non ? Les femmes qui provoquent les hommes ? grinça Basil, en soulevant son verre pour lamper quelques gorgées d'alcool.

— Nous ne pouvions pas bâcler nos préparatifs, Basil, dit Amy en m'entraînant vers la table. Imaginez qu'on veuille forcer un Renoir ou un Vinci à se dépêcher.

Basil rugit de rire et Wade leva les yeux.

— Tu compares le maquillage au travail d'un grand maître ?

— Mais oui, répondit Amy sans hésitation. N'ai-je pas raison, Basil ?

— Vous avez toujours raison à mes yeux, Amy. Quant à vous, la Demoiselle en Détresse, dit-il en se tournant vers moi, chaque fois que je vous vois je me pose la même question. Comment a-t-on pu vous laisser si longtemps là-bas sans vous adopter ?

— Les gens qui vont dans les orphelinats ne viennent pas y chercher des concubines, grommela Wade.

— Des... des quoi ?

— Ils viennent chercher des enfants dans le besoin, des enfants qu'ils pourront aider à connaître la vie de famille. Pas des petites amies ni des maîtresses ni rien de ce genre, expliqua Wade.

Basil se mordit le coin des lèvres et prit un air pensif.

— Tu ne te détends jamais, Wade ? Il ne t'arrive jamais de lancer une bonne plaisanterie au personnel, à l'usine ? Quelquefois, je me demande si j'ai été pour quoi que ce soit dans ta venue au monde.

— Moi aussi je me le demande souvent, papa.

Basil ouvrit des yeux ronds, sans rien dire. Je crus un moment qu'il allait se fâcher contre Wade, ou même le gifler, mais il sourit jusqu'aux oreilles... avant d'éclater de rire.

— Excellent. Ça c'est une bonne plaisanterie, Wade. Imaginer que Jeanie Emerson ait une liaison et tombe enceinte. Une femme si prude qu'elle ne se déshabillait jamais devant moi, même après vingt ans de mariage. Nous devions faire l'amour sans lumière, bon sang de bois ! Rends-toi compte, Wade, nous t'avons fabriqué dans le noir. C'est peut-être de là que vient tout le problème, pas vrai, Amy ? C'est plus facile de faire l'amour avec la lampe allumée, ou éteinte ?

— On ne pourrait pas parler d'autre chose ? implora Wade.

Basil leva son verre en direction d'Amy.

— Si, nous pourrions parler d'autre chose. Nous pourrions parler du moment où j'aurais un petit-fils, qu'il soit fait dans le noir ou en pleine lumière, persifla-t-il.

Ce fut comme si la foudre avait traversé la pièce et le tonnerre grondé à nos oreilles. Wade et Amy se rembrunirent.

— Bah, oubliez ça ! Profitons de ce bon dîner qui arrive, un dîner irlandais, s'il vous plaît, vociféra Basil.

Ce fut à cet instant que Mme McAlister entra, suivie de Mme Cukor, pour servir le fameux dîner.

Tout était délicieux, mais la tension qui régnait à table ne nous permettait pas d'en profiter vraiment. Wade tenta d'amener la conversation sur mon premier jour de classe, mais son père se lança dans une diatribe sur les enfants gâtés et l'argent gaspillé pour eux.

— Une fille comme elle n'a pas à se soucier de faire de bonnes études, déclara-t-il en me décochant un grand sourire.

Il pensait faire un compliment, mais je ne l'entendis pas de cette manière et Amy non plus. Elle débita tout un sermon sur les droits de la femme, la place des femmes dans les affaires et le monde du travail.

Les oreilles de Basil rougissaient de plus en plus, sous l'effet du mélange de vin et de whisky, ou encore des critiques acerbes d'Amy sur les mâles chauvinistes. Wade se tut pratiquement tout le temps. À la fin du repas, personne ne parlait plus. Une atmosphère pesante nous accablait tous, et Basil trouva un prétexte pour s'en aller de bonne heure.

— J'ai quelque chose à faire très tôt, demain matin, il m'est impossible de rester pour la nuit, s'excusa-t-il.

Quand il embrassa Amy pour lui dire bonsoir, il passa le bras autour de sa taille et le laissa glisser sur sa croupe. Elle lui saisit aussitôt l'avant-bras et le détourna vivement, mais j'avais vu toute la scène. Si Wade lui aussi l'avait vue, il n'en montra rien.

Ensuite Basil se tourna vers moi pour me dire bonsoir à mon tour, mais je lui tendis brusquement la main. Il la regarda comme si je tenais un couteau et prit le parti de sourire.

— Je vois pourquoi Amy s'est si vite entichée de vous, marmonna-t-il.

Puis il me serra légèrement les doigts et se retira.

— Allons faire un tour en voiture, me dit aussitôt Amy. J'ai besoin de changer d'air.

— Mais j'ai encore tellement de travail à faire, Amy !

Je vis à quel point elle était déçue, mais je ne savais pas quoi faire. Ce fut Wade qui vint à mon secours.

— Où irais-tu à une heure pareille, de toute façon ? D'ailleurs, tu l'as inscrite dans une école très chère. Pourquoi lui gâcher ses chances ?

Amy fit la moue, et je demandai la permission de retourner travailler. Je venais de prendre la direction de l'escalier quand Mme Cukor apparut, comme si elle m'avait guettée.

— La nuit tombe sur cette maison, prédit-elle, et vous le savez aussi.

— Je ne vois pas de quelle nuit vous parlez, ripostai-je vertement. Je ne sais pas qui vous croyez que je suis, ou ce que vous croyez que je suis, mais j'en ai assez d'être traitée comme quelqu'un, ou même quelque chose de malfaisant.

— Vous êtes le serpent dans le jardin d'Éden, marmotta-t-elle, en s'en allant cette fois-ci.

— Cet endroit n'était pas vraiment le jardin d'Éden avant que j'arrive, madame Cukor. Et à ma connaissance, c'est vous qui pourriez bien être le serpent.

Ma réplique porta. Mme Cukor se retourna et posa une main sur sa gorge.

Je suis bien la fille de ma mère, pensai-je alors. Jamais je ne reculerai devant personne, qui que ce soit. Je m'avançai vers elle.

— Prenez garde à la nuit que vous portez dans votre propre cœur, lui dis-je encore.

Sur quoi je la quittai, la laissant figée comme une statue au pied de l'escalier.

Mon cœur battait violemment, mais je me sentais mieux.

Peut-être ne m'apparaîtras-tu plus jamais, Lionel, pensai-je alors, tu es en moi. Tu es dans mon cœur, et tu ne t'en échapperas jamais…

Jusqu'à ce que je sois capable de te laisser partir.

Dix

Un garçon à demi nu

Deux ou trois heures plus tard, alors que je travaillais encore, on frappa à ma porte. Avant que je n'aie le temps de dire « entrez », la porte s'ouvrit et Amy apparut, en chemise de nuit mais encore maquillée, et tout ébouriffée. On aurait dit qu'elle avait fébrilement fourragé dans ses cheveux.

— Je suis désolée pour ce soir, commença-t-elle, en allant et venant devant moi. Finalement, ce n'était peut-être pas une si bonne idée de laisser Basil attendre et boire autant. Il faudra nous en souvenir. Il peut être tellement odieux, parfois. Est-ce que…

Elle eut une brève hésitation avant d'achever sa phrase.

— Est-ce que tu es très fâchée contre lui ? Est-ce qu'il t'a blessée ou choquée ?

— Non, rien de grave, la rassurai-je.

Mais pour ce qui était de me sentir blessée, je me demandai si je devais mentionner mon altercation avec Mme Cukor. Je décidai rapidement que c'était suffisant pour un soir, et j'étais fatiguée. J'avais beaucoup lu, pris beaucoup de notes, et rédigé un court essai pour l'atelier d'écriture.

— Eh bien dis donc ! reprit Amy en parcourant du regard mes livres et mes cahiers ouverts sur le bureau. Tu es plutôt bonne élève, apparemment.

Je haussai les épaules.

— C'est possible. Quand j'étais petite, ma mère et mon frère me faisaient souvent la lecture. Ils disaient que c'était le meilleur moyen de faire d'un enfant un bon élève.

— Ton frère ? Ta sœur, tu veux dire ?

— Oui.

— Comme tout cela a dû être bizarre ! Un jour, il faudra que tu me racontes tout. Sauf si cela doit être pénible pour toi ou pour moi, s'empressa d'ajouter Amy.

Je mis tout autant d'empressement à éviter le sujet.

— Je ne m'en souviens pas assez pour en parler, en fait.

Sauf avec Flora et le Dr Sackett, je n'avais jamais vraiment parlé de mon passé avec personne. Tout le monde, à part eux, montrait ce que j'appelais un intérêt quasi pornographique pour les détails.

— Tant mieux. L'oubli est parfois une bénédiction. Pour ma part, je vais essayer d'oublier toutes les vilaines choses que Basil a dites ce soir. Comme ça, regarde.

Amy fit claquer ses doigts.

— Et voilà ! La laideur et tous les désagréments sont partis. Tu vois ? Cet endroit est magique. Nous pouvons chasser la tristesse d'un claquement de doigts, ou aller nous acheter quelque chose de nouveau, ce que je compte bien faire demain pendant que tu seras en classe. Ce sera quelque chose de spécial, en plus.

— Tu m'as déjà tellement gâtée, Amy.

— Et alors ? Cela me fait plaisir de te faire des cadeaux, surtout si je sais qu'ils t'iront à merveille.

Elle me caressa tendrement la joue.

— C'est comme si je faisais tout cela pour moi, d'ailleurs. À travers toi, je revis ma jeunesse. Alors ne te tracasse pas pour ça. Tu me donnes quelque chose de précieux en retour, Céleste. De très précieux, insista-t-elle en se penchant pour m'embrasser sur la joue, avant de se détourner pour partir. Fais de beaux rêves, lança-t-elle du seuil de la pièce. Je tiens à ce qu'on ne fasse que des rêves dorés, dans cette maison, et que les cauchemars restent dehors, là où est leur place.

Je la regardai partir, puis je me levai et me préparai moi aussi pour la nuit. Avant de me coucher, toutefois, je décidai de descendre boire quelque chose de frais. L'eau du robinet de mon lavabo n'était pas très froide, et j'avais envie de quelque chose de sucré. Un jus d'orange, par exemple, ou du soda. Je savais qu'il y en avait dans le réfrigérateur du bar, si je n'en trouvais pas dans la cuisine.

Les couloirs étaient faiblement éclairés, et en bas toutes les pièces étaient plongées dans le noir. À la porte de la cuisine, j'hésitai. Mme McAlister gardait si âprement son domaine ! J'étais sûre que si je déplaçais la moindre petite chose dans ce réfrigérateur, elle le saurait. J'allai donc jusqu'au bar où je trouvai une canette de soda au gingembre. Je la décapsulai, et je venais d'en boire une gorgée quand j'entendis quelque chose dans le hall. Lentement, je m'approchai sans bruit de la porte et scrutai la pénombre. Était-ce Mme Cukor ? Rôdait-elle dans cette maison comme une sorte de revenant ?

Je ne la voyais pas mais je sentais sa présence. Peut-être était-elle tapie près de la porte du fond, ou juste à l'entrée du bureau ? Elle ne hantait pas cette maison, méditai-je. C'était moi qu'elle hantait. J'attendis encore quelques instants, aux aguets, puis je remontai à l'étage. Parvenue en haut de l'escalier, j'entendis quelqu'un pleurer tout bas. Cela venait de la chambre d'Amy et de Wade.

La voix de Wade était étouffée mais je me rendais compte, à son intonation, qu'il demandait instamment quelque chose à Amy, la suppliait, l'implorait presque. Elle répondait par des gémissements et des pleurs, puis, brutalement, un cri fusa. Un cri aigu, terrifiant qui vibra jusque dans mes os. Après cela, tout redevint calme et je me sentis coupable d'avoir été si indiscrète. Je me hâtai de regagner ma chambre et refermai la porte le plus silencieusement possible.

Mais que signifiait tout cela ? Amy était-elle malade ? Wade lui avait-il fait mal, volontairement ou pas ? Penser à tout cela, et à Mme Cukor glissant telle une ombre le long des murs, en bas, me tint longtemps éveillée mais je finis par m'endormir.

Une fois de plus, je fus réveillée par le téléphone.

— Ton réveille-matin, fit la voix de Wade.

Et une fois de plus, je m'étonnai de ne pas m'être éveillée toute seule.

— Je pourrais me servir d'une pendulette qui sonne, m'excusai-je.

— Ce n'est rien, ça ne me dérange pas.

— Je ne dors jamais si tard le matin. Je ne sais pas ce qui m'arrive.

— C'est le vin que tu as bu à table, répliqua sèchement Wade. Amy dort comme une bûche, comme il fallait s'y attendre. C'est encore moi qui te servirai de chauffeur.

— Merci, Wade.

Je me levai, m'habillai en hâte et le rejoignis à la table du petit déjeuner. Je le trouvai en train de lire le journal.

Je m'étonnai que l'on puisse mener une vie aussi organisée, aussi routinière, faire les mêmes choses jour après jour et sembler y prendre plaisir. Apparemment, certaines personnes n'appréciaient pas la spontanéité, le moindre changement les rendait malheureuses, si infime qu'il soit. Wade en faisait partie. Il portait chaque jour le même style de vêtements, se coiffait de la même façon, lisait le même journal et arrivait à l'usine à la même heure. Amy, toujours si imprévisible, devait paraître une véritable extraterrestre à ses yeux.

Je venais de m'asseoir quand Mme McAlister apparut à la porte de la salle à manger, où elle attendit que je lui dise ce que je désirais. Je n'étais pas habituée à être servie, et je me demandais si je pourrais jamais m'y habituer.

— J'aimerais des œufs sur le plat, ce matin.

— Frits ou pochés ?

— Frits, s'il vous plaît.

— Œufs sur le plat, frits, répéta-t-elle comme on prend note d'une commande, avant de retourner dans la cuisine.

Wade abaissa son journal.

— Désolé pour la tenue de mon père, hier soir. Il était déjà bien imbibé en arrivant, et il a bu encore plus en vous attendant, toutes les deux. Non que ce soit quelqu'un de sobre, de toute façon.

— Ce n'était pas si grave que ça, affirmai-je, sentant que je n'avais pas le droit de me plaindre de quoi que ce soit dans cette maison, de toute façon. Cela ne m'a pas vraiment ennuyée.

— Non ? C'est bien ce que je pensais. Tu es une fille bien, Céleste. La vie en orphelinat t'a peut-être endurcie plus qu'Amy ne l'imagine. Je ne crois pas que tu deviendras trop délicate ou trop difficile chez nous.

— Certaines choses peuvent vous ennuyer tout autant à l'orphelinat, mais on n'a pas le droit de se plaindre, et on ne reçoit pas beaucoup de marques de compassion. Alors on apprend à cacher ses ennuis ou à les garder pour soi.

— Ce qui ne me détruit pas me rend plus fort, dit Wade.

— Pardon ?

— C'est une citation d'un philosophe, et que j'aime beaucoup.

— Je l'aime aussi, observai-je après quelques secondes de réflexion. Je tâcherai de m'en souvenir. Merci.

Wade sourit, ce qui me parut presque étrange. C'était une chose que je lui avais rarement vu faire, dans sa propre maison : sourire.

— Amy va bien ? lui demandai-je, en pensant aux gémissements que j'avais entendus.

— Amy ? Bien sûr. Je ne sais pas si elle t'a dit qu'elle se lèverait tôt chaque matin pour déjeuner avec toi, mais je serais surpris que cela lui arrive.

— Je ne veux être un fardeau pour personne, protestai-je.

L'expression de Wade s'adoucit.

— Pourquoi dis-tu cela ? Te conduire à Dickinson ne me pose aucun problème. C'est sur mon chemin et je me lève toujours très tôt, même pendant le week-end.

Je bus quelques gorgées de jus d'orange avant de répondre.

— Alors c'est parfait.

Wade se pencha et versa du café dans ma tasse.

— Alors, maintenant que mon père n'est plus là pour nous assourdir en hurlant, dis-moi. Comment s'est passé ce premier jour de classe ? As-tu rencontré des élèves sympathiques ? Les gens riches peuvent l'être aussi, quelquefois.

— Oui, j'en ai rencontré.

— Un garçon, peut-être ? s'enquit-il sur un ton plaisant.

— Un garçon, oui.

— Eh bien, j'espère que tu vas t'intégrer rapidement, qu'on t'invitera bientôt à des soirées entre amis et à ce genre de choses.

Je faillis dire que c'était déjà fait, mais j'eus l'impression que ce serait trahir Amy. Wade pourrait lui demander la raison de ces restrictions, et elle penserait que j'étais allée m'en plaindre à lui.

— J'en suis sûre, répondis-je.

Mme McAlister entra avec mes œufs et, une fois de plus, resta plantée près de moi pendant que je commençais à manger. J'aurais volontiers rajouté un peu de sel et de poivre, mais je n'osai pas le faire devant elle.

— Merci, dis-je entre deux bouchées. Ils sont juste comme je les aime.

— C'est aussi comme cela que M. Emerson les aime, commenta-t-elle, comme si c'était la référence entre toutes.

Sur quoi, après un léger signe adressé à Wade, elle retourna dans la cuisine. Immédiatement, je m'emparai de la salière, sous le regard narquois de Wade. Je n'entendis aucun grondement d'aspirateur, ni aucun autre bruit dans la maison, et je me demandai où était Mme Cukor. Cette fois encore je fus sur le point d'évoquer ma confrontation avec elle, la veille au soir. Et cette fois encore, je me dis que ce n'était pas à moi de causer le moindre trouble dans cette maison. Au lieu de quoi, je parlai longuement de Dickinson, des professeurs, de la bonne impression que certains m'avaient faite et de la qualité des équipements. Wade me posa des questions sur mon expérience du lycée public, et me parut vraiment s'intéresser à la jeunesse d'aujourd'hui.

Plus tard, dans la voiture, il me parla de sa propre jeunesse, et de son ambition secrète en ce temps-là : devenir professeur d'anglais à l'université.

— Comme toi, je lisais beaucoup, et j'ai même essayé de devenir écrivain. Ma mère m'encourageait, mais mon père trouvait qu'en envoyant mes nouvelles et mes poèmes à des magazines, je gaspillais de l'argent en frais de poste. Il avait peut-être raison, d'ailleurs ; je n'ai jamais rien publié, sauf dans le journal du lycée et le magazine littéraire. Et naturellement, papa dénigrait le corps enseignant et les professeurs eux-mêmes, à cause de leurs traitements modestes. Il se vantait de gagner plus d'argent en un mois, en tant que plombier, qu'un professeur de secondaire en six. Je pense que c'était vrai, mais tenter de le convaincre qu'il entrait d'autres considérations dans le choix d'une carrière était une perte de temps.

» Quand tu commenceras à écrire pour le journal de l'école, j'aimerais bien le voir, si ça ne t'ennuie pas.

— Bien sûr que non, bien que je n'aie aucune prétention à avoir un talent spécial.

Wade tourna la tête et une fois de plus, il me sourit.

— Mais tu es quelqu'un de spécial, Céleste. Tu n'as pas besoin de prétendre l'être. Je peux déjà le voir.

J'ignore combien de fois il m'était arrivé, dans toute ma vie, de recevoir un compliment et de rougir de plaisir, mais je sentis mes joues s'enflammer. Le sourire de Wade s'affirma, ses yeux noisette pétillèrent, plus que jamais semblables à des cailloux polis sous l'eau d'un ruisseau clair.

— Passe une bonne journée, me souhaita-t-il en me déposant devant le perron. Ah, au fait...

Il tira une carte de sa poche de poitrine et me la tendit.

— Au cas où Amy ne serait pas à l'heure, ou si jamais elle oubliait de venir te chercher, appelle ce numéro et je passerai te prendre.

— Merci, dis-je en me dirigeant vers l'entrée.

Je sentis son regard sur moi, me retournai et lui fis signe de la main. Il inclina la tête et démarra, mais son visage exprimait une telle mélancolie que j'en fus triste pour lui et restai un moment pensive.

Tous les gens que je rencontrais, depuis ma sortie de l'orphelinat, me semblaient enveloppés de mystère. Les enfants, eux, se montraient à nu, leurs craintes et leurs espoirs étaient visibles à tous, et c'était encore plus vrai pour les orphelins. Ceux qui étaient seuls, dérivant sur l'eau telles des feuilles détachées de l'arbre, incapables de se rappeler de quel arbre elles étaient tombées.

Wade et Amy avaient tous les deux une famille, un patrimoine, un sol ferme sous les pieds, sur lequel ils pouvaient grandir ; mais dans leur univers, il y avait tant de voix étouffées, contraintes de se taire. Ce désavantage nous était épargné, pensai-je avec ironie. Du jour où ils pouvaient marcher, parler, comprendre, ils vivaient sous une pression continuelle pour plaire à leurs parents. Peu importait le nombre de fois où Wade s'était opposé à son père. Je pouvais sentir à quel point, avec quelle ardeur il continuait à désirer son approbation. Sinon, pourquoi se serait-il piégé lui-même dans l'entreprise de son père ?

Et Amy ? Quelle sorte d'approbation cherchait-elle, et de qui l'attendait-elle ? En quoi le fait d'avoir une vraie famille pouvait-il être un handicap ? Fallait-il que je sois stupide pour avoir seulement pensé une chose pareille !

Et pourtant, je me souvenais si bien de la culpabilité que j'éprouvais, étant petite, quand j'avais peur de n'être pas à la hauteur des attentes de maman, comme de toute notre merveilleuse famille d'esprits. Maintenant que je me retrouvais dans ce que nous, les orphelins, appelions « le monde réel », qu'allait-il m'arriver ? Qui allais-je décevoir ?

J'entrai dans le hall et commençai ma journée. Trevor saisit toutes les occasions possibles d'être avec moi, et je m'aperçus très vite que cela déplaisait à Germaine Osterhout et la vexait. Elle me lançait des regards meurtriers, chuchotait avec ses amies, et me tournait le dos chaque fois qu'elle en avait l'occasion, surtout quand je me promenais ou bavardais avec Trevor.

— J'aimerais vraiment que tu viennes à notre petite soirée, me dit-il à table. J'en parlerai peut-être à tes cousins, et je leur promettrai de te ramener de bonne heure. Ils devraient être contents que tu te fasses des amis. C'est l'une des choses les plus difficiles qui soient, quand on arrive dans une nouvelle école. Veux-tu que j'essaie ?

Je réfléchis à sa proposition. Je mourais d'envie d'aller à cette soirée, mais je continuais à croire qu'Amy verrait là une sorte de trahison et d'ingratitude. J'avais accepté les limites qu'elle m'imposait, je n'avais pas le droit de m'en plaindre.

— Je ne crois pas que ce serait une bonne idée. Je dois être sûre qu'ils sont d'accord avec tout ce que je fais. Ils sont si généreux envers moi, Trevor, lui dis-je en espérant qu'il comprendrait.

— S'ils veulent vraiment t'aider, ils devraient te permettre de te faire des relations, bougonna-t-il, froissé de se voir opposer un refus.

Il vit mon regard indécis. Je l'aimais bien, vraiment bien, et je crois qu'il le vit aussi. Soudain, il s'illumina.

— J'ai trouvé ! s'exclama-t-il. Oublie l'anniversaire de Waverly. Au lieu de ça, c'est moi qui te rendrai visite. Qu'est-ce que tu en dis ?

— Comment ça, tu me rendras visite ?

— Tu m'inviteras pour samedi soir et je viendrai te voir au lieu d'aller chez Waverly. Qu'en penses-tu ?

— Mais je ne suis pas chez moi, dans cette maison.

— Et alors ? Tu y habites. Invite-moi.

Je sentis le trouble me gagner.

— Je ne sais pas. Je vais…

— Mais quel mal y aurait-il ? Les gens ont le droit de venir te voir, non ? Tes cousins ne t'enferment pas dans une cave ou un grenier pendant le week-end, quand même ? Ta cousine nous servira de chaperon, si elle y tient.

— Mais tu manqueras l'anniversaire de ton ami.

— Et après ? Je ne perdrai pas grand-chose. J'ai déjà été à deux fêtes d'anniversaire, chez lui. Tu ne veux pas que je vienne te voir ?

— Si, bien sûr, mais... d'accord, je demanderai, capitulai-je, ne trouvant pas d'autre réponse acceptable.

— Génial.

Un peu plus tard, entre l'atelier d'écriture et le dernier cours, Lynette Firestone me rattrapa dans le couloir, et me heurta l'épaule pour m'obliger à m'arrêter.

— Tu as eu vite fait d'accrocher le petit ami de Germaine Osterhout, marmonna-t-elle. Tout le monde en parle et la taquine avec ça.

— Personne ne m'a dit que c'était son petit ami, et il a une cervelle pour penser tout seul, je suppose.

— Un bon conseil, reprit-elle. Il vaut mieux ne pas se faire une ennemie de Germaine. Je le sais par expérience, ajouta Lynette avec dépit.

— Et moi, je peux te renvoyer la balle.

— Comment ça ? Qu'est-ce que tu veux dire ?

— De moi non plus, il vaut mieux ne pas se faire une ennemie, rétorquai-je, et je me hâtai vers la classe où avait lieu mon dernier cours.

À la fin de la journée Trevor sortit avec moi, espérant tout autant que moi qu'Amy m'attendrait, comme la veille, mais elle n'était nulle part en vue.

— Tu es sûre qu'elle vient te chercher ? s'étonna-t-il au bout de dix bonnes minutes.

La plupart des élèves étaient partis avec leur propre voiture, ou avec leurs parents qui étaient venus sans tarder. Nous étions pratiquement les seuls à attendre encore. Le parking était presque vide. Et en plus, il risquait de pleuvoir. Toute la journée le ciel avait été tantôt nuageux, tantôt entièrement couvert, avec une petite ondée de temps à autre. À présent les nuages grossissaient à l'est, menaçant de se déverser en déluge. Le vent forcissait, les arbres tremblaient et s'agitaient. On sentait que l'air était humide. Blottis dans les frondaisons, les oiseaux s'étaient tus.

Mais où pouvait bien être Amy ? Peut-être avait-elle vraiment été malade, la nuit dernière. Mais dans ce cas, pourquoi ne m'avait-elle pas prévenue qu'elle ne viendrait pas me chercher ? Une main glissée dans mon sac, je tripotais la carte que Wade m'avait remise le matin même. Quand il me l'avait tendue, pour le cas où j'aurais besoin de lui, j'avais lu dans son regard qu'il espérait mon appel. Mais je ne pouvais pas m'empêcher de penser que je le dérangerais dans son travail, et que je risquais de causer des problèmes entre Amy et lui, sinon entre Amy et moi au cas où elle serait en route. Je tendis le cou pour voir si je ne la voyais pas venir, en vain. Aucun signe d'elle et j'avais une leçon de conduite dans vingt minutes.

— Veux-tu que je te reconduise ? proposa Trevor.

— Je ne sais pas trop. Et si elle arrive après notre départ ?

— Nous la guetterons en route. Si je la vois, je klaxonnerai et elle s'arrêtera.

Je dansais d'un pied sur l'autre, les nerfs tendus comme des cordes de guitare. Les premières gouttes de pluie s'écrasèrent lourdement sur le sol. Trevor saisit mon bras et m'entraîna vers une Mercedes noire modèle sport.

— Allez, viens. Il n'y a pas longtemps que j'ai cette voiture et j'ai envie de la montrer, de toute façon. Ce serait idiot de nous faire doucher.

Ma résistance faiblit et je le laissai m'entraîner, m'ouvrir la porte et m'aider à monter. L'intérieur sentait le cuir neuf.

— C'est vraiment une belle voiture, appréciai-je quand il fut au volant.

— Oui. Papa m'en donne une pour mon usage personnel, puis il la revend comme véhicule d'occasion, m'expliqua-t-il en démarrant.

Une fois en route je regardai droit devant moi, guettant le passage d'Amy, mais sans succès. Aucune trace d'elle. Vraiment bizarre, m'étonnai-je. Où était-elle ? Comment avait-elle pu m'oublier ? Si elle avait été retardée, pourquoi n'avait-elle pas téléphoné à Dickinson pour qu'on me prévienne ?

Maintenant il était trop tard pour changer d'avis, et d'ailleurs je ne faisais rien de mal, raisonnai-je. Elle comprendrait.

— En fait, ta cousine devrait être contente que je te ramène, observa Trevor, s'empressant de créer un lien entre nous, du moins de son point de vue. Je peux même passer te prendre le matin. Ce n'est rien de faire un crochet en passant.

— C'est gentil mais ce n'est pas nécessaire, Trevor. Mon cousin passe devant Dickinson en allant à l'usine.

— Pas vraiment. Cela lui rallonge beaucoup le chemin.

— Peu importe, rétorquai-je, bien que je sois surprise d'apprendre cela. Il tient à le faire.

— D'accord. Et si tu me parlais de l'endroit où tu vivais et de ton ancien lycée ? Ce n'était pas un établissement privé, je crois ?

— Non.

— As-tu laissé quelqu'un là-bas, un amoureux transi comme dans le sonnet de Shakespeare que nous avons lu aujourd'hui ? s'enquit-il avec un sourire faussement timide.

— Non.

Il me dévisagea, le regard sceptique.

— Qu'est-ce que tu as fait ? Tu as rompu juste avant de partir, ou quelque chose dans ce goût-là ?

— Je n'ai jamais eu de petit ami, Trevor.

— Ah ! Tu avais peur de te lier, à cause de ce qui se passait entre tes parents ? Je peux comprendre ça, dit-il avant même que j'aie pu lui répondre. À Dickinson, trois élèves sur cinq ont des parents divorcés. Les miens s'entendent très bien, s'empressa-t-il d'ajouter. Je n'ai pas peur d'engager une relation sérieuse.

— Tu n'en avais pas une avec Germaine Osterhout ?

— Quoi ! C'est elle qui t'a dit ça ? Je n'ai jamais…

— Non, mais Lynette Firestone m'a dit, aujourd'hui même, de ne pas m'en faire une ennemie en lui chipant son petit ami.

Il secoua lentement la tête.

— C'est Lynette tout craché, ça. Il faut toujours qu'elle se mêle de la vie des autres parce qu'elle n'a pas de vie personnelle. Il m'est arrivé de sortir avec Germaine, mais nous sommes loin d'avoir une liaison. Elle ne te fait pas peur, au moins ? demanda-t-il avec un sourire provocant.

— Oh que non !

Le sourire de Trevor s'envola et il changea brusquement de sujet.

— Alors, quand est-ce que tu te décides à me raconter l'histoire de ta vie ?

— Dès que j'aurai fini de l'écrire.

Cette fois, il rit de bon cœur, ce qui me parut tout à fait de circonstance. J'avais raconté bien des choses sous forme de plaisanterie, dans mon journal, me rappelai-je.

Un peu plus tard, nous nous arrêtâmes devant le portail. Il pleuvait à verse. Les essuie-glaces n'arrivaient plus à évacuer l'eau.

— Je parie qu'on ne m'entendra pas klaxonner, dit Trevor en remontant son blouson au-dessus de sa tête.

— Mais tu vas te faire tremper !

— Que ne ferais-je pour une belle damoiselle, répliqua-t-il, imitant l'un des poèmes étudiés en classe d'anglais.

Il descendit et courut à l'interphone. La pluie tombait à torrents. Son blouson de cuir s'imbibait d'eau. La personne chargée de répondre à l'interphone prenait vraiment tout son temps ! m'indignai-je. Ce ne pouvait être que Mme Cukor ou Mme McAlister, à moins qu'Amy ne soit à la maison. Mais dans ce cas, pourquoi n'avait-elle pas téléphoné au lycée ?

Trevor se retourna et haussa les épaules. Il dégoulinait, à présent. Blouson, pantalon et chaussures haut de gamme, tout regorgeait d'eau.

— Reviens dans la voiture, vociférai-je.

Et subitement, les grilles s'ouvrirent. Trevor revint en courant, jeta son blouson sur le siège arrière et nous nous engageâmes dans la grande allée.

— Tu es complètement trempé, me désolai-je.

— Je sais. Si je meurs... mieux vaut avoir aimé en vain que de n'avoir jamais aimé.

— Quel idiot tu fais ! lui lançai-je en riant.

J'avais dix minutes de retard, et la voiture auto-école n'était pas là.

— Contourne la maison, dis-je à Trevor. Il y a une entrée latérale juste à côté du garage.

— Ah, je vois. Une entrée de service, c'est ça ?

Quelques secondes plus tard, il s'y arrêta.

— Je suis désolée que tu sois mouillé comme ça, Trevor. Veux-tu entrer te sécher ?

Je sentis qu'il fallait le lui proposer. C'était la moindre des choses, après ce qu'il venait de faire pour moi.

— Bien sûr, acquiesça-t-il.

— D'accord. Suis-moi.

Je respirai à fond, ouvris ma portière et bondis vers la porte de service, Trevor sur mes talons. Nous nous engouffrâmes dans la maison en riant.

— Non mais quel déluge ! s'égaya Trevor.

Mme McAlister apparut à la porte de la cuisine.

— Bonjour, madame McAlister, la saluai-je. Voici Trevor Foley. Il m'a ramenée en voiture parce qu'Amy n'est pas venue me chercher. Savez-vous où elle est, ou s'il lui est arrivé quelque chose ?

— Aucune idée, répliqua-t-elle.

— Et mon moniteur d'auto-école ?

— Il a téléphoné pour prévenir qu'il ne viendrait pas. Il a dit que vous étiez trop novice pour conduire par un temps pareil. En tant que cuisinière, je suis chargée de prendre les messages sur le poste d'en bas. En général, les gens appellent directement Mme Emerson sur sa ligne personnelle, et laissent leurs messages sur son répondeur.

— Désolée, madame McAlister. J'ignorais... je veux dire... je n'ai pas de répondeur ni...

— Vous feriez mieux de ne pas continuer à inonder le carrelage de Mme Cukor. Elle vous jettera un mauvais sort, prédit-elle en rentrant dans sa cuisine.

Trevor ouvrait des yeux ronds.

— Qu'est-ce que c'est que cette histoire ? Qui est Mme Cukor ?

— Espérons que tu n'auras pas l'occasion de le savoir, marmonnai-je. Enlève tes chaussures et tes chaussettes, et sèche tes vêtements. Je sais me servir d'un séchoir, et cette pluie était glacée. La buanderie est au bout du couloir.

— Brrr, fit Trevor en exagérant son tremblement.

Mais il avait vraiment l'air mal à l'aise, et son pantalon ruisselant lui collait aux jambes. Il ôta chaussures et chaussettes et me suivit le long du couloir. Je pris soin de lui montrer d'abord la salle de bains, dont le confort ne laissait rien à désirer.

— Quelle maison ! s'écria-t-il en regardant de tous les côtés à la fois. Et moi qui trouvais que la nôtre était déjà pas mal.

— Rentre là-dedans et déshabille-toi, ordonnai-je en indiquant la salle de bains. Je vais t'apporter un peignoir pour attendre que tes habits soient secs.

Je grimpai quatre à quatre à l'étage, traversai ma chambre en trombe, happai mon moelleux peignoir éponge et redescendis aussi vite que j'étais montée. Je frappai à la porte de la salle de bains et tendis le peignoir à Trevor dès qu'il m'ouvrit, uniquement vêtu d'un caleçon court et tout souriant.

Il me tendit ses vêtements mouillés, l'air amusé par l'expression de mon visage, et saisit le peignoir.

— Ça sent très bon, observa-t-il en l'enfilant.

Je me hâtai de m'éclipser.

— Je serai dans la buanderie, lui lançai-je par-dessus l'épaule.

Quand j'eus mis ses habits dans le séchoir, je rassemblai mes livres de classe et sortis. Je le trouvai dans le hall, pieds nus devant la porte ouverte du bureau de Wade, en train de contempler le portrait de sa mère. C'est à ce moment-là que Mme Cukor se montra enfin, sortant de la salle à manger dont elle venait d'astiquer les meubles. À la vue de Trevor elle se figea tout net.

— Trevor, l'appelai-je du pied de l'escalier. Je suis désolée, j'ai oublié de t'apporter des pantoufles. Viens avec moi jusqu'à ce que tes vêtements soient secs.

Il se tourna vers Mme Cukor, dont les yeux étincelants de colère auraient fait fuir tout autre que lui, et me rejoignit en bas des marches.

— Qui est-ce ? me demanda-t-il en chuchotant. Elle m'a fusillé du regard, j'ai cru sentir ses yeux me brûler.

— C'est la gouvernante. Elle est un peu bizarre, expliquai-je en le guidant jusqu'à ma chambre.

— Wouaoh ! s'exclama-t-il quand j'ouvris la porte devant lui. Vraiment pas mal. Ton lit me plaît bien.

Je posai mes livres sur le bureau et me débarrassai de mes chaussures. Mes cheveux étaient un peu humides, mais j'étais loin d'être trempée comme l'avait été Trevor, en attendant sous l'averse à côté de l'interphone. Il parcourut ma chambre, examinant tout en détail, puis s'affala sur mon lit, étendit les bras et se laissa tomber en arrière.

— Très confortable, déclara-t-il.

En le regardant, je m'avisai que je ne m'étais jamais trouvée seule dans une pièce avec un garçon, sinon une seconde ou deux dans une classe, au lycée municipal.

— Qu'est-ce qui ne va pas ? s'enquit Trevor en se redressant. Tu as l'air absolument terrifiée.

— Je ne suis pas terrifiée, ripostai-je, reprenant déjà mon calme. Je suis juste...

— Nerveuse ?

— Non.

— Embarrassée ? suggéra-t-il en se levant. Ne me dis pas qu'une jolie fille comme toi ne s'est jamais trouvée dans une chambre avec un garçon à moitié nu ?

— C'est pourtant vrai, avouai-je.

Il s'approcha de moi, le sourire moqueur.

— Pourquoi toutes les filles tiennent-elles tant à faire croire aux garçons qu'elles sont pures et sans tache, demanda-t-il, le visage tout près du mien. Est-ce parce qu'il y en a si peu qui le soient ?

Quand il posa la main droite sur ma taille, je ne reculai pas. J'avais l'impression d'être sous un charme, prise comme une biche dans la lumière des phares. Capturée par les yeux de Trevor, ses lèvres provocantes, son merveilleux sourire et la promesse des plaisirs qu'il annonçait.

De la main gauche il dénoua la ceinture du peignoir, se plaqua contre moi et m'embrassa, très doucement, d'abord. Puis plus âprement, pressant son sexe durci contre ma jambe afin que je sente le désir monter en lui, me gagner moi-même, et me traverser comme un courant électrique. J'en avais le vertige.

— Tu es délicieuse, souffla-t-il.

Et il s'apprêtait à m'embrasser encore quand nous entendîmes la porte s'ouvrir avec fracas. Nous nous retournâmes d'un même mouvement, pour voir Amy s'encadrer dans l'embrasure. Ses cheveux ruisselaient, elle haletait au point que ses épaules se soulevaient et retombaient. De toute évidence, elle était montée en courant. Son visage reflétait l'indignation et la surprise, ses yeux s'écarquillaient, et elle restait bouche bée de stupéfaction. On aurait dit qu'elle était sur le point de hurler.

Elle porta la main droite à son cœur, comme pour l'empêcher de s'emballer, puis elle s'appuya au chambranle comme si elle allait s'évanouir. Trevor s'écarta de moi et se hâta de renouer sa ceinture.

— Que… qu'est-ce qui se passe ici ? parvint à proférer Amy, entre deux halètements.

— Trevor m'a ramenée, dis-je précipitamment. Nous avons attendu et attendu, puis il a proposé de me reconduire à la maison. Mais il s'est fait tremper à la grille, en attendant que quelqu'un veuille bien venir répondre à l'interphone. Alors nous avons mis ses vêtements dans le séchoir et…

Je m'arrêtai net. Amy s'avançait comme si elle allait foncer sur nous. Trevor était si gêné de se trouver là, dans mon peignoir de bain, qu'il se détourna et baissa les yeux.

— Je n'avais qu'un quart d'heure de retard, Céleste. J'aurais prévenu l'école si je n'avais pas pu venir te chercher. J'étais folle d'inquiétude, et je me suis fait mouiller aussi en courant de la voiture au perron pour savoir où tu étais. Mme Brentwood était fâchée que personne ne lui ait demandé de m'appeler. J'ai un portable, tu sais. On pouvait me joindre. Elle a les numéros où m'appeler en cas d'urgence.

— Nous ne savions pas quoi faire, tentai-je de me justifier. Je ne voulais causer aucun problème. Je suis désolée.

Amy reprenait peu à peu son calme.

— On dirait que Trevor était volontaire pour faire un peu plus que te raccompagner, dit-elle d'une voix cassante.

Ce fut comme si elle le criblait de flèches, sauf que certaines m'atteignirent aussi. Je souffrais autant que lui.

— J'aimerais que vous descendiez sur-le-champ, jeune homme, et nous demanderons à Mme Cukor d'aller vous chercher vos vêtements. Je suis certaine qu'ils sont assez secs.

— Oui, madame, acquiesça docilement Trevor. Je n'avais pas l'intention de causer des problèmes. Je voulais juste…

— Non. Les hommes ne veulent jamais causer de problèmes, persifla Amy, mais ils en causent. Oh oui, ils en causent.

Trevor me jeta un regard perplexe. Je croyais presque entendre ce qu'il pensait. *Elle est réelle ou je rêve ?*

— Comme vous voudrez, madame, dit poliment Trevor en marchant vers la porte.

Amy s'écarta pour le laisser passer.

— Dépêchez-vous, Mme Cukor vous attend, ordonna-t-elle d'une voix brève.

Trevor se retourna vers moi.

— Désolée, Trevor, m'excusai-je. Merci beaucoup.

— Je t'en prie, dit-il avec gentillesse. Il n'y a vraiment pas de quoi.

Et sur ce, il passa la porte. Amy se recula comme si elle craignait qu'il la touche, me regarda et secoua la tête d'un air navré.

— Tu m'as vraiment déçue, Céleste. Vraiment déçue.

Elle sortit à son tour et referma la porte, me laissant plongée dans un abîme de confusion, de perplexité, de frustration et de colère. J'en tremblais. Je me sentais tiraillée dans toutes les directions, morcelée, mise en pièces comme une poupée d'argile.

J'allais bientôt apprendre comment on en recollerait les morceaux.

ONZE

Désirs et réalités

Je me changeai, et j'allais descendre rejoindre Amy pour tenter de dédramatiser l'incident, lorsqu'elle entra dans ma chambre. Son attitude n'était plus du tout la même. Elle arborait un sourire détendu, qui rappelait l'Amy de notre première entrevue.

— Je suis désolée pour tout ça, commença-t-elle sur un ton d'excuse.

Elle portait un grand sac de courses qu'elle posa sur mon lit. Je reconnus le logo de la boutique Oh-La-La.

— Regarde ce que je t'ai acheté aujourd'hui, dit-elle en dépliant un jean. Il est à taille basse. Tu n'en as pas, et je t'ai pris ce chemisier à fleurs pour aller avec, ajouta-t-elle en plaquant le chemisier sur sa poitrine. Ces manches courtes froncées vont parfaitement avec un jean. Et j'ai pensé que tu adorerais ça.

Elle tira du sac une longue et lourde chaîne, dont les maillons unissaient des fleurs découpées ornées de pierres semi-précieuses.

— Toutes les filles de ton âge portent ce genre de ceinture, en ce moment.

— Merci, Amy. J'ai vu des filles avec des jeans de la même coupe, à Dickinson.

Elle repoussa le tout sur le côté, s'assit sur mon lit et croisa les mains sur ses genoux.

— Je n'avais pas l'intention de me mettre en colère, tout à l'heure, commença-t-elle. Mais j'ai reçu un tel choc en voyant ce garçon dans ton peignoir de bain ! Et d'après ce que j'ai pu voir, il allait vite en besogne, avec toi. Regarde comme il s'est bien débrouillé pour se retrouver en peignoir dans ta chambre. Astucieux, non ?

— Il n'en avait pas l'intention. J'ai cru qu'il allait s'enrhumer s'il gardait ses vêtements trempés. C'est moi qui ai suggéré qu'on les mette au séchoir. Et je n'ai pas trouvé de meilleure idée que de lui donner mon peignoir, en attendant qu'ils soient secs. Je n'aurais jamais osé lui prêter l'un de ceux de Wade. La pluie était très froide, et il était littéralement transpercé.

— Oui, bien sûr. Tu as fait ce qu'il fallait faire et je n'aurais pas dû me fâcher contre toi. Je sais que tes intentions étaient bonnes et pures, mais je me fais du souci pour toi, Céleste. Je sais qu'en ce qui concerne les garçons, ton expérience est strictement nulle.

— Comment peux-tu le savoir ? protestai-je, légèrement vexée même si c'était vrai.

— Oh, j'en connais long sur l'expérience des filles. Crois-moi, ce n'est pas difficile de distinguer celles qui sont sérieuses des autres, de nos jours.

Étais-je donc si transparente ? Était-ce mon inexpérience que Trevor voyait, lui aussi ?

— Mais là n'est pas la question, dit Amy. La vraie question, c'est que j'ai assumé une grosse responsabilité, et que je ne tiens pas à tout gâcher. J'aurais dû savoir que les garçons chercheraient à forcer ta porte, et surtout un Trevor Foley.

— Il est très courtois et très gentil, Amy.

— Ça ne prouve rien. Est-ce qu'un tueur en série se promènerait avec une barbe de deux jours et des vêtements sales, en brandissant un poignard ou une arme à feu ? Non. Il aurait l'air aussi correct que ton voisin, se montrerait aimable et poli ; et il s'arrangerait pour t'attirer dans sa chambre, ou être seul avec toi dans la tienne, ou te faire tomber dans je ne sais quel traquenard.

— Alors comment peut-on distinguer les bons des mauvais ?

— C'est ça l'astuce, répondit Amy en souriant. C'est un savoir qui s'acquiert par expérience, et c'est pourquoi je veux que tu prennes ton temps pour ce genre de choses, Céleste. Tout le temps qu'il faudra. Je n'essaie pas de t'empêcher de t'amuser, loin de là. Regarde, dit-elle en pointant le menton vers les vêtements neufs. Je t'ai acheté les dernières nouveautés, uniquement pour que tu ne te sentes pas différente des autres. Est-ce que je ferais ça si je ne voulais pas que tu sois contente et que tu t'amuses ? Eh bien ?

— Non, en effet. Ce serait comme faire de la publicité pour quelque chose, et ensuite ne pas vouloir le vendre. À quoi bon la publicité, dans ce cas-là ?

— Ah mais non, protesta-t-elle. Pas du tout. Ce que je veux, c'est que tu aies la meilleure préparation, le meilleur entraînement, afin de ne pas te laisser piéger dans des situations dont tu ne pourrais pas te libérer avec élégance. Et surtout, Céleste, pour que tu ne tombes pas dans les pièges des hommes, et ne te retrouves pas dans la même situation que tant de jeunes filles d'aujourd'hui. Obligée de t'enfuir de chez toi pour pratiquer un avortement.

» C'est vrai, insista-t-elle en voyant le regard que je levais sur elle. Tu serais choquée si tu savais combien de filles, dans ce lycée, se sont déjà mises dans des situations fâcheuses. Ce genre de nouvelles se répand vite, surtout dans cette communauté de petites coureuses, aussi cancanières qu'envieuses.

Amy se leva et se mit à faire les cent pas devant moi.

— Ne crois pas que ces choses-là me dépassent, commença-t-elle. J'ai eu ton âge, moi aussi, et il n'y a pas si longtemps que ça. Et comme je l'ai dit devant cette religieuse à l'orphelinat, je veux te faire profiter de mon expérience, et faire ton éducation dans ce domaine. Éducation que tu n'avais aucune chance de recevoir dans un endroit pareil, bien sûr. Une Mère Higgins pourrait-elle t'expliquer comment un homme vous embrasse, vous touche, vous fait mille promesses pendant que sa main explore votre corps ?

Je voulus parler, mais de toute évidence Amy avait préparé son discours et tenait à ce que je l'entende sur-le-champ.

— Je sais que tu te crois très intelligente, trop fine pour te laisser berner par un garçon, mais crois-moi : ce n'est pas à ton cerveau qu'ils en ont. Et malheureusement, tu ne peux pas faire confiance à ton corps. Tu ne le sais pas encore, mais tu es sans doute ta pire ennemie.

— Quoi ? Pourquoi me dis-tu ça ?

— Tu ne peux pas te fier à toi-même, croire que tu feras toujours tout pour le mieux. Certains endroits de notre corps, comment les appelle-t-on déjà ? des zones érogènes, je crois. Dès qu'on les touche ou les embrasse, ces endroits-là ouvrent les portes de notre trésor le plus précieux, les garçons ne le savent que trop bien. Et si tu ne refrènes pas leur ardeur, si tu ne les empêches pas d'aller trop loin avec toi, tu te rends compte subitement qu'il est trop tard. Tu n'es déjà plus capable de fermer les portes. En fait...

Amy se pencha vers moi et sa voix s'assourdit.

— ... tu te découvres aussi impatiente, aussi désireuse qu'eux-mêmes de faire ce qu'ils veulent.

Ses yeux s'étaient agrandis et brillaient d'un éclat nouveau. Elle battit des cils et s'éloigna de moi.

— Bien sûr, cela paraît merveilleux sur le moment. Ou du moins, c'est ce que prétendent les hommes et les femmes qui ne refrènent pas leurs instincts. Mais ce n'est pas aussi merveilleux à chaque fois, loin de là ! s'écria-t-elle. À la façon dont les hommes en parlent, peu importe la femme avec qui ils se trouvent. Ils vont même jusqu'à dire des choses dégoûtantes, par exemple que... que dans l'obscurité toutes les femmes se valent, acheva péniblement Amy.

Je crus qu'elle n'irait pas plus loin, et pourtant elle se reprit très vite.

Mais pour toi la pire chose de toutes, sans doute, serait que tu aies des rapports avec un homme que tu n'aimes pas. Tu serais si affreusement déçue que tu pourrais ne plus jamais aimer l'amour... tu pourrais même devenir frigide, dit-elle en détournant la tête, le regard dans le vague.

Quelques secondes passèrent ainsi, puis elle se retourna vers moi.

— Alors tu vois, poursuivit-elle, je me fais vraiment du souci pour toi. Je te consacre toute mon énergie, ces temps-ci, et je le fais de bon cœur.

— Je sais, Amy, et je l'apprécie.

— Bien, dit-elle en revenant s'asseoir près de moi et en prenant ma main. C'est bien, mais il n'empêche que je suis réaliste. Je sais que, quoi que je dise, malgré les conseils que je te donne, malgré ce que tu comprends et que tu promets, n'importe quoi peut arriver.

» Je me demande comment on peut atteindre l'âge adulte, ou presque, sans rien connaître de ces choses-là. Rien d'étonnant si les filles comme toi finissent toujours par avoir des problèmes. Pour commencer, je veux que tu prennes la pilule. J'en parlerai à mon médecin à la première occasion.

— Moi, prendre la pilule ?

— Je suis sûre que les religieuses ne t'en ont jamais parlé, mais c'est une chose que tu dois faire. Comme je te l'ai dit, tu dois te protéger contre toi-même. Pour toi, d'abord, et aussi pour m'aider à me sentir plus rassurée à ton sujet.

Je ne savais pas si je devais rire ou pleurer, et Amy s'en rendit compte.

— Ne t'imagine pas que tu vaux mieux qu'une autre, Céleste. Même si tu as reçu une éducation stricte à l'orphelinat. Je n'ignore rien des influences psychiques auxquelles tu as été exposée, ni des dons surnaturels dont tu es censée avoir hérité, mais tu es faite comme toutes les filles de ton âge. Et, je te le répète, il y a certains feux que les hommes, ou les garçons de ton âge, sont très habiles à allumer. Pense à la pilule comme à une soupape de sécurité, conclut Amy.

Elle avait l'air tout près d'éclater en sanglots si je refusais ses conseils.

— D'accord, Amy, je prendrai la pilule. Ne serait-ce que par précaution, comme tu dis.

— Merci. Merci. Je m'occuperai de ça. Et maintenant, dis-moi… Comment Trevor Foley s'y est-il pris pour t'amener à le faire monter dans ta chambre aussi vite ? Tu n'es dans ce lycée que depuis deux jours. Ou bien tu es un peu trop précoce, ou ce Trevor est un vrai magicien.

Elle se renversa en arrière et prit appui sur ses mains, s'attendant apparemment à une histoire croustillante. Elle dut être déçue.

— Il n'a rien dit pour m'inciter à le faire, Amy. C'est moi qui ai pensé qu'il se sentirait gêné s'il restait en bas dans cette tenue.

— Non. C'est lui qui s'est arrangé pour te le faire croire. Il t'a mis cette idée en tête, même si tu ne t'en es pas rendu compte. Il a sans doute tout programmé dès l'instant où il t'a proposé de te raccompagner. Ou même plus tôt, peut-être bien.

— Je ne pense pas, insistai-je. Il voulait simplement se montrer courtois et me rendre service. Il pleuvait à verse, tu n'étais pas là et j'attendais. Nous pensions que si tu étais en route, nous pourrions te voir et nous arrêter.

Amy se mordit la lèvre.

— C'est ma faute. J'étais tellement absorbée par ce que je faisais que je n'ai pas vu le temps passer. Cela ne se produira plus. Je ne peux pas te laisser sortir seule, et si vulnérable, dans cette... cette jungle.

À l'entendre, j'étais complètement sans défense. Je n'aimai pas du tout l'idée qu'elle se faisait de moi, mais je ne protestai pas.

— Et ta leçon de conduite, dans tout ça ?

— Le moniteur l'a annulée à cause du mauvais temps. Il a dit que j'étais trop novice pour conduire sous un pareil déluge. Celui qui a transpercé Trevor quand il est descendu pour aller à l'interphone, soulignai-je.

— D'accord, d'accord, n'en parlons plus, dit Amy en se redressant. Au fait... j'ai une nouvelle surprise. Je t'ai trouvé un professeur de piano, M. LaRuffa. Il viendra le samedi à sept heures et demie.

— Du matin ?

— Mais non, voyons, du soir. J'aimerais assister à tes leçons et il est d'accord pour l'horaire. Tu n'as rien d'autre à faire, j'imagine ? ajouta-t-elle en m'observant avec une attention aiguë.

C'était moins une question qu'un ordre.

Je pensai à Trevor, à son espoir d'être invité chez moi, par moi. Avec ce qu'il s'était déjà passé, et maintenant avec ça, c'était définitivement hors de question.

— Tu n'as pas l'air vraiment ravie, fit observer Amy. Pourtant, quand je t'ai parlé de ces leçons, tu paraissais très emballée.

— Mais je suis ravie. Vraiment. Il y a longtemps que je désire apprendre le piano. Ma mère en jouait pour nous, et elle jouait très bien.

— Ah bon ? Tu t'en souviens si nettement que ça ?

— Oui. Et même des mélodies. Elle jouait chaque soir après le dîner. Nous aimions beaucoup l'écouter, mon frère et moi.

— Ton frère ?

— Je veux dire... ma sœur.

Amy parut soulagée. Pourquoi était-il si important pour elle de me corriger sans arrêt ?

Elle prit une longue inspiration et me sourit.

— Parfait, maintenant écoute-moi. Ne parlons pas de l'incident Trevor Foley à Wade. Il n'a pas besoin d'être au courant. Cela ne ferait que l'inquiéter, et il deviendrait une vraie mère poule. Les secrets, tu te souviens ? Ce sont les secrets qui soudent les véritables amitiés.

— Mme Cukor et Mme McAlister l'ont vu, lui rappelai-je.

— Ce n'est pas grave. Elles ne diront rien. On ne fait pas long feu dans cette maison si on ne sait pas tenir sa langue, elles l'ont bien compris.

Amy me tapota le genou et se leva.

— Je te laisse travailler, je sais à quel point tu prends tes études au sérieux. Nous dînons en ville, vendredi, note ça sur ton agenda. Wade ne viendra pas. Il est obligé d'assister à un de ces stupides salons de la plomberie, tuyauterie ou je ne sais quoi. Que des hommes adultes puissent s'asseoir autour d'une table pour discuter d'équipements sanitaires et d'outillage, ça me dépasse. Mais les hommes ne sont pas de la même espèce que nous, n'est-ce pas ? Bon, cette fois je m'en vais.

Elle alla jusqu'à la porte et, une fois là, se retourna.

— Je reconnais que Trevor Foley est beau garçon et qu'il vient d'une excellente famille. Mais il est dominé par ses hormones, c'est l'âge. Pour les femmes comme nous, belles et différentes des autres, ils sont comme des taureaux qui voient rouge. Il faut beaucoup d'aisance et d'adresse pour éviter leurs coups de cornes, si tu vois ce que je veux dire. Je m'occuperai de ces pilules. Olé ! cria-t-elle, en se cambrant comme un matador qui s'efface devant le taureau.

Puis elle sortit, me laissant plus perplexe que jamais.

Je revis Trevor debout devant moi, juste après m'avoir embrassée, et dans le secret de mon cœur je souhaitai avoir besoin de cette pilule. Cette seule pensée me mit le feu aux joues. Mais malgré les avertissements d'Amy et les horreurs qu'elle avait décrites, je pris plaisir à entretenir ce fantasme. Il me fut impossible de m'en empêcher. Sur une chose, au moins, il se pouvait qu'elle eût raison. Comme toutes les filles de mon âge, j'étais peut-être ma propre ennemie. Ma pire ennemie.

Fidèle à sa promesse, Amy ne parla pas de l'incident à Wade. À table, quand il lui demanda si elle était allée me chercher, elle s'arrangea pour noyer le poisson. Elle se lança dans une interminable description de ses difficultés à rouler sous la pluie torrentielle, et prétendit avoir décommandé ma leçon de conduite. Wade l'écouta sans broncher, l'air absent. Mais quand il leva les yeux sur moi, je fus incapable de soutenir son regard. Il savait qu'elle mentait mais il la laissa dire.

Une fois de plus, leur attitude me fit réfléchir. Quand deux personnes apprennent à accepter leurs mensonges réciproques, cela les rapproche-t-il ou les éloigne-t-il l'un de l'autre ? Accepter les faiblesses de son conjoint est une chose, mais tolérer de se tromper mutuellement en est une autre. À l'orphelinat, nous étions indulgents pour les mensonges des unes et des autres. Ils étaient l'expression de nos désirs, nous le savions. Les filles s'inventaient un passé, ou une raison expliquant leur solitude. Ces raisons-là ne trompaient personne – pas moi, en tout cas –, mais nous ne les contestions jamais. Ces fantasmes n'étaient-ils pas l'écran que nous dressions entre nous et la cruelle réalité ? S'y accrocher n'était sûrement pas un grand mal. J'étais certaine qu'en mentant, Amy croyait agir pour notre bien à tous.

De son côté, Wade ne semblait pas ressentir le besoin de s'appuyer sur des mensonges. Il ne se faisait pas d'illusions, ne cherchait pas d'excuses pour lui-même, ni pour Amy, et encore moins pour son père. Certains acceptent les côtés sombres de la vie, et ne cherchent pas à les nier. Cela les rend-il incapables d'être heureux ? Peut-être. Mais Wade semblait avoir renoncé depuis longtemps à l'espoir du bonheur, du moins au sens où l'entendait Amy.

Qu'est-ce qui pourrait le rendre heureux, me demandai-je. Amy s'en souciait-elle ? Désirait-il l'enfant que tous deux prétendaient avoir toujours voulu, et qu'Amy se disait peu pressée de mettre au monde ? Savait-il cela, seulement ?

L'idée me traversa que je pourrais être, pour elle, un moyen de repousser sa maternité. Qu'elle se servait de moi dans ce but, et pourrait continuer à le faire. J'espérais me tromper. S'il en était ainsi, Wade finirait forcément par me mépriser.

Il me trouva seule dans le hall, juste au moment où j'allais monter dans ma chambre pour terminer mes devoirs.

— Sincèrement, comment es-tu rentrée à la maison ce soir ? s'enquit-il avec un petit sourire sagace.

Un court instant, je fus sur le point de confirmer la version d'Amy. Mais je compris vite qu'il n'en croirait rien, et qu'il ne me laisserait pas partir sans savoir la vérité.

— Un garçon m'a raccompagnée, dis-je précipitamment.

Il eut un petit rire sans joie.

— Très bien, nous garderons cette révélation secrète, d'accord ?

Sans autre commentaire, il se dirigea vers son bureau.

Maintenant ils font la même chose tous les deux, me dis-je en montant les marches. Ils se servent du secret pour m'attacher à eux.

Je n'étais pas dans ma chambre depuis vingt minutes que le téléphone sonna. Je bondis pour décrocher au premier appel. Je savais qui appelait.

— As-tu eu beaucoup d'ennuis à cause de tout ça ? questionna Trevor dès que j'eus dit « allo ».

— Non, rien de grave.

— J'ai été idiot. J'aurais dû réfléchir avant à ce qui allait m'arriver. Tu vois ce que tu m'as fait ?

— Quoi donc ?

— Tu m'as jeté un sort et m'as fait agir stupidement. Si quelqu'un d'autre m'avait vu dans ton peignoir, ou apprenait ce qui...

— Je doute que ma cousine souffle mot de cette histoire à qui que ce soit. Tu peux être tranquille.

— J'imagine qu'il n'est plus question de m'inviter samedi ?

— Ma cousine a programmé une leçon de piano pour moi, samedi soir.

— Samedi soir ? Quelle idée ! Qui prendrait une leçon de piano le samedi soir ?

— Moi, apparemment.

— Hé, je te préviens, s'égaya-t-il, et tu peux prévenir ta cousine. Je n'ai pas l'intention de renoncer. Personne n'a jamais si bien séché mes vêtements.

J'étouffai un petit rire.

— Laisse les choses se calmer, Trevor.

— Les choses, peut-être, moi pas. À demain, Céleste.

— À demain.

Je souriais encore après avoir raccroché. Étais-je en train de tomber amoureuse, si vite, trop vite ? Amy avait-elle raison en parlant de mon inexpérience, de ma vulnérabilité ?

Il n'y avait pas si longtemps, lorsque quelque chose me troublait ou m'effrayait, je pouvais ressusciter Lionel et avoir près de moi quelqu'un qui m'aimait, qui m'aidait. Le Dr Sackett m'avait amenée à croire qu'il était simplement une autre part de moi-même, née de mon insécurité et de ma peur. C'était sans doute vrai, mais au moins je ne me sentais pas aussi seule que maintenant, m'avouai-je.

Quelle sotte tu es ! m'admonestai-je. Fais donc face à tes problèmes, comme n'importe quelle personne mature et responsable.

Refusant d'écouter toute autre voix que la mienne, je me remis au travail. Je lus jusqu'à ce que la fatigue m'oblige à me coucher. J'étais déjà au lit quand un coup léger fut frappé à ma porte. J'avais à peine crié « entrez », qu'elle s'ouvrit à demi et j'aperçus Amy sur le seuil, en chemise de nuit. Elle fit quelques pas dans la chambre.

— Je venais juste voir comment tu allais, Céleste.

— Je vais bien, merci.

— Tant mieux. Tu t'en es très bien tirée ce soir, à table. Nous allons devenir de grandes amies, tu verras. Fais de beaux rêves. Une fois que tu prendras la pilule, tu auras de moins en moins de cauchemars, acheva-t-elle.

Puis elle sortit et referma la porte sans bruit.

Était-ce donc cela qu'elle faisait ? me demandai-je. Prendre la pilule, sans doute à l'insu de Wade. Lui avait-elle promis d'arrêter, et manquait-elle à sa promesse ? Leur intimité prenait tout à coup un grand intérêt à mes yeux. Comme une petite fille incapable d'imaginer que ses parents aient des rapports physiques, j'avais du mal à me les représenter dans les bras l'un de l'autre, s'étreignant avec passion.

Je voyais très bien Wade au lit avec sa chemise et sa cravate, et cette seule idée me fit glousser de rire.

Mon regard dériva vers le coin le plus éloigné de la pièce, rempli d'ombre, une ombre qui semblait peu à peu prendre la forme de Lionel. Je désirais tellement avoir un compagnon ! Si je l'appelais, il viendrait sûrement, et alors... alors tout pourrait recommencer.

Soudain mes yeux se fermèrent, si brusquement que je crus entendre le battement sec de mes paupières. Je sombrai dans le sommeil.

Malgré tous les obstacles qui se dressaient entre nous, Trevor tint parole : le lendemain, il saisit toutes les occasions d'être avec moi. À la cafétéria, nous nous retrouvâmes seuls à la même table. Et à deux reprises il s'arrangea pour trouver un endroit sûr où m'embrasser. La première fois, il me poussa dans le laboratoire vide ; et la seconde, il s'arrêta dans le couloir, laissa tous les autres nous dépasser et m'attira derrière la porte de la classe d'anglais. J'avais très peur qu'on nous surprenne, bien sûr. Mais cette peur semblait me rendre ses baisers plus doux encore et me faisait battre le cœur.

Jusqu'à la fin de la semaine, Amy n'eut plus une seconde de retard pour venir me chercher. Elle m'emmenait immédiatement, pour que j'arrive à l'heure à ma leçon de conduite. Le vendredi, elle entra même dans le hall, ce qui empêcha Trevor de m'accompagner jusqu'au perron. Et comme d'habitude, elle me bombarda de questions sur lui.

— Est-ce qu'il te court toujours après ? Il saute sur toutes les occasions de te coincer, je parie ?

— On dirait que tu parles d'une partie de chasse, Amy.

— Et c'est exactement de ça qu'il s'agit, à votre âge. Tu es un morceau de choix pour les hommes, insista-t-elle. Et que crois-tu qu'il se passera, quand il aura eu ce qu'il voulait de toi ? Il te laissera tomber comme on jette un fruit pourri, car c'est ce que tu seras pour lui.

— Et pourquoi ?

Se pouvait-il qu'elle ait raison ? Était-elle aussi savante qu'elle l'affirmait sur les relations entre hommes et femmes ? Elle reprit avec emportement :

— Pourquoi ? Parce qu'il ne verra plus aucun mystère en toi. C'est cela qui les intrigue. Ils espèrent toujours trouver quelque chose de différent chez telle ou telle fille, quelque chose qui leur procurera un orgasme inoubliable.

» C'est vrai, poursuivit-elle en rougissant légèrement. C'est cela que les hommes recherchent sans arrêt. L'orgasme fabuleux, mythique, merveilleux, parce qu'il leur manque une chose que nous avons.

— Quelle chose ?

— La capacité d'avoir plusieurs orgasmes successifs au cours d'un rapport, expliqua-t-elle, sur le ton qu'aurait eu un professeur de sciences naturelles faisant son cours. On ne t'a donc jamais parlé de ces choses-là ? Je n'arrive pas à croire qu'on ne t'ait pas donné au moins... quelques notions ?

— Quelques notions, en effet. Sans plus.

C'était une chose d'étudier la reproduction en classe de biologie, et une autre de découvrir ce qui pouvait vous arriver à vous-même.

— Eh bien, maintenant tu en sais davantage, et tu comprends pourquoi je me fais tant de souci, n'est-ce pas ?

— Oui, Amy, acquiesçai-je, mais sans l'enthousiasme qu'elle attendait de moi.

Je lisais sa déception sur son visage, mais je n'avais jamais senti chez Trevor ce genre de motivation, et je m'étais toujours fiée à mon instinct. Il ne m'avait jamais trompée quand j'étais plus jeune, et confrontée à toutes sortes de menaces à l'orphelinat. Bien sûr, je redoutais que ma thérapie m'ait fait perdre une grande partie de ces facultés. Le temps où j'étais Bébé Céleste, et gratifiée de tant de dons, était bien loin. Peut-être étais-je aussi vulnérable que n'importe qui d'autre, après tout.

— Un jour tu me remercieras, prédit Amy.

Mais j'eus l'impression que c'était elle qu'elle cherchait à convaincre, bien plus que moi.

Ce vendredi-là, elle voulut que nous mettions ce qu'elle appelait nos « tenues de combat », et elle m'emmena dîner au restaurant, à environ cinquante kilomètres de la ville. Wade n'aimait pas faire un tel trajet simplement pour aller dîner, m'expliqua-t-elle.

— Pour lui, c'est juste un repas. Pour moi, c'est une soirée dehors. N'importe quel petit restaurant lui suffirait, affirma-t-elle, comme elle l'avait déjà fait.

Là aussi, je pus voir que le maître d'hôtel la connaissait, quand il vint lui dire qu'il nous avait réservé une bonne table. L'établissement était un restaurant oriental haut de gamme, servant des spécialités thaïlandaises et chinoises, et même quelques plats continentaux comme le steak et le homard. Le bar était très animé quand nous y entrâmes pour prendre nos cocktails. Pendant un instant, je crus qu'on allait me demander ma carte d'identité, mais Amy glissa un pourboire au garçon et il nous apporta deux cosmopolitans. Elle en commanda deux autres, en demandant qu'on nous les serve à notre table quand il serait temps d'aller dîner. Mais avant cela, elle flirta avec deux hommes seuls, leur laissant croire qu'ils pourraient partir avec nous. Et au dernier moment, juste comme elle l'avait fait au Stone House, elle exhiba son alliance. Je la vis la glisser à son doigt, ce qu'elle avait déjà dû faire aussi la première fois. Je ne fus pas fâchée de passer à table.

— Tu ne crois pas qu'un jour, certains pourraient se fâcher pour de bon et te causer de vrais ennuis ? lui demandai-je, quand elle se fut justifiée de la même façon que ce soir-là.

— Non. Ils chercheront immédiatement un autre gibier, crois-moi. Je connais les hommes.

Elle vit bien que cette réponse ne me plaisait pas. Je ne pouvais pas m'empêcher de penser à Wade, et je me sentais coupable d'être là, avec elle, comme sa partenaire en quelque sorte. En me voyant chipoter ma nourriture, les yeux baissés, elle s'impatienta.

— Mais qu'est-ce que tu as, Céleste ? Tu ne t'amuses pas ?

Je réfléchis un court instant et décidai de dire la vérité.

— Non. Je pense sans arrêt à Wade. Je suis certaine qu'il serait blessé s'il savait tout ça, même s'il prétend que non. Et je trouve que tu pousses la provocation trop loin. Ce n'est pas bien.

Elle pourrait me traiter de prude tant qu'elle voudrait, cela m'était bien égal.

— Oh, Wade ! soupira-t-elle en évitant mon regard.

Et quand elle leva de nouveau les yeux vers moi, quelques instants plus tard, je vis qu'ils étaient brillants de larmes.

— Tu penses que je ne suis qu'une garce, une allumeuse, comme Basil m'accuse de l'être ?

— Je me sens mal à l'aise de faire ces choses avec toi, Amy. Je suis désolée, mais j'ai assez d'expérience pour savoir ce que les hommes veulent dire quand ils traitent d'allumeuse une femme qui fait ce que tu fais. Ce que je fais moi-même quand je suis avec toi, d'ailleurs.

Pendant une brève seconde j'hésitai à poursuivre, mais il fallait que tout soit clair.

— C'est comme mettre le doigt tout près d'une flamme, et le retirer juste avant de se brûler. Tu me recommandes la plus grande prudence, et tu m'emmènes dans des endroits comme celui-ci, tu attires toutes sortes d'hommes autour de nous, rien que pour le plaisir de les envoyer promener !

Je me rendis compte que j'avais parlé durement et achevai :

— Je suis désolée, Amy, mais c'est la vérité.

Voilà, c'était dit, j'en avais le cœur battant. Elle allait sûrement me chasser de chez elle, à présent.

Elle me dévisagea longuement, assez longtemps pour que je comprenne qu'elle était en train de prendre une décision capitale. Allait-elle me renvoyer à l'orphelinat, me dire que j'étais un cas désespéré, finalement ? Je me préparai à un nouveau rejet. Après tout, j'en avais l'expérience depuis qu'on m'avait envoyée dans mon premier orphelinat. Je savais ce que c'était.

Elle se décida enfin à parler.

— Très bien. Je vais te dire quelque chose, Céleste. C'est mon plus grand secret. Je voulais attendre que nous soyons encore plus proches pour te le confier, mais je me fierai à ta promesse de le garder scellé dans ton cœur. Me le promets-tu ?

— Oui, murmurai-je en retenant mon souffle.

Amy allait-elle m'annoncer qu'elle avait une liaison ? Que deviendrais-je, si elle le faisait ? Que lui dirais-je ? Comment pourrais-je cacher à Wade ce qu'elle m'aurait dit ? Il le lirait sur mon visage, forcément.

Elle vida son verre et respira profondément, puis elle se redressa et me fixa droit dans les yeux.

— La cause de mon retard, ce jour où il a tant plu, est que j'étais chez ma psychothérapeute. Oui, j'ai commencé une thérapie, et ma psy trouve que nous progressons beaucoup. Elle ne voulait pas arrêter la séance bien que nous ayons dépassé l'heure. J'étais tellement concentrée sur ce que nous faisions que je n'ai pas surveillé la pendule.

» Quoi qu'il en soit, ces soirées où je sors seule, cette façon de provoquer les hommes, tout cela fait partie de ma thérapie, affirma-t-elle.

— Quoi ! Comment cela peut-il être bienfaisant ?

— Tu vas trouver ça difficile à croire mais j'ai toujours été timide et introvertie. Quand nous nous sommes rencontrées, je ne t'ai pas dit exactement la vérité. J'ai exagéré les choses, et je les ai présentées de façon à ce que tu aies bonne opinion de moi, pour que nous devenions plus vite amies. Je n'ai pas eu toute cette liste d'amoureux dont je t'ai parlé. En réalité, c'était la liste de ceux que je rêvais d'avoir.

Je secouai la tête comme pour nier l'incroyable.

— Je vois que tu ne me crois pas, parce que je fais preuve d'une telle expérience et d'une telle assurance, mais il m'a fallu du temps pour acquérir cette confiance en moi. Et si je flirte si ouvertement, si j'ai l'air de draguer, c'est pour avoir une meilleure image de moi-même.

— Je ne comprends pas. Pourquoi as-tu besoin de renforcer ton ego ? La vie élégante n'a pas de secrets pour toi. Tu es belle et tu le sais. Tu attires partout les regards des hommes.

Elle rit comme si elle se moquait d'elle-même.

— C'est vrai, maintenant. J'étais maigre et dégingandée, pendant ma croissance. Ma beauté ne s'est dessinée qu'à la fin de mon adolescence, et ma mère ne m'a pas vraiment aidée à prendre confiance en moi. Elle répétait tout le temps la même phrase idiote : « Il faut jouer avec les cartes qu'on a en main. » C'était comme si elle me disait : « Tu n'es pas jolie, tu ne le seras jamais. Les garçons ne s'intéresseront jamais à toi, alors fais-toi une raison. » Rends-toi compte : je ne suis jamais sortie avec un garçon avant d'être en terminale ! Tu imagines les répercussions que toutes ces choses ont pu avoir sur moi. Mon père ne m'a jamais dit que j'étais jolie. Et pourtant...

Un nuage voila soudain le regard d'Amy.

— Je voyais bien comment les autres pères choyaient leurs filles, les traitaient en princesses, leur disaient à tout propos à quel point elles étaient belles. Mon père n'aurait jamais fait ça. Entre ma mère et lui, je me sentais comme le vilain petit canard.

— Mais ne m'as-tu pas dit que tu avais fait tes débuts officiels dans le monde ?

— Si, mais des débuts désastreux. La seule raison qu'avait ma mère de donner une soirée en mon honneur, c'était d'avoir son nom dans la rubrique mondaine. Pour tout dire, nous avons eu un mal fou à remplir notre liste d'invitations. Et la première fois que nous nous sommes rencontrés, Wade ne s'est rendu compte de rien. Comme ce n'était pas précisément un homme à femmes, il m'a été plus facile de lui jouer ma petite comédie. Maintenant encore, il croit que j'étais la fille la plus populaire du lycée. C'est très bien comme ça. Un mari doit garder quelques illusions sur sa femme, et fantasmer un peu sur elle.

— Wade sait-il que tu suis une thérapie, maintenant ?

Amy n'eut pas une hésitation.

— Oui. C'est même lui qui en a eu l'idée.

— Mais... je ne comprends pas. S'il croit que tu as toujours eu tellement de succès, pourquoi te l'a-t-il proposé ?

— C'est un peu plus compliqué que ça, en fait. Je voulais tellement être acceptée, désirée, que je me suis laissé entraîner dans une expérience très déplaisante.

— Quel genre d'expérience ?

— Je te l'ai dit, c'est plutôt compliqué, insista-t-elle, et je t'ai assez embrouillé les idées comme ça. Contente-toi de savoir que tu n'as aucune raison de te faire du souci, ni pour Wade ni pour moi. Nous allons très bien tous les deux. J'espère que tu ne crois pas, à cause des problèmes dont je t'ai parlé, que je ne sais pas ce que je dis quand je te donne des conseils. Les deux choses n'ont aucun rapport entre elles. Et comme disent si bien les professeurs : « Faites ce que je dis, mais ne faites pas ce que je fais. » D'ailleurs, avec tout ce que j'ai appris en travaillant sur moi-même, je suis tout à fait en mesure de te donner des conseils éclairés. Tu me comprends ?

Non, je ne comprenais pas, mais je fis quand même un signe d'acquiescement.

— Tant mieux, Céleste. Je vais bien à présent, tu peux me croire. J'ai une excellente thérapeute, qui m'a fait faire du chemin. Ce qui ne m'a pas été facile en vivant avec Wade, et avec Basil toujours dans les parages. Je te laisse imaginer comment un homme comme lui peut traiter une femme qui manque de confiance en elle.

Amy s'interrompit et son regard trahit l'inquiétude.

— Tu n'es pas choquée, au moins ? Tout le monde peut avoir ce genre de problèmes, et beaucoup de gens suivent des psychothérapies, de nos jours.

— Non, je ne le suis pas. Tu sais qu'étant enfant, et même adolescente, j'en ai suivi une, moi aussi.

— Je sais, oui. Et c'est pourquoi je pensais que nous nous entendrions si bien, toi et moi. Nous savons toutes les deux ce qu'il en est de placer toute sa confiance en quelqu'un, qui en réalité vous est totalement étranger. Grâce à ce que je vois en toi, je n'ai aucune peine à t'accorder ma confiance, Céleste. Tu es très sincère, et quand tu dis que tu ne m'en veux pas pour tout ça, y compris le flirt, je sais que c'est vrai.

— Merci, Amy.

Elle eut un sourire de gratitude.

— Tu as dit ce que je voulais entendre. Nous allons devenir de grandes amies, toi et moi. Pour la vie.

Elle se pencha en avant, saisit ma main et la serra avec douceur. Puis, comme si cette conversation n'avait pas eu lieu, elle commença à bavarder sur le couple assis à notre droite, en critiquant la façon dont l'homme regardait toutes les femmes, sauf sa compagne.

— Ah, les hommes ! lança-t-elle avec dédain. Ils croient toujours que l'herbe est plus verte ailleurs.

Savoir tout cela me fit apprécier davantage sa conduite. Je ne me serais jamais doutée qu'elle était si peu sûre d'elle en ce qui concernait les hommes. Et j'étais certaine qu'aucun d'eux, pas même Basil, ne l'aurait jamais deviné non plus.

Cependant, toutes ces complications et contradictions m'avaient sérieusement ébranlée. Amy voulait être appréciée par les hommes, mais elle ne leur accordait aucune confiance et, parfois, les haïssait.

— Vois-tu, poursuivit-elle, la façon dont un homme vous traite peut vous déstabiliser complètement. C'est pourquoi il est si important de comprendre leurs motivations, et d'être forte toi-même. Je ne permettrai jamais que cela t'arrive. Non, jamais. C'est pourquoi je n'éprouve aucune gêne à te dire tous mes secrets, et pourquoi je souhaite que tu me dises aussi les tiens.

Je hochai la tête et lui souris ; mais je ne pouvais pas m'empêcher de me demander si ces révélations nous rendraient plus proches, comme elle l'espérait, ou au contraire m'éloigneraient d'elle. Je n'étais pas du tout sûre de connaître la réponse. Tout au fond de moi, je savais qu'il me faudrait un certain temps pour la découvrir.

Aucune de nous deux n'eut beaucoup d'appétit, ce soir-là, et je fus heureuse quand elle déclara qu'il était temps de rentrer. Wade serait revenu de sa réunion, me dit-elle en faisant signe au serveur.

Et sitôt l'addition réglée, nous nous en allâmes.

Sur le chemin du retour, elle passa en revue les hommes avec qui elle avait flirté au bar, et s'amusa à imaginer le genre de mari que devait être chacun d'eux. C'était comme si tout ce qu'elle m'avait dit sur elle-même, sa thérapie, son sentiment d'insécurité, était tombé dans les oubliettes. Elle était redevenue l'ancienne Amy, celle de notre première rencontre.

En rentrant à la maison, le récit de notre soirée qu'elle fit à Wade fut entièrement différent de la réalité. Puis elle se mit à le taquiner à propos de sa réunion, de la même façon qu'elle avait aguiché les hommes au bar.

— Avez-vous passé le temps à parler de boulons et d'écrous ? Quoi de neuf dans la plomberie ?

Il devint écarlate et Amy éclata de rire. Il me vint à l'esprit qu'elle avait épousé Wade précisément pour sa timidité, son manque d'expérience des femmes et du sexe, ce qui la sécurisait. Il n'était pas une menace pour elle. Mais comme elle était différente quand elle se trouvait devant Basil ! Rien que pour cela, elle avait besoin d'une psychothérapie, me sembla-t-il.

Finalement, Wade et moi engageâmes une conversation sur les lectures que je devais faire pour la classe d'anglais. Il m'emmena dans sa bibliothèque pour me donner un livre qui, selon lui, devait me plaire, et Amy ne tarda pas à s'ennuyer. Quand elle monta se coucher, Wade la suivit quelques minutes plus tard et je me plongeai dans ma lecture. Quand je levai enfin les yeux sur la pendule, je fus tout étonnée de voir qu'une demi-heure avait passé. Je me servis une boisson fraîche au bar et montai à mon tour.

Une fois de plus, en arrivant sur le palier, j'entendis Amy pleurer. J'étais certaine de ne pas me tromper. Cependant, Wade semblait fâché contre elle. Je l'entendis distinctement lui reprocher: « Tu n'essaies même pas ! »

Pour toute réponse, Amy continua à sangloter.

Tout à coup, je perçus un mouvement dans l'obscurité du couloir, près de la chambre où dormait parfois Basil. Je retins mon souffle: une silhouette sortait de l'ombre et ce n'était pas Lionel.

C'était Mme Cukor.

Sous l'effet de la surprise, je crus sentir mon cœur s'arrêter. La gouvernante s'avançait vers moi. Je me coulai dans ma chambre, refermai la porte derrière moi et attendis, sans bouger. Que faisait Mme Cukor dans le noir ? Dirait-elle à Wade et à Amy que j'avais écouté à la porte de leur chambre ?

Si elle passa devant la mienne, elle dut le faire en flottant au-dessus du sol. Je n'entendis pas le moindre bruit. J'attendis encore quelques instants, passai dans la salle de bains et me préparai pour la nuit. J'eus du mal à m'endormir. Je me tournais et retournais sans cesse, l'oreille tendue, au cas où quelqu'un s'arrêterait à ma porte. Finalement, à bout de fatigue, je m'enfonçai d'un coup dans un sommeil sans rêves.

Le lendemain, à la première heure, Trevor m'appela et nous bavardâmes pendant près d'une heure. Il menaça de se glisser dans le parc et de grimper le long du mur jusqu'à ma chambre, dès que mon professeur de piano serait parti. Et il fut si persuasif que, lorsque le professeur arriva, j'eus le plus grand mal à me concentrer. Apparemment, Mme Cukor n'avait rien dit de mon indiscrétion, ni à Amy ni à Wade. Aucun des deux ne me posa la moindre question à ce sujet.

Amy assista à ma première leçon de piano, et Wade entra un instant pour observer et écouter. Après cela, Mme McAlister nous apporta du thé et des petits gâteaux.

Mon professeur me plut beaucoup. Il dit à Amy qu'il pouvait évaluer d'emblée le potentiel d'un futur élève, et lui affirma que j'étais très douée.

— Elle a de l'oreille, c'est évident.

— Elle doit tenir ça de famille, dit Amy en m'adressant un clin d'œil.

— C'est tout à fait possible, en effet, approuva M. LaRuffa.

Il fut convenu que je prendrais deux leçons par semaine, dont une aurait toujours lieu le samedi soir. M. LaRuffa lui-même s'en étonna.

— Le samedi ? Une jeune fille aussi jolie aura sûrement des sorties prévues ce jour-là, j'imagine.

Amy rétorqua d'un ton ferme :

— Pas dans l'immédiat. Nous changerons les jours et les heures ultérieurement.

— Comme vous voudrez, dit le professeur en se levant pour s'en aller.

Un peu plus tard, Wade, Amy et moi nous installâmes devant le poste de télévision. C'était bien la première fois que nous partagions ce genre de distraction, tous les trois, et je vis que Wade en était tout heureux. Nous regardions une comédie qui nous fit rire de bon cœur. Pour la toute première fois aussi, j'eus l'impression de faire vraiment partie d'une famille. Je n'avais jamais vu non plus Wade et Amy se montrer affectueux l'un envers l'autre. Elle s'assit près de lui sur le canapé, se serra contre lui, et il lui passa le bras autour des épaules. J'en restai toute songeuse. Qu'avait-il pu se passer entre eux la nuit précédente ?

Les voir ainsi me fit penser à Trevor. Je me demandai s'il s'amusait à la soirée de Waverly, et si Germaine Osterhout avait à nouveau mis le grappin sur lui. Mon absence avait certainement dû l'y encourager.

Ma tristesse ne passa pas inaperçue de Wade.

— Pourquoi avoir choisi le samedi soir pour ses leçons de piano ? demanda-t-il à Amy. Elle a peut-être envie d'aller voir un film avec ses amis, ou quelque chose comme ça.

D'un coup d'œil impérieux, Amy me pressa de répondre. Je savais ce qu'elle voulait entendre.

— Ce n'est pas grave, Wade. Je n'avais rien de prévu.

— Pour ce soir, peut-être, mais la semaine prochaine ?

— Si c'est nécessaire, M. LaRuffa changera l'horaire, Wade. Nous en avons déjà discuté. Ne t'inquiète pas, il n'y a aucun problème. N'est-ce pas, Céleste ?

Je me contentai de secouer la tête et Wade parut sceptique, mais il abandonna le sujet. Au bout d'environ dix minutes, je demandai la permission de regagner ma chambre et me retirai. Amy cria derrière moi :

— Je tiens à t'emmener dans un nouveau magasin, réserve-toi du temps pour ça.

— Elle a sûrement mieux à faire que de te suivre partout dans les boutiques, protesta Wade.

Déjà dans l'escalier, je fis halte pour entendre la réponse d'Amy.

— Nous pourrions aussi voir un film ensemble, par exemple.

— J'aimerais la voir sortir avec des amis de son âge, insista-t-il.

— Ça viendra, ne te tracasse pas pour ça. Laisse-lui simplement le temps de se faire de vrais amis. Elle est très perspicace et très sélective, Wade.

N'entendant plus rien, je continuai jusqu'à ma chambre. J'allai droit à la salle de bains, me déshabillai et passai une chemise de nuit légère et soyeuse, cadeau d'Amy. J'allais me coucher quand je m'aperçus que je n'étais pas si fatiguée que cela, finalement. Je rabattis ma couverture, mais le clair de lune m'attirait invinciblement. Au lieu de me mettre au lit je m'approchai d'une fenêtre.

Assise sur le rebord intérieur, je contemplai la pelouse et les ombres nettes qu'y projetaient les arbres, tels de fidèles gardiens veillant sur le parc et la maison. Cela me rappela ma vie d'avant, dans notre propriété familiale, quand il ne m'était pas encore permis de sortir en plein jour. Je me sentais prisonnière, et si loin du monde réel. Et maintenant, j'étais à nouveau cette petite fille enfermée dans sa bulle, j'éprouvais la tristesse qui l'étreignait alors, je désirais ardemment la liberté. Tout comme elle, je ne souhaitais qu'une chose : pouvoir ouvrir la fenêtre et m'envoler comme un oiseau.

Je ne m'étais pas aperçue que je pleurais. Je n'en eus conscience que lorsqu'une larme roula sur ma joue. Et soudain je crus voir, dans le reflet des vitres, Lionel debout derrière moi, l'air tout triste. J'allais me retourner, un bruit m'en empêcha. On aurait dit le tintement sec de la grêle sur le verre. Instantanément, l'image de Lionel disparut.

Mais je vis autre chose, une chose que j'avais encore plus envie de voir, que j'avais tellement désirée qu'elle en était devenue vraie.

Dans une flaque de lumière se tenait Trevor Foley, les yeux levés vers moi.

DOUZE

Un délicieux chagrin

J'ouvris aussitôt la fenêtre et me penchai au-dehors.

— Qu'est-ce que tu fais là, Trevor ?

J'avais parlé à voix basse et il en fit autant.

— Je n'aimais pas du tout l'ambiance, j'ai pensé que je pourrais faire un saut jusqu'ici. J'ai vu partir ton professeur de piano et je t'ai surveillée par la fenêtre, pour être sûr que tu serais dans ta chambre.

— Comment as-tu fait pour entrer ? lui demandai-je, certaine que personne ne l'aurait laissé entrer.

— Tu crois que je me laisserais arrêter par une simple grille ? J'avais envie de te voir.

— Tu ferais mieux de t'en aller. Quelqu'un va te voir ou t'entendre, Trevor.

— Et après ? Tu n'as jamais lu *Roméo et Juliette* ? Je cours le risque. Je suis venu pour grimper à ton balcon.

Il se retourna comme pour s'adresser à un public et déclama :

— *Mais chut ! Quelle clarté là-haut brille à cette fenêtre ? C'est l'Orient, et Juliette est le soleil.*

J'étouffai le rire qui montait en moi.

— Mais je n'ai pas de balcon !

— Vraiment ? Eh bien, le toit de ce bow-window fera l'affaire, déclara-t-il, en se hissant sur l'auvent qui coiffait la fenêtre en saillie.

— Arrête, Trevor ! Va-t'en. Tu ne peux pas faire ça !

Je tournai la tête pour m'assurer qu'on ne l'avait pas entendu, mais personne ne se montra.

Pendant ce temps il avait grimpé sur le petit toit et, debout, il me faisait face.

— Bonsoir, dit-il simplement.

— Espèce d'idiot. Tu vas nous attirer des ennuis pas possibles. Va-t'en d'ici avant qu'il ne soit trop tard.

— Pas question de m'en aller sans un baiser.

— Tu es complètement fou !

Il se pencha sur la barre de la fenêtre.

— Fou de toi, répliqua-t-il, en mimant un baiser du bout des lèvres.

— Si je t'embrasse, tu t'en iras ?

— Probablement pas, mais ça vaut la peine d'essayer.

En me penchant à mon tour pour m'approcher de sa bouche, je sentis une odeur de whisky et reculai vivement.

— Mais tu as bu !

— Juste assez pour me donner du courage. La soirée de Waverly devenait un peu... alcoolisée, en fait. Ça tournait carrément à l'orgie romaine.

— Alors comment se fait-il que tu sois parti ?

— Je me suis vite aperçu que tu n'étais pas là.

— Personne n'a cherché à prendre ma place ?

— Beaucoup l'ont tenté, nulle n'y est parvenue, dit-il sur un ton théâtral.

Puis il ferma les yeux et je le vis chanceler. Je crus qu'il allait tomber et tendis la main vers lui.

— Trevor ! Tu me fais peur, dis-je en lui saisissant le bras.

— Bois un coup, ça te donnera du courage.

Il tira de sa poche arrière une petite fiasque de métal, l'éleva devant lui comme pour porter un toast, l'ouvrit et but au goulot.

— Maintenant, je peux affronter n'importe qui et n'importe quoi, déclara-t-il.

Et il entreprit d'enjamber la barre de ma fenêtre.

— Trevor ! protestai-je d'une voix assourdie.

Il était à mi-chemin à présent, une jambe de chaque côté.

— Mon baiser, s'il te plaît.

J'effleurai ses lèvres d'un baiser furtif, qu'il reçut les yeux fermés.

— Un peu trop rapide, commenta-t-il. Je n'ai pas eu le temps de me rendre compte. Recommence, s'il te plaît.

— Ce que tu peux être bête ! répliquai-je.

Mais je l'embrassai, et je pressai plus fermement et plus longtemps mes lèvres sur les siennes.

Et cette fois, quand je me rejetai en arrière, il ouvrit les yeux et me regarda avec tant de douceur et de désir que je ressentis ce qu'avait prédit Amy. Une perte de contrôle, une impatience fébrile de continuer, un frisson tout le long de mon épine dorsale qui chassa loin de moi toute prudence.

— Je ne ferai pas plus de bruit qu'une plume, chuchota Trevor en franchissant la barre.

Je reculai et attendis qu'il fût tout à fait rentré dans la chambre. Il était déjà présent dans mon cœur. Son humour et son charme m'amusaient et me séduisaient, je n'y pouvais rien.

Une fois de plus je le mis en garde, mais cette fois sans grande conviction.

— Je t'assure que tu vas nous attirer de gros ennuis, Trevor.

— Les choses qui comptent vraiment sont toujours pleines de risques, mais elles en valent la peine, répliqua-t-il en m'attirant plus près de lui.

Ce fut seulement alors que je me rendis compte à quel point l'étoffe de ma chemise de nuit était fine et légère, entre mon corps nu et le sien. Ses mains qui m'enserraient la taille remontèrent jusqu'à ma poitrine, caressèrent mes seins, tandis que nous échangions un long, très long baiser.

— Tu sais, Céleste, me dit-il ensuite, je n'ai jamais cru au coup de foudre jusqu'à ce que je te voie entrer dans la classe, l'autre jour. Ce fut comme si, jusqu'à cet instant-là, mon cœur avait dormi dans ma poitrine en faisant semblant de battre. Soudain il s'est mis à cogner sous mes côtes, comme si quelqu'un martelait ma porte à coups de poings pour me réveiller. Et quand tu m'as regardé, si longuement, si intensément, j'étais prêt à t'embrasser les pieds.

— Tu dis ça parce que tu es saoul, Trevor Foley !

— Je n'ai pas besoin d'être saoul pour te dire tout ce que j'ai dans le cœur, murmura-t-il en reprenant mes lèvres.

Tous les avertissements d'Amy me revenaient à la fois, tourbillonnant sous mon crâne comme des papillons affolés, mais je refusai d'y prêter attention. Je n'empêchai pas Trevor de me soulever dans ses bras et de me déposer sur mon lit. Et quand il m'embrassa dans le cou, et rabattit le haut de ma chemise de nuit sur mes épaules, je ne l'arrêtai pas. Je m'assis sur mon lit et le laissai abaisser le voile soyeux sous mes seins. Il tomba à genoux et, pendant un long moment, ne fit rien d'autre que me dévorer des yeux. Je ne fis pas un mouvement. L'excitation qui explosait en moi m'ôtait toute velléité de résistance. Trevor se pencha sur mes seins, les embrassa, taquina mes mamelons l'un après l'autre, des lèvres et du bout de la langue. Puis, très doucement, il me fit basculer en arrière jusqu'à ce que je sois étendue devant lui, levant sur lui un regard émerveillé. Cela ressemblait tellement à l'un de mes rêves que, l'espace d'un instant, je crus qu'il me suffirait de cligner des yeux pour qu'il disparaisse. La fenêtre serait fermée, il ne serait plus là, et tout ce qui s'était passé n'aurait été qu'un pur fantasme.

Le bruit léger que fit la boucle de sa ceinture, quand il l'ouvrit, me ramena à la réalité.

— Trevor, dis-je dans un souffle, bien plus pour l'implorer d'arrêter que pour l'inviter à poursuivre.

Mais ce fut ainsi qu'il entendit ma plainte. Il sourit, s'étendit près de moi, m'embrassa et me cajola, jusqu'à ce qu'il eût fini de m'ôter ma chemise de nuit. Comment les mises en garde d'Amy n'avaient-elles aucun effet sur moi ? Pourquoi y étais-je aussi indifférente ? Parce que j'avais découvert son hypocrisie quand elle m'avait révélé ses secrets ? Ou me servais-je de cet argument pour justifier la légèreté de ma conduite ?

Pendant que Trevor m'embrassait, me touchait, éveillait ces zones érogènes dont m'avait parlé Amy, je continuais à réfléchir et à discuter avec moi-même. J'avais réellement l'impression d'être sortie de mon corps et d'observer tout ce qui se passait. Peut-être avais-je pris la place de mon cher Lionel ?

« Essaies-tu de rattraper le temps perdu et les amours manquées ? Cela t'ennuyait-il tellement qu'Amy te voie comme une parfaite innocente ? Cela te froissait-il au point de te pousser à t'abandonner si rapidement, si totalement ? Qu'essaies-tu de prouver, Céleste Atwell ? Crois-tu vraiment qu'une expérience comme celle-là te rendra aussi avertie, aussi à la page et aussi raffinée que les autres filles de ce lycée ? »

Pour un peu, j'aurais ri tout haut de m'entendre penser : « Pourras-tu encore te respecter toi-même, demain matin ? »

— Nous ne devrions pas aller si vite, protestai-je faiblement, quand Trevor se souleva et s'insinua entre mes jambes.

— Nous n'irons pas vite...

Il dit cela tout contre mon oreille, en la mordillant, et je fus parcourue d'un frisson délicieux.

Partout où il me touchait, m'embrassait, m'effleurait de son souffle, des milliers de petites flammes s'allumaient en moi et m'embrasaient le corps. J'étais comme illuminée de l'intérieur, je me sentais briller comme une étoile, ou ce merveilleux clair de lune qui m'avait attirée à la fenêtre.

Je l'entendis déchirer quelque chose et me soulevai pour m'asseoir. Il m'en empêcha.

— Non, chuchota-t-il. Ne gâche pas ce moment.

— Trevor...

Ma voix trembla, presque inaudible. M'avait-il entendue ?

Il était à nouveau couché sur moi, les jambes entre les miennes.

— Je t'aime vraiment, Céleste, murmura-t-il en me pénétrant.

J'étais étroite, et je crus que je n'allais pas supporter la douleur. Mais mon désir d'accepter Trevor en moi était si fort qu'il domina tout le reste, même cette douleur. Une fois de plus, les plaintes et même les sanglots que j'entendis me semblèrent ceux d'un autre moi, qui se tenait hors de mon corps. J'observais ce qui m'arrivait, analysais mes réactions, avec un détachement quasi scientifique et la pensée lucide.

« Et après, que va-t-il se passer ? »

Bien que ce ne fût pas ma préoccupation essentielle, je ne pouvais m'empêcher de penser à Amy, à ses mises en garde et à ses recommandations. En agissant ainsi, me montrais-je ingrate envers elle ? Après tout, c'était sa maison. Je portais les vêtements qu'elle m'avait achetés. C'était elle qui m'avait inscrite dans ce lycée privé où j'avais connu Trevor. Et moi, en remerciement, je m'abandonnais à la plus intimes des étreintes, dans une chambre située juste en face de la sienne.

J'ouvris les yeux et regardai Trevor : il semblait être ailleurs, dans son propre monde. Il ne m'embrassait plus, ne me murmurait plus de mots d'amour. La tête renversée, les yeux fermés, il se concentrait sur les mouvements de son corps pour en tirer le maximum de plaisir. Il poussa un cri bref, puis un grognement sourd quand il jaillit en moi, et laissa retomber sa tête sur mon épaule. Pendant quelques instants, il parut se débattre comme un poisson hors de l'eau, et peu à peu il se calma et ne bougea plus. Son souffle reprit un rythme régulier, tout comme le mien.

Il ouvrit les yeux et, devant mon expression de stupeur incrédule, il sourit.

— Salut, toi. Quel plaisir de te rencontrer ici.

Je ne ris pas. Tout s'était passé si vite et j'étais si troublée, si désemparée entre tous ces sentiments divers, que je me demandais si c'était vraiment arrivé. La voix de Trevor me replongea dans le réel.

— Tout va bien, Céleste ?

— Tu ferais mieux de te rhabiller et de partir.

— Mais je viens juste d'arriver, répliqua-t-il en riant.

Il s'écarta de moi pour s'allonger à mon côté et se laissa rebondir sur le matelas.

— J'adore ce lit. C'est comme si on dormait dans un marshmallow géant.

— Il faut que tu t'en ailles, Trevor, insistai-je presque fébrilement. Amy vient quelquefois me dire bonsoir, avant d'aller se coucher.

— Arrête de m'appeler Trevor, dit-il en se soulevant sur un coude. Mon nom est Roméo.

Il laissa glisser son doigt entre mes seins puis en dessina les contours, comme s'il voulait se rappeler chacune des courbes de mon corps.

— Tu es aussi belle que je l'imaginais, Céleste. Mais quand même, j'ai été un peu étonné de découvrir que tu n'avais jamais eu ce genre de relation avec personne.

— Eh bien, ne le sois pas ! ripostai-je, en repoussant vivement sa main de ma poitrine.

— Ne te fâche pas, ce n'était pas un reproche.

— Eh bien, ça en avait l'air. À t'entendre, on aurait cru que j'étais une sorte de retardée ou quelque chose comme ça, parce que je n'avais jamais couché avec un garçon.

Il haussa le sourcil, l'air mi-amusé, mi-sérieux.

— Voyons ! Il faut bien qu'il y ait une première fois pour tout le monde, et je suis heureux d'avoir été la tienne. Maintenant, chaque fois que tu feras l'amour avec un autre, tu ne pourras pas t'empêcher de le comparer à moi. Enfin... c'est ce qu'on dit.

Je m'assis et saisis ma chemise de nuit. Les choses se passeraient-elles vraiment ainsi pour moi ? Il n'en avait pas l'air très sûr. J'étais plutôt portée à croire que ce serait meilleur la prochaine fois, que ce soit avec lui ou un autre.

— Je n'ai pas l'intention d'aller dans un supermarché du sexe, Trevor, répliquai-je, froissée par sa suffisance, et par le fait qu'il soit toujours sous l'influence de l'alcool.

— Un supermarché du sexe ? Ça me plaît bien, tiens ! Allons, ne fais pas cette tête. Je t'aime vraiment beaucoup, tu sais ?

Il me regarda enfiler ma chemise de nuit et commenta :

— Très sexy, cette chemise.

— Trevor, il faut vraiment que tu t'habilles et que tu partes, insistai-je encore en le suppliant presque.

— D'accord, d'accord.

Il s'assit, se frotta les joues, rassembla ses vêtements et passa dans la salle de bains. J'entendis le bruit de la chasse d'eau et il ressortit, toujours à demi vêtu. Je commençai à m'affoler.

— Trevor !

— Je m'en vais, je m'en vais ! lança-t-il en continuant à s'habiller.

Mais il ne se pressait pas du tout. La conscience de son état d'ébriété, comme de ce qu'il venait de faire, se lisait enfin dans son regard lourd.

Je crus entendre des pas dans l'escalier, et même des voix.

— Dépêche-toi, Trevor !

— C'est ce que je fais, dit-il en mettant ses chaussures. Tu sais, on vient peut-être de trouver une solution à tout.

Si ta cousine continue à te garder sous clé, je n'aurai qu'à venir le soir. Nous inventerons un signal. Une bougie allumée à ta fenêtre, par exemple. Au lieu de crier: « L'ennemi est là ! », tu crieras: « Trevor arrive ! Trevor arrive ! ».

Malgré mon inquiétude, je fus obligée de sourire.

— Tu es vraiment incorrigible, tu sais.

— Wouaoh ! Incorrigible. On ne m'a jamais appelé comme ça depuis le jardin d'enfants.

Il se leva et, cette fois, il parodia l'adieu de Roméo à Juliette.

— *Bonne nuit, bonne nuit, la séparation est un si doux chagrin...*

— Va-t'en, Trevor, coupai-je en le poussant vers la fenêtre.

Il se retourna vivement vers moi.

— *Encore un baiser, que je l'emporte pour nourrir mes rêves*.

— Embrasse-moi et va-t'en.

Il sourit, et avec une lenteur infinie approcha ses lèvres des miennes, laissant ses mains effleurer tour à tour ma taille et ma poitrine. Je m'écartai de lui.

— Tu veux vraiment que ça finisse mal, on dirait.

— Ce sera mieux la prochaine fois, je te le promets.

— Si tu ne pars pas tout de suite, il n'y aura jamais de prochaine fois.

— Il ne faut jamais dire jamais, plaisanta-t-il en me donnant une pichenette sur le bout du nez.

Puis il entreprit d'enjamber la barre de la fenêtre

Il venait de poser le pied droit sur le toit quand la porte de ma chambre s'ouvrit. Il se retourna pour voir Amy sur le seuil, Mme Cukor à son côté. Au cri aigu qu'Amy poussa, il lança la jambe gauche au-dehors, si maladroitement que son pied accrocha la barre. Il tomba en avant, les bras tendus pour tenter d'arrêter sa chute, mais il manqua le rebord du toit et roula jusqu'à terre. Je hurlai.

— Trevor !

— Allez chercher Wade et dites-lui d'aller voir dehors ce qu'il en est, dit Amy à Mme Cukor, qui me foudroya du regard avant de sortir.

Amy courut à la fenêtre, me bouscula et se pencha au-dehors. Je me haussai pour regarder par-dessus son épaule, mais je ne vis pas trace de Trevor. J'avais espéré le voir courir et s'échapper, mais il n'était nulle part en vue. Un gémissement désolé m'échappa.

— Il est tombé !

— Qu'est-ce que tu as fait ? rugit Amy, les yeux hagards. Depuis combien de temps était-il là ?

Je mordis ma lèvre inférieure, ne sachant trop quoi dire. Amy balaya frénétiquement la chambre du regard, et ce regard s'arrêta sur mon lit. Elle s'en approcha d'un pas de somnambule et rabattit la couverture. Au milieu du drap s'étalait une grande tache de sang.

— Oh mon Dieu ! s'exclama-t-elle en se retournant lentement vers moi. Tu as été violée !

— Comment ? Mais non, Amy.

— Si. C'est exactement ce qui s'est passé. Il est entré dans cette maison sans permission. Il a grimpé jusqu'à ta chambre comme un cambrioleur, et ce qu'il a volé c'est ta virginité, ton innocence. Ce n'est qu'un vulgaire voleur.

Un brouhaha de voix animées nous parvint du dehors, et nous regardâmes toutes les deux par la fenêtre. Je vis Wade, Mme McAlister et Mme Cukor, mais toujours pas Trevor.

— Que se passe-t-il ? s'enquit Amy.

Wade recula, de façon à pouvoir lever la tête vers nous.

— Il s'est fracturé quelque chose, probablement l'épaule. Il faut appeler une ambulance. Je ne sais pas comment déplacer quelqu'un qui s'est cassé un os. Je ne veux pas aggraver les choses.

— C'est la police que tu devrais appeler, lui cria Amy. Pas une ambulance.

— Non ! m'écriai-je.

Wade reprit sur un ton sans réplique :

— J'appelle une ambulance, Amy. Maintenant, tâchez de vous calmer.

— Tâchez de vous calmer, grommela Amy en se retournant vers moi. Mais comment as-tu pu laisser arriver ça, Céleste, et juste après que je l'aie surpris avec toi dans cette chambre ? J'ai fait tout ce que j'ai pu pour empêcher ça. Je te faisais confiance.

— Je suis désolée, Amy.

Elle réfléchit quelques instants.

— Sais-tu s'il a mis un préservatif, au moins ? Eh bien, hurla-t-elle comme je ne répondais rien, tu le sais oui ou non ?

— Je... je crois que oui.

— Tu crois !

— J'en suis sûre, je veux dire. C'est juste que... je ne sais plus où j'en suis.

— Oh mon Dieu ! Et moi qui allais justement voir mon médecin lundi pour avoir tes pilules. Il va falloir te faire examiner.

— Je vais bien, Amy. Pour l'instant, je m'inquiète beaucoup plus pour Trevor que pour moi.

— Tu as tort. C'est lui qui devrait s'inquiéter pour lui-même, rétorqua-t-elle d'un ton cinglant. Quand as-tu eu tes dernières règles ?

— Il y a un mois. Je devrais les avoir d'un jour à l'autre.

— Bien. Je veux que tu me préviennes dès le début de ton nouveau cycle. Tu m'entends, Céleste ? Dès le début.

— Mais je t'ai dit qu'il portait un préservatif, Amy.

— Ce n'est pas toujours suffisant. Il y a toujours un petit pourcentage d'accidents, et tu ne tiens sûrement pas à en faire partie. Maintenant, enlève ce drap du lit. Je dirai à Mme Cukor d'en apporter d'autres. Va prendre un bain, m'ordonna-t-elle.

» Dieu merci, Mme Cukor est venue me dire ce qui se passait, sinon ça aurait pu durer longtemps. Je sais comment les hommes agissent quand ils ont trouvé le chemin de votre cœur. Ils le parcourent jusqu'à ce qu'ils en soient lassés. Va te laver, conclut-elle en s'en allant.

Mme Cukor ? m'étonnai-je. Si elle avait vu Trevor grimper sur le toit et entrer dans ma chambre, pourquoi avait-elle attendu si longtemps pour prévenir Amy ? Pourquoi Amy n'était-elle pas venue plus tôt ? C'était presque comme si Mme Cukor voulait que des choses terribles arrivent d'abord. Et, ce qui était plus effrayant encore, comme si elle savait qu'elles arriveraient.

Une fois de plus, mon regard fut attiré par la fenêtre. J'aurais voulu descendre, mais je savais que cela ne ferait qu'empirer les choses pour Trevor. Qui sait ce qu'il aurait pu révéler de ce qui s'était passé entre nous ? Il ne devait pas avoir les idées très claires. Encore un peu étourdie moi-même, je commençai à défaire mon lit.

Environ vingt minutes plus tard, j'entendis arriver l'ambulance et retournai en hâte à la fenêtre, pour la voir stopper devant la maison. Les auxiliaires médicaux en surgirent aussitôt et déchargèrent rapidement un brancard. Wade aussi les avait entendus, et il se précipita vers eux. Sans perdre une seconde, ils s'approchèrent du bow-window. Je ne voyais toujours pas Trevor, mais ils étaient sûrement déjà en train de le transporter sur le brancard. Presque aussitôt, ils reparurent, portant le brancard où il était étendu. Je vis comment il tenait son bras droit, mais il ne faisait pas assez clair en bas pour que j'en voie plus. Je les regardai l'installer dans l'ambulance, sous les yeux de Wade et de Mme McAlister. Les auxiliaires échangèrent rapidement quelques mots avec Wade, remontèrent à bord et s'en allèrent.

Je m'effondrai sur la chaise de mon bureau, la tête sur la poitrine. Presque au même instant, Amy fit irruption dans la chambre.

— Pourquoi n'es-tu pas déjà dans la baignoire ? Tu n'as même pas fait couler l'eau ! explosa-t-elle après avoir jeté un coup d'œil dans la salle de bains.

Elle y entra et ouvrit les robinets. Mme Cukor, arrivée juste derrière elle avec une paire de draps de rechange, entreprit de refaire mon lit en évitant de me regarder.

— Viens ici, m'ordonna sévèrement Amy, et rentre dans la baignoire. Tu es dans un état !

J'étais tellement affolée, désemparée, que j'obéis. Le bain était trop chaud, j'y ajoutai un peu d'eau froide. Pendant ce temps, Amy alla se placer entre les deux pièces, dans l'encadrement de la porte, de manière à surveiller à la fois Mme Cukor et moi. Finalement, la gouvernante s'en alla et Amy revint près de moi.

— Comment as-tu pu le laisser se faufiler dans ta chambre ? demanda-t-elle, avec plus de curiosité que de colère, à présent. Tu n'as pas pensé que ce genre de chose pourrait se produire ? Es-tu vraiment aussi naïve, même après tout ce que je t'ai dit ? Je te croyais intelligente et même brillante. Comment as-tu pu faire une chose pareille avec le premier garçon que tu as rencontré ?

Je ne répondis rien. Je regardais mes jambes étendues devant moi. J'avais toujours l'impression d'être hors de mon corps, comme si tout cela concernait quelqu'un d'autre. Quand m'éveillerais-je de ce rêve ?

— Je ne sais pas si nous pourrons empêcher cette histoire de se répandre, dit Amy, qui arpentait la salle de bains de long en large. Il a été emmené à l'hôpital, on va lui poser des tas de questions. Il se trouvera des gens malveillants et envieux pour dire que j'ai exercé une influence néfaste sur toi. Ils adorent créer des problèmes à ceux qui leur sont supérieurs, tu vois ce que je veux dire. Tu as dû en faire plus d'une fois l'expérience à l'orphelinat. Celles qui te jalousaient ne devaient pas se priver de dire du mal de toi. C'est épouvantable. Que faire ? Que faire ? ne cessait-elle de répéter en continuant son va-et-vient.

Elle s'arrêta brusquement devant moi, les yeux brillants d'excitation. Elle venait apparemment d'avoir une bonne idée.

— Qu'y a-t-il, Amy ?

— Personne n'a besoin de savoir qu'il est vraiment rentré dans ta chambre, Céleste. Il a très bien pu tomber en essayant. Oui, c'est ça. C'est la version de l'histoire que je donnerai, et que tu confirmeras quand les autres élèves te poseront des questions, ce qu'ils feront forcément. Je le dirai même à Wade. Il ne sait pas *tout* ce qui s'est passé. Trevor ne faisait que gémir et grogner.

Amy pointa sur moi un index menaçant.

— Et tu as intérêt à ne pas raconter autre chose, m'avertit-elle. Si tu le fais, notre seule défense sera de l'accuser de viol, comme je te l'ai dit.

— Je ne ferais jamais ça.

— Je n'ai aucune idée de ce que pourrait faire Wade s'il apprenait la vérité, poursuivit Amy, qui ne m'écoutait pas vraiment. Il pourrait te renvoyer directement à l'orphelinat, même si nous accusions Trevor d'être entré chez toi de force et de t'avoir violée. Il se débrouille très bien à l'usine, mais il est incapable de gérer les problèmes domestiques.

Je haussai un sourcil sceptique. J'estimais que Wade était plus apte qu'elle à s'occuper des questions familiales, et qu'il fallait lui dire la vérité.

Amy devina mes doutes.

— Il sait très bien faire illusion, déclara-t-elle, mais il ne faut pas oublier comment s'est passée sa jeunesse. Comment Basil le traitait et le traite encore. Sous bien des aspects, Wade est immature. Parfaitement : immature. Socialement immature, tu peux me croire sur parole. Il ne te le montrerait sans doute pas, mais s'il apprenait tout ça il serait paniqué. Il s'inquiéterait de l'impact que cela pourrait avoir sur sa chère entreprise de plomberie, et c'est à moi qu'il confierait tous ses soucis.

La voix d'Amy monta soudain dans les aigus.

— Peux-tu m'écouter et faire ce que je dis, oui ?

Je hochai la tête et détournai le regard.

— Bien. Dès que tu seras sortie du bain, va te coucher et laisse-moi m'occuper du reste. Nous parlerons tranquillement de tout ça demain.

Elle s'approcha de la baignoire, posa la main sur ma tête et me caressa doucement les cheveux. La surprise me fit lever les yeux sur elle.

— Je ne te blâme pas autant que tu le crois, Céleste. Je sais combien les hommes sont habiles et manipulateurs. J'ai su dès le début que tu serais une cible de choix, pour eux. Tu es si belle. J'aurais peut-être dû faire mettre des barreaux à tes fenêtres. Je regrette que les ceintures de chasteté ne soient plus en usage. Certaines réformes sociales en faveur des femmes les ont rendues encore plus vulnérables, et leur ont fait plus de mal que de bien.

Je la regardai plus attentivement. Je croyais qu'elle plaisantait, mais elle était on ne peut plus sérieuse. Elle se pencha pour m'embrasser sur le front.

— Essaie de te reposer un peu, dit-elle en se relevant. Demain matin, nous aurons une conversation cœur à cœur, toi et moi. Comme deux sœurs, ajouta-t-elle en s'en allant.

Me reposer ? Comment pouvait-elle me demander quelque chose d'aussi impossible ?

Je sortis du bain, me séchai, enfilai une autre chemise de nuit et me glissai dans mon lit. Les nouveaux draps sentaient l'amidon, mais je discernai une autre odeur, presque imperceptible. Je flairai l'étoffe raidie et j'eus un mouvement de recul.

Encore de l'ail ! Mme Cukor, bien sûr. Qu'est-ce qu'elle avait fait ? Glissé des gousses entre les draps avant de les monter ? Comment pourrais-je dormir avec cette odeur dans les narines ? Et comment aurais-je pu me plaindre ?

On frappa quelques coups à ma porte. Amy n'aurait pas pris la peine de s'annoncer, plus maintenant. C'était sûrement Wade, ou peut-être Mme McAlister qui m'apportait une tisane.

— Entrez, criai-je, et Wade ouvrit la porte.

— Comment vas-tu, Céleste ?

— Très bien.

Que répondre d'autre ? Je ne pouvais pas me plaindre de l'odeur des draps sans révéler ce qui s'était vraiment passé ici.

— Ah, l'adolescence ! C'est une sorte de folie, dit-il en secouant la tête. J'ai dû appeler Chris Foley pour lui annoncer ce qui était arrivé à son fils. L'ironie de la chose, c'est qu'il va sans doute me poursuivre en justice. As-tu vu tomber Trevor ?

— Oui, admis-je à contrecœur.

Allait-il m'interroger davantage, me forcer à tout lui raconter ?

— Il a de la chance de ne pas s'être blessé plus sérieusement. J'ai trouvé ça sur lui, dit Wade en exhibant la fiasque d'argent. J'ai pensé qu'il valait mieux que je sois le premier à la voir. Il faudra quand même que j'en parle à son père, ajouta-t-il. Cela l'empêchera peut-être d'engager des poursuites contre moi.

— Je suis désolée pour tout ça, Wade. Je ne lui ai pas demandé de venir ici, précisai-je, ce qui était la vérité.

— Allons, jeune fille ! Tout ça passera. Amy se calmera, j'arrangerai les choses avec les Foley. Ne te fais pas de souci. Un de ces jours, nous rirons de cette histoire.

Comme je le pensais, il prenait tout cela bien mieux qu'Amy.

— Je suis désolée, répétai-je.

— Essaie de dormir un peu. Tu auras besoin de toutes tes forces pour ce qui t'attend. Demain, je suis sûr que tu seras l'objet de toutes les conversations, et encore plus lundi, quand tu retourneras en classe. Les nouvelles vont vite, par ici, surtout les nouvelles de ce genre-là.

Je fis signe que je comprenais. Il hésita, un peu mal à l'aise me sembla-t-il, comme s'il désirait me dire encore autre chose.

— Eh bien… bonne nuit, se contenta-t-il d'ajouter, avant de se retirer sans bruit.

Je laissai retomber ma tête sur l'oreiller. Quelques instants plus tard, un bruit de voix me parvint du couloir. Amy gémissait en pleurant, et Wade la consolait. Puis j'entendis leur porte se fermer et tout redevint silencieux.

J'étais atterrée d'avoir provoqué un tel bouleversement dans cette maison, et si peu de temps après mon arrivée. Je crus que j'allais fondre en larmes, tant j'étais oppressée par la mélancolie et le sentiment aigu de ma solitude. Des souvenirs montaient en moi, se précisaient, comme s'ils s'éveillaient d'une longue hibernation.

Il y avait bien longtemps de cela, Lionel et moi étions assis dans le salon devant la fenêtre de façade, par une nuit de lune très semblable à celle-ci. Il venait juste de me lire une très belle histoire : celle d'une chenille amoureuse d'un papillon. La chenille promit au papillon que, dès sa métamorphose, ils voleraient ensemble. Il se posa près d'elle et attendit, attendit, attendit. La chenille l'aimait tant que la force de son amour hâta sa métamorphose. À la fin de l'histoire, elle avait enfin des ailes, ravissantes, toutes neuves. Et tous deux s'envolaient ensemble, portés par une douce brise.

— Où sont-ils allés ? avais-je voulu savoir.

— Dans un endroit où ils seraient toujours ensemble, et toujours aussi beaux.

Où pouvait se trouver cet endroit ? m'étais-je demandé. En ce moment même, Lionel était-il en train de le chercher, alors que son regard scrutait si intensément la ligne sombre de la forêt, de l'autre côté de la prairie ? Y avait-il un merveilleux papillon qui l'y attendait, et cela signifiait-il qu'il voulait me quitter pour toujours ?

Il avait lu mon inquiétude sur mon visage et demandé :

— Qu'y a-t-il, Céleste ?

— Tu vas t'en aller, toi aussi.

C'était juste avant que toutes ces choses n'arrivent et que nous soyons séparés. Il avait souri.

— Non. Je ne m'en irai pas.

— Si, avais-je insisté. Tu t'en iras.

Il avait cessé de sourire. Il faisait toujours attention à ce que je disais, je m'en souviens, et je me sentais quelqu'un d'important. Mère faisait la même chose, elle aussi. Maintenant, quand il m'arrivait d'y penser, je me rendais compte que, la plupart du temps, je ne savais pas pourquoi j'avais parlé ainsi. Le plus étrange, c'est que tous deux semblaient en savoir plus que je n'en savais moi-même.

Le jour où il s'en alla, je pensai à l'histoire du papillon. Il a toujours su qu'il s'en irait, méditai-je. Il m'a menti.

C'est peut-être pour cela que j'étais si fâchée contre lui. C'était une trahison de plus, parmi toutes celles que je ne devais jamais oublier.

Au cours des jours suivants, je n'eus plus qu'un seul désir. Devenir papillon et, d'un coup d'aile, m'envoler vers ce lieu magique où Lionel était allé.

— Je passerai ma vie entière à le chercher, me dis-je en fermant les yeux.

Quelques minutes plus tard, je dormais, rêvant de fleurs de pommier tombées de l'arbre, et s'élevant lentement pour retourner à leurs branches. Puis je m'aperçus que ce n'étaient pas des fleurs mais des papillons blancs et rouges, que quelque chose avait mis en émoi.

Qu'est-ce que cela pouvait être ? Qu'est-ce qui les agitait ainsi et les faisait s'envoler ? Quelque part, tout près, juste derrière la porte la réponse rôdait, tout comme rôdait Mme Cukor dans cette étrange maison, aux murs tissés de mystères auxquels il valait mieux ne pas toucher. Mais des mystères qui, je le pressentais, m'atteindraient un jour.

Je le savais aussi bien que je savais mon propre nom.

Je pouvais presque les sentir tournoyer autour de mon lit, s'en rapprocher de plus en plus, de plus en plus, jusqu'à ce que…

Je m'éveillai en hurlant, appelant désespérément Lionel. Encore et toujours Lionel.

TREIZE

Un danger plane

Le lendemain, fidèle à sa promesse, après le petit déjeuner Amy me demanda de sortir avec elle et d'aller bavarder dans le kiosque, près de la piscine. Un entretien cœur à cœur, fraternel, avait-elle dit. Malgré cela, je m'attendais à l'un de ses sermons habituels sur la malignité des hommes, surtout après la nuit dernière. Mais elle me surprit, par sa décision de me révéler le second « grand secret » de sa vie. Elle m'avait déjà confié le premier, concernant sa psychothérapie en cours.

En fait, elle n'était pas descendue pour le petit déjeuner, mais s'était fait monter un plateau par Mme McAlister. Wade, qui devina que je la croyais souffrante à cause des événements de la nuit, s'empressa de me rassurer.

— Elle déjeune souvent au lit le dimanche, affirma-t-il. Si elle descendait, depuis quelque temps, c'est uniquement parce que maintenant tu vis avec nous. Elle dit que j'ai toujours le nez dans mon journal, et qu'elle aimerait mieux regarder la télévision que la dernière page de la rubrique financière.

Ce qui me frappait le plus, chez Wade, c'est qu'il ne cherchait jamais à se justifier ni à se trouver des excuses. Il était ce qu'il était, tout simplement. Ce qu'il était en train de me dire, au fond, c'est qu'il ne critiquait pas Amy de prendre son petit déjeuner au lit. Il l'ignorait.

Il partit plus tôt que d'habitude pour aller à son club, mais me chargea de dire à Amy qu'il serait heureux de nous emmener dîner en ville, si elle le désirait. Malgré les apparences, il faisait tout pour la rendre heureuse.

Quand elle revint, Mme McAlister m'informa qu'Amy allait bientôt descendre et me demandait de l'attendre.

Elle descendit peu après, en effet. Elle était encore en robe de chambre et chaussée de pantoufles roses. Elle paraissait avoir dormi encore moins que moi, mais elle tenait à ce que nous ayons cet entretien, et à ce qu'il ait lieu dehors. Je me dis qu'elle aurait froid, dans cette tenue, mais elle n'avait pas l'air de s'en soucier. Le regard vague, elle donnait l'impression d'être encore plongée dans un rêve. D'un pas de somnambule, elle s'engagea sur le chemin dallé qui traversait la pelouse et je la suivis, la tête basse, comme une enfant qui s'attend à être grondée.

Parvenues au kiosque, nous nous assîmes sur le banc circulaire et elle resta un moment immobile, muette, cillant nerveusement et se mordant les lèvres. Enfin, elle se décida à en venir au fait.

— J'ai beaucoup réfléchi la nuit dernière, Céleste, et j'ai pris de très sérieuses, de très importantes décisions. Si j'ai hésité à tout te révéler sur ma jeunesse, c'est pour une bonne raison. Je ne voulais pas te donner l'impression que tout ce que j'ai essayé de t'apprendre, sur les relations entre les hommes et les femmes, ne se fondait que sur une unique expérience désastreuse. Ce sont des choses que j'ai toujours sues, même avant d'avoir été… même avant cette expérience traumatisante. J'espère que tu me crois.

De notre place, nous avions vue sur la piscine, à présent couverte pour éviter qu'elle ne se remplisse de feuilles mortes. Il ne faisait pas encore très froid, mais l'air avait déjà cette fraîcheur piquante qui fait pressentir l'hiver.

Je me souvenais que dans les Catskills, les premières neiges tombaient dès la mi-octobre. Un jour, la neige recouvrait tout, mais le matin suivant elle avait fondu au soleil. Quand j'étais toute petite, je trouvais cela magique. Cela renforçait ma vision du monde extérieur, celui que je voyais à travers mes fenêtres. Pour moi, il n'était fait que d'illusions, ce qui me rendait encore plus crédible l'existence d'esprits rôdant autour de nous.

— Je sais que tu penses à tout ce que je t'ai dit l'autre soir, au sujet de ma thérapie. Je sais que tu t'attends à ce que je te dise que j'ai été violée, où que j'ai couché avec un garçon, que j'ai été enceinte et subi une I.V.G. Ou même que j'ai mis l'enfant au monde et l'ai confié à un service d'adoption. Ces histoires sont devenues banales, trop banales, mais ce n'est pas ce qui m'est arrivé. Ce n'est pas la raison pour laquelle j'ai suivi diverses psychothérapies, et que j'en suis à présent une nouvelle.

Elle baissa la tête et, quand elle la releva, je vis que ses yeux brillaient de larmes. Elle se mordait la lèvre et son menton tremblait.

— Amy, tu n'es pas obligée de me raconter quoi que ce soit, dis-je précipitamment. Je ne veux ni te blesser ni te voir souffrir. Je suis navrée pour ce qui s'est passé la nuit dernière, cela n'arrivera plus. Je t'en prie, tu as assez souffert, ne te tourmente pas davantage à cause de moi.

— Non, il faut que je le fasse, insista-t-elle. Je ne veux pas que tu me prennes pour une ogresse qui veut t'empêcher de t'amuser et de vivre ta jeunesse. Tu dois me faire confiance quand je te mets en garde contre les champs de mines qui nous entourent, et crois-moi, il y en a beaucoup. Les parents...

Elle s'interrompit et sa voix se chargea de colère.

— Les parents, pour des raisons plus stupides l'une que l'autre, laissent les enfants s'aventurer dans le monde sans les avertir des dangers qui les guettent. Ils sont trop gênés pour leur en parler, ou simplement trop optimistes. Ils font comme si rien de mal ne pouvait leur arriver. Ils enfoncent la tête dans le sable et prétendent que le mal n'existe pas, ou qu'il ne pourra jamais atteindre leurs enfants.

» C'est ce qui m'est arrivé, ajouta-t-elle d'une voix radoucie. Ma mère n'était pas très avertie, malgré les airs qu'elle se donnait devant les autres. Toute sa vie elle avait été protégée, gâtée. Et mon père se comportait comme si le sexe était réservé aux gens mariés, et seulement pour avoir des enfants. Il n'aborda jamais le sujet avec moi, ni de près ni de loin, et ma mère non plus. Et si je lui posais une question qui avait un rapport, même très lointain, avec les relations entre les deux sexes, j'obtenais toujours la même réponse.

» — Amy, souviens-toi que le sexe n'est qu'une astuce de la nature pour rapprocher les gens, et rien de plus. Ne cherche pas à y voir autre chose et tout ira bien pour toi.

» Voilà le genre de conseils qu'il me donnait. Mes parents étaient comme ça. Rends-toi compte : ma mère ne m'avait même pas expliqué ce qu'était le cycle féminin. Quand j'ai eu mes premières règles, elle a eu l'air aussi surprise que moi, et aussi choquée. Je me souviens encore de ses paroles.

» — Oh mon Dieu ! Il va falloir que nous t'achetions tout de suite les protections nécessaires.

» Les protections nécessaires ? m'étais-je demandé. J'étais donc en danger ? Qu'en était-il de mes spasmes douloureux, et de ce qui les provoquait ? Était-ce la malédiction d'Ève, pour avoir donné à Adam le fruit de l'arbre du bien et du mal ? La punition que ma mère se plaisait à rappeler : "Tu concevras et enfanteras dans la douleur" ? Était-ce la seule explication pour ces spasmes pénibles et ces malaises ? Et devions-nous nous contenter d'accepter tout cela en serrant les dents ?

» Dans mon lycée, il n'y avait pas de cours d'éducation sexuelle qui puisse apprendre aux filles à connaître leur corps. Chacune devait tout découvrir par ses propres moyens.

Amy eut un sourire désenchanté, teinté d'un soupçon d'ironie.

— Une jeune fille « comme il faut » ne parle pas de ces choses-là, vois-tu. C'est ainsi qu'avait été élevée ma mère et qu'elle m'élevait moi-même. Tu sais que pendant toutes les années que j'ai passées chez mes parents, pas une seule fois je n'ai entendu ma mère prononcer le mot « toilettes » ? Jusqu'à ce que je sois propre, nous avons eu une nourrice. Ma mère n'a jamais changé une couche de sa vie. Et bien sûr, je n'avais pas le droit de prononcer le mot « toilette », moi non plus. Un jour où j'étais vraiment en colère contre elle, j'ai débité tous les mots interdits : pipi, caca, toilettes, culotte... et j'en passe. Elle m'a lavé la bouche au savon.

Elle sourit à ce souvenir, puis le chassa d'un geste de la main.

— Tu dois te dire que je perds le fil, mais pas du tout. J'essaie simplement de te faire comprendre combien les jeunes de ton âge sont laissés à eux-mêmes pour maîtriser les expériences pénibles et les traumatismes auxquels ils sont confrontés. Rien d'étonnant à ce qu'un tel nombre d'entre eux aient des problèmes.

» Nous sommes un tissu de contradictions, tous autant que nous sommes, et c'est pourquoi nous agissons parfois d'une façon qui nous surprend nous-mêmes. Au plus profond de nous sont enfouies d'innombrables émotions contradictoires, Céleste, et ce n'est que trop vrai pour moi. Oh mon Dieu ! s'exclama-t-elle en se mordant la lèvre. Je ne m'étais pas rendu compte que tu pourrais être tellement... bouleversée par ce que j'allais te dire, que peut-être nous ne pourrions plus jamais être amies.

— Amy, ne me...

Elle m'arrêta net en posant la main sur mon bras.

— Ce n'est pas de moi qu'il s'agit en ce moment. Je ne dois pas me montrer égoïste. Si ce que je vais te dire doit nous éloigner l'une de l'autre, qu'il en soit ainsi. Au moins je t'aurai donné tout ce que je pouvais, tout ce que ma mère ne m'a pas donné, conclut-elle, toujours penchée sur moi.

Puis elle se redressa et prit une profonde inspiration.

Mon cœur cognait dans ma poitrine. Des oiseaux pépiaient, les jardiniers commençaient à tondre les pelouses et tailler les buissons. Le ronron monotone des tondeuses évoquait un bourdonnement d'abeilles.

— J'étais très liée avec une fille de ma classe, Gail Browne, reprit Amy. C'était pratiquement ma seule amie. Elle portait des lunettes et j'étais beaucoup plus jolie qu'elle. Comme presque toutes les filles, d'ailleurs, et aussi bon nombre de garçons. Même si, comme je te l'ai dit, ma beauté s'était révélée tardivement. Malheureusement pour elle, Gail tenait de son père, un grand gaillard massif aux traits épais et à la mâchoire lourde. Elle n'était pas laide, d'ailleurs, mais ces traits un peu rudes lui donnaient une allure masculine. Et derrière ses lunettes, ses yeux étaient toujours rouges et larmoyants. Mais elle avait des cheveux magnifiques, dont les mauvaises langues disaient que c'était un vrai gâchis pour un visage comme le sien.

» Sa mère ne lui avait pas appris à se maquiller, et elle ne savait absolument pas s'y prendre. Elle se mettait trop de noir aux yeux, choisissait mal son rouge à lèvres et, bien souvent, s'en barbouillait le menton.

» Mais c'était une élève brillante, et c'est pour ça que je devins son amie. Pour ça, et aussi parce que sa façon de me suivre dans tout le lycée, comme un toutou, m'était agréable et me flattait. Je pouvais toujours compter sur elle pour m'aider à faire mes devoirs, et quand nous avions travaillé ensemble j'obtenais de meilleures notes aux contrôles.

» Ce fut seulement en classe de première, au milieu de l'année, qu'elle prit une allure féminine. Et ce fut si rapide qu'elle parut comme transformée du jour au lendemain. Tu peux imaginer l'effet que cela dut faire à une fille comme elle, absolument plate, d'avoir tout à coup une poitrine plus forte, et surtout plus belle, que la plupart des autres filles. Et ses hanches s'étaient tellement arrondies qu'elle ne rentrait plus dans ses pantalons. Je me souviens que sa mère s'était plainte à la mienne de ce qu'elle leur coûtait une fortune en vêtements, subitement.

» Et bien sûr, les garçons remarquèrent le changement. Mais parce qu'elle était si peu attirante, ils ne voyaient en elle qu'un objet sexuel. Ils faisaient sur elle des plaisanteries salaces et ne perdaient pas une occasion de la ridiculiser. Ils l'avaient surnommée « l'oreiller ». La seule façon possible de faire l'amour avec elle, déclaraient-ils, était de lui mettre un oreiller sur la figure. Leurs plaisanteries étaient horriblement méchantes, répugnantes, cruelles... exactement à leur image.

Amy était lancée, maintenant. Elle n'hésitait plus à fournir des détails qui devenaient de plus en plus scabreux.

— Gail était très embarrassée par ce corps provocant, et à cause de la façon dont les garçons la traitaient, elle fit toutes sortes de choses pour nier sa féminité. Elle porta des soutiens-gorge qui lui écrasaient la poitrine, des robes flottantes qui camouflaient ses formes et tout ce qui pouvait la dissimuler.

» Je traversais moi aussi une crise de doutes sur moi-même, et je m'intéressais de très près à sa façon de régler ses problèmes. Peu à peu, nos séances de travail prirent un tour plus personnel. Elle n'était pas aussi timide qu'elle semblait l'être, dès qu'il s'agissait de ces questions intimes. Elle me confia que son apparence n'était pas son seul souci, mais que des sensations nouvelles, de troublants émois physiques la travaillaient. Elle osa m'avouer qu'elle connaissait des orgasmes spontanés, parfois même en classe. Comme cela ne m'était jamais arrivé, j'étais très intriguée, bien sûr, et nos conversations devenaient de plus en plus hardies, de plus en plus intenses. Et un soir, alors que nous étions censées préparer un examen de littérature...

Pendant une brève seconde Amy parut hésiter à poursuivre, mais elle enchaîna aussitôt :

— ... Gail me parla de ses masturbations. Je fus littéralement hypnotisée par sa description. Quand je lui dis que je n'avais jamais fait cela, elle parut sceptique.

» — Eh bien tu devrais, affirma-t-elle. Ce n'est pas vraiment contre nature, enfin pas autant que tu crois.

Elle me cita toutes sortes de livres qu'elle avait lus et me décrivit les choses qu'elle y avait apprises. J'étais captivée, bien sûr. Vivant avec des parents comme les miens, n'étant pas douée pour me faire des amis, et n'ayant jamais eu la moindre amourette, je buvais les révélations de Gail.

» Finalement, elle posa son livre et me proposa de faire immédiatement l'essai moi-même. J'eus l'impression que mon corps entier prenait feu. Cette simple suggestion me plongeait dans un trouble indescriptible, et Gail s'en aperçut.

» — Ce n'est qu'une expérience, m'encouragea-t-elle. Il n'y a pas de quoi en faire toute une histoire. Si tu veux, je le ferai aussi.

» Comme je ne disais toujours rien, elle décida pour moi.

» — Pour commencer, il faut nous déshabiller.

» Je la regardai se lever, déboutonner son chemisier, descendre la fermeture à glissière de sa jupe. Puis elle s'interrompit et me regarda.

» — Eh bien ? Qu'est-ce que tu attends, Amy ? Tu n'as pas peur, quand même ?

» J'avais peur, mais je ne l'aurais jamais admis et je m'en voulais d'avoir peur. Je commençai donc à me déshabiller, moi aussi. Quand Gail ôta son soutien-gorge, le volume de sa poitrine me surprit, mais elle avait le ventre plat et les hanches bien faites. En d'autres termes, elle avait un corps harmonieux que n'importe quelle fille eût envié, moi comme les autres.

» Je ne m'attarderai pas sur ce qui suivit, mais je me sentis très vite si gênée, si ridicule que je m'arrêtai. Surtout, je crois, à cause de la façon dont Gail m'observait.

» — Pourquoi t'arrêtes-tu ? s'étonna-t-elle.

» Je lui dis que je me sentais ridicule, et elle me fit la leçon.

» — Tu dois surmonter ça, tout de suite.

» Elle prenait tellement au sérieux son rôle de professeur, dans ce domaine-là. C'était sa façon de me dominer, tu comprends. Je me sentais si peu sûre de moi, si empruntée, si incapable en ce qui concernait ces choses, et je détestais ça. Et alors...

Amy plaqua les mains sur sa poitrine comme si elle avait du mal à respirer. Elle attendit d'avoir repris haleine pour continuer.

— Et alors, Gail a dit qu'elle allait m'aider.

Ce fut à mon tour de retenir mon souffle, attendant la suite de l'histoire. Autour de nous, tout était calme et silencieux. Même les tondeuses et les cisailles étaient muettes.

— Et je ne l'ai pas arrêtée, finit par dire Amy.

Puis elle attendit ma réaction.

Comme je ne dis rien, ne changeai pas d'expression, elle crut que je n'avais pas compris, mais j'avais prévu ce qu'elle allait me dire et m'étais déjà représenté la scène. Le choc provoqué par les mots eux-mêmes en fut amorti d'autant. Il en avait toujours été ainsi pour moi. Les gens y voyaient souvent un manque d'intérêt de ma part, alors que j'avais tout simplement anticipé leurs propos.

Amy reprit sa surprenante confession.

— Je la laissai me toucher, m'exciter, avoua-t-elle. Et elle s'efforçait de me rassurer, en répétant que je devais considérer ce que nous faisions comme une simple expérience. Mais je ne pouvais pas me dissimuler qu'elle y prenait autant de plaisir que moi.

» Pendant qu'elle m'excitait, elle s'excitait aussi. En réalité... nous faisions l'amour ensemble.

» Je ne dormis pas cette nuit-là. La culpabilité se mêlait en moi au souvenir intense du plaisir. Je me disais que je n'oserais plus jamais affronter le regard de Gail. J'envisageai même de ne plus la revoir du tout.

» Mais je soutins son regard et je restai son amie, en tout cas pour un certain temps. Je ne voulais pas prendre plaisir à ces « expériences », ni les renouveler, ni fréquenter Gail. Mais je le faisais. Cela semblait toujours se produire spontanément, et bien sûr, à chaque fois j'étais bourrelée de remords. Je tombai dans cet état presque dépressif que provoque la culpabilité, mon sommeil se peuplait de tortueux cauchemars. J'étais convaincue que quelque chose ne tournait pas rond, chez moi. Et puis... une chose terrible arriva.

— Quelle chose ? finis-je par demander, comme elle restait muette.

Je sentais s'obscurcir mes images mentales, des ombres s'approcher. Je ne voulais rien savoir de ces choses, et pourtant j'avais soif de les connaître. Amy poursuivit :

— J'ignorais que je n'étais pas tout à fait la seule amie de Gail. Elle avait avec une autre fille les mêmes relations qu'avec moi, enfin pas tout à fait. C'était sa voisine, Rhonda Linsey, la jeune sœur d'un garçon de notre lycée. Gail avait eu avec elle les mêmes expériences qu'avec moi, mais Rhonda en fut malade de dégoût et de frayeur. Elle raconta tout à quelqu'un qui le dit à quelqu'un, et ainsi de suite, jusqu'à ce que l'histoire arrive aux oreilles de son frère. Au lycée, Oliver Linsey prit Gail à partie devant une foule de camarades de classe. Ce fut une scène ignoble, épouvantable, et je me souviens encore du regard de Gail qui m'implorait de la défendre, mais je lui tournai le dos et me sauvai.

» Le scandale fut énorme. Mis au courant, les parents de Rhonda eurent une explication avec ceux de Gail. On ne parlait plus que de cela au lycée, et l'idée qu'on pourrait découvrir la vérité à mon sujet me terrifiait. Par chance, personne ne savait que Gail était venue si souvent chez moi. Mais certaines filles, sachant à quel point Gail m'idolâtrait, commençaient à me poser des questions. Cependant, avant que les choses n'aient le temps d'aller plus loin...

Amy parut rassembler ses forces pour pouvoir continuer, mais se reprit très vite.

— ... Gail absorba des somnifères que prenait sa mère et mourut d'overdose. Avant qu'on ne découvre ce qu'elle avait fait, elle était morte. Et comme elle avait avalé tout le flacon, il ne fut pas possible d'envisager un accident.

Tout le monde fut secoué par cette histoire horrible. Oliver Linsey n'en eut aucun remords, et bien peu de ses camarades éprouvèrent de la compassion pour Gail.

» Un autre exemple de la cruauté masculine, dit Amy en essuyant une larme. Il n'y eut pas de pardon, pas la moindre compréhension, rien que des ragots abjects et méchants. Tels des vampires, les gens déchiraient à belles dents la mémoire de Gail. Les Browne finirent par vendre leur maison et quitter la région.

— Je suis désolée, dis-je avec sincérité. J'espère que tu ne t'es pas fait trop de reproches.

— J'ai essayé. J'ai décidé de ne plus y penser. Mais j'étais obsédée par le souvenir de nos rencontres et de la part que j'y avais prise. J'ai commencé à me demander si je n'avais pas causé la mort de Gail, en répondant si ardemment à ses avances et en la détournant d'une autre fille.

— Mais ce n'est pas toi qui as commencé, Amy. C'est elle.

— Je sais, mais j'aurais dû la repousser et je ne l'ai pas fait. La honte que j'en ai ressentie m'a rendu plus difficile d'avoir des relations normales avec un garçon. J'avais trop peur qu'il ne devine tout de suite ce que j'avais fait. Parfois, il suffit de repousser les avances d'un garçon pour qu'il t'accuse aussitôt d'être homosexuelle. Ne laisse jamais aucun d'eux pratiquer ce chantage sur toi, Céleste. Tu peux compter sur eux pour essayer. Enfin…

Amy libéra un soupir de soulagement.

— Au bout d'un certain temps, je commençai à sortir avec des garçons et je finis par rencontrer Wade. Avant que tu me poses la question : oui, il est au courant, s'empressa-t-elle de m'informer. Naturellement, Basil ne sait rien. S'il savait ça, il en ferait quelque chose de dégoûtant. Rends-toi compte : il m'a proposé – en plaisantant, mais quand même ! – de faire l'amour avec une femme. Il a dit qu'il pourrait arranger ça, à condition qu'il soit spectateur. Il était saoul, c'est vrai, mais je mettrais ma main au feu qu'il a déjà fait des choses de ce genre.

» Wade et lui sont si différents ! dit Amy dans un soupir désabusé. J'en viens même à penser que Basil a des soupçons sur sa paternité. Il ne pourrait pas accepter que sa femme l'ait trompé, mais il lui arrive de l'en accuser, dans ses colères d'ivrogne. Wade est très contrarié quand il entend ça, mais je lui dis qu'il devrait souhaiter que ce soit vrai.

» Enfin, voilà. Tu sais tout, maintenant. Tu connais tous les squelettes de notre placard. Si je t'ai parlé de tout ça, c'est pour que tu comprennes bien la gravité de certaines erreurs, dans nos relations intimes, et quelles traces profondes elles laissent en nous. Maintenant, j'aimerais avoir ta promesse que, désormais, tu éviteras Trevor Foley.

» Parce que, poursuivit-elle en se penchant en avant, l'index levé, ne te trompe pas sur ce qu'il te réserve. Il va tout faire pour que tu te sentes affreusement coupable de ce qui lui est arrivé, puis il se servira de cette culpabilité pour obtenir ce qu'il veut de toi.

Pour donner plus de poids à sa prédiction, Amy hocha vigoureusement la tête. Je la rassurai aussitôt.

— Ne te tracasse pas pour ça, Amy. Je ne me sens pas coupable, et je ne me laisserai sûrement pas faire par un garçon sous prétexte de culpabilité.

Elle scruta longuement mon visage et le sien s'éclaira.

— Tant mieux. Parce que je veux que tu sois une jeune fille heureuse, pleinement heureuse, Céleste.

Elle laissa errer son regard autour d'elle, mais j'aurais juré qu'elle ne regardait rien. Retirée en elle-même, elle écoutait ses propres pensées. Je vis des larmes s'échapper de ses yeux sans qu'elle essaie de les retenir.

— Amy…

— Tu dois me trouver vraiment bizarre et horrible, maintenant que je t'ai raconté tout ça.

— Non, pas du tout, je t'assure.

Elle se tourna vers moi et lut ma sincérité sur mon visage.

— Oh, Céleste ! Tu n'es vraiment pas comme les autres, dit-elle en m'attirant dans ses bras. Merci, merci.

Elle se recula brusquement, comme si elle craignait que je trouve quelque chose d'équivoque dans son étreinte.

— Merci à toi de m'avoir confié tes secrets, lui dis-je avec chaleur.

Et cette fois, elle se détendit. Elle resta un moment silencieuse puis se leva.

— Et si nous allions déjeuner dehors pour nous changer les idées ? Au Nest, par exemple. C'est ouvert le dimanche, et je mangerais volontiers un homard en salade. Va t'habiller. C'est une trop belle journée pour la gâcher par des regrets. Alors, c'est oui ?

— C'est oui, Amy, répliquai-je en me levant à mon tour.

Et, côte à côte, nous nous dirigeâmes vers la maison.

— Je ne voudrais pas avoir l'air de me plaindre, surtout aujourd'hui, ajoutai-je en cours de route, mais Mme Cukor...

— Qu'est-ce qu'elle a encore fait ?

— Quand elle a lavé le drap qu'elle m'a donné cette nuit, elle a dû jeter une gousse d'ail dans la machine, répondis-je sans pouvoir m'empêcher de rire.

— Elle n'a pas fait ça ?

— Si.

— Oh, non ! Je le ferai changer pendant que nous irons déjeuner, me promit Amy. Cette femme ! Qu'est-ce qu'elle attend pour se faire embaucher dans un cirque ?

Sans doute s'imagine-t-elle qu'elle y est déjà, pensai-je, mais je me gardai bien d'exprimer cette opinion tout haut.

— Tu as raison d'en rire, Céleste, il vaut mieux prendre les choses du bon côté. Tu as raison, c'est vraiment comique, conclut Amy.

Elle avait l'étonnante faculté d'oublier le malheur, et de passer en un instant de la tristesse à la gaieté. Elle me faisait penser à un caméléon. N'importe qui, en nous voyant entrer au Nest, aurait pu croire que les rumeurs sur les événements de la nuit dernière n'étaient que pure fiction. Elle connaissait la plupart des gens qui déjeunaient ici le dimanche. Mais seule une femme, Joy Stamford, une rousse au visage poupin, eut l'effronterie de lui demander tout net si ce qu'elle avait entendu raconter le matin même était vrai.

— Il paraît que le fils Foley s'est fracturé l'épaule en tombant de votre toit, hier soir ?

Amy n'eut pas un battement de cils et conserva son éclatant sourire.

— C'était tellement stupide, Joy. Je suis sûre que les Foley sont si confus qu'ils ne savent plus où se fourrer.

— Alors que s'est-il passé ? insista Joy, cette fois pour le bénéfice des deux femmes qui partageaient sa table.

— À vrai dire, nous n'en savons rien. Il y a eu un grand fracas dehors, Wade est descendu voir et il a appelé une ambulance.

Les regards des trois femmes convergèrent sur moi, et Amy comprit que leur attention avait changé d'objet. Elle enchaîna sur un ton désinvolte :

— Et la pauvre Céleste n'en sait pas plus que moi, d'ailleurs. Ce garçon aura voulu jouer les voyeurs, j'imagine. C'est ce qu'on appelle la justice immanente. Comment est le homard en salade, aujourd'hui ? J'ai horreur qu'il soit filandreux.

— Il est parfait, affirma l'une des deux autres convives.

Et nous nous dirigeâmes vers notre table réservée, où Amy tint sa cour comme elle le faisait partout ailleurs.

— Tu vois, me dit-elle en souriant à chaque personne qui nous regardait, il ne faut jamais montrer aux gens que tu es mal à l'aise ou contrariée. Ils n'attendent que ça. Ils sont tellement friands des malheurs des autres ! Tu les laisses débiter leurs méchancetés, tu dévies légèrement du sujet et ils sont complètement frustrés. Crois-moi, je sais comment les prendre. Ils sont de la même race que ma mère. Je connais leur univers, j'y ai vécu et j'ai parlé leur langue.

» Toi aussi tu sauras jouer à ce petit jeu, Céleste, et même bien mieux que moi, j'en suis sûre, conclut-elle.

Puis elle commanda nos homards en salade.

Assez tôt ce soir-là, avant que nous soyons prêtes à sortir pour aller dîner, comme l'avait proposé Wade, mon téléphone sonna. Ce n'était pas Trevor. C'était Waverly… pour parler de Trevor.

— Il souffre, annonça-t-il avec un accent dramatique, et il m'a demandé de t'appeler de sa part. On l'a mis sous sédatifs, mais il a réussi à chuchoter sa demande comme si c'était sa dernière volonté, précisa Waverly, sur un ton encore plus dramatique. Si tu voyais le plâtre qu'on lui a mis ! Il n'est pas près de reprendre le volant, ni de grimper jusqu'à ta chambre, d'ailleurs.

— Dis-lui que j'espère le voir vite rétabli, répondis-je sans me compromettre.

— D'accord. Je passerai te prendre demain pour aller le voir, si tu veux. Il est chez lui. Nous pouvons y aller juste après la fin des cours.

— Je ne peux pas. J'ai une leçon de conduite, et ensuite une leçon de piano.

— Après-demain, alors ?

— Je ne peux pas non plus.

— Ce n'est pas très chic de ta part. Il a risqué sa vie pour te voir et flanqué ma soirée par terre.

J'imaginai son petit sourire plein de sous-entendus.

— D'après ce qu'on raconte, c'est en venant à ta soirée qu'il risquait sa vie.

Waverly eut un petit rire jaune.

— Ça va, ça va ! Je voulais juste te dire que je suis à ta disposition si tu as besoin de quoi que ce soit. Je suis prêt à faire n'importe quoi pour toi, ajouta-t-il, avec un petit accent égrillard impossible à ignorer.

— J'en prends note au cas où on me demanderait de vider les ordures, lui renvoyai-je. Merci pour ton appel.

Je raccrochai sans lui laisser le temps de répondre, mais j'aurais pu jurer qu'il avait les oreilles rouge tomate.

Malgré cela et malgré tous les avertissements d'Amy, j'étais désolée pour Trevor, et j'avais bien l'intention d'aller le voir à la première occasion, si cela m'était possible. J'ignorais comment avaient réagi ses parents, ni qui ils rendaient responsable de l'accident, et je ne voulais pas compliquer davantage une situation qui l'était déjà bien assez, surtout pour Wade. Mais je ne pouvais pas m'empêcher de me demander quelles histoires on allait faire courir sur notre compte.

Comme si elle avait pu entendre mes pensées, Lynette Firestone appela quelques minutes plus tard. Je venais juste d'ouvrir mes livres de classe.

— Salut ! lança-t-elle précipitamment. Tout le monde se demande ce qui est arrivé à Trevor chez toi. Il était saoul ? Tu l'as fait entrer dans ta chambre, ou est-ce qu'il est tombé en essayant de le faire ? C'est toi qui lui avais demandé de venir ?

Elle ne m'avait même pas laissé le temps de lui dire bonsoir, mais elle fut bien obligée de s'arrêter pour souffler.

— Comment as-tu eu ce numéro ? fut ma première question.

J'étais sûre que Trevor ne le lui aurait jamais donné. Et maintenant je me demandais si Waverly ne l'avait pas communiqué à tout le monde, rien que pour s'amuser. La réponse de Lynette me rassura un peu.

— C'est ta cousine qui l'a donné à ma mère ; elle a pensé que nous pourrions devenir amies et que tu aurais besoin d'en avoir une, surtout en ce moment.

Pourquoi était-il si important pour Amy que je me lie avec Lynette Firestone, l'une des filles les plus impopulaires de Dickinson ?

— Alors dis-moi, insista-t-elle. Qu'est-ce qu'il s'est vraiment passé ?

— C'est seulement ce matin que j'ai appris qu'il s'était passé quelque chose, figure-toi. Pendant tout ce temps-là, je dormais. Merci d'avoir appelé, lançai-je en raccrochant.

Peu de temps après, Amy vint me rappeler que je devais m'habiller pour dîner. Elle avait décidé Wade à nous emmener dans l'un des grill-rooms les plus chers de la ville.

— J'ai besoin de viande, ce soir, déclara-t-elle. Il faut que je me refasse des muscles.

Elle fit semblant de gonfler ses biceps, éclata de rire et alla s'habiller.

Wade sortait du salon quand nous descendîmes, et nous fûmes aussi surprises l'une que l'autre de voir son père à son côté.

— Père a décidé de se joindre à nous ce soir, annonça Wade.

L'expression de son visage, tout comme le ton qu'il employait, montrait assez que l'idée ne venait pas de lui.

Amy se raidit et pinça les lèvres.

— Qu'il ne soit pas question de ce qui s'est passé hier soir, Basil. C'est déjà de l'histoire ancienne.

— J'en suis certain, répliqua-t-il aimablement.

Mais son regard se posait déjà sur moi, et son sourire exprimait clairement vers quoi se tournaient ses pensées.

Pour la première fois depuis mon arrivée, j'eus le pressentiment très net d'un danger.

QUATORZE

Leçons de conduite

Basil insista pour être considéré comme mon cavalier servant pour la soirée.

— Je sors avec Céleste, ce soir, dit-il avec autorité.

Et il ouvrit la portière avant pour Amy, afin de pouvoir s'asseoir près de moi à l'arrière. Avant que nous ayons atteint le restaurant, il me tenait la main et bavardait comme un collégien. Il vantait ses talents de skieur, se félicitait de son voyage en Europe l'hiver précédent, et de ses qualités d'athlète qui, affirmait-il, l'avaient empêché de vieillir.

Malgré l'insistance d'Amy pour qu'on ne revienne pas sur les événements de la nuit, il nous taquina toutes les deux à leur sujet, disant que les remparts du château avaient été franchis et que la belle damoiselle était en grand danger.

— Il se pourrait que je passe plus de temps à la maison tant que cette jeune beauté sera dans nos murs, suggéra-t-il.

Sur quoi, Wade commenta d'une voix brève:

— Autant introduire le renard dans le poulailler.

À ma grande surprise, Basil rugit de rire au lieu de se sentir insulté. Quand nous arrivâmes au restaurant, il s'efforça d'être charmant. Il ouvrit les portes devant moi, me prit le bras pour entrer, tira ma chaise à ma place, passa le menu en revue et me recommanda ce qui, d'après lui, devait me plaire le plus. Il parla de tous les endroits qu'il avait visités depuis la mort de sa femme, décrivit ses séjours en Asie et en Afrique, où il était allé faire un safari. Par moments, on aurait pu croire que nous étions seuls à table, lui et moi. Wade et Amy étaient laissés complètement en dehors de la conversation.

— Rien n'est plus enrichissant que de voyager, Céleste, me dit-il encore. À condition de faire les choses en grand, bien entendu.

— Sans doute, mais ça revient cher, grommela Wade, se décidant enfin à interrompre son père.

Basil le toisa d'un air assuré.

— Elle pourra se le permettre, c'est moi qui te le dis. Je sais distinguer les gagnants des perdants, Wade, et cette fille est une gagnante, c'est écrit sur son front. Et ailleurs aussi, chuchota-t-il en se penchant vers moi.

Je me sentis rougir.

On apporta nos plats, et le mien s'avéra aussi délicieux que l'avait prédit Basil. Le vin qu'on me servit aussi avait été choisi par lui. Pendant le repas, il ne cessa de parler des grands restaurants dans lesquels il avait dîné, en raillant Wade parce qu'il ne savait pas profiter de la vie.

— Il faut bien que quelqu'un garde la boutique, répliqua Wade pour sa défense.

— Mais oui, fais donc ça, Wade. Pendant ce temps-là Céleste et moi prendrons du bon temps, n'est-ce pas, Céleste ?

Je m'abstins de répondre. De temps à autre je jetais un coup d'œil à Amy, pour voir si elle était choquée ou fâchée par la conduite de Basil, mais elle semblait perdue dans ses pensées. Wade finit par lui demander si quelque chose n'allait pas, et elle répondit qu'elle était simplement plus fatiguée qu'elle ne croyait l'être.

— De toute façon, nous devons nous coucher tôt, fit observer Wade. Céleste a cours demain et j'ai des tas de choses à faire à l'usine, papa. La livraison de Burlington ne correspond pas du tout à la commande. J'ai dû vérifier les factures ligne par ligne, article par article.

— Mais oui, mais oui, dit Basil en agitant la main comme s'il chassait des mouches. Tu ne te souviens pas de ce que ta mère me répétait souvent ? On ne parle pas d'affaires à table, c'est impoli. Cela ennuie les femmes. Je vois mal quel intérêt cette jeune personne pourrait éprouver pour des éléments de tuyauterie, conclut-il en me regardant.

Il m'adressa un clin d'œil, comme si nous avions combiné ensemble cette attaque contre son fils. Je ne pouvais pas m'empêcher d'être désolée pour Wade, et j'aurais aimé prendre sa défense, mais je gardai pour moi mes reparties cinglantes. Je sentais que nous étions assis sur un tonneau de poudre, et je ne voulais surtout pas être celle qui allumerait la mèche.

Tout à coup, Amy partit d'un petit rire haut perché qui attira l'attention de tout le monde.

— Vous êtes vraiment impossible, Basil, vous savez ? Vous ne laisserez jamais personne vous contredire.

— J'espère bien que non, rétorqua-t-il.

Ses yeux s'étrécirent, son sourire lascif et railleur s'effaça brusquement, pour faire place à une expression mauvaise et menaçante.

Amy en eut le souffle coupé. Elle porta la main à sa gorge et détourna vivement les yeux. La tension que je perçus entre elle et Basil me laissa un moment perplexe et troublée. Des souvenirs anciens remontèrent en moi, ombres se déployant telles des mains qui s'ouvrent. J'entendis des voix chuchoter des avertissements, et je me souvins que les murs de la maison palpitaient comme un cœur qui bat. L'obscurité se faufilait sous les portes et gagnait tout. Endormie dans sa chambre, maman s'éveillait en hurlant. Des hiboux se figeaient sur les branches et la lune se faufilait derrière un nuage.

Dans mon souvenir, je criais et appelais Lionel, mais il était déjà parti. Et le sentiment de ma solitude, si poignant, était pourtant moins fort que la présence de la mort toute proche, qui s'amusait à me titiller et à me hérisser la peau de ses doigts glacés. Dans mes cauchemars, la petite tombe sans nom du cimetière s'ouvrait. Quelqu'un venait. Un être épouvantable s'approchait.

— Tu te sens bien, Céleste ? s'enquit subitement Wade. Tu es toute pâle.

Tout le monde avait les yeux sur moi, à présent. Je hochai faiblement la tête.

— Oui, oui, tout va bien.

— Laisse cette fille tranquille, Wade, se récria Basil. Tu te conduis comme une vraie mère poule, tout d'un coup. Je me demande bien pourquoi tu t'inquiètes tellement.

— Oui, c'est vraiment un mystère, n'est-ce pas ? Et maintenant, si nous rentrions ? (Wade fit signe au garçon qui nous avait servis.) Céleste vient de vivre une expérience traumatisante. Nous aurions dû passer la soirée à la maison.

— Quelle ineptie ! riposta Basil. Elle est trop jeune pour qu'on puisse parler de traumatisme. Elle va très bien. Vous allez très bien, n'est-ce pas, Céleste ? Ne vous souciez de rien. Si mon fils n'est pas capable de vous protéger, comptez sur moi pour le faire. Tout ce dont elle a besoin, c'est que quelques événements heureux se produisent dans sa vie. Au fait, que signifie cette réticence à lui acheter une voiture ? demanda-t-il tout à trac, prenant Wade par surprise… et moi du même coup.

— Réticence ? Elle n'a pas encore son permis, papa ! Elle commence à peine à prendre des leçons.

— Des leçons, grommela Basil. De nos jours, les jeunes prennent des leçons de tout et n'importe quoi. Mon père m'a hissé dans notre vieux camion et m'a dit : « Vas-y et débrouille-toi pour ne rien percuter, sinon je ne m'occupe plus de toi jusqu'à la fin de mes jours. » Et en quarante ans de conduite, je n'ai jamais eu d'accident. Ce n'est vraiment pas compliqué, surtout maintenant avec le changement de vitesses automatique. Plus d'effort à faire.

» Écoutez, Céleste. Je serai là demain quand vous rentrerez du lycée, pour vous donner une leçon qui vous apprendra tout en moins d'une heure.

— Mais son moniteur vient justement à cette heure-là, protesta Wade.

— Qu'il aille au diable ! Ces gens-là font traîner les choses le plus longtemps possible pour vous soutirer le plus d'argent possible. Décommandez-le. C'est moi qui apprendrai à conduire à la petite et qui l'accompagnerai à son examen. Je connais tout le monde au bureau des permis et on me doit quelques retours d'ascenseur.

Je m'attendis à ce qu'Amy soulève une objection, mais elle se contenta de sourire.

— Ne t'inquiète pas, Wade, elle connaît déjà les rudiments. Et tu sais aussi bien que moi que ce qui compte, dans la vie, ce n'est pas ce que nous savons mais qui nous connaissons.

Wade voulut protester, mais Basil se pencha à travers la table et s'empara de l'addition que le garçon venait d'apporter. Wade en fut si surpris qu'il en resta bouche bée.

— Je peux très bien signer l'addition, observa Basil. De toute façon, c'est moi qui paie, fanfaronna-t-il comme un gamin de quinze ans.

J'eus l'impression qu'il jouait cette petite comédie à mon intention et jetai un coup d'œil furtif à Wade. Il était rouge comme un homard.

Amy lança de nouveau un bref éclat de rire nerveux, et je rencontrai le regard de Wade. Un regard désespérément triste. Je fis semblant de m'intéresser à autre chose pour ne pas l'embarrasser.

Sur le chemin du retour, nous eûmes droit à un nouveau sermon de Basil, sur l'école cette fois. Comme il fallait s'y attendre, il la dénigrait, soutenant que seule l'expérience permettait d'acquérir l'art de manipuler les gens, clé de la réussite. Et une fois de plus, c'est à moi que s'adressait ce discours.

— Quand vous négociez un marché, Céleste, ce n'est pas la grammaire qui compte, mais ce que vous connaissez des attentes du partenaire. S'il a désespérément besoin de conclure le marché, allez-y. Vous pourrez lui imposer vos conditions. Dans la vie, tant que vous serez en position de faire quelque chose pour quelqu'un, vous obtiendrez tout ce que vous désirerez. N'ai-je pas raison, Amy ?

Elle sursauta comme si elle venait d'être piquée par une abeille. Un instant troublée, elle répondit précipitamment :

— Si.

— Bien sûr que si, appuya Basil avec satisfaction.

Wade ne dit rien mais je vis son cou se raidir. Il était furieux. En arrivant à la maison, nous nous arrêtâmes près de la voiture de Basil, pour qu'il puisse descendre avant que nous entrions dans le garage. Je sentis que, pour Wade, c'était une façon de s'assurer qu'il s'en allait et ne rentrait pas dans la maison avec nous.

Basil me serra fermement la main, et renouvela son offre de me donner une leçon de conduite le lendemain.

— Je réglerai la question de votre examen, ajouta-t-il. Alors à demain, après la classe.

Il se pencha et m'embrassa sur les lèvres, si rapidement que je n'eus pas le temps de détourner la tête. Il rit de ma surprise, puis sa main s'abattit sur l'épaule de Wade, un peu lourdement me sembla-t-il.

— Va dormir, Wade. C'est une rude journée qui t'attend à l'usine, et à la façon dont je dépense l'argent, j'espère que les bénéfices vont monter cette année. Amy, ma chère, faites de beaux rêves, ajouta-t-il en lui envoyant un baiser.

— Bonsoir, Basil.

Il sortit de la voiture, monta dans la sienne et démarra, tandis que nous rentrions dans le garage en silence. Comme nous nous dirigions vers le hall, j'entendis Wade dire à Amy :

— J'en ai plus qu'assez de m'excuser pour lui.

— Alors ne le fais pas, répliqua-t-elle sèchement.

Il gravit lentement l'escalier devant elle.

— Bonne nuit, Céleste, me souhaita-t-il sans se retourner.

Il avait les épaules affaissées, la tête basse. J'aurais voulu trouver les mots qui lui auraient remonté le moral, mais tout ce que je trouvais à dire fut :

— Bonne nuit.

Amy le regarda entrer dans leur chambre, puis se retourna vers moi.

— Ne prends pas mal la proposition de Basil, Céleste. Il pense ce qu'il dit : tu auras ta voiture. Laisse-lui te donner des leçons. Tu auras ton permis rapidement, et je sais combien tu souhaites être indépendante. Tâche de le supporter, il n'est pas dangereux et il adore se sentir important. On ne doit jamais contrarier celui qui tient les cordons de la bourse, tu sais bien. Ne jamais refuser un service offert par Basil Emerson, voilà ma devise.

Elle m'embrassa sur la joue et ajouta :

— Tout ira mieux demain, tu verras. C'est toujours comme ça.

Avant que je puisse poser la moindre question, elle était rentrée dans sa chambre.

En me couchant, je fus heureuse de constater que les draps de mon lit avaient été changés, et que l'odeur d'ail avait disparu. Exténuée, je m'endormis dès que j'eus posé la tête sur l'oreiller.

Comme toujours ces temps-ci, ce fut le coup de fil matinal de Wade qui m'éveilla. Je me levai, me douchai et m'habillai en un temps record et me hâtai de le rejoindre pour le petit déjeuner. J'étais impatiente de lui dire que je ne prendrais pas de leçons avec son père, s'il n'y tenait pas non plus, mais il aborda le sujet autrement.

— Hier soir, j'ai dit que j'en avais assez de m'excuser pour mon père, mais c'est pourtant ce que je fais. Je suis désolé qu'il se soit montré aussi odieux. Je peux l'empêcher de venir ici pour te donner des leçons de conduite, si tu n'y tiens pas.

Si *je* n'y tenais pas ? C'est moi qui lui servirais de prétexte pour empêcher son père de venir ? Pour rien au monde je n'aurais voulu causer un désaccord entre Basil et lui, surtout après ce qui s'était passé avec Trevor. Je ne tenais pas à être celle qui apporterait le mauvais œil dans la maison, comme l'avait prédit Mme Cukor.

— C'est sans importance, Wade, affirmai-je.

— Tu es sûre que ça ne t'ennuie pas ?

— Pas du tout, ne t'inquiète pas.

— Je t'aurais volontiers proposé mes services, mais je ne suis libre que le week-end. Mon père dispose de tout son temps, lui, grommela-t-il. La vérité, c'est qu'il n'a jamais dirigé l'entreprise comme je la dirige moi-même.

— Puisque je te dis que ça ne me dérange pas, insistai-je.

— Je suppose que je devrais me réjouir qu'il s'occupe de façon utile, pour une fois. Au moins je ne l'aurai pas dans les jambes. C'est lui qui m'a appris à conduire, tu sais. Il n'était pas spécialement patient, mais je m'en suis tiré. Je suis sûr qu'il sera plus aimable avec toi qu'avec moi. Il était gentil avec ma sœur.

C'était la première fois qu'il faisait allusion à sa sœur. J'avais toutes sortes de questions sur le bout de la langue, mais je les gardai pour moi.

— Tout se passera bien, dis-je avec un peu plus d'assurance.

Et c'est aussi d'un ton plus assuré qu'il répondit :

— J'en suis certain, Céleste.

Amy n'était pas encore descendue quand il fut temps de partir. En approchant de Dickinson, je vis bien que Wade était beaucoup plus inquiet que moi au sujet de l'accueil que me réservaient les autres élèves.

— Si les Foley ont répandu des histoires sur ton compte, je veux le savoir, me dit-il. Chris Foley sait que son fils avait bu, et que tout ça est entièrement de sa faute. Je veux être prévenu, insista-t-il en se garant sur le parking.

— Tout se passera bien, Wade, réaffirmai-je. Merci.

Quand j'entrai dans notre classe principale, l'expression de tous les visages me prouva ce que je savais déjà : tous les élèves parlaient de Trevor et de moi. Lynette Firestone boudait, Germaine Osterhout jubilait.

— Je parie que tu as fait perdre la boule à ce pauvre Trevor, gouailla Waverly. Quand il t'a quittée, il était tellement sonné qu'il avait perdu le nord.

Les garçons émirent des gloussements grivois, les yeux des filles brillèrent de joie mauvaise.

— Si tu t'étais confiée à moi, j'aurais pu t'aider, me dit Lynette après la fin du premier cours.

— M'aider en quoi ? lui renvoyai-je.

Après tout ce que j'avais subi dans ma vie, je n'allais pas me tracasser pour quelques plaisanteries de potaches. Je préférais les ignorer, les regarder comme si je ne les voyais pas, laisser leurs bavardages entrer par une oreille et sortir par l'autre.

— Ils vont te faire une réputation épouvantable, prédit Lynette. Et ne compte pas sur Trevor pour prendre ta défense, ils se soutiennent tous.

C'était fort possible, en effet, mais qu'est-ce que cela pouvait bien me faire ? Tout à coup, le fait d'être ici, de vivre chez les Emerson, de fréquenter un lycée privé, ne me semblait plus aussi désirable que je l'avais espéré. À l'orphelinat, je rêvais d'avoir dix-huit ans et d'être indépendante. J'étais comme une prisonnière comptant les jours qui la séparent de la liberté. Ma vie actuelle était censée marquer le début de cette liberté, j'avais été couverte de cadeaux ; mais d'une façon que je n'aurais jamais imaginée, je me sentais toujours prisonnière et bien plus qu'à l'orphelinat.

Était-ce ma destinée d'être toujours captive d'invisibles chaînes ? Quand serais-je libre ? Quand aurais-je vraiment le droit de respirer ?

Amy fut à l'heure à la sortie, et bien sûr elle débordait de questions quant à la façon dont les autres élèves m'avaient traitée.

— Je suis désolée de ne m'être pas levée à temps pour te parler avant ton départ, Céleste. Je voulais te prévenir que certaines de ces filles peuvent être de vraies garces, quelquefois. Quelles sortes de méchancetés ont-elles débitées ? Est-ce que Lynette t'a défendue ? Est-ce qu'elles font déjà courir des rumeurs ignobles sur ton compte ?

— Je les ai ignorées, affirmai-je, mais elle voulait connaître tous les détails.

» Je ne sais vraiment pas, Amy. Je n'ai pas écouté.

— Mais...

— Je me suis tenue à distance de leurs messes basses et de leurs sourires supérieurs, pour me concentrer sur mon travail. J'ai eu un contrôle surprise en maths, ce matin, et j'ai un exposé à terminer en sociologie, alors j'ai passé l'heure du déjeuner et mon temps libre à la bibliothèque. Au fait, ajoutai-je avec satisfaction, Mme Grossbard ne pense pas avoir de place pour moi dans l'équipe de golf. Elle a testé mes aptitudes et décidé que ce n'était pas mon fort.

La bouche d'Amy s'ouvrit et se referma.

— Eh bien, euh... comment... je parlerai de tout ceci à Mme Brentwood, bredouilla-t-elle, visiblement choquée.

— C'est sans importance, Amy. Je ne tiens pas du tout à faire partie de l'équipe. En revanche, j'ai un texte très important à rédiger pour le journal, et je dois inventorier tous les livres. J'ai été désignée comme bibliothécaire.

Sa mâchoire s'affaissa, son regard exprima ce qu'elle pensait sans qu'elle eût besoin de le dire. Elle trouvait cela parfaitement ennuyeux.

— Oh, parvint-elle enfin à articuler. Si c'est ce que tu veux. Si cela peut te faire plaisir...

— C'est exactement ça.

Elle enregistra ma réponse d'un hochement de tête.

En descendant la rue qui menait à la maison, elle ralentit et, à ma surprise, s'arrêta derrière une Mercedes modèle sport garée le long du trottoir.

— Basil t'attend, dit-elle en désignant la voiture.

Je me penchai en avant et le vis en descendre en agitant la main. Amy crut devoir me rappeler :

— Ta leçon de conduite, tu te souviens ? J'ai pris les devants et j'ai décommandé le moniteur.

— Ah oui, proférai-je, l'estomac brusquement noué d'appréhension.

— Descends, et sois gentille avec lui. Tu as besoin de quelqu'un qui puisse te gâter, Céleste... et même encore plus que moi, ajouta-t-elle avec une note de tristesse dans la voix. Je monterai tes livres dans ta chambre.

Elle se pencha à sa fenêtre pour rendre son salut à Basil, mais il l'ignora. Ce fut à moi qu'il s'adressa.

— Allons, Céleste. Nous avons des tas de choses à faire.

Je descendis et me dirigeai vers lui. Vêtu d'un jean et d'un sweater de jersey fin, il avait une certaine allure avec sa coiffure en coup de vent. Je serrai la main qu'il me tendait, puis il ouvrit un peu plus la portière avant pour que je puisse me glisser derrière le volant.

— Voyons d'abord comment vous vous y prenez, et ce que vous a appris cet expert, dit-il en refermant la porte.

Amy nous observait mais il ne lui jeta pas un regard. Il contourna la voiture, ouvrit la portière droite le temps de s'asseoir à mon côté et la claqua sur lui.

— Ce n'est pas une mauvaise voiture pour débuter, fit-il observer. Elle est facile à conduire, très bien suspendue et réagit au quart de tour. Elle est extrêmement performante, alors prudence avec l'accélérateur. Allez-y, montrez-moi ce que vous savez faire.

Une par une, j'exécutai les consignes de mon moniteur. Je réglai la position du siège, l'inclinaison des rétroviseurs. Je jetai un coup d'œil à la boîte de vitesses et à la manette des clignotants, puis je bouclai ma ceinture de sécurité.

— Ça vous va bien de tenir ce volant, Céleste. Vous êtes faite pour conduire ce genre de voiture. Savez-vous combien elle coûte ?

Je fis signe que non.

— Plus de cent mille dollars, annonça Basil. Je pense m'en acheter une nouvelle. Peut-être vous laisserai-je celle-ci pour votre usage personnel, alors attention : pas de casse, ajouta-t-il en riant.

Parlait-il sérieusement ? Allait-il me confier une voiture aussi coûteuse, comme ça, tout simplement ?

— Maintenant, en route. Ne restons pas ici.

Il tourna la tête en direction d'Amy, toujours garée derrière nous, et son regard se durcit.

— Mais bon sang, qu'est-ce qu'elle attend ? Allons-y, ordonna-t-il avec autorité.

Je mis le contact, jetai un coup d'œil dans mon rétroviseur, allumai les clignotants et démarrai. Basil avait raison, cette voiture était infiniment plus sensible que le véhicule bon marché qu'utilisait mon moniteur. Elle bondit en avant, si vite et si brusquement que je donnai un coup de frein. Basil rit quand nous rebondîmes d'avant en arrière sur nos sièges.

— Désolée, m'excusai-je.

— Ce n'est rien. Vous vous habituerez vite à elle, vous verrez.

En douceur cette fois-ci, j'accélérai et nous roulâmes sans heurts jusqu'à la route. Basil se rapprocha de moi, le bras gauche passé autour du dossier de mon siège. Son souffle effleura ma joue et je sentis le parfum pénétrant de son eau de toilette.

— Maintenez une allure régulière, me recommanda-t-il. Contentez-vous de surveiller la vitesse et de regarder autour de vous. Je vérifie toujours dans le rétroviseur à quelle distance de moi se trouve l'imbécile qui me suit. Les gens ont la manie de vous coller aux pare-chocs, maintenant, il faut toujours être sur ses gardes. Attendez-vous toujours à ce que l'autre conducteur fasse quelque chose d'idiot, et la plupart du temps, c'est ce qu'il fera.

Plus nous roulions, plus les battements précipités de mon cœur s'apaisaient. Conduire cette voiture était un vrai plaisir, mon siège était on ne peut plus confortable. Basil m'indiquait où je devais tourner.

— Vous vous en tirez très bien, me félicita-t-il. Je suis impressionné. Je n'aurai même pas besoin de demander une faveur au bureau des permis.

Je le remerciai mais ne détournai pas un instant les yeux de la route, même si je sentais peser son regard sur moi. De temps en temps ses doigts frôlaient ma nuque ou mes cheveux, et un petit frisson me courait le long du dos. J'avais peur que sa caresse ne se prolonge ou ne descende jusqu'à mes épaules.

Il m'apprit à me garer, et je découvris que ce n'était pas du tout un mauvais professeur. Il avait une compréhension quasi mécanique de tout ; la vitesse, les angles, les changements de direction, il savait exactement de combien de degrés tourner le volant et quand il fallait s'arrêter.

— C'est parfait, approuva-t-il, après mon quatrième essai pour me garer en parallèle. On recommence. Quand j'en aurai fini avec vous, vous serez capable de vous garer les yeux fermés.

Avec lui je prenais vraiment confiance en moi, et à la fin de ma leçon je me sentais tout à fait à l'aise.

— Ma parole, je pourrais vous prendre comme chauffeur ! s'égaya-t-il.

Et pour la première fois, je souris.

— Merci.

— De rien. En fait, j'ai pris plaisir à vous observer. J'avais appris à conduire à ma femme, vous savez. Wade ne le sait même pas, mais c'est vrai. Vous me la rappelez, par certains côtés ; surtout par votre concentration, et cette façon que vous avez de garder les yeux fixés sur quelque chose. Je lui disais souvent qu'elle pourrait percer des trous rien que par ses regards.

Nous arrivions au grand portail et, en pénétrant dans le parc, je demandai à Basil :

— Pourquoi ne voulez-vous pas vivre ici tout le temps ?

— J'y ai trop de souvenirs. D'ailleurs, cette maison est faite pour une famille, pas pour un veuf. J'espère bien avoir cette famille, et voir des petits Emerson gambader partout. Je veux un petit-fils avant d'être trop vieux pour lui apprendre à conduire, acheva-t-il.

Je pensai à Amy, si peu pressée de devenir mère. Basil s'en doutait-il, seulement ?

— Je vais entrer un moment, décida-t-il quand je me fus garée. J'ai besoin d'un verre. Pas à cause de votre façon de conduire, s'empressa-t-il de préciser. C'est mon heure, voilà tout.

Dès notre entrée, Wade jaillit du salon pour nous accueillir. L'air inquiet, il chercha mon regard pour y lire mes impressions.

— Elle est sacrément douée ! claironna Basil. La pauvre infortunée conduit mieux que toi, Wade, et seulement après quelques leçons.

— Arrête, papa ! Je ne l'ai jamais appelée comme ça.

— Arrête, papa ! singea Basil, en passant devant son fils pour se rendre au bar.

Wade en profita pour me demander tout bas :

— Tout s'est bien passé ?

— Très bien. C'est un bon professeur, ajoutai-je, ce qu'il n'eut pas l'air de croire. Où est Amy ?

— Elle a mal à la tête et elle est montée faire une sieste. Elle est sujette aux migraines. Cela va s'arranger, mais il se pourrait qu'elle ne descende pas dîner.

— Désolée, je ne savais pas.

— Mais qu'est-ce que tu fabriques, Wade ? vociféra Basil. Viens ici et dis-moi combien j'ai gagné d'argent aujourd'hui.

— Il faut que j'aille travailler, dis-je à Wade.

Et je haussai la voix pour être entendue de son père :

— Merci encore, monsieur Emerson.

— Ne m'appelez pas M. Emerson. C'est lui, M. Emerson. Moi je suis Basil, hurla-t-il en réponse.

Je secouai la tête, jetai un coup d'œil à Wade – qui fit la grimace – et montai rapidement à l'étage.

À peine avais-je refermé la porte de ma chambre que le téléphone sonna. Je me dis que ce devait être encore Waverly, qui voulait plaisanter à mes dépens, mais non. C'était Trevor.

— Je t'ai appelée tout l'après-midi, Céleste. Où étais-tu passée ? Ne me dis pas que tu m'as déjà trouvé un remplaçant !

— J'avais ma leçon de conduite.

— Ah, oui ! J'avais peur que ton téléphone soit resté décroché, ou un truc comme ça.

— Comment vas-tu ?

— Mieux, mais si tu voyais ce plâtre ! J'ai l'air de sortir d'un film d'horreur. Ce n'est pas facile de dormir avec ça. Je suis content que tu prennes des leçons, tu sais. Je ne pourrai pas conduire pendant un bon bout de temps, et j'aurai besoin qu'on me ramène à la maison. Dépêche-toi d'avoir ton permis.

Je ne répondis rien. Cette seule idée me semblait tellement irréalisable qu'en parler n'avait aucun sens. Autant discuter d'un voyage dans la lune. Je me hâtai de changer de sujet.

— Tes parents ne sont pas trop fâchés à cause de ce qui s'est passé ?

— Si, mais ils se remettent vite. Mon père m'a fait un de ses sermons éclairs qui finissent toujours de la même façon : « J'ai été jeune, moi aussi, je te comprends ». Pourquoi s'imagine-t-il toujours que je suis sa copie conforme et que je vais marcher sur ses traces ? Tes parents sont comme ça, eux aussi ?

Je faillis dire que je ne m'en souvenais pas, mais je retins de justesse la vérité qui allait m'échapper.

— Oui, répondis-je.

— Il paraît que tu en as entendu de toutes les couleurs, à Dickinson ? Je connais Waverly comme ma poche.

— Ça ne m'a fait ni chaud ni froid.

— Tant mieux, parce que je retourne en classe demain. Évidemment, je ne pourrai pas passer de contrôles ni prendre de notes pendant un certain temps, mais tu seras là pour les prendre pour moi.

Comme je me taisais, il resta silencieux un moment, lui aussi, et finit par demander :

— Tu es fâchée contre moi ?

— Non, contre moi.

— Tant mieux, parce que je ne pourrais pas le supporter. Je veux que tu sois la première à signer mon plâtre, alors pense à quelque chose de génial, du genre « on n'a rien sans peine », dit-il en riant. D'accord ?

— On verra. Il faut que je raccroche, Trevor. J'ai beaucoup de travail pour demain.

— Compris. Dors bien dans ton merveilleux lit, et ne crois surtout pas que ce plâtre m'empêchera de te courir après, affirma-t-il dans un autre éclat de rire.

— Alors à demain, Trevor. Au revoir.

— Attends !

— Quoi donc ?

— Tout s'arrangera, Céleste. Ne t'inquiète pas pour ça.

— Je ne m'inquiète pas, affirmai-je.

Je ne voulais pas avoir l'air de prendre les choses trop à la légère, mais comment expliquer que j'avais déjà vécu des choses bien plus dramatiques, et cela quand j'étais plus jeune et incapable de gérer de telles situations ?

— Inquiète-toi quand même un petit peu, tu veux ? J'aurai l'impression d'être plus important pour toi. Je suis quelqu'un d'important pour toi, n'est-ce pas ?

— Oui, Trevor, mais tout ça s'est produit si vite après mon arrivée ici ! Il faut que tu comprennes ce que j'endure, moi aussi.

— Tu as raison. Je suis désolé. Je vais faire attention, quoi qu'il m'en coûte. C'est promis.

— Merci, Trevor. À demain.

— À demain.

Nous raccrochâmes tous les deux en même temps.

Demain. Jamais ce mot ne m'avait semblé si lourd de menaces. Cela nous vaudrait-il davantage de problèmes si nous étions tout le temps ensemble en classe, Trevor et moi... ou serait-ce le contraire ? Amy le saurait, naturellement. Que fallait-il que je fasse ? J'en avais la tête qui tournait. Quand on parle de migraines... Je commis l'erreur de m'étendre et de fermer les yeux. Quelques minutes plus tard, je dormais. Je ne m'éveillai qu'en me sentant doucement secouée par l'épaule.

Amy était penchée sur moi, la mine inquiète. Elle était en robe de chambre.

— Qu'est-ce qui ne va pas ? Pourquoi es-tu endormie ? Wade m'a appelée pour me dire que tu n'étais pas venue dîner. Et quand je t'ai appelée moi-même, tu n'as pas répondu.

Je m'assis, me frottai les yeux et jetai un regard étonné à l'appareil, sur ma table de nuit.

— Le téléphone a sonné ? Je n'ai rien entendu.

— Est-ce qu'il s'est passé quelque chose avec Basil, dans la voiture ?

— Quelque chose ? Non. Qu'aurait-il pu se passer ? Il a été très gentil, en fait.

Amy parut soulagée mais continua à scruter mon visage, avec le regard aiguisé d'un médecin en quête de symptômes.

— Nous irons voir mon médecin, la semaine prochaine. J'aimerais qu'on te fasse un bilan de santé. Je suis certaine que tu n'as jamais été bien soignée, à l'orphelinat.

— Je n'ai jamais été vraiment malade, Amy. Juste un petit rhume de temps en temps, mais rien de grave. Je n'avais pas besoin d'un médecin pour si peu.

— Oui, je le sais, mais quand même... je me fais du souci pour toi. Je vais prendre rendez-vous, décida-t-elle.

Et n'oublie pas: je veux savoir quand tu auras tes règles. Dès le premier jour, insista-t-elle.

Et après un instant de réflexion, elle ajouta:

— Elles n'ont pas commencé, au moins?

— Non, Amy.

— Bien, alors n'oublie pas. Au fait, je ne comptais pas descendre dîner mais je vais passer une robe en vitesse. Nous serons entre nous, Basil est parti. Rafraîchis-toi la figure et donne-toi un coup de peigne. Nous n'avons pas besoin de nous mettre en frais pour Wade, conclut-elle en s'en allant.

L'atmosphère fut plutôt pesante, pendant le dîner. Wade ne leva pratiquement pas le nez de son assiette, et Amy se comporta comme si elle souffrait toujours de sa migraine.

— Tu devrais voir un médecin pour ces maux de tête, Amy, finit par dire Wade.

— Justement, j'y vais. Nous y allons toutes les deux.

— Toutes les deux?

— Céleste a besoin d'un bilan, expliqua-t-elle. J'ai pris rendez-vous pour demain.

Wade attacha sur moi un regard scrutateur.

— Tu ne te sens pas bien?

Une fois de plus, Amy ne me laissa pas le temps de répondre. Elle parla pour moi.

— La question n'est pas là, Wade. Tu ne sais pas tout. Elle a été physiquement agressée.

— Agressée? Alors écoute-moi bien, Amy...

— Nous voulons seulement nous assurer que tout va bien. N'est-ce pas, Céleste? insista-t-elle.

Son regard impérieux me dictait la réponse.

— Si, acquiesçai-je sans conviction.

— Alors ne mets pas ton grain de sel dans les affaires des femmes, lança-t-elle aussitôt à l'intention de Wade.

À nouveau, il baissa le nez sur son assiette.

— Si tu commences à répandre une histoire pareille, nous aurons des problèmes avec la justice, grommela-t-il.

— Mais quelle histoire? Céleste n'a jamais subi d'examen médical sérieux, d'abord. Il serait temps qu'elle en ait un.

— Comme tu voudras, soupira Wade.

Aucun de nous n'était d'humeur à savourer un dessert. Wade allégua qu'il avait du travail et retourna dans son bureau, sur quoi Amy alla se recoucher.

Comme je m'engageais dans l'escalier pour monter dans ma chambre, moi aussi, je vis Mme Cukor à la porte du salon, les yeux levés vers moi. Elle ne paraissait ni effrayée ni en colère.

Elle souriait.

Mais c'était le sourire de quelqu'un qui est certain d'avoir vu juste, et qui s'attend à ce que les événements lui donnent raison.

Et, bien plus que tout ce qu'elle avait pu dire ou faire jusqu'ici, ce sourire me glaça le cœur.

QUINZE

Nouvelles alarmes

En roulant vers le lycée, le lendemain matin, Wade fut plus silencieux que d'habitude. J'essayai d'entamer la conversation, en lui parlant de mon travail pour le journal. Il m'écouta poliment, mais sans l'enthousiasme qu'il montrait d'ordinaire, quand je lui parlais de livres ou de mes études. Il semblait ailleurs, et je supposai qu'il s'inquiétait pour les maux de tête d'Amy. Quand je lui posai la question, il répondit seulement que cela lui passerait, mais avec un accent d'amertume bien plus sensible dans sa voix qu'il ne l'était d'habitude. Je fis semblant de me plonger dans mes notes, en vue de l'interrogation que nous avions en première heure.

Trevor était là, comme il l'avait dit. Son plâtre lui entourait l'épaule et le haut du bras, si bien qu'il devait garder ce bras plus ou moins étendu. C'était très impressionnant, et il était l'objet de l'attention générale. Plusieurs de ses amis avaient signé ou écrit des inepties sur son plâtre. Il me les fit lire au déjeuner. Je remarquai qu'il avait barbouillé ce qu'avait écrit Waverly.

— C'était trop dégoûtant, m'expliqua-t-il quand je lui en demandai la raison. Et toi, quand vas-tu signer ?

— Je n'ai pas encore eu le temps d'y réfléchir, avouai-je, et il parut très déçu par ma réponse.

Les bavardages à notre sujet montaient d'une octave chaque fois qu'on nous voyait ensemble, Trevor et moi, et le brouhaha s'accrut encore quand nous nous assîmes côte à côte à la cafétéria. J'étais tiraillée entre prendre mes distances avec lui, ou rester avec lui et l'aider. Je recopiai mes notes pour lui, tout en sachant que cela ne ferait que grossir les rumeurs, et que ces rumeurs atteindraient Amy.

— Ce soir, il faut qu'on discute du cours de maths, me dit-il. Je prends toujours des sédatifs et je n'ai pas très bien écouté.

— Tu comptes ne parler que de maths ?

— Peut-être simplement de la multiplication... des espèces, précisa-t-il en riant.

Je ris, moi aussi. Je ne pouvais pas m'empêcher de l'aimer, en dépit des idées qu'Amy m'avait mises en tête. Il était beau, il était drôle. Peut-être toute cette histoire serait-elle bientôt oubliée, osai-je me dire. Avec le temps, peut-être ne serions-nous plus qu'un jeune couple d'amoureux parmi tant d'autres. Toutefois, il était clair que même le corps enseignant avait entendu parler de l'incident et en avait discuté. Je le sentais à la façon dont nos professeurs nous regardaient quand nous passions dans le couloir, ou nous asseyions côte à côte en classe. Cela ne fit qu'augmenter mon malaise. Mme Brentwood me jetait des regards désapprobateurs et, en fin de journée, elle me vit sortir des lavabos et traversa le couloir pour me parler.

— Je vois que vous avez déjà fait ce qu'il fallait pour être le centre de l'attention générale, Céleste. Je ne vous conseille pas de vous attirer d'autres problèmes en classe.

— Pourquoi le ferais-je, madame Brentwood ? Je suis si reconnaissante d'être ici, répliquai-je avec sécheresse.

Je soutins son regard comme j'avais soutenu celui de Mme Annjill bien des années plus tôt, quand je n'étais encore qu'une enfant. Elle recula.

— En tout cas, veillez à respecter scrupuleusement le règlement de l'établissement.

— Merci de me le rappeler, répondis-je poliment.

Et je lui souris avec une telle froideur qu'elle tourna les talons et regagna son bureau.

Je suis une étrangère en pays étranger, méditai-je, et cela me rendit songeuse pour le reste de la journée. Après les cours, c'était Waverly qui devait reconduire Trevor chez lui. Il me demanda si je voulais venir avec eux.

— Une autre fois, répondis-je évasivement.

Naturellement, je m'attendais à ce qu'Amy soit à l'heure, et à la voir dès que je sortirais du bâtiment. Mais lorsque j'eus franchi la porte, j'eus la surprise d'apercevoir Basil, appuyé à sa flamboyante Mercedes. Il me fit signe de la main en souriant.

Waverly, bien sûr, sauta sur l'occasion pour me taquiner.

— Wouaoh ! s'exclama-t-il. Madame se fait raccompagner en grande pompe, on dirait.

— Je t'appellerai plus tard, dis-je à Trevor, avant de rejoindre Basil.

Les maux de tête d'Amy s'étaient-ils aggravés ?

— Pourquoi êtes-vous venu à la place d'Amy ? lui demandai-je, vaguement inquiète.

— Je me suis dit que c'était une bonne occasion pour une leçon de conduite. Montez à la place du chauffeur.

Je tournai la tête et vis Trevor, Waverly et quelques autres qui m'observaient. J'entendis Waverly siffler quand je m'assis au volant. Basil leur sourit et monta à son tour. Il pointa le menton vers Trevor.

— Ce garçon avec cet énorme plâtre, c'est le fils Foley, je suppose ?

— Oui.

— C'est ce qui s'appelle tomber... amoureux, pouffa-t-il.

Il me fut impossible de ne pas sourire.

— Allons-y, m'encouragea-t-il. Montrez-moi qu'hier il ne s'agissait pas d'un simple coup de chance.

C'était vraiment excitant de conduire cette voiture. Et une fois de plus, il me dit qu'il envisageait d'en acheter une autre, et de laisser celle-ci à la maison pour moi.

— Je ne vais pas l'envoyer à la casse, quand même ? ajouta-t-il en plaisantant.

Il me fit conduire sur différentes routes et m'emmena dans un autre secteur, pour me montrer un terrain qu'il avait acquis quatre ans plus tôt.

— Je possède une vingtaine d'hectares, ici, et j'imagine déjà la maison que j'y ferai construire. Pas pour moi, bien sûr. Je suis trop vieux et je ne me remarierai jamais. Vous savez ce qu'on dit du mariage. On sait ce qu'on y cherche, mais c'est rarement ce qu'on y trouve.

— Cela ne se passe pas toujours comme ça, observai-je.

— Ce ne sera peut-être pas le cas pour vous. Ça vous plairait de vivre ici ?

— J'ai hérité d'une propriété agricole. J'aimerais bien y retourner un jour.

— C'est ce qu'Amy m'a dit. Le terrain ne vaut rien, dans cette partie de l'État. Vous n'en tirerez pas grand-chose. Tandis qu'ici, la terre vaut de l'or.

— Comment pourrais-je y vivre, de toute façon ? Cet endroit vous appartient.

— On ne sait jamais, commenta Basil.

Je consultai ma montre et déclarai :

— J'ai beaucoup de travail pour demain, et un compte rendu à faire pour le journal du lycée.

— Faites-moi un demi-tour impeccable, ordonna-t-il, et je m'exécutai.

» Excellent. On croirait que vous conduisez cette voiture depuis des années, Céleste. Je vais prendre immédiatement rendez-vous pour que vous passiez votre permis. Nous pouvons avoir encore quelques leçons d'ici-là, mais je ne suis pas certain que vous en ayez besoin.

Quand je passai le portail et roulai vers la maison, Basil ouvrit la boîte à gants. Il en tira une paire de gants de conduite en peausserie rouge, flambant neufs.

— Pour vous, me dit-il. Quand on conduit une voiture pareille, il faut être élégant. Ce qui ne veut pas dire que vous ne l'êtes pas, d'ailleurs.

— Merci, dis-je en prenant les gants, dont le cuir était d'une extraordinaire douceur.

— Il n'y a pas de quoi. Alors à demain, je pourrai vous donner la date de votre examen, dit-il en descendant en même temps que moi.

Il se pencha vers la banquette arrière, y prit mes livres, puis contourna la voiture pour me les donner.

— Merci, dis-je une fois encore.

— Je vous en prie, ma mignonne.

Là-dessus il m'embrassa sur la joue, s'assit au volant et abaissa la glace.

— On dirait que je vais devoir acheter une voiture plus tôt que je ne le pensais, observa-t-il en démarrant.

Je le regardai s'éloigner, toute songeuse. Il avait dû plaisanter, forcément. Comme ça, sans raison, il me ferait cadeau d'une voiture qui valait plus de cent mille dollars ? J'avais du mal à y croire.

Quand je me retournai vers la maison, je vis un rideau retomber. Mais j'avais eu le temps d'entrevoir la face pâle de Mme Cukor, luisante comme un crâne poli dans la lumière de l'après-midi finissant. Il n'y avait personne en vue quand j'entrai dans le hall. Je montai directement dans ma chambre et me mis au travail. Moins de dix minutes plus tard, cependant, Amy apparut sur le seuil. Elle venait me dire qu'elle avait pris rendez-vous chez le médecin pour le surlendemain.

— Je préviendrai Basil, précisa-t-elle, pour le cas où il aurait prévu pour toi une autre leçon de conduite après la classe.

— Je crois que c'est le cas, justement. Il a dit qu'il prendrait rendez-vous très vite pour que je passe le permis. Et il m'a offert ces gants, ajoutai-je en les lui montrant.

— Très jolis. Je n'en ai jamais eu d'aussi jolis, commenta-t-elle en les retournant entre ses mains, avant de me les rendre.

— Amy, je ne sais pas s'il se moque de moi ou quoi, mais il m'a dit plusieurs fois qu'il comptait s'acheter une voiture neuve et me laisserait la sienne.

— Pourquoi se moquerait-il de toi ? répliqua-t-elle avec nonchalance. Je t'ai promis que tu serais heureuse ici, et tu le seras. Ce que je souhaite le plus au monde c'est que tu sois très, très heureuse. N'oublie pas ça. Je nous le souhaite à tous, ajouta-t-elle à mi-voix.

Pendant un instant, j'eus l'impression qu'elle allait pleurer. Mais elle sourit et s'en alla, me laissant plongée dans un tourbillon de questions.

Wade ne dîna pas avec nous ce soir-là. Il nous fit savoir qu'il devrait travailler très tard à l'usine, et qu'en revenant il s'arrêterait en route pour manger un morceau. Amy n'en parut pas plus fâchée que ça. En fait, à la façon détachée dont elle me l'apprit, je devinai que cela n'avait rien d'exceptionnel.

— C'est pour ça que j'ai fini par sortir seule, dans des endroits comme ceux où je t'ai emmenée, me confia-t-elle.

Je les imaginai dînant chacun de leur côté, seuls ou importunés par des inconnus. Le dîner avait toujours eu quelque chose de sacré, chez nous, quand j'étais toute petite. Et c'était aussi un moment spécial de la journée quand j'étais à l'orphelinat. Nous rêvions toutes à de vrais dîners en famille, où chacun raconterait ses activités. Ce repas du soir était le ciment qui nous liait à la seconde famille que nous avions trouvée, et qui nous avait trouvées. Pour nous, c'était presque un événement religieux, un moment de prières d'action de grâces. Pour les orphelines, chaque dîner était un repas de Thanksgiving. Voir qu'on pouvait ainsi le prendre à la légère m'attristait et me fâchait tout à la fois.

À la sortie du lycée, le lendemain après-midi, Basil m'attendait pour une nouvelle leçon. Il me fit pratiquer toutes sortes de manœuvres, et me parut plus déterminé que jamais, et même plus que moi, à me voir passer mon permis. Quand je le lui fis remarquer, il répondit qu'il tenait à laisser sa voiture entre de bonnes mains.

Le lendemain, c'est Amy qui m'attendait à la sortie, pressée de m'emmener chez son médecin, une certaine Mme Bloomfield. Laquelle me fit un bilan de santé complet, y compris des prises de sang, des radios, et même un examen gynécologique. Bien que toutes les analyses de sang ne soient pas achevées, elle dit à Amy que j'étais en parfaite santé.

— Vous êtes sûre qu'il n'y a aucun problème, docteur ? Aucune conséquence malheureuse après ce qui...

— Non, l'interrompit le Dr Bloomfield. Elle se porte bien. Un jour elle aura de beaux enfants, pleins de santé, j'en suis sûre. Vous n'avez pas à vous inquiéter, madame Emerson.

Amy parut profondément soulagée. Pour ma part, je ne m'étais pas fait le moindre souci et n'attendais aucune autre réponse.

— Quand vas-tu consulter pour tes maux de tête ? lui demandai-je en sortant du bureau.

— C'est fait. Ce n'était rien de grave, répondit-elle précipitamment.

Le surlendemain, Basil vint me chercher à la sortie pour m'emmener passer l'examen. Il avait réellement des relations, au bureau des permis. Quand je revins avec mon moniteur, on m'annonça immédiatement que j'avais réussi l'épreuve et que je disposais d'un permis provisoire.

— Nous fêterons ça ce soir, déclara-t-il en me déposant à la maison. Dites à Amy que je réserve au Pêcheur de homards.

Je pensai à tout le travail qui m'attendait, mais il était si enthousiaste, et moi tellement transportée de joie que je n'osai pas y faire allusion. Je le ferais en rentrant, décidai-je. Amy était toute contente pour moi, et quand Wade rentra il me félicita aussi, mais avec plus de réserve, bien sûr. Un peu plus tard, en m'habillant, une crampe abdominale m'avertit que mon cycle commençait. Dès qu'Amy vint voir où j'en étais de ma toilette, je le lui annonçai.

— Dieu soit loué ! s'écria-t-elle en battant des mains.

— Je t'avais dit qu'il n'y avait aucun danger, Amy. Malgré ce qui s'est passé, Trevor est un garçon très responsable.

— Voilà ce qui s'appelle un oxymore ! Tu sais bien ? Une contradiction apparente, comme « cruelle bonté », par exemple. Par définition, un jeune homme ne peut pas être responsable.

Cette fois, je vis rouge.

— Ils ne peuvent tout de même pas être tous comme ça ! ripostai-je.

Elle me dévisagea un moment et finit par sourire.

— Non. Je ne pense pas. Tu as raison, Céleste. Je ne devrais pas te transmettre mes préjugés. Tu as le droit de te former une opinion personnelle. Tout ce que je souhaite, c'est que tu sois prudente et ne compromettes pas tes chances, maintenant que tu viens de prendre un nouveau départ. Promets-le-moi.

— Je te le promets, Amy, lui affirmai-je, tout en n'étant pas vraiment sûre de ce à quoi je m'engageais.

— Bien. Maintenant, allons faire la fête aux frais des Emerson, lança-t-elle en riant.

Elle avait subitement retrouvé son humeur joviale. Sa migraine s'était envolée, à croire que le début de mon cycle avait mis fin à tous ses ennuis.

J'étais loin de me douter que ce serait le commencement des miens, mais je n'avais jamais été très douée pour prédire mon propre avenir. Seulement celui des autres.

C'était particulièrement vrai en ce qui concernait Wade. Je n'aimai pas ce que je vis sur son visage ce soir-là, ce que je lus dans ses yeux, ce que je perçus dans sa voix. Plus Basil décrivait ce qu'il voulait faire pour moi, plus il s'emballait, plus il semblait heureux de me faire découvrir toutes sortes de choses, plus Wade avait l'air triste. Était-ce de la jalousie ? Était-il fâché que son père s'intéresse tant à moi, et soit plus généreux envers moi qu'envers sa fille et ses propres petits-enfants ? Toutes ces questions me trottaient dans la tête.

Je fus aussi étonnée que Wade quand, au cours du dîner, Basil proposa de payer mes études dans une grande école.

— Amy m'a dit que le lycée où elle étudie envoyait ses élèves dans les meilleures universités. Nous ne pouvons pas la priver d'une chance pareille pour une question de frais de scolarité, quand même. Nous en avons discuté.

— Depuis quand fais-tu la différence entre une faculté et une autre, papa ? s'étonna Wade. Personnellement, je l'ai toujours faite mais...

— Céleste est une jeune fille très intelligente, coupa Basil. Nous ne voulons pas lui voir gâcher ses dons dans un endroit médiocre, n'est-ce pas ? Qu'en pensez-vous, Amy ?

— Pardon ? Oh... non. Bien sûr que non.

— Eh bien, alors ? Pourquoi fais-tu cette tête-là, Wade ? Tu ne souhaites pas ce qu'il y a de mieux pour ta pauvre petite malheureuse ?

Wade détourna les yeux. Il but plus que d'habitude, remarquai-je, et resta pratiquement silencieux jusqu'à la fin du repas. Basil insista pour que ce soit moi qui conduise au retour, et fit asseoir Wade et Amy à l'arrière de la Mercedes.

— Elle ne s'en tire pas trop mal, non ? fanfaronna-t-il. Le vieux bonhomme est encore capable de faire des miracles, pas vrai, Wade ?

— Où est le miracle ? riposta Wade, la voix légèrement pâteuse. Tu as passé la soirée à nous rappeler combien elle était douée !

— Et alors ? On a toujours besoin d'un bon professeur, d'un guide averti dans ce monde. N'oublie pas ça, mon garçon. Ne te crois pas plus malin que tu n'es.

— Il n'y a pas de danger, marmonna Wade.

Basil jeta un regard éloquent à Amy, et tourna le dos à Wade pendant tout le reste du trajet.

Il ne me confia pas immédiatement sa voiture. Mais trois jours plus tard, il vint me chercher à Dickinson et me tendit les clés. Je ne compris le sens de son geste qu'en entrant dans le parc et en voyant une Mercédès toute neuve garée devant la maison.

— Ma nouvelle voiture, annonça-t-il. Les documents concernant celle-ci, le numéro de téléphone de mon service d'entretien, tout ce dont vous pourrez avoir besoin se trouve là-dedans, ajouta-t-il en ouvrant la boîte à gants.

— Vraiment, vous me la laissez ? Pour de bon ?

— Profitez-en, mignonne, dit-il en m'embrassant au coin des lèvres. Je dirai à Wade de vous faire de la place dans le garage. Cela devrait lui faire plaisir. Il n'aura plus besoin de vous conduire au lycée chaque matin, ni Amy de venir vous chercher. Bonne chance avec elle ! lança-t-il en sortant.

Je caressai longuement les garnitures de cuir et de bois. Tout cela m'appartenait. Je pouvais aller où je voulais avec *ma* voiture. Il n'y avait pas si longtemps, je ne possédais que deux petites valises de vêtements marqués à mon nom, et les titres de propriété d'un vieux domaine que je n'avais pas revu depuis ma petite enfance. Maintenant j'avais une penderie pleine de toilettes et de chaussures de prix, des bijoux précieux, une grande chambre avec ma ligne téléphonique privée, une coiffeuse, des produits de beauté. J'allais dans un lycée privé très cher, dînais dans les plus grands restaurants, et je recevais plus d'argent de poche en un mois que je n'en avais jamais reçu en un an à l'orphelinat. Je prenais des leçons de piano, des leçons de conduite, et maintenant j'avais à ma disposition une voiture qui coûtait plus de cent mille dollars.

Comme mes désirs et mes projets de retourner à la propriété, de reprendre une existence tranquille et solitaire, s'étaient vite évanouis ! Mes souvenirs de Lionel, de ma famille spirituelle, de toutes les merveilles de mon enfance n'avaient jamais été aussi flous. Pourquoi ne pourrais-je pas étudier dans une université prestigieuse et faire carrière dans le monde des affaires ? Pourquoi ne pourrais-je pas voyager, comme le faisait Basil, rencontrer des gens, goûter à des mets nouveaux et délicieux, contempler des paysages magnifiques ? Pourquoi ne pourrais-je pas être aussi élégante et raffinée que toutes les snobinettes de mon lycée ? Et surtout, surtout, pourquoi ne pourrais-je pas rencontrer un garçon merveilleux avec qui partager ma vie ? Pourquoi tout cela serait-il donné à toutes les autres filles, et pas à moi ? Pourquoi avais-je été enfermée dans un orphelinat, et amenée à me sentir indigne d'avoir une famille et un foyer ?

Trop surexcitée pour rentrer faire mon travail, je mis le moteur en marche et quittai les lieux. Je n'avais aucun but précis, je roulais au hasard des rues, quand soudain je me retrouvai sur la route qui conduisait à la propriété de Basil. Je m'arrêtai sur le bas-côté et contemplai le vaste terrain, si bien situé. Je voyais déjà une maison s'élever sur la colline, à la fois élégante et pratique, moderne château pourvu de toutes les commodités. En somme, tout ce qu'avait Amy. Si j'étais à sa place, pensai-je malgré moi, je serais plus heureuse qu'elle, j'en étais sûre. Était-ce de la prétention de ma part ?

La lumière baissait rapidement. Les jours étaient bien plus courts, à présent. L'hiver pointait à l'horizon. Dans les ombres qui s'amassaient, je crus discerner une silhouette grimpant sur la butte où Basil avait imaginé une maison, comme je le faisais à présent. On aurait dit Lionel. Il se tourna de mon côté puis disparut derrière la crête.

C'est ton imagination, me persuadai-je, tout en levant le pied de la pédale de frein. Et j'accélérai, afin de mettre la plus grande distance possible entre moi et cette illusion. Pour chasser tout avertissement ou toute idée noire qui pourrait m'atteindre, j'ouvris la radio et chantai en même temps que les interprètes. Je roulai ainsi jusqu'à la maison, avec l'impression de flotter au-dessus de l'autoroute, et ceux qui me virent durent penser que j'étais une adolescente un peu fofolle, comme tant d'autres.

— Où étais-tu ? voulut savoir Amy dès que j'eus mis le pied dans le hall, en fredonnant encore la dernière chanson que j'avais entendue.

Elle m'avait attendue au salon et se tenait dans l'encadrement de la porte.

— Basil m'a donné sa voiture ! m'écriai-je. Il fallait que je fasse un tour toute seule, pour la première fois. J'ai roulé pour rouler, tout simplement. Je ne suis allée nulle part en particulier.

L'expression sévère d'Amy s'adoucit aussitôt.

— Oh, c'est merveilleux ! Je suis ravie pour toi, Céleste. Mais dorénavant, surtout maintenant que tu disposes d'une voiture, dis-moi toujours où tu vas et quand tu reviens, d'accord ? Je ne voudrais pas te paraître aussi anxieuse que Wade, mais c'est important.

— Je comprends. Je suis désolée, Amy, j'aurais dû te prévenir. J'aurais dû t'emmener avec moi.

— Nous aurons l'occasion d'aller en des tas d'endroits ensemble, répliqua-t-elle en riant. Ne t'en fais pas pour ça. Et maintenant, montons. Il faut que je te montre le manteau que je t'ai acheté pour l'hiver.

— Un nouveau manteau !

Décidément, c'était une vraie pluie de cadeaux qui me tombait du ciel. Pourvu que ça dure, me dis-je en montant précipitamment les marches.

Naturellement, elle n'avait pas pu m'acheter un manteau sans acheter aussi des gants, des bottillons, un pantalon et le pull-over assorti. Tout était étalé sur mon lit. Je m'empressai d'essayer tout cela et me pavanai devant Amy comme un mannequin qui défile.

Nous n'arrêtions pas de pouffer de rire, si bien que nous n'entendîmes pas Wade monter et s'approcher de ma chambre. Il frappa à la porte restée entrouverte et nous jeta un regard intrigué.

— Papa est là ?

— Non, dit Amy, à moins qu'il ne soit arrivé depuis que nous sommes montées.

— Sa voiture est garée devant la maison, j'ai cru que…

— Ce n'est plus sa voiture, Wade. Il a tenu sa promesse : il l'a donnée à Céleste.

— Il lui a donné sa voiture ? articula-t-il, manifestement sous le choc.

— Il me permet de l'utiliser, en tout cas. Je ne sais pas si les papiers sont déjà signés, précisai-je en jetant un coup d'œil à Amy. Je ne les ai pas regardés.

Je m'attendais à ce que Wade se remette de sa surprise et se réjouisse pour moi, mais il avait l'air pensif et profondément troublé. Il indiqua d'un signe les vêtements épars sur le lit.

— Et qu'est-ce que c'est que tout ça ?

— Il faut commencer à l’équiper pour l’hiver, répondit Amy comme si c’était évident.

Il hocha la tête d’un air approbateur.

— Je suis content pour toi, Céleste, mais sois prudente.

— Prudente ? répéta Amy, comme si elle exigeait une explication.

— Au volant, précisa-t-il en s’en allant.

Mais ni l’expression de Wade ni le ton de sa voix ne purent entamer mon allégresse et mon entrain. L’insouciance et la frivolité d’Amy me gagnaient, et à dire vrai j’y prenais plaisir. Je voulais ignorer les prophètes de malheur, les regards de Mme Cukor, l’humeur sombre et l’amertume de Mme McAlister, l’obstination stoïque et les avertissements de Wade pendant le dîner, ce soir-là. Amy et moi continuâmes à glousser de rire, je la laissai me séduire avec les projets qu’elle faisait pour nous trois. Nous irions à New York pour voir les décorations de Noël, et il ne dépendait que de nous de faire un petit voyage pendant les vacances. Elle prévint Wade qu’il ne serait pas question qu’il s’y oppose ou remette les choses à plus tard, sous prétexte qu’il avait du travail. J’étais tellement surexcitée que je craignais de ne pas dormir. Plus tard, j’appelai Trevor et lui fis part de la bonne nouvelle. Il en resta pantois.

— Il t’a vraiment donné sa voiture ? Je n’arrive pas à le croire.

— Moi non plus.

— Mais c’est fabuleux ! Qu’est-ce que tu dirais de me ramener chez moi demain soir ?

— Entendu, acquiesçai-je.

Je lui décrivis les projets d’Amy pour les vacances, mes nouveaux vêtements… jamais je n’avais bavardé si longtemps au téléphone. Je n’avais jamais eu non plus quelqu’un comme Trevor avec qui bavarder, à vrai dire. Nous commençâmes à faire des plans pour l’avenir immédiat. Nous parlâmes des prochains événements qui auraient lieu à Dickinson, des soirées, des petites randonnées que nous ferions ensemble. Puis je retrouvai un ton plus mesuré.

— Pendant un moment, il faudra nous montrer discrets. Je dois d’abord préparer Amy, et la convaincre que tu n’es pas Jack le Violeur.

Trevor pouffa de rire.

— Et si je le suis ?

— Ça m'est bien égal, renvoyai-je avec insouciance, et cette fois nous rîmes tous les deux.

J'étais d'humeur à plaisanter, je n'avais pas du tout envie que cela finisse. Le rire était un euphorisant naturel, décidai-je, bien meilleur que n'importe quelle drogue ou que l'alcool.

Quand je me sentis assez fatiguée pour me coucher, je m'avisai que je n'avais pas terminé mes devoirs, et pas même commencé mon exposé pour le journal. « Je me débrouillerai », me rassurai-je. Peut-être utiliserais-je l'une des innombrables excuses dont se servaient les autres élèves, quand ils n'avaient pas fait leur travail. Nos professeurs, la plupart en tout cas, feignaient d'y croire.

L'argent n'était-il pas le meilleur des avocats ? Et pourquoi ne le laisserais-je pas parler en ma faveur, après tout ? Il défendrait sûrement très bien ma cause.

Je fus très déçue de voir qu'il pleuvait, le lendemain matin. La pluie tombait dru, si froide que pour un peu c'eût été de la grêle, et Wade insista pour me conduire lui-même à Dickinson.

— Les rues seront de vraies patinoires, déclara-t-il.

— Mais il faut bien que j'apprenne à conduire par tous les temps !

— Pas tout de suite. Avec le peu d'expérience que tu as, ce serait irresponsable de ma part de te le permettre.

Il se montra si inflexible que je n'osai pas le contredire. Amy était encore au lit, et je n'avais personne pour prendre mon parti.

Trevor fut aussi déçu que moi, bien sûr. Il dut rentrer chez lui avec Waverly, une fois de plus. La pluie avait cessé vers midi, mais le ciel restait sombre et menaçant. Amy, qui m'attendait, me vit dire au revoir à Trevor et lui donner rapidement un baiser, mais ne me fit aucune réflexion. Au lieu de quoi, elle se plaignit des craintes perpétuelles de Wade.

— Tu conduis probablement mieux que lui, bougonna-t-elle.

— Ce n'est pas grave. Il s'inquiétait pour moi, c'est tout.

À cause de la déception causée à mes professeurs par mon travail inachevé – en particulier à M. Feldman, mon conseiller pédagogique d'anglais –, en arrivant à la maison je montai directement travailler dans ma chambre. Très tôt dans la soirée, Trevor et moi bavardâmes encore au téléphone, et il m'apprit que la météo annonçait du beau temps pour le lendemain.

— Bon vent, Waverly! s'égaya-t-il. J'ai toujours rêvé d'être promené par une fille ravissante dans une luxueuse voiture.

À peine réveillée, le lendemain, je vis qu'il faisait un temps splendide. Le ciel était d'un bleu turquoise étincelant, qui faisait paraître transparents les rares petits nuages qui s'y attardaient encore. Malgré cela, il faisait frisquet, ce qui me donnait une bonne raison d'étrenner mon manteau neuf. Ce fut seulement en sortant de ma douche qu'un détail me frappa: je n'avais pas reçu le coup de fil matinal de Wade.

Ce qui m'étonna le plus, cependant, et me prouva que je pouvais conduire sans risque, fut de découvrir en descendant qu'il était déjà parti. Sa place avait été débarrassée. À moins qu'il ne fût pas encore levé? Je posai la question à Mme McAlister.

Elle se raidit et pinça les lèvres.

— Il est parti à l'heure où il partait toujours avant que vous arriviez, rétorqua-t-elle, laissant clairement entendre que ma présence était une chose néfaste. Il aime se lever tôt.

J'entendais Mme Cukor passer l'aspirateur dans le hall. D'habitude, elle attendait avant de venir aspirer si près de la salle à manger, mais comme il n'y avait que moi, elle ne se gênait pas pour faire du bruit. Je pouvais à peine m'entendre penser, aussi me hâtai-je de manger et de m'en aller.

Au lycée, les professeurs furent très contents de mon travail. Je répondais avec empressement aux questions, j'obtins des compliments de M. Feldman, et Mme Grossbard elle-même me félicita pour mon enthousiasme au volley-ball.

— Peut-être devriez-vous envisager d'intégrer notre équipe de ski, suggéra-t-elle.

Une fois de plus, je dus lui expliquer que je n'avais jamais pratiqué aucun des sports dont elle dirigeait l'entraînement à Dickinson.

Elle eut une grimace dubitative, comme si elle pensait que je mentais à seule fin de ne pas entrer dans l'équipe. Je commençai à me demander si l'histoire qu'Amy avait inventée sur mon compte était une bonne idée, finalement. Je mourais d'envie de dire la vérité à Trevor, et plusieurs fois j'avais failli me trahir quand il m'interrogeait sur mon passé.

On s'empêtre toujours dans les mensonges, raisonnais-je. Un de ces jours je ferais un faux pas, et la vérité éclaterait au grand jour. J'en étais certaine. Je n'avais aucune idée de la façon dont Trevor réagirait. Mais pour le moment, estimais-je, il valait mieux laisser les choses telles qu'elles étaient. Pour être franche avec moi-même, je devais m'avouer que je ne voulais pas le voir se détourner de moi.

Finalement, notre souhait se réalisa. En fin de journée je pus le reconduire chez lui. Waverly nous observa, avec son petit sourire entendu habituel, en chuchotant quelque chose aux autres garçons et en se moquant de nous.

— Comment peux-tu être son ami ? demandai-je à Trevor. C'est un parfait...

— Abruti ?

— Oui.

— Disons qu'il m'amuse. Toutefois, ça ne me pose aucun problème de te consacrer le temps que je passais avec lui.

— J'espère bien ! m'exclamai-je en riant. Sinon ce serait toi, l'abruti.

— Holà ! Tu deviens trop intelligente pour moi, ma fille, se moqua-t-il plaisamment.

Puis il reporta son attention sur le tableau de bord.

— C'est vraiment une chouette voiture. Il l'a rudement bien entretenue, elle est comme neuve. Je n'en reviens pas qu'il te l'ait donnée et s'en soit acheté une autre.

— Tu connais le proverbe ? « À cheval donné on ne regarde point la bouche », citai-je en quittant le parking.

— Peut-être, mais c'est un cadeau qui vaut nettement plus qu'un cheval. D'habitude, les cousins ne sont pas si généreux que ça les uns envers les autres, fit-il remarquer.

Juste après qu'il eut dit cela, j'eus l'impression qu'une vibration ébranlait l'air, faisant résonner en moi mille petits signaux d'alarme. Je me hâtai de les faire taire. Je n'étais pas d'humeur à les écouter.

Mais en quittant Dickinson, je vérifiai mon rétroviseur et j'aperçus Amy, subrepticement garée derrière un camion à l'arrêt, qui me regardait partir. Elle n'était venue que pour m'espionner. J'étais sûre qu'elle serait en colère contre moi et que j'aurais droit à l'un de ses sermons. Je ne jetai qu'un bref coup d'œil sur son visage, mais ce que j'y vis me stupéfia. Elle paraissait beaucoup plus effrayée que fâchée.

Et surtout, mon instinct me le souffla, elle était encore bien plus effrayée pour elle que pour moi.

J'étais incapable d'imaginer pourquoi, mais les signaux d'alarme retentirent à nouveau tout au fond de moi.

Et cette fois je ne les ignorai pas.

Seize

De si beaux rêves…

Trevor habitait une très belle maison basse, de style ranch, avec une façade en pierre brune percée de larges fenêtres. Elle avait l'air de sortir tout droit d'un magazine d'architecture haut de gamme. Il y avait deux cheminées en pierre légèrement plus claire. Bien qu'il n'y eût pas de grilles ouvragées à franchir, et que l'allée carrossable ne fût pas aussi longue que celle des Emerson, elle était plus longue et plus large que celles des demeures voisines.

La bâtisse elle-même s'élevait en retrait d'un parc d'un hectare, très joliment paysagé, avec des saules pleureurs, une piscine en forme de haricot, et deux fontaines jumelles, dont les vasques se superposaient en ordre pyramidal. L'eau y cascadait en bruissant doucement, de la plus petite à la plus grande. La propriété tout entière était entourée par un mur de vieilles pierres que, selon toute apparence, quelqu'un avait bâti avec une longue patience une centaine d'années auparavant. Le garage semblait une prolongation du bâtiment lui-même, car ses portes se trouvaient sur l'arrière, et ses fenêtres en façade étaient garnies de volets. Je m'arrêtai devant l'entrée, dans l'allée pavée de grès mauve rosé.

— C'est une très jolie maison, Trevor, admirai-je.

— Tu peux entrer pour un moment ?

L'image d'Amy en faction dans sa voiture, derrière ce camion, me traversa l'esprit. Je la revis, pliée en deux sur son volant et me dévorant du regard. Je déclinai l'invitation.

— J'ai un tas de devoirs et de leçons qui m'attendent, Trevor. La prochaine fois, peut-être.

— Mes parents ne sont pas là, si c'est ça qui t'inquiète. Mon père est au bureau et ma mère est allée à une présentation de haute couture. Allez, entre. Laisse-moi au moins te montrer ma chambre. Elle n'est pas si grande que la tienne, bien sûr, et je n'ai pas un lit grande largeur, moi.

— Il faut vraiment que je m'en aille, je t'assure.

— Un petit quart d'heure ne fera pas une grande différence, insista-t-il.

Je fus tentée de lui parler d'Amy. Mais l'avoir vue m'épier m'avait laissé une impression étrange, presque effrayante, et je pensais que cela lui ferait le même effet qu'à moi. J'avais les nerfs tendus à bloc. Selon toute logique, elle nous avait suivis, et en ce moment même elle était en train de mesurer le temps que je passais ici.

— Je ne peux pas, dis-je en détournant les yeux.

— Tu ne peux pas ? Je vais te dire ce que tu ne peux pas faire. Tu ne peux pas laisser un pauvre garçon impotent abandonné à lui-même.

Je ne pus m'empêcher de sourire.

— Tu es loin d'être impotent, Trevor.

— Il y a une chose qui est sûre, en tout cas. Tu n'as rien à redouter de moi. Pas dans l'état où je suis. Allez, insista-t-il encore en me prenant la main. Juste un petit moment. Nous n'avons jamais été vraiment seuls depuis que je suis retourné à Dickinson. Nous sommes tout le temps surveillés. Ce n'est pas drôle d'être célèbre, plaisanta-t-il.

Je ne dis rien, mais je me sentais plus tiraillée que jamais.

— Je suis droitier, tu comprends, et je n'ai plus l'usage de ma main droite, fit valoir Trevor, tentant de jouer sur ma corde sensible. Je dois tout faire de la main gauche, porter mes livres, ouvrir ma porte, me débrouiller pour changer de vêtements. Il faut même que Waverly m'aide à rentrer chez moi !

— Entendu, je t'aiderai à rentrer chez toi, concédai-je. Mais je ne resterai pas, je te préviens.

Il tendit le bras gauche en avant comme pour prêter serment.

— Je ne t'en demanderai pas plus, promis juré.

— Et tu n'en auras pas plus, répliquai-je en coupant le contact.

Je descendis, contournai la voiture et ouvris sa portière.

— Votre Majesté, dis-je en m'inclinant.

— Merci, gente dame.

Je pris sa main gauche et l'aidai à descendre. Il fit semblant de trébucher, tomba dans mes bras... et m'embrassa.

— À titre de pourboire, dit-il avec malice.

— Merci d'être si généreux.

— Hé là ! s'exclama-t-il en feignant d'être insulté. Il y a des tas de filles qui seraient bien contentes. Enfin... j'espère.

Je me penchai pour prendre ses livres. Il sourit, marcha vers la porte et tira ses clés de sa poche gauche. Je me retournai vers l'allée carrossable pour tenter d'apercevoir la voiture d'Amy, mais je ne vis rien.

— Tu veux bien t'occuper de ça ? demanda Trevor en me tendant les clés.

Je secouai ostensiblement la tête devant ce soi-disant handicap, mais je pris les clés et ouvris la porte. Il la poussa et nous entrâmes dans la maison. J'entendis de la musique.

— Il y a quelqu'un à la maison, observai-je.

— Non, non. Ma mère laisse toujours la radio ouverte, elle croit que ça décourage les cambrioleurs. Sauf s'ils sont amateurs de musique, bien sûr. Tu veux boire quelque chose de frais ?

— Non, Trevor. Je m'en vais, je te l'ai dit.

— D'accord, d'accord. Jette au moins un coup d'œil à ma chambre. Elle est juste là, dit-il en traversant le hall.

Je répugnais à faire un pas de plus, et en même temps j'étais curieuse de connaître la maison. Le hall était dallé, comme le bureau de Wade, mais le living et la salle à manger étaient moquettés. La cuisine était un peu plus petite que celle des Emerson, mais beaucoup plus lumineuse, à cause des lucarnes au plafond et des tons clairs du carrelage et des murs. Le bureau du père de Trevor, moins vaste que celui de Wade, était très beau, et j'aimais mieux ses meubles. Ils étaient d'apparence plus accueillante et plus confortable.

Cette maison n'avait ni l'opulence ni les dimensions de celle des Emerson, mais elle était décorée avec élégance et un goût délicat que j'appréciai. Nous ne jetâmes qu'un coup d'œil à la chambre des parents. Elle n'avait pas de coin salon comme celle de Wade et d'Amy, mais elle était spacieuse et très agréable.

L'ordre qui régnait dans celle de Trevor me surprit. Je n'y vis ni vêtements jetés un peu partout ni tiroirs mal fermés ; rien ne traînait par terre. Trevor étudiait mon visage pendant que j'examinais attentivement la pièce.

— Alors, qu'en penses-tu ?

— C'est une très belle chambre, Trevor. Tu es vraiment aussi ordonné que ça, ou est-ce que quelqu'un d'autre passe ranger derrière toi ?

Il éclata de rire.

— Ma mère est une maniaque de l'ordre et de la propreté, mon père se moque toujours d'elle à cause de ça. Il dit que s'il se lève la nuit pour aller aux toilettes, elle refait le lit.

Je restai immobile dans l'encadrement de la porte. Je savais que si je mettais le pied dans cette chambre, j'aurais des problèmes.

— Allons, Céleste. Tu sais ce que j'éprouve pour toi, et je sais que je te plais. Pourquoi ne pas profiter d'une occasion pareille ? demanda-t-il avec un accent sincère.

Je voulais rester avec lui, l'embrasser, faire l'amour avec lui. L'impatience me faisait battre le cœur, mais ces petits signaux d'alarme ne voulaient pas se taire. Je compris que je n'avais pas le choix. Il fallait que je sois franche.

— Je ne t'ai rien dit parce que je ne voulais pas que tu prennes ma cousine pour une folle, Trevor, ou que tu penses que c'était moi qui rêvais, mais… quand nous avons quitté Dickinson, Amy était garée de l'autre côté de la route.

— Quoi ? Tu veux dire qu'elle nous espionnait ?

— Exactement. J'ai même peur qu'elle nous ait suivis jusqu'ici.

Il réfléchit un court instant.

— Bon sang ! C'est une malade !

— Peut-être pas, il faut comprendre son point de vue et même celui de Wade. Après tout, ce qui s'est passé a été un choc pour tout le monde, et ils sont responsables de moi jusqu'à mes dix-huit ans. Ne brusquons pas les choses, Trevor. Je dois vivre chez eux et, pratiquement, ce sont eux mes tuteurs.

Il balaya sa chambre du regard et soupira.

— Perdre une chance pareille... quel gâchis, quand même !

— Mais non. Maintenant, quand tu m'appelleras, je pourrai t'imaginer dans cette chambre, dis-je pour le réconforter.

Il sourit et se rapprocha de moi pour m'embrasser, m'attirant contre lui de son bras gauche, le bras droit raidi dans son énorme plâtre. Je ne pus me retenir de rire en nous voyant dans le miroir mural.

— Quel tableau romantique nous faisons !

Un instant amusé, Trevor redevint brusquement très sérieux.

— C'est vrai, mais ne crois pas qu'une idiotie pareille ou même ta parano de cousine m'empêcheront de t'aimer, Céleste.

— Ni moi non plus, le rassurai-je.

Et sur un baiser bref et léger, je le quittai.

Il me suivit jusqu'à la porte et nous nous embrassâmes encore, puis je me hâtai vers ma voiture. Il me regarda m'éloigner, son beau visage crispé de frustration. Dès que j'eus quitté l'allée menant chez lui, j'inspectai les alentours en cherchant Amy, mais elle n'était nulle part en vue. Elle n'était quand même pas allée jusque-là, constatai-je. Mais je me préparai à affronter un sermon des plus sévères quand je rentrerais à la maison.

À ma grande surprise, ce fut tout le contraire. Amy était dans un de ses moments d'euphorie et d'insouciance. Elle vint me retrouver dans ma chambre, brandissant un sac de courses au nom de l'un de ses magasins favoris. Elle voulait me montrer un nouveau chemisier qu'elle avait, à l'en croire, acheté pour moi le jour même.

— Dès que je l'ai vu, je l'ai imaginé sur toi, dit-elle en le plaquant contre moi. La couleur fait ressortir celle de tes yeux. Et tu peux le porter dès maintenant, c'est un tissu qui tient chaud.

— Merci, Amy.

— Alors ? C'est merveilleux d'avoir ta propre voiture et de pouvoir aller où tu veux, j'imagine ?

— Oui.

Je retins mon souffle, prévoyant la suite, mais les paroles d'Amy ne furent pas du tout celles que j'avais redoutées.

— Tu vois, qu'est-ce que je t'avais dit ? Et attends que cela revienne aux oreilles des autres filles du lycée. Elles se battront pour devenir tes meilleures amies. Bon, je te laisse travailler ou faire ce que tu voudras. Il faut que je mette au point le menu de ce soir avec Mme McAlister. Basil vient dîner, il veut tout savoir de ta première journée avec cette voiture. Il se conduit vraiment comme un adolescent, ces temps-ci.

Quand elle eut atteint la porte, elle se retourna.

— Au fait, Wade ne dîne pas avec nous ce soir, pour changer. J'ai cru comprendre que la femme de son directeur commercial avait eu un accident de voiture, et que celui-ci l'a conduite à New York pour être hospitalisée. Un problème sérieux à la colonne vertébrale, je crois. Et bien sûr, Wade devra rester à l'usine ce soir pour gérer la situation. Je crois qu'il se nourrit de ce genre de crises professionnelles comme un vampire de sang, conclut Amy avec un petit rire aigu.

Là-dessus, elle sortit pour de bon. J'avais toujours les nerfs à vif, malgré la conduite décontractée d'Amy. Je savais qu'elle m'avait vue partir avec Trevor. Peut-être en avait-elle conclu qu'il valait mieux ne pas se montrer aussi négative ? Ou peut-être espérait-elle, en faisant marche arrière, que je finirais par adopter son point de vue ? Sans m'attarder sur la question, je me plongeai dans mon travail.

Un peu moins d'une heure avant le dîner, Amy revint, et je m'étonnai de voir qu'elle apportait une de ses propres robes.

— J'ai pensé que tu aimerais porter ça ce soir, déclara-t-elle en la posant sur mon lit. Je ne la mettrai certainement plus, j'ai tellement de jolies choses du même style. Elle est pratiquement neuve.

Neuve, peut-être... mais elle ne paraissait pas plus longue qu'une serviette de toilette, en tout cas.

— Basil m'adorait dans cette robe, reprit Amy avec un petit sourire froid. Il l'aimera sur toi aussi. Et après ce qu'il a fait pour toi, nous voulons absolument lui faire plaisir ce soir, n'est-ce pas ?

À l'entendre, ce que Basil avait fait pour moi, il l'avait fait pour elle aussi.

— Ce n'est pas grand-chose, ajouta-t-elle, mais c'est le genre de petites attentions qui font un plaisir fou aux hommes.

J'examinai la robe avec plus d'attention. Elle était noire, sans manches, taillée dans un tissu fin et presque mouvant. Profondément décolletée, avec un laçage entre les seins, elle s'évasait ensuite en jupe corolle, si courte que j'y vis plutôt une minijupe.

— Elle t'ira bien mieux qu'à moi, insista Amy. Tu as le buste plus ferme et les hanches plus pleines. Dépêche-toi de la mettre, et n'oublie pas l'eau de toilette que Basil aime tant. Ce sera un dîner très réussi. Mme McAlister a préparé un des plats préférés de Basil, du mouton rôti. Un pur délice.

Elle s'approcha de moi pour faire légèrement bouffer ma frange, puis me regarda avec une fierté qui, me sembla-t-il, était plus celle d'une mère que celle d'une sœur ou d'une amie.

— Tu es très belle, Céleste. N'en aie jamais honte. Jamais, m'admonesta-t-elle, comme si la modestie était une maladie dont elle me croyait atteinte.

Puis elle consulta sa montre.

— Nous descendrons à l'heure, ce soir. Basil appréciera.

Quand elle fut partie, j'essayai la robe. Elle était plus que révélatrice et ne laissait rien à l'imagination. Je me sentais à l'étroit, je n'osais ni me pencher ni m'asseoir. On voyait beaucoup trop mes seins, dont les pointes saillaient sous le tissu léger. Cette robe me donnait l'air vulgaire, estimai-je, ne sachant trop que faire. Je n'étais pas prude, mais quand même. M'habiller ainsi pour un dîner de famille ? D'autre part, Amy avait souligné l'importance de plaire à Basil et de lui montrer ma gratitude. N'y avait-il aucune autre façon de le faire ? Des remerciements sincères ne suffisaient-ils pas ? Je ne lui avais pas réclamé ce qu'il m'avait donné. J'étais transportée de joie par son cadeau, c'est vrai, mais il y avait des limites à ne pas dépasser.

— Enlève ça tout de suite, me dit une voix qui ressemblait à celle de Lionel. C'est répugnant sur toi. C'est trop moulant, trop court. Tu es ridicule. Tu n'as pas l'air d'une jeune fille séduisante mais de sa caricature. Ce n'est pas toi, Céleste, et Basil ne t'aime-t-il pas pour ce que tu es ? Ne t'a-t-il pas comparée à son épouse quand elle était jeune ? Amy a tort.

Mais d'autre part, Amy était si versatile, ces jours-ci. Elle changeait d'humeur à tout instant. Lui désobéir, rejeter sa suggestion risquait de la mettre en colère ou de la faire pleurer, et le dîner serait gâché. Elle pourrait avoir une de ses migraines et ce serait ma faute. Je serais cause de nouveaux ennuis. Mieux valait en finir. Mettre cette robe ridicule, la fameuse eau de toilette, et supporter cette soirée jusqu'au bout. En fin de compte, ce fut ce que je décidai de faire.

Dès qu'elle me vit, Amy s'écria qu'elle avait eu raison.

— Je savais que tu ferais sensation, dans cette robe. On te prendrait pour une star de cinéma. Qui reconnaîtrait la petite fille triste et sans charme, la misérable gamine de l'orphelinat ? Tu avais perdu toute ta séduction, toute ta confiance en toi. Maintenant tu les as retrouvées, et comment !

Ce n'était pas le souvenir que j'avais gardé de notre première entrevue, en tout cas. Elle m'avait parlé comme si nous étions sœurs, m'avait donné l'impression que j'étais jolie, attirante et pour tout dire, parfaite.

Je choisis de sourire, mais je notai qu'elle portait une robe très conventionnelle, avec des manches trois quarts et une jupe qui lui arrivait à la cheville.

— Wade ne sait pas ce qu'il manque, fit-elle observer tandis que nous descendions. Quel idiot de se consacrer de cette façon à son entreprise ! Il prétend avoir horreur de ça, mais essaie un peu de l'arracher à son usine pendant la journée. Essaie de l'emmener à un lunch, ou au théâtre en matinée. Il se conduit comme si c'était un péché mortel d'abandonner, même pour une heure, ses précieux robinets et toute sa quincaillerie.

— Peut-être qu'il essaie simplement de faire plaisir à son père, comme nous, suggérai-je.

Je n'avais pas eu l'intention d'être sarcastique, mais elle s'arrêta net comme si je lui avais tiré les cheveux.

— Nous sommes simplement deux jolies femmes reconnaissantes, Céleste. Nous ne sommes pas là pour faire plaisir aux gens plus que nous ne sommes censées le faire.

— Je ne voulais pas dire...

— Ah, vous voilà ! nous cria Basil du hall.

De ses mocassins à sa veste sport il était tout vêtu de noir, sur lequel tranchait sa cravate rouge.

— Vous me faites battre le cœur, toutes les deux ; on dirait que je viens de courir un marathon, poursuivit-il, avec une exubérance qui m'arracha un sourire timide. Cette femme a fait des merveilles avec vous, Céleste. Vous allez conquérir le monde ! Allons dîner, je meurs de faim et je sens un délicieux fumet dans l'air. On se croirait au paradis des gourmets.

À peine entrée dans la salle à manger, je vis un petit paquet, très joliment emballé, posé devant mon couvert. Je cherchai le regard d'Amy, qui arbora un sourire de conspirateur.

— Qu'est-ce que c'est ? lui demandai-je aussitôt.

Ce fut Basil qui répondit pour elle.

— Un cadeau pour fêter votre réussite à l'examen.

— Quel examen ? Je n'en ai passé aucun.

— Oh si, jeune fille, répliqua-t-il avec gravité. Vous avez réussi l'examen de passage du monde des malheureux à notre petit univers privilégié. Vous êtes devenue indépendante et sûre de vous ; une jeune femme distinguée avec laquelle vos compagnes de lycée ne soutiendraient pas la comparaison, quels que soient leur milieu ou la fortune de leurs parents.

» Ah mais ! enchaîna-t-il d'un ton moins élogieux, c'est que vous êtes ma première réussite depuis déjà longtemps. Je n'ai pas toujours été aussi chanceux avec mes propres enfants. Je me sens rajeuni de vingt ans, grâce à vous. Allez, ouvrez le paquet, maintenant.

Je m'assis et commençai à dénouer le fin ruban. Puis j'ôtai soigneusement le papier et ouvris la boîte. J'y trouvai une chaîne de trousseau en or, à laquelle étaient accrochées les clés de la Mercédès. Qui plus est, la chaîne d'or était gravée à mon nom.

— Elle est superbe, dis-je en la tirant de sa boîte.

— Mes deux jolies femmes méritent les plus jolies choses, voilà tout.

— Merci, Basil.

J'étais émue aux larmes en contemplant mon cadeau. Basil sourit, Amy aussi. Elle me serra dans ses bras, puis il s'approcha et m'embrassa sur la joue. Il garda un instant le visage pressé contre le mien, les yeux fermés, comme s'il me respirait. La senteur de son eau de toilette emplit mes narines. Puis il s'écarta de moi et s'écria :

— À présent, qu'on verse le vin !

Il remplit nos verres et proposa un toast.

— À Céleste. Que ceci marque le commencement d'une série de brillantes réussites.

Nous trinquâmes tous les trois. J'étais navrée que Wade ne soit pas là, ce dîner promettait d'être exceptionnel. La tension qui régnait presque toujours quand Wade était là ne se faisait pas sentir, et je me dis qu'Amy avait sans doute raison. Quand Basil était heureux, la maison semblait pleine de lumière et de rires.

Mme Cukor sortit de la cuisine pour servir les entrées. Et même si le regard qu'elle attacha sur moi était toujours aussi sombre, aussi lourd d'avertissements muets que d'habitude, elle ne semblait ni agressive ni fâchée. Malgré tout, il me fut impossible de m'en réjouir, car elle avait l'expression fataliste des vaincus. Une aura lugubre l'entourait, comme si de lourds nuages l'accompagnaient partout, menaçant d'éclater à tout moment en un terrible orage. Elle se mouvait sans aucune énergie, déposant les plats et nous servant en silence. Elle ne paraissait pas entendre la voix joyeuse de Basil, ni les petits rires d'Amy, ni mes protestations ravies devant les compliments sans fin de Basil sur mes divers talents et qualités.

— Quand ils vous ont amenée dans cette maison, déclara-t-il sur un ton plus sérieux, j'ai cru qu'ils faisaient une folie. Prendre une adolescente chez soi, et pour un temps si limité ! Naturellement, j'ai trouvé cela très généreux de leur part, mais j'étais bien placé pour savoir combien les jeunes sont difficiles à vivre. Il y a des gens spécialement préparés à remplir ces tâches. N'aurait-il pas suffi de faire une donation à l'orphelinat ?

Basil s'interrompit un instant, adressa un signe tête approbateur à Amy et reprit avec enthousiasme :

— Je ne me serais jamais douté qu'Amy allait introduire dans notre vie une jeune personne aussi accomplie et aussi raffinée. Je sais déjà tout le bien que votre professeur de piano pense de vous. Et je suis au courant de vos brillants résultats scolaires, bien sûr. C'est pourquoi j'ai proposé de vous aider à poursuivre vos études. Ah, cette Amy…

Cette fois, Amy eut droit à un grand sourire.

— Notre petite Amy qui aime tant courir les boutiques, poursuivit Basil sur un ton indulgent. Elle connaît les bonnes adresses et achète toujours ce qu'il y a de mieux. Je n'aurais pas dû être surpris qu'elle ait découvert une jeune fille si distinguée. Toutes mes félicitations, Amy.

Elle me jeta un rapide regard et baissa aussitôt les yeux, non par modestie mais par tristesse, me sembla-t-il. Pour moi, ce fut comme une fausse note dans cette ambiance détendue, mais je n'eus pas le temps de m'attarder sur cette impression. Basil tapa dans ses mains.

— Assez de discours ! Régalons-nous, maintenant.

Mme Cukor entra avec le rôti de mouton en regardant droit devant elle, et son attitude me laissa pensive. On aurait dit l'assistant du bourreau apportant le dernier repas du condamné.

Je découvris plus tard, au dessert, que Mme McAlister avait confectionné un gâteau au chocolat, portant une inscription en crème fouettée : Félicitations Céleste.

Pendant que nous savourions le rôti, Basil me demanda si j'avais des questions à lui poser au sujet de la voiture, et si j'en avais déjà bien profité. Je levai les yeux sur Amy, pour voir si elle allait révéler que j'avais raccompagné Trevor chez lui, mais il n'en fut rien. Son petit sourire heureux flottait à nouveau sur ses lèvres.

Je m'étonnais que Wade ne soit pas encore rentré, et j'espérais qu'il serait là pour le dessert. Comme si mes pensées influaient sur les événements, Basil fut appelé au téléphone quelques minutes plus tard. Il revint nous annoncer qu'un accident s'était produit à l'entrepôt. Un ouvrier avait renversé sur lui un lourd chargement de tuyaux et il avait fallu le conduire à l'hôpital.

— Il y a des jours où tout va mal, commenta-t-il, en se référant à l'accident qui s'était produit un peu plus tôt.

Sur quoi Mme Cukor ajouta entre haut et bas :

— Les malheurs arrivent toujours par trois.

Amy poussa un gémissement désolé.

— Je vous en prie. N'ajoutez pas à la tristesse des circonstances par des prédictions sinistres.

Sans se laisser démonter, Mme Cukor m'adressa un regard ferme et significatif avant de sortir. Un regard que je ressentis comme une mise en garde.

— Où est Wade ? voulut savoir Amy.

— À l'hôpital. Il prend trop à cœur ce genre de choses, à mon avis, commenta Basil. Des accidents se produisent partout. Quoi qu'il en soit, ne laissons pas ce regrettable incident gâcher notre petite fête.

Il décida que nous avions tous besoin d'un petit alcool, et nous passâmes au salon pour ce qu'il appela « le dernier toast de la soirée ».

Il nous servit un cognac exquis, mais très fort, en tout cas trop fort pour moi. En fait, il me fit un peu tourner la tête.

Quand nous eûmes tous les trois vidé nos verres, Basil annonça qu'il devait se rendre à l'hôpital.

— Je suis toujours responsable de ce qui se passe à l'usine, expliqua-t-il. C'est une affaire de famille et elle le restera.

Il m'embrassa, et je le remerciai à nouveau pour son cadeau.

Amy l'accompagna dehors et je montai aussitôt terminer mon travail de classe. Je commençai même un nouvel essai pour le journal, mais tout l'alcool que j'avais bu m'embrouillait les idées. Je décidai qu'il valait mieux me lever tôt le lendemain matin et finir mon travail avant le petit déjeuner.

Je venais juste de me changer pour la nuit quand Amy frappa à ma porte. Je ne lui laissai pas le temps d'ouvrir la bouche.

— As-tu des nouvelles de Wade ? Comment va l'ouvrier ?

— Non, il n'a pas téléphoné mais ne te fais pas de souci. Je suis sûre qu'on a fait tout ce qu'il fallait pour cet homme. Les Emerson prennent toujours grand soin de leurs employés. C'est pourquoi ils réussissent, ajouta-t-elle, accordant enfin un véritable compliment à Wade.

Puis elle hésita longuement, les yeux baissés.

— Y a-t-il autre chose qui ne va pas, Amy ?

Quand elle releva les yeux, je vis qu'ils étaient tout embués de larmes.

— Je suis si heureuse pour toi, Céleste, si heureuse pour nous tous, mais...

— Mais quoi ?

— Je sais qu'un premier amour est souvent aveugle et insouciant. C'est naturel, les jeunes gens doivent faire leurs propres erreurs. Mon père disait toujours que la sagesse vient trop tard, que les vieux n'en ont plus besoin. Je sais que tu es toujours attachée à Trevor Foley, et j'ai pu mesurer à quel point cet attachement est sérieux.

— Amy, je n'ai fait que le reconduire chez lui. Il ne s'est rien passé.

— Je te crois. Nous n'avons pas demandé d'ordonnance pour la pilule, l'autre jour, mais j'aimerais que tu commences par prendre ça, dit-elle en me tendant sa main ouverte, où je vis une petite pilule blanche.

Quelque chose y était inscrit, mais ma vision était trop floue pour que je puisse lire les minuscules caractères. Je ne discernai que l'initiale, un R me sembla-t-il, mais je n'en aurais pas juré. Je la pris, la retournai dans ma main et vis clairement ce qu'il y avait sur l'autre face : le chiffre deux entouré d'un cercle.

Je me rendis compte qu'Amy ne partirait pas tant que je ne l'aurais pas prise. J'allai donc me remplir un verre d'eau et avalai le petit comprimé blanc devant elle, à son soulagement manifeste.

— Je ne crois pas que c'était nécessaire, Amy.

— Oh si, c'était nécessaire, répondit-elle d'une voix étrangement assurée.

Je haussai les épaules. Après tout, quelle importance ? me dis-je avec détachement. Si elle y tient tant que ça...

En tout cas, elle semblait d'humeur à bavarder.

— C'est merveilleux de voir comment Basil s'est attaché à toi, Céleste. Il est prêt à faire n'importe quoi pour toi. Laisse-toi gâter. Cela lui fait tellement plaisir. Tu sais que sa propre fille n'accepte rien de lui.

— Mais... tu m'as dit que c'était à cause de la façon dont il s'était conduit avec sa mère.

Elle eut un geste insouciant de la main.

— Oui, oui, mais les enfants peuvent quand même pardonner à leurs parents, non ?

— Mais tu m'as dit aussi...

Que m'avait-elle dit ? Tout était si embrouillé dans ma tête, tout à coup.

— Il faut nager avec le courant, voyons. Nous devons faire tout ce qu'il faut pour nous rendre la vie plus agréable et plus facile. C'est cela que je t'ai appris.

» Ne t'inquiète pas pour tout ça, dit-elle en refermant mes livres et mon cahier de notes. Tu pourras le faire plus tard.

— Je sais. Je...

Elle rabattit ma couverture.

— Allez, il est temps de dormir. Tu as eu une journée et une soirée chargées. Allez, au lit ! me pressa-t-elle.

Je grimpai dans mon lit et elle me borda soigneusement.

— Fais de beaux rêves, Céleste, ma Céleste, murmura-t-elle en caressant mes cheveux. Tu es toujours dans les miens. Tu y es depuis longtemps. Tu y étais même avant que je t'aie vue pour la première fois, ajouta-t-elle, ce qui n'eût aucun sens pour moi.

D'ailleurs, plus rien n'avait de sens pour moi. Ce qui s'était passé au dîner, ce qui s'y était dit, tout me revenait en mémoire mais dans le plus grand désordre, tout se mélangeait dans ma tête. Je sentis Amy m'embrasser, caresser une dernière fois mes cheveux, puis je l'entendis éteindre la lumière en sortant et refermer la porte derrière elle.

Quelques instants plus tard, la chambre se mit à tourner autour de moi. Je fermai les yeux et dus perdre conscience, mais pas pour longtemps. Je rouvris les yeux, tentai de remuer les bras mais ils semblaient déconnectés, ce qui valait aussi pour mes jambes. Presque aussitôt je me sentis à nouveau partir à la dérive tel un noyé au fil de l'eau, glissant vers les ténèbres. Je sombrai dans mon lit, de plus en plus profondément. Je fermai les yeux et les rouvris, mais rien ne changea. C'était comme si j'étais à la fois réveillée et endormie. Et puis...

Et puis j'entendis une voix, je perçus l'odeur d'une eau de toilette, celle dont se servait Basil. Se pouvait-il qu'elle ait imprégné à ce point ma mémoire ? J'eus l'impression de remuer les bras, de remuer les jambes, mais comme si c'était en rêve. Mon corps fut comme secoué, puis il parut monter et descendre, glisser du haut d'une colline ondulante, traversant tour à tour des zones de chaleur et de froid. Cela dura longtemps, puis ce fut comme si toutes les lumières s'éteignaient à la fois. Je m'enfonçai dans un puits de noirceur.

Quand je m'éveillai, le soleil entrait à flots par mes fenêtres. J'étais complètement désorientée, incapable de me rappeler où je me trouvais. Étais-je revenue à l'orphelinat ? Il me semblait que tout ce qui m'était arrivé récemment n'avait été qu'un rêve. Je gémis, m'étirai, m'assis, et instantanément je fus prise de nausées. Je crus que j'allais vomir mais cela passa, et je me laissai retomber sur l'oreiller. Peu à peu, je me rappelai où j'étais et consultai mon réveil, sur la table de nuit. Onze heures ! Avais-je dormi si longtemps ? Je baissai les yeux et découvris que j'étais nue.

Comment pouvais-je être nue ? Ne m'étais-je pas couchée avec ma chemise de nuit ? Où était-elle ?

Je m'assis à nouveau, regardai autour de moi et l'aperçus, tombée à terre et toute chiffonnée. Une fois de plus je respirai une bouffée de l'eau de toilette de Basil, si forte que je regardai dans la chambre et dans la salle de bains pour voir s'il ne s'y trouvait pas.

Que se passait-il ? La dernière chose dont je me souvenais... mais quelle était la dernière chose dont je me souvenais ?

Où était donc Amy ? Pourquoi ne m'avait-on pas réveillée à temps pour aller au lycée ?

Je m'assis au bord du lit et tentai de rassembler mes esprits, de m'éclaircir les idées, mais le vertige était toujours là et les nausées revinrent. Qu'est-ce qui n'allait pas, chez moi ? J'étais en train d'essayer de me lever quand le téléphone sonna. Je tendis la main lentement vers lui, avec la sensation bizarre que mon bras était un télescope qui sortait de mon coude. Les murs de la chambre palpitaient comme un cœur. Est-ce que j'avais des hallucinations ?

— Céleste ? dit une voix.

Je crois que j'avais gardé l'écouteur plaqué sur l'oreille pendant plusieurs secondes sans prononcer un mot.

— Oui ?

— C'est Trevor. Pourquoi n'es-tu pas au lycée ?

— Au lycée ? Oh ! Je n'en sais rien.

— Comment ça, tu n'en sais rien ? Tu es malade ou quoi ?

— Je n'en sais rien, répétai-je. Oui. Peut-être que je suis malade.

— Peut-être ? Est-ce que tu as de la fièvre ? Qu'est-ce qui t'arrive ?

— Je n'en sais rien. Peut-être.

— Mais ce que tu dis n'a aucun sens, voyons !

— Je sais. Je veux dire... je suis fatiguée. À plus tard, d'accord ?

— Quoi !

Je raccrochai. Va prendre une douche, m'ordonnai-je. Une douche bien froide. Mon corps tout entier tremblait, mais moins de froid que de faiblesse. Je vacillais sur mes jambes. La chambre se remit à tournoyer, et je dus retourner m'asseoir sur le lit pour attendre que tout se calme.

Brusquement, la porte s'ouvrit et je me retournai, pour voir Amy entrer en bâillant.

— Je me doutais que tu étais encore là. J'ai cru entendre le téléphone.

— Je me suis réveillée trop tard.

— Ça me semble évident.

— Je ne sais pas ce qui m'est arrivé. Je ne sais pas ce que fait ma chemise de nuit par terre. Je ne sais pas pourquoi je me sens bizarre. J'ai toutes sortes de visions qui me traversent la tête.

— Tu as rêvé, j'en suis sûre, affirma-t-elle d'un ton léger. Alors tu ne t'es pas réveillée ? La belle affaire ! Si j'avais eu un dollar chaque fois que j'ai manqué la classe, je serais bien contente. Je vais dire à Mme McAlister de nous préparer un petit déjeuner tardif. Ce sera super de passer la matinée ensemble. Va prendre une douche et habille-toi, on se retrouve en bas, d'accord ?

Je la regardai fixement et finis par hocher la tête, mais elle insista encore.

— Ce ne sont que des rêves, je te dis. Arrête de te faire du souci pour ça. Nous avons bu un peu trop toutes les deux, hier soir, mais on a bien ri tous les trois, non ?

— Oui, acquiesçai-je, même si je ne gardais de la soirée qu'un mélange d'images et d'impressions confuses.

Amy s'en alla et je restai assise un moment, en m'efforçant de réfléchir, de me souvenir. Quelque chose d'horrible me tourmentait, quelque chose de grave, de mauvais, d'ignoble.

Je regardai mon corps nu et découvris des marques bleues et noires, très nettes, sur mes cuisses. Je les touchai, elles étaient douloureuses. On aurait dit qu'on les avait serrées très fort, comme si... comme si quelqu'un les avait maintenues de force.

Des images de mains courant sur mes seins, sur mon ventre, passèrent devant mes yeux. Je sentis des lèvres sur les miennes, sur mon cou, ma poitrine et mon ventre. Que m'était-il arrivé ? Pourquoi m'était-il impossible de m'en souvenir ?

D'un pas de somnambule, j'allai dans la salle de bains et me regardai dans le miroir. J'avais des meurtrissures rouges dans le cou et sur les seins. Je fermai les yeux et, assaillie par l'odeur d'eau de toilette de Basil, les rouvris aussitôt pour regarder rapidement autour de moi. J'avais tellement la sensation de sa présence que je faillis l'appeler.

Des visions défilaient dans le miroir. Des bras se refermaient sur moi, me serraient, me retournaient, me soulevaient. Ce que suggéraient ces images me frappa si brutalement que je sentis une boule de glace me tomber dans l'estomac, envoyant des frissons tout autour de mon cœur. Je revins lentement vers mon lit et rabattis les couvertures. Mes draps empestaient l'eau de toilette de Basil.

Je rejetai la tête en arrière, aspirai bruyamment une gorgée d'air. Que m'était-il arrivé ? Que m'avait-il fait ?

J'aurais voulu crier. La panique me gelait sur place, les pieds cloués au sol. Je restai là, debout, étreignant mes épaules et tremblant de tout mon corps, la bouche ouverte sur un cri silencieux.

Ce fut ainsi qu'Amy me trouva, presque vingt minutes plus tard.

Dix-sept

Tous orphelins

— Qu'est-ce qui ne va pas, Céleste ?

Le visage d'Amy parut se tordre devant moi tel un masque de caoutchouc. Je vacillai, comme si j'étais sur un pont de bateau en pleine mer par temps d'orage.

— Je ne... Je crois... est-ce que Basil est revenu, hier soir ?

— Basil ? Bien sûr que non. Il est allé à l'hôpital, tu te souviens ? L'accident à l'entrepôt ? Mais que se passe-t-il à la fin ? Pourquoi cette question à propos de Basil ?

Oui, pourquoi cette question à propos de Basil, me demandai-je à moi-même. Et puis je me souvins.

— Sens mon lit, mes draps, mes couvertures, dis-je à Amy.

— Pourquoi ? Est-ce que Mme Cukor y a encore mis de l'ail ?

— Non, c'est pire. Cela n'a rien à voir avec Mme Cukor.

Amy se mordilla le coin des lèvres, l'air perplexe.

— Est-ce que tu es toujours ivre ?

— Sens-les ! lui criai-je.

— Sûrement pas. On ne m'a jamais rien demandé d'aussi stupide. Va prendre ta douche, descends déjeuner et cesse immédiatement ces inepties, ordonna-t-elle.

Puis elle se radoucit.

— Tout à l'heure nous irons faire un tour en voiture, au nouveau centre commercial, par exemple. Histoire de passer un bon moment ensemble.

— Regarde mon cou, mes seins, mes cuisses, Amy !

— Qu'est-ce qu'ils ont ?

— J'ai des meurtrissures, des marques bleues et noires, dis-je en les montrant du doigt.

— Oh, ça m'arrive souvent, à moi aussi. Ce n'est rien... Tu es peut-être allergique à quelque chose. Je t'emmènerai chez le médecin si cela dure.

— Ce n'est pas une allergie. J'ai été...

Qu'est-ce que j'essayais de dire ? Pourquoi ne pouvais-je me rappeler avec exactitude ce qui s'était passé ? Avais-je rêvé ? Comment tout cela pouvait-il être un rêve ?

— Alors ? Tu as été quoi, Céleste ?

— Pourquoi étais-je nue quand je me suis réveillée ?

— Comment veux-tu que je le sache ? Tu as peut-être eu un coup de chaud après avoir trop bu, et tu as enlevé ta chemise. Puis tu as eu des hallucinations, et maintenant tu ne sais plus où tu en es. Ce n'est rien. C'est assez fréquent chez les gens qui boivent trop. Tu n'es pas habituée au vin ni au cognac, voilà tout. Prends une douche, habille-toi, mange quelque chose et ça se passera, tu verras. Allez, remue-toi ! J'ai besoin de manger un morceau, moi aussi.

Je secouai la tête. Je n'arrivais pas à m'expliquer tout cela moi-même. Comment aurais-je pu l'expliquer à Amy ?

Je retournai dans la salle de bains pour me doucher. Mais même après cela, je me sentais encore chancelante et plutôt hébétée. Je mangeai très peu au petit déjeuner, et me retrouvai périodiquement en train de m'assoupir. Je remarquai que Mme Cukor m'étudiait attentivement, mais sans rien dire ni rien faire. Ensuite, Amy monta s'habiller pour sortir et me dit d'en faire autant. Mais quand j'arrivai dans ma chambre, je m'étendis quelques instants... et quand je repris conscience il était presque quatre heures et demie.

Cette fois-ci, en m'éveillant, je me sentis un peu mieux. Je m'aspergeai le visage d'eau froide et me mis à la recherche d'Amy. Mme McAlister m'apprit qu'elle était sortie mais lui avait laissé un message pour moi. Elle me faisait dire qu'elle était venue voir comment j'allais, que je dormais profondément et qu'elle avait décidé de me laisser me reposer.

— Elle a dit aussi qu'elle viendrait vous voir dès qu'elle serait de retour, ajouta Mme McAlister, visiblement froissée d'avoir à me transmettre le message.

Maintenant je m'en voulais à mort d'avoir manqué la classe, et je retournai dans ma chambre pour téléphoner à Trevor.

— Je n'osais plus t'appeler, dit-il d'emblée. Tu avais l'air tellement bizarre, ce matin.

— Je sais. Enfin... j'imagine. Je ne me rappelle pas grand-chose de ce matin. Il me semblait que nous nous étions parlé, mais je n'étais pas certaine que ce n'était pas un rêve.

— Wouaoh ! Qu'est-ce que tu as bu, hier soir ?

— Nous avons fêté mon permis de conduire. Basil est venu dîner et j'ai bu trop de vin et de cognac, je crois.

Brusquement, quelques détails me revinrent à la mémoire.

— Mais il y a eu deux accidents, expliquai-je. L'un concerne la femme du directeur commercial et l'autre un employé. Je n'ai pas encore vu Wade et je n'ai pas de leurs nouvelles.

— Ah bon, fit Trevor, pas vraiment intéressé. Alors, comment vas-tu, maintenant ?

— Mieux, je crois. Qu'est-ce que j'ai manqué ?

— Pas grand-chose. Un contrôle surprise en maths. Lynette Firestone mourait d'envie de savoir pourquoi tu étais absente, et elle n'était pas la seule. On dirait que ces gamines n'ont pas de vies personnelles.

— Elles n'en ont peut-être pas, si ça se trouve.

— Tu seras là demain ?

— Oui, bien sûr, affirmai-je.

— Okay. Je suis certain que tu auras vite fait de rattraper.

J'allais répondre quand j'entendis frapper à la porte.

— Je crois qu'Amy est là, Trevor. Je te rappelle plus tard.

J'avais à peine raccroché qu'elle entrait dans ma chambre.

— Comment vas-tu ? s'enquit-elle aussitôt.

— Mieux, je crois. Je me sens toujours un peu embrumée.

— Ça se passera très vite, me rassura-t-elle. Désolée d'être partie sans toi, mais tu dormais si bien que je n'ai pas eu le cœur de t'éveiller. Tu sais quoi ? Wade ne rentrera pas dîner ce soir non plus. Toute l'usine est en effervescence. L'accident pourrait ne pas avoir été un accident.

— Comment ça ?

— Il semble que deux employés se soient disputés, et que l'un ait provoqué ce qui est arrivé à l'autre. La police est venue enquêter toute la journée, la presse locale est déjà au courant. Wade est à bout de nerfs. Basil a passé la journée là-bas, lui aussi. Plus rien n'est facile, à présent, déplora-t-elle, ce qui me parut assez surprenant.

À ma connaissance, tout était toujours facile pour Amy.

— Nous allons nous retrouver seules, une fois de plus, déclara-t-elle.

— Une fois de plus ? Basil était là hier soir, non ?

Elle était parvenue à me faire douter même de cela.

— Oui, c'est vrai, mais je parlais de Wade. Enfin, nous ferons un bon petit dîner, et nous nous relaxerons en attendant qu'il revienne et nous raconte tout.

Sur ce, elle s'en alla, et je me concentrai sur le travail que je n'avais pas terminé la veille. Un peu plus tard, comme elle l'avait dit, nous nous retrouvâmes seules à table, toutes les deux. Mme Cukor n'était pas là, ce fut Mme McAlister qui servit. J'avais un peu plus d'appétit que le matin, alors qu'Amy semblait affamée, pour une fois. Elle débordait d'énergie et jacassait comme une pie. Elle m'étourdissait en sautant d'un sujet à l'autre. Elle parlait de ses derniers achats, d'un nouveau restaurant, d'un spectacle qu'il nous fallait absolument aller voir à New York, des jeunes hommes avec qui elle avait flirté. Et même d'un caissier de banque qui avait eu l'audace de lui demander pourquoi elle retirait autant d'argent. Je crois que je ne prononçai pas deux mots pendant tout le repas.

Nous allâmes dans le salon regarder la télévision, en attendant le retour de Wade, mais Amy me signala que je piquais du nez sans arrêt et que je ferais mieux d'aller me coucher. Je ne me fis pas prier, montai dans ma chambre et me préparai pour la nuit. J'allais me mettre au lit quand elle entra en coup de vent dans la chambre.

— Oh, désolée, quelle négligence de ma part ! J'ai failli oublier.

Je haussai les sourcils.

— Qu'est-ce que tu veux dire ?

— Je n'ai pensé qu'à moi, toute la journée. J'ai fait du shopping, papoté avec mes amies, et j'ai oublié d'aller voir le médecin pour tes pilules. J'irai demain, je te le promets.

— Je ne me fais pas de souci pour ça, rassure-toi.

— Tu ne comprends pas, Céleste. Cela ne marche pas après une seule pilule. Tu ne peux pas en prendre une et t'arrêter. Il faut les prendre régulièrement. Tiens, dit-elle en me tendant un autre petit comprimé blanc. Je t'en donne une autre des miennes, en attendant que tu aies ce qu'il faut. Allez, prends-la, sinon la première n'aura servi à rien.

Je pris la pilule, et cette fois je pus lire les petites lettres qui y étaient gravées. Je déchiffrai le mot « Roche ».

— Qu'est-ce que ça veut dire, Amy ?

— Rien. C'est juste le nom du laboratoire pharmaceutique.

Elle alla dans la salle de bains me chercher un verre d'eau et me le mit en main. J'hésitai un instant puis, devant son impatience manifeste, je pris la pilule et bus quelques gorgées d'eau. Elle parut soulagée.

— Bien. Maintenant repose-toi bien, dit-elle en s'en allant.

Peu de temps après m'être couchée, j'eus à nouveau l'impression de flotter à la dérive, mais ce n'était pas désagréable. Même avec les yeux ouverts, je rêvais : je voguais sur un nuage. Je n'avais plus la notion du temps et ne savais pas vraiment si j'étais endormie ou éveillée, mais les bruits qui me parvenaient me semblaient de plus en plus lointains. Soudain, je pris conscience d'être sexuellement excitée. Des doigts taquinaient mes seins, une sensation de chaleur me gagnait, d'abord entre les jambes, puis s'élevait de plus en plus. Je gémis et m'efforçai de freiner la montée de cette excitation, mais une fois encore j'eus l'impression que mon corps n'était plus le mien. Il ne m'obéissait plus. J'étais comme l'argile entre les mains du sculpteur.

Les sons que je percevais devenaient déroutants. Des grognements, des gémissements – les miens, peut-être –, des clappements de lèvres, et je sentais quelque chose d'humide et chaud dans mon cou et sur mes joues. Cela m'amusa car on aurait dit une langue. Et cette intense excitation sexuelle explosa en moi. Je crois que je criai, mais je n'en fus pas sûre. Peu après, je perdis connaissance et sombrai lentement dans l'eau sombre des rêves. Des visions et des sons la traversaient, des clartés brillantes et des sanglots, des fleurs, le visage de Lionel, des yeux où brûlait la flamme des bougies.

Je m'éveillai au son de ma propre voix en criant : « Maman ! »

En ouvrant les yeux, j'eus la certitude de voir le dos d'un homme qui sortait tranquillement de ma chambre. Quand il ouvrit la porte, je le reconnus à la faible lumière du couloir.

C'était Basil.

Je n'avais pas rêvé.

J'éclatai en sanglots impossibles à réprimer, je pleurais tellement que j'en avais mal au ventre. Je m'assis dans mon lit et criai, vraiment, de toute la force de ma voix. Et puis, exténuée par l'effort, je retombai sur les oreillers. J'aurais voulu crier encore, ou me lever, mais l'énergie me manqua et je ne fis ni l'un ni l'autre. Quelques instants plus tard, j'étais endormie.

Mais cette fois-ci, je m'éveillai avant l'aube. Je tendis le bras vers la table de nuit pour allumer ma lampe de chevet, et j'eus un hoquet de surprise quand la lumière jaillit.

Assise à mon chevet, en chemise de nuit et chaussée de mules, Amy me regardait.

— Qu'est-ce que tu fais là ? questionnai-je d'une voix enrouée.

— Je t'ai entendue crier, tout à l'heure, et je suis venue. Heureusement, Wade dort comme un plomb et n'a rien entendu. Il a besoin de sommeil. Il n'a pas décompressé depuis plus de quarante-huit heures et n'est rentré que très tard.

— Tu as entendu mes cris ?

— Oui.

Alors ce n'était pas mon imagination, je n'avais plus de doutes. Je n'avais rien imaginé du tout.

— Ami, me décidai-je à dire. Je crois… je crois que j'ai été violée.

— Je sais. Je n'aurais pas voulu que ça se passe comme ça, mais il a pensé qu'il valait mieux s'y prendre dès le début.

— Le début ? Le début de quoi ?

— De ton ovulation. Je suis désolée que tu aies dû subir tout ça, mais c'était nécessaire, pour toi comme pour moi, dit-elle d'une voix lamentable, presque avec désespoir.

J'étais sous le choc. Est-ce que je rêvais toujours ? Était-elle vraiment là, assise près de moi, et étais-je vraiment en train de lui parler ?

— Qu'est-ce que je devais faire pour nous deux ?

— Tu devais mettre au monde un petit Emerson. Moi, je ne peux pas. J'ai des problèmes avec... toutes ces choses-là.

C'était elle qui semblait parler dans son sommeil, à présent, pas moi. Ses yeux s'étaient assombris. Même dans cette faible lumière ils semblaient vides, glacés. Elle se tenait toute raide sur son siège, les mains crispées sur la poitrine.

— Des problèmes ?

— En fait, c'est pour ça que je suis en psychothérapie, en ce moment. Wade a été très patient avec moi, pour toutes sortes de raisons, mais Basil... Basil pense que son temps est limité et il veut voir son petit-fils. Son petit Emerson.

— Mais comment as-tu pu... comment peut-on faire une chose pareille ?

— Je ne t'ai pas tout dit sur ma famille, ni sur mon mariage. J'en ai honte, si tu veux le savoir. Mes parents étaient littéralement couverts de dettes. Mon père n'avait pas la bosse du commerce, et pour ma mère, « économie » était un mot grossier. Ils vivaient très au-dessus de leurs moyens, et nous étions sur le point de tout perdre quand j'ai rencontré Wade.

Amy libéra un long et lent soupir, comme pour reculer le moment de révéler la suite, puis elle s'y décida.

— Basil s'impatientait à son sujet aussi, d'ailleurs. Je n'ai rien exagéré en te disant qu'il n'avait pas eu de vraie relation féminine avant moi, et tu as déjà pu te rendre compte que ce n'est pas précisément un homme à femmes. En fait, je crois que lui aussi a des problèmes avec le sexe, avec les rapports entre homme et femme, je veux dire. J'ai certains soupçons là-dessus car il n'a que très rarement essayé de se rapprocher de moi. Basil lui-même, en de rares occasions, l'a plus ou moins reconnu.

— Reconnu quoi ?

Décidément, j'avais du mal à trouver un sens à tout cela. C'était comme si ma tête était pleine d'épais nuages noirs.

— L'indifférence de Wade envers les femmes, répondit Amy. Basil est tellement honteux d'avoir un fils pareil qu'il est incapable de faire face à la situation. Il la ressent comme une offense personnelle à sa virilité.

» Quoi qu'il en soit, il a sauvé mes parents de la ruine en se portant garant pour eux, et m'a offert cette existence fastueuse. La vérité, Céleste...

Elle eut un petit rire étrange, qui faisait presque douter de sa raison.

— C'est Basil qui a le premier parlé de mariage, mais pas en son nom. En celui de son fils. Après quoi Wade a demandé ma main, sur l'insistance de son père, j'en suis sûre. Basil était encore le grand patron, à cette époque-là, il contrôlait tout. Il a même rédigé notre contrat de mariage. Il stipulait que je m'engageais à lui donner un héritier avant cinq ans. Quand il devint évident que cela n'arriverait pas dans les délais impartis, j'ai perdu la tête. C'est moi qui ai eu cette idée-là, et Basil a été d'accord.

Mon cœur se mit à cogner contre mes côtes, si fort que je crus perdre connaissance une fois de plus.

— Quelle idée, Amy ?

— Celle de prospecter jusqu'à ce que je te trouve. Oh, pas toi en particulier, mais je cherchais quelqu'un dans ton genre. J'ai failli choisir une fille d'un autre orphelinat, mais quand j'ai fait mon enquête j'ai découvert que c'était une coureuse. Je ne pouvais pas prendre un risque pareil, tu comprends. Et si elle était tombée enceinte avant... avant d'attendre le petit-fils de Basil ? J'aurais fait tout ça pour rien. C'est pour ça que j'étais si inquiète au sujet de ton rendez-vous avec Trevor Foley.

» Quand je me suis renseignée sur toi, quand je t'ai vue, j'ai su que j'avais trouvé la jeune femme idéale. Tu étais vierge, belle, intelligente. Tu aurais un enfant superbe si je savais te protéger.

— Tu veux dire que tout était prémédité depuis le début ? Que tu m'as amenée ici pour me droguer et faire de moi une mère porteuse ?

— Aurais-tu accepté d'être une mère porteuse ?

— Non, ripostai-je d'une voix coupante. Jamais.

— Je le savais. Mais j'espérais qu'après avoir vu quelle vie tu pourrais avoir, son luxe, ses avantages, tu serais moins récalcitrante. Que je parviendrais peut-être à te persuader d'accepter. Et puis…

— Et puis quoi ?

— Basil est tombé amoureux de toi, vraiment amoureux. Et il a décidé de te féconder… de la bonne vieille façon classique, acheva-t-elle avec ce petit rire qui faisait froid dans le dos.

» Bien sûr, il savait que tu ne serais pas consentante, alors…

— Alors tu m'as droguée.

— Maintenant, on appelle ça le viol par une connaissance, admit-elle. Nous avons attendu que tu sois en période d'ovulation, mais je me voyais mal te faisant subir ça nuit après nuit. J'ai accepté qu'il y en ait deux, peut-être trois de suite, mais quand j'ai entendu tes cris…

» Ce serait plus facile si tu coopérais, conclut-elle.

— Coopérer ? Tu veux dire, l'attendre tranquillement chaque nuit dans mon lit ?

— Oui. Écoute-moi, Céleste. Pense à tout ce qu'il t'a déjà donné, à ce que tu as déjà et à tout ce qu'il te donnera encore. Tu seras quand même enceinte un jour, de toute façon. Fais simplement cette petite chose, et pour le reste de ta vie…

— Cette petite chose ? Tu appelles ça une petite chose ?

Je sentis revenir la nausée, les vertiges aussi. Je fermai les yeux et respirai profondément, plusieurs fois de suite.

— Pourquoi ne l'as-tu pas fait toi-même, si c'est une si petite chose ? Si tu as des problèmes avec les relations sexuelles, pourquoi ne t'es-tu pas fait inséminer médicalement, avec le sperme de Wade ou de Basil ?

— Nous avons essayé une fois, Wade et moi, mais ça n'a pas marché. Quand Wade l'a dit à son père, Basil s'est montré encore plus déterminé à obtenir ce qu'il voulait, et plus agressif. Il m'a fait des avances précises, en espérant que je les accepterais. Il a même essayé une fois de coucher avec moi, quand tu étais déjà là, parce qu'il pensait que tu ne serais jamais d'accord. Mais je n'ai pas pu faire ce qu'il demandait, et il s'est montré aussi furieux que dégoûté. J'ai cru qu'il allait mettre fin à tout le projet, y compris à tout ce qu'il était prêt à faire pour toi, et te priver d'une merveilleuse opportunité.

— Une merveilleuse opportunité ? C'est pour ça que tu tenais tellement à me rendre sexy ? Tu voulais que je lui plaise pour ne plus l'avoir dans les jambes, m'écriai-je, sans la moindre intention de faire un mauvais calembour.

— Mais tu lui plais, Céleste ! Bien plus que moi.

— Tu voudrais que j'en sois fière ? Alors les vêtements, les bijoux, le lycée, la voiture, tout ça c'était pour m'acheter ?

— Est-ce que tu ne trouves pas agréable d'avoir tout ça ? Tu n'as pas envie de le garder pour toujours ? Tu ne veux quand même pas reprendre la vie que tu menais à l'orphelinat ? Même avec cette vieille maison et la propriété qui sont censées t'appartenir, tu n'auras jamais rien de comparable à tout ce que tu as ici. Je t'ai appris à apprécier la bonne vie, n'est-ce pas ? Tu auras une magnifique récompense si tu acceptes. Tu pourras étudier dans une des plus grandes universités.

— Et dire qu'on nous prenait pour des détraqués, commentai-je. On ne peut pas utiliser les gens comme ça, comme des objets ! C'est ignoble.

— Es-tu en train de me dire que tu vas renoncer à tout ça ?

— Parfaitement, Amy, c'est ce que je dis.

Elle se leva, le sourire aux lèvres.

— Tu n'es pas dans ton bon sens, s'obstina-t-elle. Tu es toujours sous l'effet des pilules et cela t'empêche de raisonner. Quand tu te seras bien reposée, quand tu auras réfléchi à la question...

— C'est tout réfléchi, dis-je aussi fermement que j'en fus capable. Je n'accepterai jamais.

Mon sang battait douloureusement dans ma tête ; je pressai le bout des doigts contre mes tempes.

— Je suis fatiguée, Amy. J'ai besoin de dormir un peu.

— C'est évident. Tout sera différent quand tu te seras reposée, tu verras.

Je fis signe que non, lentement, plusieurs fois.

— Je suis vraiment navrée pour toi, murmurai-je en reposant la tête sur l'oreiller.

Elle se rapprocha du lit.

— Je ne voulais pas te blesser. Je ne le veux pas. Je fais tout pour que tu aies ce qu'il y a de mieux dans la vie. Je t'en prie, crois-moi, implora-t-elle.

— Je te crois, Amy. Je crois que c'est vraiment ce que tu penses.

Elle se méprit sur ma réponse et se détendit.

— Je savais que tu me croirais.

Je secouai la tête et me léchai les lèvres. Elles étaient sèches comme du vieux parchemin.

— J'ai soif, dis-je en tendant la main pour saisir mon verre d'eau.

Elle s'empressa de me le donner.

Pendant un instant, je me méfiai même de ce geste et je humai l'eau. Elle n'avait aucune odeur, et je la bus. Je ne m'étais pas rendu compte que j'étais à ce point déshydratée. J'avais bu d'un trait plus de la moitié du verre. Amy me le prit des mains et le replaça sur la table de nuit.

— Je ne fais que ce qui est le meilleur pour nous deux, insista-t-elle. Il faut que tu me fasses confiance.

Je n'aimai pas le ton sur lequel elle dit cela, et je regardai à nouveau le verre. Elle n'oserait pas me donner un autre comprimé, tout de même ? Non, elle n'oserait pas, me dis-je pour me rassurer.

Mais il était trop tard.

Je sentis immédiatement la drogue agir, n'ayant pas encore éliminé la dose précédente. Je sentis aussi Amy me caresser les cheveux, remonter ma chemise de nuit jusqu'à ma taille et rabattre ma couverture sur mes genoux, comme si elle me préparait pour un ancien rituel de sacrifice.

Je me rendis compte que j'essayais d'appeler à l'aide, de trouver au plus profond de moi la force de crier, mais tout devenait trop lourd. Je tombai en faiblesse. J'agitais les bras et donnais des coups de pied en tous sens, mais sans pouvoir diriger mes mouvements. Mon corps entier échappait à mon contrôle et tombait en chute libre. J'étais comme un pilote qui a perdu la maîtrise de son appareil, et ne peut que regarder le vent l'emporter au hasard vers la catastrophe. Tout autant que lui dans son avion, je me sentais piégée dans mon propre corps.

Peu après le départ d'Amy – j'ignore combien de temps elle resta –, je sentis qu'on me soulevait et il me sembla que mes pieds touchaient le sol. Un bras puissant m'entourait la taille. J'étais comme de la cire molle, mais soutenue par quelqu'un de si fort ! Je rêvais que je m'appuyais contre un arbre. Une ou deux fois, mes pieds quittèrent le sol et je fus bel et bien portée plus loin, sans offrir aucune résistance. Je me souviens d'avoir pensé : « Ce corps n'est plus le tien, de toute façon. Oublie tout ça, cela ne te concerne plus. Laisse-le faire ce qu'il veut, ça n'a plus d'importance. »

Je glissai dans le sommeil alors qu'on m'emportait toujours, et quand je m'éveillai je fus aussi désorientée que la première fois qu'on m'avait droguée, sinon plus. Le décor qui m'entourait m'était tellement étranger ! Je crus que je dormais encore et que je rêvais.

J'étais dans une chambre beaucoup plus petite que la mienne, avec deux fenêtres assez petites, elles aussi. Les rideaux étaient tirés, mais assez fins pour laisser passer un peu de la lumière du jour. Cela donnait à la pièce un aspect étrange, comme s'il y flottait de la poussière.

Sur une grande commode en bois foncé se dressait une bougie noire, dont la flamme vacillait. Sur sa droite, il y avait un petit canapé gris. J'étais couchée dans un lit quatre fois plus petit que le mien, avec une couette de couleur crème remontée jusqu'au menton. Au-dessus de moi, un ventilateur de plafond tournait avec lenteur. Je fermai les yeux, pour voir si tout aurait disparu quand je les rouvrirais, mais non. Tout était encore là. Puis, très, très lentement, je tournai la tête vers la gauche. J'avais senti un regard posé sur moi.

Assise à mon chevet, Mme Cukor ne me quittait pas des yeux.

— Où suis-je ? lui demandai-je.

— Dans ma chambre.

— Comment suis-je arrivée là ?

— C'est moi qui vous y ai portée. Vous y avez passé la nuit.

— Quelle heure est-il ?

— Presque une heure de l'après-midi.

Quelque chose en elle m'avait frappée dès la première seconde. Sa voix n'avait plus rien d'hostile ni de sinistre. Elle était devenue bien plus douce.

— Ne vous inquiétez pas, reprit-elle. Ils n'auraient jamais l'idée de vous chercher ici. Ils s'imaginent que vous errez au hasard dans le parc. On a laissé la porte d'entrée ouverte. Peut-être votre esprit est-il déjà parti, et dans ce cas vous devez le rattraper.

— Mais de quoi parlez-vous ?

Je m'assis avec effort, la tête me tourna. Mme Cukor prit un verre à côté d'elle et me le tendit. La couleur bizarre de son contenu me fit faire la grimace.

— Buvez ça. Vous reconnaîtrez le goût.

Je pris le verre, le portai lentement jusqu'à mes lèvres en humant son odeur. Elle m'était vaguement familière.

— C'est une potion aux herbes du Vieux Monde. Il y a un peu de lierre, un peu de genévrier, un peu d'ail bien sûr, et quelques-uns de mes ingrédients personnels. Buvez-la vite, elle vous nettoiera le sang.

Le souvenir des tisanes de maman me revint, et me donna la confiance dont j'avais besoin. Je bus le plus rapidement possible, et quelque chose dans cette boisson me réchauffa la poitrine et l'estomac.

— Reposez-vous encore un peu, me conseilla Mme Cukor, en insistant pour que je remette la tête sur l'oreiller.

— Pourquoi m'avez-vous amenée ici ?

Elle eut un sourire entendu.

— Vous savez bien pourquoi.

J'avais toujours l'esprit confus, mais je commençai à me rappeler ma conversation avec Amy, et tout ce qui s'était passé. J'éclatai en sanglots.

— Allons, allons, me dit-elle d'une voix apaisante. Il faut que vous soyez plus forte maintenant, pas plus faible.

— Mais pourquoi m'aidez-vous, tout à coup ? Je croyais que vous me détestiez.

— Je ne vous détestais pas. Je détestais ce qui allait arriver ici avec vous, ou plutôt ce qui allait y revenir à cause de vous.

— Vous saviez dès le début ce qu'ils voulaient faire de moi ?

— Pas exactement, mais je n'ai pas eu longtemps à attendre avant que…

Elle n'acheva pas sa phrase.

— Avant que quoi, madame Cukor ?

— Avant qu'on me le dise.

— Qu'on vous le dise ? Qui vous l'a dit ?

Une fois encore, elle sourit.

— Vous savez qui. Vous avez cessé d'écouter leurs voix, mais pas moi. Jamais.

Était-ce possible ? Pouvais-je lui poser la question ?

— Était-ce... Lionel ?

— Je ne connais aucun nom. J'ai entendu une voix murmurer à mon oreille, nuit après nuit, et me recommander d'être vigilante. C'est pourquoi j'ai fait ce que j'ai fait.

— Et c'est pour ça que vous avez mis ces choses dans mon lit et sur ma porte ?

— Et encore bien plus que vous ne le saurez jamais, révéla-t-elle. Ce n'était pas assez puissant, je le regrette. C'est pourquoi je vous ai transportée ici.

— Ils vont être très fâchés contre vous, maintenant.

Elle haussa les épaules.

— C'est sans importance. Ils ne peuvent me faire aucun mal.

Ma curiosité s'éveilla.

— Pourquoi ont-ils si peur de vous ?

— Mme Emerson a peur de tout, même de son ombre. Elle est couchée, sous sédatifs. Je lui ai monté les comprimés moi-même.

— Et Wade ?

— Il est parti travailler très tôt ce matin. Il ne sait encore rien.

— Mais Basil ? Pourquoi vous garderait-il une fois qu'il saura ce que vous avez fait ?

Pendant quelques instants, son visage prit une dureté minérale, son regard durci parut se fixer sur un souvenir. Quand elle parla, ce fut comme si quelqu'un de l'au-delà parlait à travers elle. Sa voix avait totalement changé.

— Il y a bien des façons de vendre son âme au diable, commença-t-elle. Quand vous vous faites complice d'un grave mensonge, il vous hante et vous ronge l'esprit. C'est ce qui est arrivé à la première Mme Emerson. Pour elle aussi, j'ai fait tout ce que j'ai pu, mais c'était un trop lourd secret pour qu'elle supporte de le garder en elle. Je l'ai vue s'affaiblir peu à peu sous mes yeux.

Mme Cukor soupira et de nouveau, sa voix s'adoucit.

— Elle était torturée par la puissance de son amour.

— Comment est-ce possible ? Comment peut-on être torturée par l'amour ?

— Celui qu'elle adorait ne lui appartenait pas, voilà pourquoi. Quel martyre ce dut être pour elle de pleurer la mort d'un enfant jamais né, en ayant sous les yeux celui qu'elle aurait dû avoir. Je la voyais pleurer intérieurement chaque fois qu'elle souriait à Wade, le serrait contre elle ou l'embrassait.

— Vous voulez dire… que Wade n'est pas son fils ?

Mme Cukor secoua tristement la tête.

— Il est le fils de M. Emerson, mais ce n'est pas sa femme qui l'a mis au monde dans cette maison. J'ai délivré la mère moi-même.

— Où est-elle à présent ?

— Dans son propre enfer, j'imagine. J'ignore où elle se trouve. On lui a donné de l'argent et on l'a renvoyée. C'était une pauvre fille aux abois, à peine plus âgée que vous. La première Mme Emerson s'est donné beaucoup de mal pour faire croire que l'enfant était le sien. Elle s'est isolée pendant des mois, simulant une grossesse qu'elle avait si ardemment désirée.

— Pourquoi a-t-elle fait cela ?

— Elle était profondément attachée à M. Emerson, et elle avait trop bon cœur pour rejeter un enfant. Seuls M. Emerson, elle et moi connaissions la vérité, et maintenant il n'y a plus que lui et moi. Et vous, bien sûr.

— On n'a jamais rien dit à Wade ?

— Jamais. Et il n'y a aucune raison de le lui dire maintenant. M. Emerson en est venu à croire que lui seul était responsable du mal qui était entré dans sa maison. La mort de sa femme, d'abord, et le fait que son fils et sa bru ne pouvaient pas lui donner le petit-fils qui, croit-il fermement, rachèterait sa faute. De temps en temps, quand il est ivre, il se confie à moi et je me contente de l'écouter, sans le contredire ni l'approuver.

Plus elle parlait, plus ma stupéfaction augmentait.

— Alors il vous garde ici parce qu'il a peur que vous parliez, et parce qu'il pense que vous pouvez le protéger avec vos bougies, vos plantes et vos pouvoirs ?

— Je peux le protéger contre lui-même, dit-elle avec douceur. C'est un homme vraiment très seul. Comme l'est le jeune M. Emerson, et Amy Emerson aussi.

— Nous sommes tous orphelins d'une façon ou d'une autre, méditai-je à voix haute.

Mme Cukor ne fit pas de commentaire, mais elle hocha la tête en souriant avec douceur.

— Et qu'arrivera-t-il quand ils découvriront où je suis ?

— Ils ne le sauront pas, rassurez-vous. Reposez-vous. Laissez les remèdes vous aider. Je vous apporterai des vêtements et tout ce dont vous aurez besoin, me promit-elle en se levant.

— Et après ?

— Après, vous rentrerez chez vous, dit-elle comme si c'était la réponse la plus évidente et la plus simple qui soit. Vous le savez sûrement, ajouta-t-elle en sortant sans faire de bruit.

Je me rendormis, mais cette fois-ci quand je me réveillai, je me sentis plus forte et j'avais les idées plus claires. Comme les merveilleux traitements de maman, celui de Mme Cukor avait eu les résultats attendus. Et elle avait tenu parole. Je vis une valise posée à côté de la porte, ainsi qu'un jean, un chemisier chaud et un pull, une paire de chaussures, des chaussettes et du linge de corps sur le petit canapé.

Je m'assis avec précaution et chaussai les pantoufles laissées au pied du lit. J'étais toujours en chemise de nuit. Comme je n'étais jamais venue dans cette partie de la maison, j'ignorais où était exactement la salle de bains. J'ouvris la porte le plus silencieusement possible et tendis l'oreille. Le calme régnait dans la maison. Je me risquai donc à sortir, et vis que la salle de bains se trouvait tout au fond d'un petit couloir, sur ma droite.

Sentir l'eau froide sur mon visage me fit un bien fou. Toutefois, j'eus du mal à croire que ces yeux battus et ces cheveux en broussaille étaient bien les miens. En sortant de la salle de bains, je me trouvai face à face avec Mme McAlister qui sortait de sa chambre. Je me figeai sur place. Elle me regarda, rejeta la tête de côté à sa façon coutumière, et poursuivit son chemin comme si je n'étais pas là.

Mme Cukor ne revint dans sa chambre qu'après m'avoir laissé le temps de m'habiller.

— Vous aurez besoin de ça, dit-elle en me tendant une enveloppe.

Je l'ouvris et y trouvai une liasse de billets de vingt dollars.

— D'où vient cet argent, madame Cukor ?

— Ne vous inquiétez pas pour ça. Vous en aurez besoin. Un taxi vient vous prendre dans quelques minutes. Il vous déposera en ville à la station routière. Il n'est pas question que vous touchiez encore à cette voiture, décréta-t-elle, juste au moment où j'allais mentionner cette possibilité.

— Merci pour votre aide, madame Cukor, dis-je avec chaleur.

— C'est surtout lui que j'aide, encore plus que vous.

Je dus avoir l'air perplexe car elle ajouta aussitôt :

— Vous n'êtes pas la seule qui ayez besoin d'aide, vous savez.

— Merci quand même, répliquai-je. Merci pour tout.

Je tendis le bras pour prendre ma valise mais elle me devança.

— Je l'ai portée pour rentrer, je la porterai pour sortir, déclara-t-elle.

Je pensai que ce geste avait sans doute pour elle une signification superstitieuse et la laissai faire. Je ne me sentais pas débordante d'énergie, d'ailleurs. Il s'en fallait.

— Où est Amy ? demandai-je.

— Toujours dans sa chambre.

— J'aurais voulu dire au revoir à Wade, pensai-je à voix haute.

— Je lui dirai au revoir pour vous quand le moment sera venu de le faire, je vous le promets.

Je la suivis jusqu'au grand hall. Comme la maison me semblait vide, à présent, malgré tout son luxe ! Le bruit de nos pas lui-même semblait un écho. À l'entrée du cabinet de travail, je fis halte pour contempler le portrait de Mme Emerson. Je comprenais maintenant son demi-sourire énigmatique. Mme Cukor s'aperçut que je la regardais et me dit de me hâter.

Le téléphone sonna et Mme McAlister passa la tête par la porte de la cuisine, pour annoncer qu'un taxi attendait à la grille.

— Eh bien, qu'attendez-vous pour lui ouvrir ? s'impatienta la gouvernante. Vous ne croyez tout de même pas que je vais porter ça tout le long de l'allée ?

Mme McAlister disparut dans sa cuisine et Mme Cukor poursuivit son chemin. Je m'arrêtai une fois de plus pour lever la tête vers le palier, espérant presque y voir Amy me regarder d'en haut. Elle n'y était pas, bien sûr.

Je suivis Mme Cukor. Le grand soleil d'après-midi me fit cligner des yeux, et je dus les protéger de ma main en visière pour voir arriver le taxi. Dès qu'il s'arrêta, Mme Cukor courut ouvrir la porte arrière. Le chauffeur descendit, prit ma valise et la jeta sur la banquette.

J'hésitai, cherchant un moyen de remercier encore ma bienfaitrice. Elle devait avoir un certain don de clairvoyance car elle ne m'en laissa pas le temps.

— Il n'y a rien à dire, me devança-t-elle. Ce qui est fait est fait, et ce qui doit être fait le sera. Trouvez-vous vous-même, et trouvez la place qui est la vôtre.

Je montai dans le taxi. Elle referma la porte, croisa ses bras solides sur sa poitrine et garda la pose, telle une sentinelle prête à donner sa vie plutôt que de se rendre. Son visage, son regard, son attitude, tout en elle exprimait la détermination la plus ferme. Je pressai ma paume contre la vitre, et elle répondit au moins à mon adieu par un signe de tête quand le taxi s'éloigna. Je me retournai, pour m'apercevoir qu'elle n'avait pas bougé d'un pouce. Elle resta ainsi jusqu'à ce que nous franchissions la grille, tourna le dos et s'en alla. Elle était sortie de ma vie.

Comme la grande maison.

Comme tous ceux qu'elle abritait.

DIX-HUIT

Retour au bercail

Vingt minutes plus tard, j'étais à la gare routière. Je pris un billet pour Sandburg et dus patienter encore une demi-heure dans la salle d'attente. Chaque fois que quelqu'un entrait, je levais vivement la tête, espérant presque voir Amy, Wade ou Basil accourir pour m'empêcher de partir. Finalement, le car arriva et j'y montai. J'aurais une correspondance à prendre, avec une autre attente en perspective. Cette fois-ci, elle durerait environ une heure. Je dormis dans le car pendant presque toute la première partie du trajet, mais en arrivant à la seconde gare routière je commençai à me poser des questions sur ce que j'étais en train de faire. N'aurais-je pas dû retourner à l'orphelinat et retrouver Mère Higgins, tout simplement ?

Non, finis-je par conclure. Pour le meilleur ou pour le pire, Mme Cukor avait raison. Je devais rentrer chez moi. Renouer avec le passé, avec ce qui, je l'espérais, m'attendait encore dans les recoins d'ombre de ce monde. Alors je saurais ce que j'avais à faire.

L'après-midi s'achevait quand j'arrivai à Sandburg. Je ne me souvenais presque pas du village, non qu'il offrît grand-chose qui méritât qu'on s'en souvienne. Il y avait deux rues principales, l'une qui le traversait de bout en bout, et une qui la recoupait aux trois quarts de son parcours et montait vers le nord. Il y avait encore un bureau de poste, une caserne de pompiers, deux cafés-restaurants. Le dépôt des cars était en fait une petite confiserie, tenue par un couple d'un certain âge qui semblait avoir toujours été là. Je fus la seule passagère à descendre du car. Les autres voyageurs – cinq en tout et pour tout – étaient descendus à l'arrêt précédent.

Les rues étaient pratiquement vides, à part les rares véhicules qui passaient de temps à autre. Il faisait frisquet, mais le ciel était pur et le soleil déclinant faisait miroiter les fenêtres. Quand le car tourna dans la direction du dépôt, je vis un commerçant qui lavait sa vitrine et un chien étendu de tout son long sur le trottoir, comme s'il savait que personne ne viendrait le déranger. Ses yeux s'arrondirent de surprise en me voyant descendre. Le chauffeur déchargea ma valise, et regarda autour de lui comme s'il me déposait au bout du monde. Il remonta dans le car et redémarra, pendant que j'entrais dans la confiserie pour savoir si je pouvais me procurer un taxi.

— Bonjour à vous, dit le patron.

Sanglé dans un grand tablier blanc amidonné, brodé en capitales au nom de Georges, il était occupé à laver le comptoir. Sa femme, en tablier nettement plus petit, qui annonçait le prénom d'Annie et laissait voir une jolie robe imprimée, était assise sur un tabouret et lisait le journal. Elle me jeta un bref coup d'œil et reprit aussitôt sa lecture.

— Est-il possible d'avoir un taxi, monsieur? m'informai-je.

— Bien sûr. Je vais appeler Al. C'est le seul taxi qui travaille en ce moment. Ce serait pour aller où?

Je me souvins que dans le pays, les grands domaines agricoles étaient encore appelés fermes, comme autrefois.

— Je dois me rendre à la ferme Atwell, en fait.

Annie dressa l'oreille, dévorée de curiosité.

— La ferme Atwell! Qu'est-ce que vous allez faire là-bas?

— C'est chez moi, annonçai-je.

Georges se figea, le récepteur en main.

— C'est chez vous? Alors vous êtes... vous êtes le bébé? s'enquit Annie, abasourdie.

Je ne pus me retenir de sourire.

— Mais oui. Le bébé.

Tous deux me dévisageaient, muets de stupeur. Ce fut Annie qui réagit la première.

— Appelle Al tout de suite, ordonna-t-elle à Georges, qui tapa rapidement le numéro.

— J'ai quelqu'un pour toi, dit-il au téléphone. Pour la ferme Atwell. D'accord, répondit-il après un court silence.

Et il raccrocha.

— Il sera là dans cinq minutes, le temps d'enfiler sa veste. Il habite juste au bout de la rue.

— Les Farley savent-ils que vous arrivez ? s'enquit Annie.

À aucun prix, je n'aurais voulu montrer combien je savais peu de chose concernant la propriété. Heureusement, Annie enchaîna aussitôt :

— Je veux dire... Pru Farley est passée dans l'après-midi et ne m'a pas parlé de vous.

— Tout le monde n'est pas forcé de te raconter sa vie, la rabroua Georges.

Le regard d'Annie s'arrêta sur ma valise.

— Vous êtes là pour un moment, à ce que je vois.

Une fois de plus, je fus obligée de sourire.

— En effet. Pour un moment.

— Eh bien, je... comment ça va pour vous ? questionna-t-elle, brûlant de tout savoir. Où étiez-vous pendant toutes ces années ?

— Je... j'ai voyagé.

— Je me souviens de vous dans les bras de votre mère comme si c'était hier, dit-elle encore. C'était ma cliente. Vous aviez une façon drôlement sérieuse de regarder les gens, pour un bébé. Vos yeux avaient l'air de deux minuscules projecteurs.

» Votre mère ne me permettait pas de vous offrir une sucette, mais j'avais le droit de vous donner une carotte. Vous la grignotiez comme un lapin. Tu te rappelles, Georges ?

Il émit un vague grognement et sourit.

— Pru et Brice Farley forment un couple très sympathique, fit-il observer. Il est conseiller d'éducation au lycée.

— Je suis sûre qu'elle en sait autant que toi sur les Farley, Georges, lui dit Annie.

Puis elle me dévisagea pour voir si c'était bien le cas. Je hochai la tête sans faire de commentaire, et son regard se fit soupçonneux.

— Il paraît que Martin Becker, un avoué, essaie de vendre votre propriété pour y construire des pavillons de vacances. C'est pour ça que vous êtes venue ?

— Ne faites pas attention à elle, intervint Georges. Elle se prend pour la rédactrice des nouvelles locales.

— C'est complètement faux. Tout le monde est au courant, protesta vigoureusement sa femme.

Sur ces entrefaites, une voiture s'arrêta devant la boutique.

— C'est Al, annonça Georges. Il est arrivé plus vite que je n'aurais cru. Il ne se fait pas beaucoup d'argent à cette époque de l'année, ça le rend nerveux.

Annie s'empressa de me rassurer.

— Ne vous inquiétez pas, il conduit très bien.

— Merci de me le dire.

— Vous étiez un si beau bébé ! s'exclama-t-elle. Pas étonnant que vous soyez devenue une si belle demoiselle.

— Je ne suis pas venue pour vendre la propriété, lui dis-je en réponse à ses avances.

Elle rayonna de plaisir : elle tenait une nouvelle exclusive.

Pendant le court trajet jusqu'à la maison, Al Shineman m'inonda de détails sur l'histoire de la propriété depuis mon départ.

— Votre avocat a mis du temps avant de trouver des locataires, vous savez. Avec tout ce qui s'y était passé, elle faisait peur aux gens. À Halloween, les adolescents venaient y faire des feux de joie, jusqu'à ce que la police le leur interdise. Ils auraient pu causer des incendies, et il y en avait toujours qui pénétraient par effraction dans la maison.

» J'ai entendu dire que les Farley avaient très bien remis l'intérieur en état. Brice dirige l'équipe de basket de l'université, et Pru travaille chez votre avocat. Elle est auxiliaire juridique.

Je ne dis rien qui puisse indiquer si j'étais au courant ou non. Plus j'étais silencieuse, plus Al bavardait, et pendant tout ce temps mon cœur battait comme un tambour. Plus nous approchions de la propriété, plus l'environnement me semblait familier. Je reculais dans le temps à chaque minute écoulée, chaque kilomètre parcouru, chaque arbre, rocher ou prairie que nous dépassions. Quand nous parvînmes à l'entrée du long chemin d'accès, le souffle me manqua. J'inspirai bruyamment une gorgée d'air.

— Tout va bien, mademoiselle ? s'inquiéta Al.
— Arrêtez ! m'écriai-je quand il bifurqua pour se diriger vers la propriété.
— Arrêter ? Qu'est-ce qui ne va pas ? demanda-t-il en s'exécutant. C'est bien la ferme Atwell, ici.
Je ne répondis rien. Sur ma gauche, je pouvais voir le petit cimetière et son muret de vieilles pierres, dont seuls dépassaient les sommets des trois tombes familiales. J'avais si souvent tenu la main de Lionel ou de maman, la nuit, quand nous venions ici pour une veillée de prières, et regardions tous trois la petite tombe sans nom où gisait notre plus profond secret.
J'embrassai la propriété du regard. La forêt s'était étendue et épaissie, comme si elle avait entamé une lente marche en direction de la maison. La vieille demeure qui datait du XVIIIe siècle, avec sa tourelle d'angle où j'avais dû si souvent restée cachée, me parut inchangée. Dans sa partie la plus proche de la maison, la pelouse était parfaitement entretenue, mais dans les prés les mauvaises herbes avaient tout envahi, prenant d'assaut jusqu'aux murs de la vieille grange. Là où était jadis le jardin de plantes médicinales, fleurs sauvages et herbes folles avaient proliféré. Je me retournai en soupirant vers la maison.
Une berline rouge, d'un modèle déjà ancien, était garée devant le perron, juste à côté d'un pick-up noir. À gauche de la maison, ses occupants avaient de toute évidence planté un petit potager. J'aperçus les restes de quelques plants de citrouille, et me rappelai comment Lionel et moi les découpions pour Halloween. Nous leur donnions même des noms.
— Combien vous dois-je ? demandai-je à Al.
— Vous ne voulez pas que je vous conduise jusqu'à la maison ?
— Non, merci.
À quoi bon tenter de lui expliquer l'inexplicable ?
— Ça fera douze dollars, mademoiselle.
J'ouvris l'enveloppe que m'avait donnée Mme Cukor et lui comptai ses billets. Il les fourra dans sa poche, puis descendit chercher ma valise, restée sur le siège arrière. Il la trouva lourde et insista :

— Vous êtes vraiment certaine de ne pas vouloir que je vous la porte jusque là-bas ?

— Non, vraiment. Je vous remercie.

Je savais qu'il s'arrêterait à la confiserie pour raconter le peu qu'il avait appris, mais cela m'était parfaitement égal.

Je m'avançai dans l'allée. Combien de fois l'avais-je parcourue avec maman ou Lionel, ou bien les deux, en les écoutant parler des esprits de la famille qui nous accompagnaient et nous souriaient ? Où étaient-ils à présent ? Je ne leur en voulais pas de ne pas se montrer, de ne pas me faire confiance. Je les avais reniés, évités, en les traitant comme les produits d'une jeune imagination perturbée.

Dans le vent qui me caressait le visage et soulevait mes cheveux, je retrouvais la voix de maman qui chantait. Peut-être que les voix, les sons, les mots et la musique subsistaient autour de nous, comme tant d'autres choses ; et qu'en certaines circonstances favorables, quand toutes les forces de la nature s'alliaient en harmonie parfaite, ces souvenirs resurgissaient, tels des échos qui se feraient entendre encore. C'est à cela que je pensais en suivant l'allée. Je ne prêtais attention ni au poids de ma valise ni au fait que M. Shineman était toujours là. Je savais qu'il m'observait, espérant voir quelque chose d'étrange et d'étonnant, qu'il pourrait rapporter à la boutique pour alimenter les potins.

Tout ce qu'il vit c'est que je m'arrêtai et demeurai immobile, et il dut se demander si je n'avais pas changé d'avis, si je n'allais pas faire demi-tour et m'enfuir.

Je m'étais arrêtée parce que j'avais entendu, sans aucun doute possible, quelqu'un jouer du piano. La musique se tut brusquement. Quelques instants plus tard, la porte d'entrée s'ouvrit. Et un homme jeune, aux cheveux bruns coiffés avec soin et aux yeux noisette, me regarda d'un air surpris mais souriant. Il portait une chemise de flanelle, des jeans et des chaussures de course. Il était grand, mince et bâti tout en finesse.

— Bonjour, m'accueillit-il d'un ton jovial.

Il se pencha et, ne voyant aucune voiture – Al Shineman était parti –, me demanda :

— Qui êtes-vous ?

— Je suis Céleste Atwell.

Sa mâchoire s'affaissa, ses yeux s'agrandirent. Il regarda derrière moi et je compris aussitôt ce qui lui venait à l'esprit. Il devait se dire que je venais de me matérialiser et sortais tout droit du néant. Cette idée me fit sourire à mon tour.

— Je suis venue en taxi, expliquai-je.

— Ah bon ? Je ne l'ai pas entendu, ma femme jouait du piano.

— Qui est là, Brice ? appela du salon une voix féminine.

— Céleste Atwell, dit-il en s'effaçant devant moi. Entrez, je vous en prie.

— Qui ça ? s'étonna la même voix.

Je regardai du côté du salon et vis Pru Farley sur le seuil. C'était une très jolie femme, à peu près de la même taille que moi, brune aux yeux verts, de ce vert que prenaient parfois les miens. Plus mince que moi, toutefois, avec de longues jambes, elle avait des traits délicats, et une bouche pulpeuse qui contrastait avec sa mâchoire énergique.

— Notre propriétaire, la renseigna Brice avec amusement. Céleste Atwell.

Pru s'avança vers moi.

— Vraiment ? Comment êtes-vous arrivée jusqu'ici ?

— En taxi, expliqua Brice. Entrez, entrez, insista-t-il en me prenant la valise.

Je surpris le regard qu'ils échangèrent, où se mêlaient stupeur et perplexité.

— Oui, dit aussitôt la jeune femme en s'écartant pour me laisser le passage. Venez au salon.

À peine entrée dans la pièce, je m'arrêtai. Les meubles étaient différents mais le piano était toujours là, à la place exacte où il avait toujours été, posé sur une natte de couleur grège.

— Je vous en prie, asseyez-vous, m'invita Pru.

J'acquiesçai, mais j'allai d'abord au piano sur lequel je posai la main.

— Cette partition vient de la collection que nous avons trouvée en arrivant, m'informa la jeune femme.

Je gardai la main sur le piano. Pendant quelques secondes à peine, je fermai les yeux et un air familier vibra sous mes doigts, remonta le long de mon bras... jusqu'à mon cœur. Je nous revis, Lionel et moi, écoutant jouer maman, et j'eus envie de pleurer. Cela ne dura qu'un instant. Je me repris, respirai un grand coup et allai m'asseoir sur un petit canapé de cuir fauve et doux au contact, placé vis-à-vis de son jumeau.

— Puis-je vous offrir quelque chose à boire ? proposa Brice. Un jus de fruits, un soda ?

— Ce n'est pas la peine, je vous remercie.

Tous deux restèrent un moment immobiles, bouche bée devant moi, jusqu'à ce que Pru se rende compte de leur attitude pour le moins bizarre.

— Oh, désolée, s'excusa-t-elle en s'asseyant en face de moi. C'est juste que... nous nous attendions si peu à vous voir.

Elle jeta un coup d'œil à Brice qui prit place à son côté.

— Qu'est-ce qui vous amène ici, justement maintenant ? s'enquit-il. Nous savons à peu près ce que tout le monde sait des événements qui ont eu lieu ici, bien sûr, et combien de temps a duré votre absence.

Un instant, je me demandai par où commencer. Puis, comme si les mots pour la dire étaient toujours là, en suspens dans la maison tels des fruits mûrs attendant qu'on les cueille, j'entrepris de raconter mon histoire. Presque trois quarts d'heure plus tard, après que nous eûmes pris quelques rafraîchissements, ils savaient tout et semblaient aussi tristes et stupéfaits l'un que l'autre.

— C'est vraiment terrible, dit enfin Pru. Je comprends pourquoi cette pauvre enfant est venue ici, ajouta-t-elle à l'intention de Brice. C'est le seul foyer qu'elle ait connu. Il faut que nous fassions quelque chose.

Brice se leva aussitôt, l'air décidé.

— Oui, approuva-t-il fermement. Pour commencer, vous allez immédiatement vous installer ici, avec nous. Je m'occuperai de vous faire transférer dans mon lycée, afin que vous puissiez finir l'année scolaire et obtenir votre diplôme. Je prendrai contact avec les différentes agences de placement familial concernées, et ferai le nécessaire pour que vous nous soyez confiée. Maître Nockleby-Cook pourra nous y aider, Pru travaille pour lui.

— Je sais. Le chauffeur de taxi m'a renseignée, dis-je en riant, et ils rirent avec moi.

— C'est un vrai village, ici, vous savez. Quoi qu'il en soit, nous réglerons d'abord ces formalités.

— Mais je ne suis pas venue pour me faire prendre en charge par vous, ni par qui que ce soit, d'ailleurs.

— Message reçu, dit Brice. Mais je sais que je parle en notre nom à tous deux en vous disant que nous voyons les choses autrement, Céleste. Vous n'avez pas encore dix-huit ans, et je ne tiens pas à vous voir passer sans arrêt d'une agence à l'autre.

— Très juste, opina Pru en se levant à son tour. Je vais mettre le dîner en route. Vous devez être affamée.

— En tout cas, moi je le suis, déclara Brice, ce qui fit dire à Pru avec une surprise feinte :

— Pas possible !

Je les aimai tout de suite, tous les deux. Cela renforça ma confiance, mon espoir de me sentir à l'aise et en sécurité ici, du moins pour un temps.

— Puis-je vous aider pour le dîner ? proposai-je.

— Non, merci. Laissez d'abord Brice vous installer.

— Volontiers, acquiesça-t-il. Je vous conduis là-haut. Quelle chambre, Pru ?

— La deuxième à droite est la plus jolie, je trouve.

— D'accord. Allons-y.

Brice s'engagea dans l'escalier mais je restai en bas et levai la tête. Un torrent de souvenirs m'assaillit, et parmi eux le plus traumatisant de tous. L'image de Betsy Fletcher recroquevillée au bas des marches, le cou brisé par sa chute. Une image gravée en moi pour toujours.

— Tout va bien ? s'inquiéta Brice.

— Oui, oui. Je dois être un peu fatiguée, c'est tout.

— Cela se comprend. Reposez-vous, et ne vous inquiétez pas pour la préparation du dîner. Nous en avons fait une véritable science. Pru fait la cuisine et moi je fais tout le reste. Venez, insista-t-il, et je le suivis jusqu'à la chambre qui avait jadis été la mienne.

Comme ce temps me semblait loin !

Ils avaient repeint les murs et changé la moquette. Je vis d'abord un grand lit à baldaquin à rideaux rose et blanc, assortis au couvre-lit et aux oreillers. À sa droite, une armoire et sur la gauche, une petite coiffeuse avec un miroir basculant.

— Ce sont quelques-uns de vos anciens meubles, mais le matelas est neuf.

— C'est ravissant, appréciai-je.

Il posa ma valise près de l'armoire.

— Reposez-vous, maintenant. Je vous appellerai quand le dîner sera prêt.

— Merci.

J'étais fatiguée, si fatiguée que je craignais de m'endormir jusqu'au matin si jamais je m'allongeais et fermais les yeux. Au lieu de quoi, je me sentis entraînée vers le petit escalier de la tourelle. Une fois de plus, j'hésitai. Toutes sortes d'images explosaient dans ma tête comme des flashs. Combien de fois n'avais-je pas monté ou descendu ces marches dans les bras de Lionel ?

Je respirai à fond et entrepris l'ascension. La porte n'était pas fermée à clé. Pendant quelques instants je restai immobile, la main sur la poignée, en me demandant si, oui ou non, j'allais ouvrir cette porte. Peut-être me précipitais-je trop vite vers le passé. C'était sans doute vrai, mais je ne pus m'empêcher d'ouvrir quand même.

La pièce me parut beaucoup plus petite qu'autrefois. Il y avait davantage de vieux meubles, davantage de cartons empilés, même contre les deux fenêtres. Il y avait à peine la place de s'avancer vers l'intérieur, mais je réussis à me faufiler entre des lampadaires, des miroirs et deux commodes, jusqu'au centre de la pièce. Là où j'avais passé d'interminables heures à feuilleter mes livres d'images, colorier ou dormir sur les genoux de Lionel, pendant que nous attendions que les clients venus acheter les remèdes de maman soient partis. Cela, c'était « avant », quand personne ne connaissait mon existence.

Je me baissai vers le petit espace vide et m'assis sur le plancher. Je voulais me souvenir. Les yeux fermés, je fis remonter des images du passé, comme un chercheur d'or écume une rivière avec un tamis. J'entendis une sonate de Mozart, et me souvins d'avoir découvert une boîte à musique qui nous avait beaucoup intrigués, Lionel et moi. Mais je me rappelai aussi la peur et la colère de maman, quand elle nous avait trouvés en train de jouer avec elle. Après quoi, la boîte disparut et il n'en fut plus question.

Les images de mes premières années étaient si confuses ! Elles étaient comme une pelote de ficelle emmêlée, presque impossible à débrouiller pour en découvrir le sens.

Adossée à une vieille commode, les yeux toujours fermés, je parlai tout bas à Lionel, regrettant ces jours heureux où je me sentais aimée et protégée, même quand j'étais cloîtrée et cachée dans cette petite pièce. Je ne prenais pas garde à mes chuchotements, ni aux ombres qui m'enveloppaient peu à peu. Je savais seulement que tout deviendrait pire si l'on m'en tirait pour m'exposer à la lumière.

— Céleste !

J'ouvris brusquement les yeux et m'aperçus que j'avais somnolé.

— Céleste ?

Je me levai en hâte et sortis de la chambre. Brice se tenait au pied du petit escalier.

— Oh, je voulais juste...

— Je sais, dit-il. Il y a beaucoup de choses à explorer dans cette grande maison, surtout pour vous. En tout cas, le dîner est prêt.

Il m'attendit, le visage éclairé d'un sourire.

— Tout ira bien pour vous. Ne vous inquiétez pas.

— Pourquoi faites-vous cela pour moi ? demandai-je, comme si ma visite à la chambre de la tour m'avait rendue plus forte et plus prudente.

— C'est simplement que... cette maison a été si bienfaisante pour nous, comme le dit Pru. Nous avons été si heureux ici que nous nous sentons obligés de la préserver, comme tout ce qui fait partie d'elle.

À table, ils m'en dirent plus long sur eux-mêmes. J'appris comment ils s'étaient rencontrés, comment ils étaient tombés amoureux, où ils s'étaient mariés, et pourquoi ils avaient décidé de vivre dans cette petite communauté. Brice décrivit son lycée, et parla du plaisir qu'il prenait à enseigner dans une école assez petite pour qu'il puisse guider et conseiller chacun de ses élèves, de la seconde à la terminale. Je les aidai à faire la vaisselle, même si tous deux insistèrent pour que je m'accorde une détente.

Après quoi, nous allâmes nous asseoir au salon et bavardâmes davantage encore. Je répondis de mon mieux à leurs questions sur la vie en orphelinat. Pendant la conversation, le téléphone sonna et Pru alla répondre. Quand elle revint, elle était toute souriante.

— C'était M. Nockleby-Cook, nous dit-elle. Je l'ai appelé tout à l'heure. Il vient juste de rentrer et m'a rappelée. Je lui ai parlé de vous, et il veut vous voir demain matin à la première heure à son bureau. Vous pourrez venir avec moi. Il a dit qu'il avait une bonne surprise pour vous. De plus, il a accepté de faire le nécessaire pour que vous restiez ici tout le temps que vous voudrez.

Brice avait l'air tout aussi heureux qu'elle.

— C'est magnifique. Je m'occupe du transfert de votre dossier scolaire dès demain matin.

Je les remerciai tous deux avec chaleur. J'avais du mal à garder les yeux ouverts, et Pru s'en aperçut.

— Vous devriez aller vous coucher, Céleste. Je monte avec vous pour voir ce qui peut vous manquer. J'ai des brosses à dents d'avance et tout ce dont vous pourriez avoir besoin.

— Merci, dis-je en me levant.

Brice me souhaita une bonne nuit, mais je ne sortis pas tout de suite. Mon regard fit le tour de la pièce. Ils y avaient introduit de nombreux changements, mais les murs me parlaient encore d'autrefois. Je murmurai comme pour moi-même :

— Il y a longtemps que je n'ai pas dormi dans cette maison.

Brice me fit un signe de tête compréhensif et je sortis, Pru sur mes talons. Elle m'apporta des affaires de toilette et me demanda si elle pouvait faire autre chose pour moi.

— Vous en avez fait bien assez, merci. Je ne m'étonne pas que vous vous soyez sentis bien, ici, et que la maison vous communique une bonne énergie.

Ma remarque la toucha. Elle me serra contre elle, me souhaita une fois de plus de bien dormir et s'en alla.

Je restai un moment debout dans mon ancienne chambre, écoutant les bruits de la maison, et le vent qui la faisait craquer de toutes parts.

— Je suis revenue, maman, chuchotai-je. Je suis revenue près de vous tous.

Quand je me mis au lit, je restai longtemps les yeux ouverts, emplie d'un immense sentiment d'attente, mais je n'entendis aucune voix et ne vis pas un seul esprit. Mes paupières se firent de plus en plus lourdes, jusqu'à ce qu'il me soit impossible de les garder ouvertes. Le sommeil m'emporta brutalement, comme une anesthésie.

Le soleil me surprit, comme s'il était apparu juste après que je me sois endormie. Des bruits me parvenaient de la cuisine : Brice et Pru préparaient le petit déjeuner. Je me levai, me douchai et m'habillai en hâte pour descendre les rejoindre.

— J'ai fait des œufs brouillés au fromage. Brice aime prendre un solide petit déjeuner, m'expliqua Pru. J'espère que vous avez faim, vous n'avez presque rien mangé, hier soir. Mais je savais que vous deviez être trop fatiguée, après la journée que vous avez eue et tout ce qui vous est arrivé.

— En fait, j'ai une faim de loup, avouai-je.

L'odeur du café, des œufs et des toasts me faisait venir l'eau à la bouche.

Tout était délicieux, et je dévorai comme un ogre jusqu'à ce que je les voie tous les deux sourire en me regardant. Je ne m'étais pas rendu compte que je mangeais si vite. Je souris à mon tour.

— Désolée. Je ne suis pas aussi goinfre, d'habitude.

— Mangez autant que vous voulez, me dit Brice. Vous me rendez service. Pru s'arrêtera peut-être de se moquer de mon appétit, maintenant.

— C'est à voir, riposta sa femme. Céleste a une excuse, toi tu n'en as pas.

J'aimais la façon dont ils se taquinaient, puis s'embrassaient ou se prenaient la main pour se prouver leur affection mutuelle. L'amour habite cette maison, pensai-je en les regardant. Pourquoi ne serait-elle pas paisible et satisfaite ? Les ténèbres avaient été balayées avec la poussière.

Après le petit déjeuner, Brice partit dans sa camionnette, en m'affirmant une fois de plus qu'il se chargeait de toutes les démarches nécessaires à la poursuite de mes études. Pru s'habilla pour aller travailler, et nous partîmes pour les bureaux de M. Nockleby-Cook. Je savais qu'il avait été un certain temps l'avocat de la famille, qu'il connaissait tout ce qui concernait nos vies, et spécialement celle de ma sœur Céleste. Je souhaitais la voir le plus tôt possible, bien sûr, mais à cette seule idée l'angoisse me gagnait. Elle n'aurait pas la moindre idée de ce que j'étais pour elle, et je n'avais pas la moindre idée non plus de ce que serait sa santé mentale, après toutes ces années. Peut-être l'avocat saurait-il aussi ce qu'était devenu Panther ? Je ne pouvais pas m'empêcher d'éprouver une certaine curiosité à son égard.

Les bureaux de M. Nockleby-Cook occupaient une vaste maison à deux étages, aux murs coquille d'œuf et aux volets bleu faïence. Entièrement reconvertie, on avait agrandi l'entrée pour en faire un hall spacieux, et transformé les chambres en bureaux pour les assistants judiciaires et les associés les plus jeunes. Pru me fit passer sans m'arrêter devant la réceptionniste, en la prévenant au passage que nous étions attendues. Nous allâmes directement au bureau de M. Nockleby-Cook, qui avait jadis été le living-room.

À présent, les murs de la pièce étaient couverts de livres, et le mobilier consistait en un grand bureau de chêne sombre, un ensemble télécinéma, des fauteuils et un canapé en cuir. Je n'avais gardé aucun souvenir de M. Nockleby-Cook. Il avait d'abondants cheveux gris, de gros sourcils poivre et sel, et ses yeux bruns étaient profondément enfoncés dans son visage aux traits rugueux.

À notre entrée, il bondit de son fauteuil et nous souhaita la bienvenue d'une voix claironnante, tout en contournant son bureau pour venir nous accueillir.

— Incroyable. Incroyable. Je l'aurais reconnue n'importe où, dit-il à Pru. Elle leur ressemble à tous les deux. Entrez, nous invita-t-il en nous guidant vers le canapé de cuir.

Il déplaça un fauteuil pour s'asseoir en face de nous et me regarda bien en face.

— Ainsi, vous voilà revenue à la maison, Céleste. Je ne devrais pas être surpris, je me préparais à ce jour. Votre grand-mère m'avait dit que la terre, la maison, tout ceci vous appartenait autant qu'à...

— Ma grand-mère ?

Je me tournai vers Pru, qui lui jeta un bref regard d'avertissement.

— Oh mon Dieu ! s'exclama-t-il, en se redressant sur son siège. Bien sûr… Comment auriez-vous pu savoir ?

— Savoir quoi ? Je ne comprends pas. Mais de quoi parlez-vous ? insistai-je sur un ton presque autoritaire.

Il baissa les yeux, réfléchit un instant et parla comme s'il pensait tout haut.

— Comment faire pour expliquer tout ça ?

— Allez droit au fait, lui conseilla Pru. Elle est beaucoup plus forte et plus mature que vous ne le croyez.

— Oui, bien sûr, commença-t-il, en se penchant en avant cette fois. Eh bien voilà. Votre sœur… ou plutôt celle que vous preniez pour votre frère Lionel, devrais-je dire, a eu une relation amoureuse avec Elliot Fletcher, le fils de votre voisin. Quand elle s'est trouvée enceinte de vous, votre grand-mère Sarah la garda enfermée chez vous jusqu'à votre naissance, comme elle le fit dès lors pour vous et pour un certain temps, comme vous le savez. Puis votre grand-mère épousa David Fletcher, et tout le monde fut persuadé que vous étiez la fille de Dave et de Sarah, née de leur liaison avant le mariage. C'est elle qui l'avait voulu ainsi. Elle voulait que votre mère reste pour toujours votre oncle Lionel, vous comprenez.

Quelque part tout au fond de moi, je crus entendre un rire léger, le rire d'un tout jeune enfant. Dirais-je que j'avais toujours su ? Oui, j'en suis certaine. Je le sentais, je le savais, et d'une certaine façon je le comprenais. Nous étions trop proches, Lionel et moi, Céleste et moi. J'étais plus qu'une sœur pour elle, depuis toujours. Je le voyais à sa façon de me couver du regard, quand elle ne savait pas que je l'observais. Je l'entendais dans sa voix et je le devinais à travers ses caresses.

— Je suis navré que vous l'ayez appris d'une manière si brutale, s'excusa M. Nockleby-Cook.

— Par qui d'autre aurais-je pu l'apprendre ? lui fis-je remarquer avec à-propos. Je n'ai pas de famille et mes tuteurs, mes parents adoptifs si l'on veut, auraient pris le large à ma seule vue s'ils avaient su cela.

— C'est possible, en effet.

— Et qu'est devenu Panther ?

— Ma foi, je ne sais plus grand-chose de lui, maintenant. Il a été très vite confié à une famille d'accueil, qui l'a adopté deux ans plus tard. J'administre un legs par fidéicommis à son intention, ou à celle de ses tuteurs, mais ces démarches ont été faites il y a bon nombre d'années.

» Ce qui m'amène à d'autres nouvelles pour vous, de très bonnes nouvelles, précisa l'avocat non sans satisfaction. Votre grand-mère entretenait des relations d'affaires avec un certain M. Bogart, qui tenait une sorte de boutique New Age. Il vendait les produits à base de plantes qu'elle confectionnait, et en avait étendu la vente à tout un réseau de magasins. À une certaine époque, tout cela lui rapportait vraiment beaucoup d'argent, à vrai dire. Quoi qu'il en soit…

L'avocat s'éclaircit la gorge, comme pour annoncer qu'il en arrivait à l'essentiel.

— … il n'avait pas d'enfants et il est décédé récemment. Son avocat a pris contact avec moi, pour me faire savoir que M. Bogart vous léguait la totalité de ses biens.

— À moi ?

— Oui. Et je dirais même qu'il s'agit d'une somme considérable. J'ai presque envie d'investir dans ces boutiques New Age, avec leurs pierres, cristaux et herbes magiques. Le fait est, Céleste, qu'à votre majorité vous serez une jeune femme réellement fortunée.

— Mais c'est merveilleux ! s'écria Pru.

Je ne parvenais pas à y croire. Tout ceci arrivait justement maintenant, à mon retour. Mme Cukor ne saurait jamais combien elle avait raison, en me disant que je devais rentrer chez moi.

— En tout cas, reprit M. Nockleby-Cook, je vous demanderai de réfléchir dès à présent aux dispositions à prendre. Vous n'êtes pas simplement propriétaire d'un vieux domaine. Pour l'instant, vos fonds sont investis en placements fiables et intéressants. Je vous fournirai un rapport de gestion complet dans un jour ou deux, conclut-il en se levant.

Puis il se tourna vers Pru et s'enquit avec intérêt :

— Brice va-t-il l'inscrire au lycée ?

— Il s'en occupe. Elle peut commencer dès demain, si elle le souhaite.

L'avocat me regarda quelques instants d'un air pensif.

— Elle a sans doute besoin d'un ou deux jours de liberté, avant cela. Le temps de se réhabituer à tout... et à tout le monde.

Je lui jetai un regard aigu. Je savais à qui il faisait allusion, et cela me faisait battre le cœur. Il le comprit.

— Elle va aussi bien que possible, vous savez. Je peux vous obtenir une entrevue avec elle dès que vous vous sentirez prête. Je suis sûr que cela vous ferait plaisir.

— Quand je serai prête, me contentai-je de répondre.

— Naturellement. Eh bien... tenez-moi au courant.

Pru et moi nous levâmes d'un même mouvement.

— Je la reconduis à la maison et je reviens tout de suite, monsieur.

— Prenez votre temps, je vous en prie, dit aimablement l'avocat.

Puis il attacha sur moi un long regard.

— Incroyable. Quand je vous vois, je revois la jeune Sara Atwell. Elle était très belle, comme vous l'êtes vous-même et comme l'est votre mère.

— Merci.

— Il n'y a pas de quoi. Je sais que tout ira bien pour vous, ma chère enfant.

— Oui, répondis-je, en le fixant avec une telle acuité qu'il baissa les yeux. Tout ira bien.

Sur ce, je sortis avec Pru et nous retournâmes à sa voiture.

— Je suis désolée que tu aies appris tout ça si brutalement, soupira-t-elle. J'aurais préféré que tu le découvres autrement.

— Je l'ai toujours su, Pru, la rassurai-je. Au plus profond de moi, je l'ai toujours su.

Je lui souris et elle me rendit ce sourire.

— Quand comptes-tu aller la voir ?

Je ne répondis pas.

Elle ne me posa plus la question.

C'était une chose que je ne savais pas moi-même.

Épilogue

Maman, je reviens

Je ne retournai pas tout de suite au lycée. M. Nockleby-Cook avait raison, j'avais besoin de temps pour m'adapter. Bien que je n'aie jamais lu Thomas Wolfe, je me souvenais que lorsque j'étais à l'orphelinat, mon professeur d'anglais aimait citer cette phrase de lui : « On ne revient jamais au foyer ». Il voulait dire que tant de choses avaient changé depuis notre départ, en ce lieu comme en nous-mêmes, que rien ne serait plus jamais pareil.

Rien ne pouvait être aussi dénué de sens pour une orpheline qui n'avait jamais eu de foyer, bien sûr, mais j'étais si différente des autres. J'avais eu un foyer, et j'impressionnais tout le monde avec mon étonnante mémoire. Je me rappelais d'innombrables détails des six premières années de ma vie. La plupart concernaient la sixième, bien sûr, mais ils étaient restés vivaces en ma mémoire. Bien assez pour provoquer la stupeur de tous ceux qui m'écoutaient décrire ma maison, la propriété, Lionel bien sûr, ma grand-mère, et parfois aussi Céleste, ma vraie mère.

Pru et Brice étaient très patients avec moi, très compréhensifs. Nous avions décidé de nous tutoyer, ce qui me réchauffait le cœur. Ils n'exerçaient jamais la moindre pression sur moi pour que j'aille à tel endroit ou fasse telle ou telle chose. Je passai les deux jours suivants à errer dans la propriété, restant parfois longtemps assise, le regard vague, sans rien faire d'autre que contempler la forêt. De temps à autre, je m'y aventurais et me frayais un chemin jusqu'à la rivière. Elle n'était pas aussi haute, ni le courant aussi fort que dans mon souvenir. Elle polissait toujours les cailloux et bouillonnait au pied des rochers, mais nulle part elle n'était aussi large ni aussi profonde qu'autrefois. Elle avait eu jadis une signification quasi religieuse, pour nous. C'était là qu'était mort le vrai Lionel, encore enfant. Et je savais que l'adolescent qui s'était noyé au même endroit était mon véritable père.

L'eau, la terre, la nature entière font naître tant de choses en nous, méditai-je. Puis d'une façon ou d'une autre, la même nature les absorbe, nous les reprend. Mais ce n'est pas seulement la poussière qui retourne à la poussière. Quelque chose de nos âmes, de nos esprits, trouve certainement sa place dans tout cela. Et c'était ce que voyait ma grand-mère, la vision qu'elle nous avait transmise, à ma mère et à moi. Un pouvoir qui s'était perdu en route et que je désirais à présent retrouver.

Le retrouverais-je ?

En étais-je capable ?

Seul le temps le dirait, mais j'avais confiance, sinon en moi-même du moins en la terre, en chaque arbre et chaque brin d'herbe, et par-dessus tout en la rivière. Je les toucherais de mes mains, tous, afin qu'ils sachent bien que j'étais de retour.

Je restai assise pendant des heures dans le vieux cimetière, en pensant aux veillées de prières que nous avions tenues là, dans l'obscurité ou sous un ciel noir de nuages, avec tout juste une bougie pour nous fournir un peu de lumière. Qu'étaient les cimetières, en réalité, sinon les portes de notre mémoire ?

Brice et Pru me voyaient errer sans but, ou m'asseoir et contempler longuement la forêt. De temps à autre, Pru me demandait si tout allait bien, et je répondais toujours oui.

Et un matin, un samedi matin au petit déjeuner, j'annonçai que je voulais me rendre à l'institution où se trouvait toujours ma mère. Pru proposa immédiatement de m'y accompagner.

— Je peux très bien prendre un taxi, lui affirmai-je.

— Sûrement pas. Je t'y conduirai et je t'attendrai dans le parking.

Je finis par accepter et nous prîmes la route. C'était une journée nuageuse, où le soleil perçait de temps à autre en une brève éclaircie, comme pour faire un clin d'œil. J'avais l'impression d'être emportée par le vent. Ce que je faisais là, je n'aurais pas pu ne pas le faire.

En entrant dans l'établissement, j'allai directement à la réception et demandai à voir Céleste Atwell. C'était étrange de demander à voir quelqu'un qui portait exactement le même nom que moi. Et quand je dis le mien, la réceptionniste haussa les sourcils. Elle me pria d'attendre pendant qu'elle irait voir la personne responsable, et peu de temps après apparut une grande femme brune aux yeux d'un noir d'ébène, avec ce que j'appellerais un sourire professionnel. Elle se présenta elle-même comme le Dr Morton, et m'apprit que ma mère avait été confiée à ses soins.

— À part son avocat, vous êtes la première personne qui soit venue la voir, observa-t-elle.

Je lui expliquai ma situation, aussi rapidement et aussi brièvement que possible.

— Je connaissais votre existence, en effet, et je savais que vous aviez été confiée à la Protection de l'Enfance, mais rien de plus.

— C'est la première fois que je reviens ici, expliquai-je. À la maison.

Elle eut un signe de tête compréhensif.

— Quelqu'un vous a-t-il appris quoi que ce soit concernant la situation de votre mère ? Votre avocat, peut-être ?

Je secouai la tête.

— Hm ! Eh bien... La meilleure façon pour moi de vous décrire son état serait de dire qu'elle est... figée dans le temps.

Le Dr Morton vit que je ne comprenais pas.

— Sa façon de gérer le traumatisme de sa... comment dirais-je, sa schizophrénie imposée, a été de retourner à l'âge qu'elle avait avant que tous ces événements aient lieu.

— Vous voulez dire qu'elle a la mentalité d'une enfant ?

— Elle se conduit comme telle, et sous certains aspects concrets, on pourrait dire que c'est le cas. Il a été très difficile de l'amener à rejoindre son âge réel. Car lorsqu'elle le fait, quand elle franchit sa limite de sécurité, pourrait-on dire, elle se trouve de nouveau confrontée à tout cela. C'est très compliqué. En fait, elle a été le sujet d'un grand nombre d'études et d'articles publiés dans différents magazines, ajouta le Dr Morton, comme si je devais en être fière.

Pour toute réponse, je lui jetai un regard plutôt froid. Elle se racla la gorge.

— Bon, eh bien… je peux vous emmener la voir. Elle est dans la salle de loisirs, ou elle passe le plus clair de son temps.

— À faire quoi ?

— Des coloriages, de la peinture à l'eau, à lire des livres pour enfants ou jouer à des jeux enfantins. Les enfants qui séjournent ici l'aiment bien. Elle a même une très bonne influence sur eux.

— Je suis heureuse que vous trouviez sa situation profitable à la clinique, répliquai-je avec sécheresse.

Elle se mordit la lèvre.

— Bien, je vous emmène la voir. Venez, c'est par ici…

Elle me fit suivre un couloir jusqu'à une salle spacieuse où je vis des tables, des jeux, et deux téléviseurs, installés dans les coins les plus éloignés de la porte. Quelques personnes âgées regardaient la télévision et une demi-douzaine d'enfants, encadrés par leurs conseillers d'éducation, jouaient aux cartes ou à des jeux de société. Ma mère était assise à un bureau, près d'une fenêtre, en train de peindre. Elle portait une robe d'un bleu uni, des sandales, et ses cheveux étaient coupés court. Elle nous tournait le dos.

— Il y a peu de chances pour qu'elle vous reconnaisse, me prévint le Dr Morton. N'en soyez surtout pas troublée.

— Je ne le serai pas, lui affirmai-je.

Et nous traversâmes la pièce.

— Bonjour, Céleste, dit le Dr Morton.

Ma mère leva les yeux de sa peinture. Ce qu'elle avait peint n'avait aucune forme particulière, ou en tout cas identifiable.

Elle semblait simplement intriguée par le mélange des couleurs et la bizarrerie de ses créations. Peut-être avaient-elles un sens pour elle, après tout.

Elle sourit au Dr Morton, et mon esprit chancela devant le pouvoir qu'avait ce sourire de ressusciter le passé. J'en eus les yeux brûlants de larmes que je ne laissai pas couler.

— Vous avez une visite aujourd'hui, annonça le Dr Morton.

Et pour la première fois depuis près de douze ans, ma mère me regarda. Si elle éprouva, même infime, la vague impression de me connaître, elle la cacha très bien derrière son sourire enfantin. Le Dr Morton n'en parut pas surprise.

— Je vais vous laisser bavarder ensemble un moment, d'accord ?

Pour toute réponse, ma mère se remit à sa peinture. Le Dr Morton m'adressa ce sourire si familier, si arrogant, si « médical » qui signifiait : « Je vous l'avais bien dit ».

Je détournai les yeux, et elle me dit qu'elle ne serait pas loin si jamais j'avais besoin d'elle. J'attendis de la voir sortir, puis je rapprochai une chaise de la table et m'y assis.

— Qu'est-ce que tu peins ? demandai-je à ma mère.

Elle leva les yeux vers la fenêtre, comme si la question n'avait pu venir que de là.

— Demain, répondit-elle.

— Demain ? Tu peux voir demain ?

Elle émit un petit bruit de gorge affirmatif et retourna à sa peinture.

Je ne me laissai pas décourager.

— Peux-tu me dire ce que tu vois ? Y a-t-il quelqu'un, ici ?

Elle éleva le papier pour que je le voie mieux et me sourit.

— Oui, je vois quelqu'un, déclarai-je.

Je vis ses yeux s'écarquiller, et je poursuivis :

— Elle vient de très loin dans le temps. Elle revient te voir. Elle est grande, maintenant, et elle a très envie de te revoir. Elle espère que tu te souviendras d'elle, sans doute pas aujourd'hui, mais peut-être demain ou après demain. Sais-tu qui elle est ?

Elle hocha la tête et se remit à peindre.

— Peux-tu me le dire ?

Elle ne me répondit pas, et pendant un moment je gardai le silence. Puis, comme si quelqu'un me soufflait à l'oreille ce que je devais faire, j'entendis fredonner et commençai à fredonner moi aussi le même air, puis je le chantai. C'était quelque chose que ma grand-mère chantait à Céleste et à Lionel, et, parfois, à moi aussi.

Si tu vas dans les bois aujourd'hui,
Tu auras sûrement une grande surprise…

Elle se retourna lentement, leva les yeux sur moi, et les y maintint si longtemps cette fois que nos regards eurent le temps de se rencontrer et de se fondre.

— Maman, dis-je dans un souffle. Je suis revenue à la maison.

Je pris sa main dans la mienne et la gardai.

— J'ai besoin que tu reviennes, toi aussi. S'il te plaît, s'il te plaît, implorai-je, laissant enfin couler mes larmes qui roulèrent sur mes joues.

Comme si elle regardait dans un miroir, et ne puisse faire autrement que de lui renvoyer la même image, les larmes lui montèrent aux yeux et ne tardèrent pas à rouler sur ses joues. Je souris à travers les miennes.

— Tu aimerais revenir un jour, bientôt, n'est-ce pas ?

Elle fit signe que oui.

— Quand ?

— Demain, dit-elle en me montrant à nouveau sa peinture.

— Oui, maman. Demain. Je viendrai chaque jour jusqu'à ce que tu le voies dans ta peinture. Je te le promets.

Je me penchai vers elle et l'embrassai sur la joue. Elle parut un moment troublée, sourit, et une fois de plus elle se remit à peindre. Je restai encore un peu avec elle, puis déposai un autre baiser sur sa joue et m'en allai.

Pru m'attendait près de sa voiture et semblait très inquiète, quand je sortis de la clinique. Je la rassurai d'un sourire.

— Comment s'est passée ta visite ?

— Très, très bien. C'était un commencement.

— Oh, c'est merveilleux, Céleste ! Je suis si heureuse pour toi.

— Merci, lui dis-je avec élan.

Elle reprit sa place au volant, moi la mienne à côté d'elle, et nous reprîmes le chemin de la maison.

— Lundi, j'irai au lycée avec Brice, annonçai-je.

— Magnifique.

— Il faut que je parle à M. Nokleby-Cook au sujet de l'achat d'une voiture. J'en ai besoin tout de suite.

— Je suis certaine que tout va s'arranger très vite pour toi, Céleste.

— Moi aussi j'en suis sûre. Je suis sûre de tout, maintenant.

Pru me jeta un coup d'œil étonné.

— Mais encore ?

— J'ai vu ce que serait demain, révélai-je, et après demain et le jour suivant. C'est un don que j'ai.

— Vraiment ?

— Vraiment.

— De qui le tiens-tu ?

— De ma grand-mère, je crois, d'une certaine façon. Et bien sûr, de ma mère.

Je fus tentée d'ajouter autre chose, mais je sentis qu'elle ne comprendrait pas. « Et par-dessus tout, de Lionel », aurais-je aimé lui dire.

Mais c'était une chose à garder au plus profond de mon cœur, pour toujours. Un secret que je ne partageais avec personne.

Un jour viendrait-il où je le partagerais avec quelqu'un ? Peut-être. Une pensée s'imposa à moi, effaçant tous mes doutes.

— Il faut que je retourne voir maman, que je me concentre sur sa peinture. Alors, je retrouverai le don de la vision.

Demain.

Je verrai demain.

8167

Composition Chesteroc Ltd
Achevé d'imprimer en France (La Flèche)
par Brodard et Taupin
le 8 novembre 2006. 38496
Dépôt légal novembre 2006. ISBN 2-290-34731-0

Éditions J'ai lu
87, quai Panhard-et-Levassor, 75013 Paris
Diffusion France et étranger : Flammarion